ESQUECI DE MORRER

CIP-BRASIL. CATALOGAÇÃO NA PUBLICAÇÃO
SINDICATO NACIONAL DOS EDITORES DE LIVROS, RJ

L554e   Leite, Lenir
           Esqueci de morrer / Lenir Leite. – 1. ed. – Porto Alegre [RS] : AGE, 2024.
           319 p. ; 16x23 cm.

           ISBN 978-65-5863-295-5
           ISBN E-BOOK 978-65-5863-297-9

           1. Romance brasileiro. I. Título.

           24-92750   CDD: 869.3
                                        CDU: 82-93(81)

Gabriela Faray Ferreira Lopes – Bibliotecária – CRB-7/6643

LENIR LEITE

ESQUECI DE MORRER

Editora age

PORTO ALEGRE, 2024

© Lenir Leite, 2024

Capa:
Nathalia Real,
utilizando imagem de Alan Frijns por Pixabay

Diagramação:
Nathalia Real

Revisão textual:
Marquieli Oliveira

Supervisão editorial:
Paulo Flávio Ledur

Editoração eletrônica:
Ledur Serviços Editoriais Ltda.

Reservados todos os direitos de publicação à
LEDUR SERVIÇOS EDITORIAIS LTDA.
editoraage@editoraage.com.br
Rua Valparaíso, 285 – Bairro Jardim Botânico
90690-300 – Porto Alegre, RS, Brasil
Fone: (51) 3223-9385 | Whats: (51) 99151-0311
vendas@editoraage.com.br
www.editoraage.com.br

Impresso no Brasil / Printed in Brazil

AGRADECIMENTOS

Agradeço primeiramente a Deus por me dar saúde física e mental para concluir esta obra. A meus filhos, Sidian, Pablo e Sádia, que sempre me incentivaram para que eu nunca desistisse. A meu genro, Peder, por ter acreditado no meu potencial. Agradeço a meus netos, a minha nora e a meus bisnetos, em especial a minha bisneta Alice, que tirou o meu texto guardado na gaveta desde 2017 e me desafiou a terminá-lo. A meu amigo Gervásio, pois sem a sua mão teria sido muito mais difícil. A minha querida amiga Lucena, que acreditou mais do que eu. Ao pai dos meus filhos, que, se estivesse aqui, estaria vibrando comigo. Agradeço também a todos aqueles que contribuíram de alguma maneira para que esta obra fosse publicada.

SUMÁRIO

Prólogo 9
1 Vamos marcar um café? 13
2 Brisa no rosto 21
3 Divagações perigosas 26
4 Desafiando a morte 31
5 Recanto dos Ipês 37
6 Em que século vim parar? 42
7 A pureza das crianças 46
8 Raio de Luz 50
9 O dilema de Luna 55
10 O sonho de Anny 59
11 A febre insistente 64
12 Noite de angústias 70
13 Soldado da Marinha 74
14 Histórias de vida 77
15 As crises se acentuam 84
16 Terror na noite 91
17 Papo reto 98
17 O testamento 102
19 Preparativos 106
20 Mãos na massa 110
21 Momento crítico 120

22 A casa das duas luas 125
23 O fim do isolamento 128
24 Notícia ruim 131
25 Caminhada extenuante 137
26 O sumiço de Luna 143
27 Abrigo aos necessitados 148
28 Por outro ângulo 151
29 O grande favor 159
30 Revelações 165
31 O deus do trovão 173
32 Preparando a terra 180
33 A clareira na mata 190
34 O piquenique 197
35 Presença inesperada 209
36 Avaliação médica 216
37 Confidências 222
38 Passeio no parque 229
39 A formatura de Ayla 233
40 Mudança de planos 245
41 Uma festa sob as estrelas 251
42 Ventos de outono 268
43 A despedida de Ayla 281
44 Surpresas de Natal 288
45 Coincidências na velha igreja 297
46 Quando chega o fim 303

Epílogo 311

PRÓLOGO

Luna sempre foi uma mulher ágil, forte e perseverante, mas, depois que se aposentou, a vida tem lhe pregado peças: uma sucessão de acontecimentos ruins que tem lhe feito atravessar tempos muito difíceis.

Com isso, a contragosto, ultimamente ela não está tão ágil, forte e perseverante assim.

Quatro anos após a aposentadoria, foi a morte do esposo, num ataque cardíaco fulminante, que deixou a todos abismados. Casada há 45 anos, a ausência do esposo deixou um vazio de um tamanho que ela não conseguia mensurar, desabrochando nela uma profunda depressão, só amenizada pela existência e presença do filho.

Mas um vazio maior ainda estava pela frente: há dois anos, no início do verão, o único filho, Pedro Rafael, já maior de idade, e recém tendo tirado a carta de habilitação, perdeu a vida após um trágico acidente automobilístico quando voltava da praia.

Então, Luna viu seu mundo, que já estava desmoronando, ruir por completo. Sem esposo, sem filho e sem amigos, porque, depois da morte de ambos, aqueles que se diziam amigos e que participavam com eles de festas, jantares, happy hours e viagens, e até os jovens, foram sumindo...

Ficaram alguns poucos, mas, com o quadro de depressão que Luna desenvolveu, ela chegou ao ponto de não querer receber nem ver ninguém, enclausurando-se como prisioneira em sua própria casa. E, com isso, até os poucos amigos que restavam também desapareceram.

Quando percebeu o quadro complicado em que estava, num dia em que chegou a pensar que tirar a própria vida era melhor que viver daquele jeito, buscou apoio do psiquiatra. Os remédios aparentemente ajudaram no início, mas logo foi preciso aumentar a dosagem, e aumentar de novo, e trocar de medicação várias vezes. Mas, por fim, nenhum fármaco conseguia fazer ela deixar para trás a solidão, tampouco tirar dela aquela tristeza profunda, a qual passou a bater forte, às chicotadas.

Ah, a TV... Outrora ela até assistia... Mas, agora, nenhuma programação na TV lhe despertava a atenção, nem música queria ouvir, achava que precisava respeitar o luto do esposo e do filho, falecidos... Navegar na internet também não lhe trazia nenhum prazer, então encerrou as contas nas redes sociais, especialmente porque ver momentos felizes de outras pessoas lhe incomodava muito...

Noites mal dormidas passaram a ser uma constante, e olheiras profundas surgiram em seu rosto, acentuando uma palidez mórbida.

Virava e mexia, ela relembrava e revivia momentos do passado, alguns bons, outros nem tanto, mas sempre se sobressaíam os momentos ruins e um sentimento de culpa: onde foi que ela tinha errado?

O choro silencioso irrompia a qualquer hora do dia, por qualquer motivação aparente; simplesmente chorava, lágrimas e lágrimas desciam rosto abaixo, tanto que, por vezes, soluçava inclusive sem lágrima nenhuma!

Luna começou a se sentir fraca, doente e desmotivada para continuar a viver. Foi quando começou a sentir dores terríveis. As articulações doíam. A coluna doía. Ela tinha impressão de que parecia uma velha de 100 anos!

Comer causava desconforto e passou a ser cada vez mais raro. Ela sentia uma azia constante e ardida, além de fortes dores no abdome: qualquer coisa que comesse a fazia se sentir mal ou vomitar; outras vezes, não sendo isso suficiente, entrava num ciclo de dores de cabeça intermináveis que, ainda que fechada num quarto escuro, demoravam séculos a passar...

Não bastasse isso, em momentos de crises, ela tinha a impressão de que tinha uma faca por dentro do peito que a fazia sangrar; dependendo da circunstância, o osso do peito parecia que iria rachar, tamanha a dor que sentia!

Num átimo de lampejo de consciência, percebendo que a questão estava insustentável e que trazia uma complexidade que ia além da capacidade de seu psiquiatra, decidiu consultar um médico. Pior do que estava não ia ficar. Ele haveria de lhe receitar um remédio que tirasse aquele desconforto horrível que ela sentia.

Passou pelo atendimento de um médico, e ele, vendo que a situação exigia mais, recomendou que ela consultasse imediatamente um especialista, que procurasse o Dr. Theo. Disposta a fazer essa consulta, Luna agradeceu e rumou para o endereço indicado.

Após um tempo fazendo relatos e respondendo às perguntas do especialista, que a examinava atentamente, Luna então ouviu algo que mais lhe parecia um forte soco na boca do estômago:

— A situação não está nada boa, Luna. Seu quadro é grave. Vou internar você por alguns dias para que, de modo mais rápido, possa fazer no hospital os exames que preciso para montar o diagnóstico.

Que bomba era aquela? Internar no hospital? Fazer exames de urgência? Será que estava tão mal assim? Ainda boquiaberta, perguntou:

— Doutor, tem certeza de que preciso internar? Tudo o que gostaria era não passar uns dias no hospital! Não posso fazer esses exames e, depois, quando prontos, lhe trazer aqui para que proceda com a análise deles?

Mas o Dr. Theo foi firme, enfático e até um pouco grosseiro, dizendo que "ela não estava em condições de escolher". E que, "sim, ela iria imediatamente para o hospital".

Com o pedido de urgência na internação, dali da clínica ela foi levada ao hospital. Luna tinha trabalhado por anos em uma instituição de saúde de outra cidade e, quando souberam que era enfermeira, teve a impressão de que a equipe assistencial passou a lhe dedicar ainda mais atenção.

Logo após chegar, caiu a ficha. Percebeu que estava ali não como profissional que a tanta gente atendeu, mas sim como paciente debilitada. Foi quando um choro incontrolável surgiu de repente e desencadeou nela uma crise de dor que a fez desmaiar e vomitar, sendo logo atendida e medicada.

Quando acordou, viu pela janela que já era noite. Notou que estava em um quarto, recebendo dois tipos de soro, os quais estavam pendurados no suporte, ao lado dela. Olhou para si própria, estava vestida com uma roupa que mais parecia um lençol.

Enquanto as horas iam passando, começou a fazer vários exames, sendo que um deles precisou fazer em outro hospital, tendo sido levada de ambulância.

No terceiro dia em que estava internada, logo após o almoço, do qual, como de costume, igual a passarinho, apenas beliscava quase nada, recebeu a visita do Dr. Theo à beira-leito.

Vestido com um avental que chegava a reluzir de tão alvo, ele trouxe alguns envelopes, de onde tirou papéis com resultados de diversos exames feitos: sangue, diabetes, colesterol, raios-x, tomografia, ressonância magnética, biópsia...

Sem fazer rodeios, Dr. Theo foi logo mostrando o que era isso, o que significava aquilo, e logo informou o diagnóstico:

— As notícias não são boas, Luna: tal qual eu suspeitava, você está com câncer. Um câncer muito agressivo. Doença incurável.

Ao ouvir aquilo, Luna ficou completamente sem reação. "Câncer?" Sentiu o coração bater aceleradamente, a boca seca, até as palmas das mãos parece que suaram. "Incurável?" Mas o que estava ruim, ainda podia piorar. O doutor continuou:

– O quadro não permite fazer cirurgia, vou lhe encaminhar para a oncologia. Com quimioterapia e muitos cuidados, talvez você consiga viver por mais três meses, mas será o máximo. Sem tratamento químico, certamente menos que isso.

"Três meses de vida?"

Sem chão. Sem ar. Sem nada.

"Três meses de vida? Por que será que Deus a estava castigando daquela maneira? O que ela tinha feito de errado em sua vida?"

– Vou receitar medicações fortes para dor e lhe dar alta. Estimo que na próxima semana você já seja chamada pela oncologia, onde passará por nova avaliação e iniciará o tratamento adequado.

O médico continuava a falar, mas tudo deixou de ter sentido para Luna. Perguntada por ele se estava entendendo, ela assentiu positivamente com a cabeça, mas na verdade já não compreendia absolutamente nada.

"Três meses de vida?"

Ao final das explicações médicas, Dr. Theo apertou a sua mão e, de uma forma seca, lhe desejou boa sorte, recomendando que, qualquer desconforto mais forte ou crise que ela sentisse, retornasse imediatamente ao hospital, sem perda de tempo.

A seguir, despediu-se, saindo apressado do quarto, a passos largos, como que a fugir daquela situação desagradável.

Luna ficou imóvel por muito tempo, olhando para o teto branco com o olhar congelado, pensando em tudo o que deixou de fazer, de viajar, de dançar, etc.

Lembrou das tantas vezes que teve vontade de chutar o balde, de mudar de vida, de fazer outras coisas, de realizar sonhos, mas sempre desistia. Uma vida inteira em que ela deixou de fazer as coisas que gostaria porque "o que as pessoas iriam pensar ou dizer dela?".

E, pois sim, agora o tempo passou, agora a vida está no fim, agora está tudo acabado.

O diagnóstico era cruel para com Luna.

Três meses, no máximo, de vida! E doente. Debilitada. Infelizmente ela não teria mais chance para viver!

1 VAMOS MARCAR UM CAFÉ?

Saiu do hospital e, ainda desorientada, tomou um táxi na esquina. O motorista precisou perguntar três vezes qual era o destino que ela queria ir, visto que ela estava alheia a tudo, com o pensamento distante.

Durante o percurso (ela morava no outro lado da cidade), as cenas que ela via pela janela a fizeram se abstrair ainda mais.

Crianças jogavam bola numa travessa sem movimento, um senhor de bicicleta costurava na pista, bêbado, talvez, o motoqueiro que passou no sinal vermelho, as mulheres que vinham com sacolas de compras, o mendigo pedinte na esquina, os carros que abasteciam no posto de gasolina, a moça andando de skate com cabelos esvoaçantes, o casal de namorados...

Tudo era um recorte que fazia Luna lembrar de algum acontecimento do passado, acontecimentos da sua vida, desde a meninice, passando pela infância e juventude, chegando na idade adulta, namoro, casamento, o nascimento do filho, a aposentadoria, o câncer...

Distraída, percebeu que o motorista falava com ela:

– Ei, Dona. Chegamos na farmácia que a senhora pediu! Eu espero aqui e depois levo a senhora em casa.

Agradeceu ao taxista, olhando para ele pelo espelho retrovisor. Então, desceu e entrou na farmácia, sendo logo atendida por uma moça sorridente e simpática, que se apresentou como a gerente daquela unidade.

Colocou a receita sobre o balcão, e a moça, ao manusear e ler a receita, fechou o sorriso e adotou uma postura séria, dirigindo um olhar triste para ela.

Luna viu que a atendente compreendeu, pelos remédios da receita, o que ela estava passando. Um a um, a moça pegou, nas prateleiras, os medicamentos prescritos.

Luna quase teve um choque com o valor a pagar, mas não tinha alternativa, ela precisaria daquelas drogas para, quem sabe, minimizar a dor, espichar uns dias a mais a sua vida, ou, talvez, morrer mais depressa. Sim, morrer mais depressa talvez não fosse de todo uma má ideia...

Retornou ao táxi e seguiu o percurso rumo a casa. Tudo o que ela não desejava naquele momento era encontrar com alguma das vizinhas fofoqueiras. Desceu do táxi e, "ufa!, tudo limpo, nenhuma delas à vista!".

Ao entrar em casa, largou os sapatos próximo da porta e, descalça, jogou a bolsa e o pacote de remédios sobre a mesa. Ela precisava de um bom banho. Foi se despindo ali mesmo, sem pressa, atirando uma peça de roupa aqui, outra ali, outra acolá.

– Depois eu as ajunto – pensou ela. – Afinal, é só eu nesta casa mesmo!

Tomou um banho demorado, contemplando a marca dos acessos nos braços e seu corpo magérrimo e debilitado pela doença. Pelo menos estava em casa, no seu território, no seu banheiro, no seu box.

Mas, pensamentos que vão e vem, logo questionou-se: quantos banhos ainda tomaria naquele chuveiro? Cinco? 10? 50?

Enquanto se esfregava com seu sabonete preferido, respirava sua fragrância e o vapor que saía da água quentinha, e, com isso, conseguiu organizar um pouco as ideias.

Refletiu sobre o que se lembrava da fala do médico. O diagnóstico estava dado, sacramentado. "É um câncer agressivo, três meses de vida, no máximo", disse ele. Ou seja, Luna não era boba, "poderia ser ainda menos!". Ela morreria logo. Era fato!

O que poderia fazer no pouco tempo que lhe restava? Luna era decidida e positiva. Ali no banho, ainda que enfraquecida, ela decidiu o que faria. "Sim, já sei o que vou fazer, é o mais sensato!"

Saiu do banho de alma lavada, secou-se e, andando nua pela casa, sentiu uma sensação de liberdade como nunca antes sentira. "Por que não andava pelada pela casa antes?"

Juntou as roupas atiradas pela casa e as depositou no cesto de roupa, onde já tinha algumas roupas sujas de antes da internação. Colocou-as na máquina, pôs sabão em pó e amaciante e iniciou o processo de lavagem, saindo da lavanderia quando a máquina começou a puxar água.

Colocou calcinha e sutiã e, após, sentou-se no sofá da sala. Ela tinha a tarde inteira. Dali de seu trono aconchegante, ela faria as ligações.

***

Quando o telefone chamou, Norma atendeu. Surpresa ao ouvir que era Luna, logo questionou:
— Olá, Luna, tem tempos que não nos falamos, está tudo bem?
Luna confirmou que estava tudo bem, relatou que ligou para saber notícias da amiga.
— Seu esposo, como está? Viajou para o Pantanal, que era o sonho dele?
— Que nada, Luna. No final das contas, quando já tínhamos desistido, o juiz aprovou a adoção, estávamos na fila, lembra?, e, com a chegada do Lucas, seguramos nossas economias para alguma eventualidade!
— Fico feliz por vocês, que esta criança traga muitas alegrias ao casal e a toda a família!
Falaram ainda por algum tempo Norma era muito falante, monopolizou a conversa, falou do trabalho dela, do voluntariado que ela faz na ONG de animais, dos pais que completaram 70 anos de casamento, da festa de arromba que reuniu toda a família e de outras amenidades.
Luna não teve condições de falar praticamente nada de si própria, apenas ouviu a amiga. Mas era o que ela queria! Em um dado momento, Luna encerrou a ligação, dizendo:
— A hora que der, a gente se encontra para tomar um café. Foi um prazer falar contigo!
Despediram-se, e Luna desandou em um choro copioso, um choro com um sentimento de leveza e de despedida, como há tempos ela não sentia.

***

Tomou um copo d'água, se recompôs e fez a segunda ligação.
— Luna, é você? Que alegria ouvir a sua voz.
Era um amigo das antigas, o Jonas, por quem Luna nutriu um grande amor nos tempos da faculdade, sentimento que ela enterrou no fundo do coração, porque já estava noiva de Antônio, que depois viria a ser seu esposo.
— Jonas, a alegria é minha! Eu sempre gostei muito de você, ainda que estejamos sem nos ver há um bom tempo.
— Eu também, Luna! Soube que estava com depressão, estás melhor?

Ela disse que sim e desconversou. Falaram brevemente sobre várias coisas, relembraram o passado. Jonas citou a vez em que o carro de Luna pifou no retorno da faculdade, debaixo de uma chuvarada colossal, tendo sido ele que a socorreu, ficando ambos completamente molhados!

Da fala do amigo, Luna recordou o abraço gostoso que deram naquela noite, à beira da estrada. Quando o carro dela voltou a funcionar, estavam ambos encharcados, e aquele foi o melhor abraço que ela já recebera de alguém, abraço que precisou varrer para debaixo do tapete... E esquecer... Por causa do Antônio... Por que a vida tinha que ser assim, tão inconstante, com sentimentos e sensações reprimidas?

Despediu-se de Jonas sorrindo, como há tempos não fazia. Sentiu no timbre de voz dele que ele também estava feliz em falar com ela. E Luna encerrou, dizendo:

– A hora que der, a gente se encontra para tomar um café.

Ficou um tempo no sofá divagando no que teria acontecido se ela tivesse de fato terminado o noivado com Antônio quando eles brigaram feio na altura daquele carnaval.

Seus pais a aconselharam a perdoar aquela saidinha dele, afinal, eles ainda não tinham se casado, e ele jurou de pés juntos que não a traiu com ninguém. Apenas tinha saído com os amigos. E, ademais, ele era um bom partido, rapaz trabalhador, dizia o pai dela, e eles estavam de casamento marcado para maio, o mês das noivas, o que as pessoas iriam dizer se terminassem?

Se ela tivesse mantido a posição de término de relacionamento, poderia, quem sabe, ter ficado com Jonas, ter vivido aquele amor puro que irrompia de dentro, poderia ter casado com ele, poderia talvez ter sido feliz de verdade... Mas as imposições familiares e sociais a fizeram sepultar aquele sentimento.

***

Na sequência, ligou para Amanda, a qual era casada com Paulo. Enquanto seu marido, Antônio, era vivo, estavam sempre juntos.

Luna, em certa época, chegou a desconfiar que Antônio e Amanda nutriam um caso às escondidas, mas, embora desconfiasse, nunca chegou a ter confirmação disso. Ficou só na suspeita. As famílias até viajaram juntas: Gramado, Canela, João Pessoa, Bonito, Ouro Preto, Paraty, Curitiba...

Depois que Antônio morreu, o relacionamento entre eles esfriou, Paulo nunca mais deu as caras, tipo frio, como se, após a morte do amigo, Luna não existisse. Já Amanda continuava por perto, ligava de vez em quando e aparecia esporadicamente, até que a depressão de Luna a afastou de vez.

O telefone chamou, chamou, chamou, mas, por alguma razão, Amanda não atendeu. Luna foi até a porta espiar um barulho que ouvira na frente de casa, mas não percebeu nada estranho na rua.

Voltou, ligou de novo, mas outra vez não conseguiu completar a ligação.

"Amanda deve estar atarefada com sua nova vida, com seu novo marido, visto que faz pouco tempo que abandonou Paulo, trocando-o por um rapaz 15 anos mais novo! Que despudorada!"

"Será? No fundo, será que ela estava tão errada assim?" Luna não tinha certeza se a culpava ou se a admirava, porque Amanda teve a coragem que ela não teve quando, no passado, poderia ter rompido o noivado com Antônio para ficar com Jonas...

Tinha um carinho enorme por Amanda, ainda mais por ter sido ela uma das últimas a se afastar quando Luna iniciou o quadro depressivo e se fechou em si mesma.

* * *

O telefone chamou, e Pyetro atendeu logo na segunda vez. Luna disse:
– Olá, Pyetro, tudo bem?
– Boa tarde. Quem está falando? – atendeu com formalidade.

Quando Luna se identificou, ele imediatamente pediu desculpas por não ter reconhecido a voz. Pyetro era um antigo colega da área da saúde, médico, que também trabalhava no hospital onde Luna se aposentou.
– E então, velha amiga, quanto tempo? Aproveitando a aposentadoria para viajar bastante com a família?

Luna explicou em resumo os últimos acontecimentos de sua vida, a morte do esposo, do filho, a depressão, mas ressaltou – mentindo – que agora estava tudo bem.

— Puxa, meus sentimentos! Posso ajudar em algo? — questionou, solícito.

— Liguei para falar um pouco contigo, mas não quero atrapalhar, podes falar um pouco agora?

Ele disse que era um prazer falar com ela e relatou que sim, podia falar, porque estava aguardando a chegada de uma paciente, que tinha avisado que se atrasaria.

Iniciaram uma conversa gostosa de velhos amigos. Luna ressaltou que sentia saudades dele, dos demais colegas de trabalho, e desabafou que, quando estava com eles, era feliz e não sabia.

O médico, pela relação franca de amizade que possuíam, aconselhou que ela aproveitasse a aposentadoria, que viajasse, passeasse, tomasse sorvete, vivesse experiências novas e que cultivasse na memória os bons momentos profissionais do passado.

A seguir, ele também se sentiu à vontade para falar um pouco de seus problemas. Citou que tem trabalhado demais, com horários e plantões malucos, que inclusive está sem horário para cuidar da sua própria clínica como deveria.

Luna lembrou que todos os colegas o chamavam de louco quando ele investiu todas as suas economias na compra de uma propriedade no meio do nada, no interior, onde antigamente havia uma clínica que tratava pacientes com hanseníase.

Como Pyetro tinha perdido um afilhado para essa doença, a vocação do lugar lhe chamou a atenção e despertou o desejo de compra.

— Tem várias crianças lá, algumas com hanseníase que perderam partes dos membros inferiores, outras chegaram com histórias familiares horríveis e usam o local como abrigo. Mas estou cuidando de todas como posso, são uns amores! — disse ele.

— Se continua a fazer tudo com excelência, como sempre fez, certamente estás fazendo o melhor possível também pela clínica.

— Sim, faço o que posso. Mas, no momento, por ser longe de tudo, não estou conseguindo encontrar alguém que more lá e administre a clínica. Embora eu tenha um caseiro e um casal de idosos lá, as crianças estão sendo cuidadas por uma menina de apenas 14 anos.

— Realmente uma situação bem difícil — ponderou Luna. — Tomara que consiga logo encontrar alguém que possa administrar a clínica.

– Nem me fale! Isso está me fazendo perder o sono!

Luna ponderou com ele que, se todos os problemas do mundo fossem pequenos como este, o mundo seria melhor, com mais resolutividade. Ele não sabia, mas ela se referia ao seu diagnóstico, que apontava pouco tempo de vida!

Pyetro, de forma abrupta, informou que a secretária estava lhe chamando, sua paciente tinha chegado, e ele precisaria desligar.

Despediram-se com a promessa de um encontro em breve para um café. Ele ficou muito feliz, porque gostava muito de trocar ideias com aquela amiga!

***

O último nome da lista era Roberta, a melhor técnica de enfermagem com quem Luna trabalhou. Roberta tinha nascido Roberto, mas, na adolescência, ainda que enfrentando rejeição e preconceitos, assumiu seu lado mulher e fez tratamento hormonal para buscar sua melhor aparência feminina.

O telefone tocou e chamou até cair. Mas, ao invés de desistir, algo fez Luna repetir a chamada. E deu certo, Roberta atendeu no final da segunda chamada.

– Olá, "miga", como você está? Desculpe não ter atendido de primeira, estou no trabalho, estava terminando de atender um familiar aqui no posto de enfermagem!

– Não se preocupe, liguei só para ouvir sua voz, estava com saudades!

– Oh, quanta honra! – e logo disparou: – O Dr. Theo comentou ao pé do meu ouvido que você estava fazendo exames. Deu tudo certo? Nenhum problema?

Por um instante, Luna gelou. Ela não queria ser descoberta. Roberta era uma profissional acima da média, era uma líder nata, compenetrada, que tinha trabalhado com Luna em dois hospitais. Era atenciosa e dedicada ao máximo com cada paciente, cuidando de cada um como se fossem de sua própria família.

E ela estava sempre atenta a tudo o que acontecia com cada um dos colegas. Era sempre a primeira a saber! De tudo!

– Estou bem, Roberta! Theo até me receitou alguns remédios, mas... vida que segue, né?! Vou tomar, fazer o tratamento que ele recomendou e logo estarei bem! – "tomara que ela engula", pensou Luna.

— Ah, que bom! – disse ela, com o bom humor que lhe era peculiar e que Luna conhecia muito bem.

Falaram ainda de outras coisas. Roberta atualizou a amiga com um relatório dos últimos "babados" da equipe, falou de quem saiu da empresa depois que ela se aposentou, do caso de amor que se confirmou entre a enfermeira da noite com o auxiliar de higienização, do colega que encontraram sem vida no banheiro depois de uma overdose, e outras amenidades.

Após conversarem bastante, Luna atalhou a amiga, senão o papo se estenderia até o final da tarde. E disse:

— Liguei mesmo para matar um pouco da saudade, Roberta. Precisamos fazer isso mais seguido. Aliás, quando der, vamos marcar um café?

A outra concordou com a proposta, e concluiu, dizendo:

— Este café vai ser no meu apartamento! Quero te mostrar minha casa nova e, é claro, te apresentar o meu "bofe". Vamos marcar sim!

***

Luna ficou ainda um tempo no sofá, curtindo a liberdade de estar à vontade de calcinha e sutiã, e pôs-se a refletir sobre os diálogos que travara com seus amigos.

Cada um com sua vida, cada um com seus problemas, com suas lutas e dificuldades. Igual a ela antes; sim, antes, porque agora ela sabia que estava encerrando a carreira. O tempo estava no fim.

Conversar com os amigos de quem mais gostava lhe fez cumprir a primeira parte dos planos arquitetados no chuveiro. Queria ouvir a voz deles uma última vez, matar um pouco da saudade, e ainda que, de forma velada, eles não soubessem, se despedir deles, prometendo um café em um encontro que ela sabia que nunca aconteceria.

Contente por ter vencido esse propósito, agora ela podia dar prosseguimento nos seus planos. Ela estava decidida. Iria fazer o que tinha pensado.

2 BRISA NO ROSTO

Luna estava dirigindo há um bom tempo. Sem pressa, sem destino. O sol tinha nascido mais cedo e agora estava a meia altura, espargindo reflexos dourados.

Os campos estavam verdejantes, as vacas já pastavam pelas várzeas, algumas casas aqui, outras acolá, depois matas, ora mais ralas, ora mais fechadas, córregos, alguns vilarejos, roças, natureza...

Um espetáculo. A paisagem estava realmente linda, mas hoje ela não tinha olhos para apreciar nada daquilo. E, ainda que estivesse ligeiramente frio, ela fez questão de deixar os vidros do carro abertos para sentir a aragem fresca da manhã invadir o carro.

Dirigia olhando para o longe: em sua cabeça, um turbilhão de pensamentos. "Um câncer muito agressivo", disse o médico. "Maldito câncer!" Quem diria que a vida inteira dela agora se resumia a no máximo três meses de vida?

De que adiantou deixar de fazer as coisas que queria ter feito para economizar como uma louca? Economizou para pagar contas, para comprar coisas, para quitar o terreno, construir a casa, mobiliar, depois reformar a casa, o bem estar do filho, comprar carro, pagar impostos... De que adiantou?

Claro que ela não economizou sozinha, Antônio também era uma pessoa bem segura, ele era parceiro, economizava junto. Luna privou-se uma vida inteira de realizar sonhos para, de repente, em pouco tempo, se ver sem o marido e, depois, também sem o filho, ambos mortos! "Adiantou alguma coisa? Nada!"

Lembrou disso com uma dor no coração, mas tranquilizou-se um pouco ao raciocinar que, pior ainda tinha sido para o esposo e o filho, visto que ambos morreram de forma abrupta, num dia estavam vivos, no outro já estavam mortos...

Mas ela, que passara pelo suplício terrível de ter que velar e sepultar a ambos e viver, dia após dia, a dor da perda e do vazio que as partidas representavam, agora recebia o pior diagnóstico que alguém poderia receber: ela estava morrendo, tinha no máximo três meses de vida!

Cada novo dia que clareasse seria uma autêntica tortura, a pior das torturas, porque ela sabia que morreria muito em breve, mas não sabia se morreria naquele dia... Seria hoje? Seria no dia seguinte?

Algumas habitações apareciam aqui e ali. "Deveria haver algum povoado próximo", pensou ela. Depois de uma curva, Luna avistou um prédio antigo e histórico, com uma fachada e um letreiro grande onde se lia: "Bolicho do Custódio".

Devia ser um daqueles lugares que têm de tudo no mesmo ambiente, como miudezas, lanches, bebidas alcoólicas, ferramentas, roupas, objetos de bazar e cozinha, talhas de lenha, sementes...

Ela lembrou-se, então, de que talvez cairia bem um café preto para "calibrar a lenta", como seus amigos costumavam dizer no hospital.

Mas ela não iria parar ali, não estava disposta a encontrar com bebuns à beira do balcão naquela hora da manhã... Talvez mais a frente houvesse uma loja de conveniência em algum posto de combustíveis, ou uma lancheria, ou um restaurante...

Voltando a seus dilemas, seguiu refletindo: aliás, como seria a sua morte? Como o câncer avançaria no seu corpo?. Ela deitaria para dormir e não acordaria? Será que precisaria enfrentar constantemente dores lancinantes, como a do restaurante no dia anterior?

Será que precisaria ser levada para um hospital para ser fortemente medicada, com morfina, talvez, para definhar aos poucos, perdendo peso, até a respiração entrar em colapso e ela apagar-se como se apaga uma vela?

Muitas perguntas, nenhuma resposta. Tudo incerto. Por isso ela considerava que as decisões que tomou no chuveiro, dois dias atrás, eram sensatas.

***

No dia anterior, ela foi ao banco, conversou um pouco com o gerente, pagou as contas e pegou uma quantia de dinheiro em espécie. Depois, foi no posto de gasolina, onde há anos era cliente, e abasteceu o carro, pedindo ao frentista para completar o tanque.

Após, decidiu que almoçaria no melhor restaurante da cidade. Ela tinha esse direito! Enfrentou uma pequena fila para acessar o *buffet*, serviu seu prato, deixando-o bem colorido, e sentou-se a uma mesa. Mas qual! Foi então que lembrou que estava com pouca ou quase nenhuma fome.

Deu no máximo uma meia dúzia de garfadas. Não conseguiu comer mais: aquele misto de desconforto que começava como uma azia chata começou a incomodar novamente. E logo se transformou em dor.

Com o garfo, ela remexia o alimento no prato para um lado e para outro, atenta àquela dor que sentia e que começou leve, mas que, após algum tempo, passou a aumentar.

Olhou o relógio de pulso, era cerca de uma e meia da tarde. "Puxa, esqueci de tomar os remédios!" Enquanto a crise de dor abdominal aumentava, mexeu na sacola, pegou os medicamentos e os tomou o mais rápido que pôde, sorvendo junto alguns goles de água com gás.

Nas mesas ao redor, as pessoas almoçavam e conversavam descontraidamente; uma chamava o garçom, outras estavam já na fila do *buffet* de sobremesa... E ela ali, com aquela dor que parecia que lhe rasgava por dentro.

Teve vontade de se atirar e rolar no chão quando a dor chegou num ponto praticamente insuportável, mas ela não queria pagar aquele mico no restaurante. Fez um esforço homérico: ela precisava aguentar!

Sentiu um frio congelante, enquanto um suor gélido escorria pela testa. Ficou assim de dois a três minutos, tempo que, para ela, pareceu uma eternidade.

Então, a crise foi regredindo devagarinho. De frente para o prato, servido e praticamente intocado, aos poucos ela foi se experimentando: mexeu os braços, ok, esticou as pernas, ok, levantou-se e deu alguns passos, ainda que ligeiramente trôpegos, ok. A dor agora estava suportável, e parecia diminuir. "Acho que consigo!"

Pagou a conta no caixa e saiu. De forma lenta, passos curtos e pausados, foi até onde tinha deixado o carro, indo imediatamente para casa.

Uma chuva leve começou a cair, ajudando a refrescar e a diminuir aquela sensação de abafamento. Em casa, cansada, Luna se afundou na cama e assim ficou, deitada, por todo o restante da tarde, aproveitando o barulhinho da chuva que caía sem cessar.

Afinal, ela podia dormir o quanto quisesse, pois não devia satisfação para ninguém... Estava aposentada e, além disso, não tinha nada para fazer mesmo, a não ser morrer...

***

Luna levanta, coloca as roupas no porta-malas e sai sem rumo.

A dor abdominal tinha passado. Depois de vencer a planície, o relevo começou a mudar. Iniciou-se uma subida que de início era leve, mas que, de quando em quando, tornava-se por vezes mais íngreme.

Não demorou muito e a estrada começou a ficar com várias curvas. Algumas bem perigosas: caminhões cruzavam por ela em sentido contrário, quase parecendo que iam colidir, provocando uma onda de vento que chegava a balançar o seu carro.

Após andar mais alguns quilômetros, ela avistou à frente uma paisagem que chamou sua atenção: uma ponte, em aclive e com curva, que ligava dois morros e, abaixo dela, uma ribanceira que parecia que não tinha fim.

Ainda que estivesse alheia à paisagem, algo despertou seu olhar para esse local. Olhou o retrovisor, atrás dela não vinha nenhum veículo. Reduziu a velocidade e, após vencer a ponte, encostou o carro num refúgio estrategicamente preparado como paradouro para quem quisesse ali apreciar aquela pintura da natureza. Tirar fotografias, talvez.

Como que hipnotizada, desligou o carro e, caminhando pelo acostamento, alcançou o guarda-corpo de concreto da ponte, indo até a metade da travessia. Observou no detalhe a cena que se descortinava diante de seus olhos até onde conseguia enxergar.

A ponte era realmente muito alta. Em seu entorno, dos dois lados, matos, árvores e um despenhadeiro muito alto, um vazio que parecia abissal, o qual ela nem sequer ousava calcular quantos metros de altura teria.

A brisa da manhã soprava forte. Pássaros voavam, dando a impressão de que, se ela espichasse a mão, poderia pegá-los facilmente.

Luna então encostou-se no guarda-corpo da ponte e abriu os braços, enquanto suas melenas chacoalhavam ao vento, deixando seu rosto inteiramente descoberto. "Por quanto tempo ainda terei a dádiva de respirar?"

Ficou assim por um tempo, agora de olhos fechados, tentando imaginar como seria depois de sua partida. Os poucos amigos que ela tinha certamente lamentariam a sua morte, talvez chorassem em um provável velório, mas depois, com o passar dos dias, esqueceriam dela!

Os parentes, que não davam a mínima para ela quando era viva, talvez aparecessem, alguns sozinhos, outros com as famílias, com as caras de pau lustradas com o verniz mais fino, a chorar lágrimas de crocodilo pela parente que se foi... Estariam ali não porque gostassem dela, mas, como urubus, para ver se algo da carniça (patrimônio) restaria para eles. E, passado alguns dias, qualquer que fosse o desfecho, nunca mais se lembrariam de Luna!

Outros, com quem ela teve algum relacionamento de amizade ou profissional, talvez ficassem surpresos ao saber, depois que ela já tivesse sido sepultada, que ela já não estava mais neste plano. Mas essa comunicação se resumiria simplesmente a algumas poucas palavras, como uma fofoca fria, ou talvez requentada, como que a cumprir uma formalidade de lembrança, uma espécie de ética de cuecas, mostrando suas vergonhas, e depois, também estes, nunca mais falariam dela!

"É, a vida é mesmo cruel! Morrer tornou-se algo banal. Chegamos a um ponto em que é difícil acreditar nas pessoas! Cada um só pensa no seu cada qual, tirando a máxima vantagem possível em tudo e de todos. A humanidade está caminhando para o caos!"

Ela mergulhava em pensamentos e rememorava de novo seu diagnóstico: "no máximo três meses de vida". Uma queda ali naquele precipício sem fim seria absolutamente fatal. "Esta seria uma boa hora e um bom local para morrer!" Se ela morresse agora, ela morreria feliz diante daquele espetáculo da natureza...

3 DIVAGAÇÕES PERIGOSAS

"Não me enganei", pensou Luna. "Lá está o posto de combustível. E tem um restaurante ao lado." Ligou o pisca-alerta e tomou o acostamento, pois ela precisaria fazer a conversão para acessar o estabelecimento do outro lado.

Já havia alguns veículos no estacionamento. Encostou o carro num canto, ao lado de onde havia algumas flores multicoloridas, pegou sua *nécessaire* na intenção de também retocar a maquiagem, guardou a chave da ignição no bolso da calça e adentrou no comércio.

Naquela hora, poucos clientes estavam no restaurante. Ela sentiu um cheirinho gostoso de comida: já deveriam estar cozinhando para o almoço.

Um atendente magricela sorriu, enquanto ela se aproximava de uma mesa.

– Que bom que você veio! Estamos à sua disposição! Queres pedir alguma coisa já agora? – disse o rapaz, bastante simpático e sorridente.

– Traga uma xícara de café preto com uma torrada pequena. – Luna, enquanto colocava a *nécessaire* sobre a mesa.

O rapaz respondeu algo monossilábico e, assim como tinha aparecido, desapareceu como que por encanto.

Na mesa ao lado, estava um senhor de meia altura, bem apessoado, meio gordinho, que usava camisa xadrez e uma boina. Ele disse:

– Bom dia, senhora! Está um belo dia para viajar, não? A senhora está indo para onde?

Não esperando que um estranho puxasse conversa, Luna foi seca nas respostas:

– Bom dia! – disse ela, olhando para ele e observando que ele tinha olhos azuis. – Sim, um belo dia para viajar! – e encerrou o assunto.

– Minha filha mora na capital, fui resolver uns negócios lá, mas já estou voltando, logo deverei estar em casa.

Luna aquiesceu, balançando afirmativamente a cabeça e, para não espichar o assunto, até porque ela não estava a fim de conversar com ninguém, pediu licença e levantou-se, indo ao banheiro.

"Deve ser algum aproveitador, desses que andam pela estrada prontos para aplicar algum golpe", pensou Luna. "Me viu chegar sozinha e está querendo tirar alguma vantagem!"

Demorou um pouco no banheiro. Olhou-se no espelho: a maquiagem estava ótima. Apenas retocou os cílios, muito mais para passar tempo e, assim, evitar aquele desconhecido.

Ao voltar para a mesa, deu graças a Deus quando o magrelo já vinha ao seu encontro com a xícara de café e a torrada, servidos numa bandeja, onde também havia guardanapos, uma colher e alguns sachês com açúcar, mostarda, maionese e *ketchup*.

Na mesa ao lado, aquele senhor já comia um grande pastel. De canto de olho, ela viu que ele optara por um suco que devia ser de laranja. "De boca cheia, ele não vai me importunar!"

Sentindo nas narinas o vapor que subia da xícara e o aroma maravilhoso do café, Luna sorveu alguns goles demoradamente, afinal, estava como ela gosta: bem quente.

Mordiscou o lanche e apreciou o queijo amolecido, que formava fios generosos da torrada até o naco que estava em sua boca, os quais teve que cortar com os dedos.

À medida que o alimento caía em seu estômago, começou a sentir mais uma vez aquele desconforto, primeiro uma queimação, depois uma sensação estranha, que logo se transformou em uma dor leve.

Ela tentou dar mais algumas mordidas na torrada, mas não conseguiu. Tentou tomar mais um pouco de café, mas sentiu náuseas. Não tinha como. A dor aumentava. Se forçasse, talvez vomitasse. E então a crise veio. Rápida. Cruel. A galope. "Senhor, me ajude! Que dor terrível."

Arcou-se um pouco na mesa, apertando o abdome com os dois antebraços. A dor era gigante. "Será que chegou minha hora? Será que vou morrer agora?"

– A senhora está bem? – perguntou-lhe o desconhecido da mesa ao lado, demonstrando preocupação com o contorcionismo dela.

Respirou profundamente e então respondeu:

– Acordei um pouco indisposta hoje, mas vai passar, não se preocupe! Cuide da sua vida! – "talvez eu esteja fazendo caras e bocas devido à dor", pensou.

Parecia que os objetos sobre a mesa dançavam! Na sequência, atordoada, levantou-se com alguma dificuldade da mesa, deixando para trás, a contragosto, o café e o lanche. Com movimentos secos e pausados, foi até o caixa, enfiou a mão no bolso da calça e, abaixo da chave, puxou algumas cédulas, pagando a conta.

Tudo o que ela queria era sumir dali. Queria estar sozinha. Ficar sozinha. Não queria que ninguém visse ela naquele quadro de crise de dor. Aquele momento era dela. Só dela. Chegou ao carro, deu a partida, engatou a marcha a ré, manobrou e saiu o mais rápido que pôde dali, cantando pneus.

* * *

Na ponte, Luna refletia. Quanto tempo de vida ela tinha? Seriam três meses? Seriam dois? Seria um mês? Algumas semanas? Teria ela mais alguns dias somente? Morreria hoje?

O tempo era mesmo uma incógnita indecifrável. Sempre medido de alguma forma. Séculos, anos, calendário, datas... Olhou para o relógio em seu pulso. Mas e ela? Diante da situação em que se encontrava, para que servia medir o tempo?

Revoltada, tirou o relógio do pulso e, com raiva, atirou-o longe, no vazio. "Não preciso da tortura de contar as horas que me faltam. Que ele se despedace completamente quando encontrar o chão!"

A brisa começou a ficar mais encorpada, transformando-se em um vento forte. Luna estava encostada no guarda-corpo da ponte. De súbito, sentiu nas suas costas um deslocamento de ar; era um carro que tinha passado atrás dela, sobre a ponte.

De braços abertos, balançava perigosamente na beirada do abismo, esboçando um equilíbrio frágil e tênue. Agora ela já não olhava para a paisagem, nem para o vazio, nem para o despenhadeiro, nem para os pássaros, agora ela estava alheia a tudo.

De olhos fechados, sua vida passou diante dela como um filme de Jean-Luc Godard! Viu-se criança nos fragmentos mais antigos que conseguia lembrar, viu-se menina, a lida na roça ajudando o pai, os banhos de cascata, andando a cavalo, a adolescência, a picada de aranha, a escola, o curso técnico, a mudança para a cidade, o braço quebrado, a faculdade, os namoros...

– Ei, senhora!

Tão fugidia estava que não compreendeu de onde vinha aquela voz. Seria alguém do passado? Seu avô? Seu marido? Seu filho? Ou, quem sabe, um anjo? Ela apenas sentia aquele vento no rosto, vento que a fazia balançar, que lhe trazia uma indescritível sensação de liberdade!

– Senhora! Não se mexa!

Aquela voz! Ela já tinha ouvido antes! De quem seria? Abriu os olhos, na tentativa de recobrar aos poucos a consciência, enquanto sentiu que alguém lhe abraçava por trás.

– Venha comigo! – disse a voz.

A voz era suave. Quem seria aquele? Um anjo? Luna se deixou levar. Foi conduzida de forma firme, segurada pela cintura, para a margem, afastando-se da ponte e chegando ao paradouro.

Olhou o ambiente. A sua visão estava um pouco turva, mas clareando. Aos poucos, tudo voltou a fazer sentido. Seu carro estava com a porta do motorista aberta. Sentou-se no banco do motorista. Um pouco à frente, uma camionete com o pisca-alerta e com o motor ligado.

– Acorde! Volte a si! A senhora parece não estar bem!

Só então Luna percebeu que o dono daquela voz era o mesmo homem que estava sentado próximo dela no restaurante, quando ela parou para tomar um café e fazer um lanche.

– Saia já daqui! – disse ela, recobrando a lucidez e desconfiada. – Não preciso de ninguém!

– Acalme-se! Eu apenas quis ajudar. Logo vou embora. A senhora saiu apressada do restaurante e deixou esta bolsinha sobre a mesa.

Luna aguçou o olhar e viu o homem estender a mão, devolvendo a ela a sua *nécessaire*.

– Eu a abri para ver se tinha algum número de telefone seu para que eu pudesse lhe avisar desse esquecimento, mas não tinha. E quando vi esta quantia de dinheiro dentro dela, imaginei que iria lhe fazer muita falta. Por isso, saí logo atrás de você, seguindo na mesma direção que você tinha tomado.

Envergonhada por ter feito mau juízo do homem no restaurante, ainda assim Luna não quis dar o braço a torcer. Disse, enfática:

– Agradeço por sua gentileza. Muito obrigada! – disse, pegando a *nécessaire*. – Mas agora já estou bem. O senhor já pode ir embora!

— Está um belo dia para viajar, senhora!

— Por favor, vá embora! Quero que vá embora! – disse mais firme, gritando.

— Assim farei. A senhora logo haverá de estar bem. Saiba aproveitar a sua vida! – disse o homem, de cabeça baixa.

E, a seguir, resignado, o homem virou as costas e dirigiu-se para a camionete, sem olhar para trás. Entrou no carro, acelerou o motor numa pisada firme e seguiu viagem, logo desaparecendo numa curva da estrada.

"Quem aquele homem pensava que fosse para lhe dizer aquilo? O que aquele desconhecido sabia de sua vida? Nada! Como ela poderia aproveitar a vida? Ela tinha três meses de vida no máximo... E ele jamais poderia imaginar isso... E talvez fosse muito menos que três meses, porque as crises que ela estava sentindo estavam cada vez mais fortes."

4 DESAFIANDO A MORTE

Luna ficou por um tempo sentada ao volante, ali no paradouro, o carro com a porta aberta. Já estava calor, mas o vento mantinha-se forte, trazendo consigo algumas folhas secas. Ela estava dando um tempo para recuperar o fôlego.

Refletindo sobre os últimos acontecimentos, ela lamentou que a doença a estivesse deixando amarga. Sim. E que amargor! Chegou a conclusão de que as pessoas não tinham culpa se ela estava atravessando fortes crises de dor e se estava com um câncer terminal que lhe dava no máximo três meses de vida.

Culpada. Ela estava se sentindo muito mal internamente por ter feito mau juízo do coitado do homem que, no restaurante, apenas tentara ser gentil. Está certo, ele bem que poderia ser um vigarista, um aproveitador, mas ela sequer deu oportunidade para ouvi-lo.

E o que se viu depois? Aquele homem que, para ela, seria um mau caráter, notou que ela tinha esquecido a *nécessaire*, e, atencioso, tomou a estrada atrás dela para encontrá-la e devolver o objeto esquecido.

E mais, ainda que tivesse visto a quantia de dinheiro que ela tinha guardado ali, junto aos seus pertences pessoais, ainda assim, com hombridade, fez questão de devolver na íntegra, *nécessaire* e dinheiro, tal como ela tinha deixado na mesa do restaurante.

Se fosse um aproveitador, o que teria feito? Retiraria o dinheiro para si, afinal, era uma boa quantia, e jogaria a *nécessaire* fora numa das curvas da estrada. Pronto, ninguém nunca saberia nem nunca poderia culpá-lo por isso...

E pior ainda ela fez, quando ele a encontrou na ponte, mandando-o embora de forma estúpida e mal agradecida! Tudo bem que ela quisesse ficar sozinha, diante do quadro existencial que estava vivendo, mas nada justificava ter sido grossa e deselegante com aquele desconhecido. Sequer perguntou seu nome!

Pediu perdão a Deus por ter procedido daquela maneira, compreendendo que as outras pessoas não tinham nenhuma culpa pelo momento que ela estava atravessando.

***

A frase daquele desconhecido ainda ecoava em sua cabeça: "Está um belo dia para viajar, senhora! Saiba aproveitar a sua vida!". De fato, Luna estava viajando desde cedo, sem destino, mas, ao contrário da recomendação daquele estranho, não estava aproveitando nada da paisagem, tão alheia que estava em seus pensamentos e divagações...

Para corrigir isso, e como ela não estava nem aí para o tempo, como se não devesse satisfação a ninguém, decidiu deixar o asfalto para trás e tomou aleatoriamente a primeira estrada secundária que se apresentou no horizonte, pois queria poder andar mais devagar.

A estrada era de chão batido, cheia de curvas, num declive constante, mas estava bem conservada. Em alguns trechos, a estrada alargava, em outros, ficava mais estreita. Em outros momentos, as árvores abraçavam a estrada, formando um túnel verde.

Fazia já bastante calor, o sol mostrava sua beleza no firmamento. Ela dirigia devagar, desviando, sempre que possível, de poças de água com barro vermelho, as quais se formaram com a chuva do dia anterior.

Percebeu que estava descendo para um vale. À beira da estrada, havia algumas lavouras e muitas pastagens. Depois de uma curva, a surpresa: uma vaca estava deitada bem no meio da estrada, trancando a passagem, aproveitando a sombra de uma frondosa árvore. "E agora, o que faço?"

Luna parou o carro e buzinou. Uma, duas, três vezes. Mas o sonido nenhum efeito causou. O animal continuava ali, paciencioso, regurgitando e mastigando sem parar, como se nada o incomodasse.

Desceu do carro e observou o ambiente. Pelos dois lados da estrada, um leve barranco e uma cerca de arame farpado. "A vaca não deve ser brava. Ela deve ter rompido a cerca em algum lugar e adentrado na estrada", pensou ela.

Ela já tinha lidado muitas vezes com vacas e bois na sua infância e juventude, não tinha medo, mas o pai sempre lhe recomendava cuidado ao lidar com animais. "Eles são irracionais!", dizia ele.

"Preciso tirar ela da estrada! Mas como?" Olhou ao redor. Quebrou um galho, de cerca de um metro de comprimento, de uma planta na beira da estrada. Com atenção, aproximou-se por trás, dando algumas varadas nas ancas do quadrúpede.

A contragosto, muito mais pela insistência dela do que pelas varadas que recebia, o animal levantou-se vagarosamente, indo para a beirada da estrada. "Pronto, já consigo passar!"

A brisa e o vento forte no rosto que ela tinha tomado quando estava na ponte a fizeram recobrar os sentidos. Ela precisaria viver seus últimos dias sem dar atenção para o tempo, sem medir o tempo, sem sequer olhar para o relógio ou o calendário...

Ela precisaria viver cada minuto como se fosse o último. E, ainda que viver daquela forma, considerando seu diagnóstico, fosse difícil ou soasse muito estranho, ela precisaria, de alguma maneira, encontrar prazer e alegria para viver seus últimos dias.

Precisaria vencer as dores, vencer as crises, vencer as lutas de cada dia sem pensar nem se preocupar se estaria viva no dia seguinte. E, enquanto Deus lhe concedesse viver, usaria de gentileza, de brandura, de amor. Seria útil, deixando, talvez, algum legado...

Depois de andar um trecho que deveria ter mais ou menos um quilômetro, avistou uma moça vestida em trajes simples, a qual vinha no sentido contrário, como que a procurar alguma coisa. Parou o carro.

— Está procurando uma vaca perdida? – perguntou Luna, parando ao lado dela, sem desligar o carro.

— Ué, dona! Como a senhora sabe? – inquiriu a moça, com a mão no queixo. – A Mimosa arrebentou a cerca próximo do galpão e sumiu!

– Aí estava a primeira oportunidade de exercitar a bondade e o amor ao próximo.

— Passei por uma vaca solta na estrada agora a pouco, – apontou com o polegar para trás! – você deve alcançá-la logo se andar depressa!

A moça agradeceu, feliz da vida, e apertou o passo. E Luna ficou contente por ter feito uma boa ação a uma desconhecida.

* * *

Enquanto fazia uma longa descida, avistou um arroio que descia, pelo lado direito, com suas curvas acompanhando a estrada. Por vezes, a inclinação da estrada e do terreno lhe permitia avistar o leito, as pedras e as águas do arroio, outras vezes, avistava capões de mato e barrancos. "Em algum ponto mais abaixo, deve haver uma ponte."

Quando a curva do arroio enveredou para a estrada, Luna diminuiu a velocidade: "cadê a ponte?". Estranho, não havia ponte! A estrada passava por dentro do curso d'água, cujo leito era formado por inúmeras pedras pequenas e arredondadas.

Luna parou o carro antes da travessia, olhou com atenção e percebeu, pela forma e pelo contorno, que realmente os carros atravessavam por dentro do arroio. Com cuidado, engatou uma primeira marcha e adentrou no arroio bem devagarinho, apenas girando as rodas do carro, apreciando cada segundo daquela travessia.

Onde será que ela estava? "Que município seria aquele?" Até onde a vista alcançava, não havia nenhuma casa, nenhuma pessoa, apenas a natureza exuberante e o sol de meia tarde, produzindo um calorzinho gostoso.

No meio da travessia, que seguia inteiramente rasa sobre aquela lâmina de concreto, desligou o carro e abriu a porta. Em outros tempos, ela jamais faria aquilo. O que iriam pensar dela parada com o carro no meio do arroio? No meio do nada, onde não tinha ninguém. E se viesse uma enxurrada de repente? E se ela fosse assaltada? E se viesse outro carro, como ele passaria?

Mas ela não estava nem aí para o que os outros poderiam ou não pensar. Tirou as sandálias e desceu de pés descalços, sentindo a água gelada a escorrer nos seus pés como se fosse um bálsamo reparador.

Chegou a sentir frio num primeiro momento, mas logo o corpo se ambientou com a temperatura da água, a qual deu a Luna uma sensação de refrescância e paz indescritível.

Caminhou alguns passos arroio abaixo e sentou-se numa pedra maior, batendo com os pés na água, como fazia quando era criança, provocando respingos que saltavam inclusive nela.

Começou a rir daquilo, um riso tão gostoso e com uma intensidade que ela imaginava não mais conseguir rir na vida, afinal, era como se o diagnóstico trágico que recebera do médico a obrigasse a viver exalando tristeza...

E, tão gostoso que estava se refrescar daquele modo, teve uma ideia. Caminhou um pouco para o lado direito, onde a água tinha a fundura mais ou menos de meia canela, e se deitou dentro d'água.

O riso aumentou significativamente e ecoava pelo vale quando todo o seu corpo sentiu a água gelada. Aquela era uma sensação única, diferente, divertida! Ela estava se sentindo viva tomando aquele banho gelado de arroio no meio do nada!

Viva! Mas... Epa! Sentiu novamente a fisgada de dor no abdome, uma dor suportável, e a própria dor fez com que aumentasse ainda mais a alegria que estava sentindo ao viver aquela aventura.

Era como se ela estivesse desafiando a morte, o diagnóstico trágico, imersa dentro d'água num arroio gelado e desconhecido, com roupa e tudo! "Oh, morte, eu ainda estou viva! Eu ainda posso fazer o que eu quero! Você não manda em mim! Não ainda!"

Ficou assim um bom tempo. Curtindo aquele momento surreal, refrescando-se, vivendo! Sorrindo, alegre, contente! Ela lamentava ter pouco tempo de vida. Quantas coisas como esta ainda conseguiria fazer? Aquele senhor estava certo: ela precisava mesmo aproveitar a vida, pelo menos enquanto estivesse viva!

Ficou assim por um tempo, dentro d'água, olhando para o céu, para os morros do entorno, para as árvores. Então o sol começou a ir embora, e a água começou a ficar ainda mais gelada. Sentindo frio, retornou ao carro, abriu o porta-malas do seu *hatch* e pegou uma toalha da sua mala de viagem.

Ainda com os pés dentro d'água, secou-se o melhor que pôde, agradecendo a Deus por aquele momento ímpar que estava vivendo, ainda que aquela dorzinha chata continuasse lá, como uma faca a lhe espetar sem parar.

Com as roupas úmidas, entrou no carro e seguiu viagem, tirando o carro de dentro do arroio. "Até o carro tinha se refrescado", pensou ela. Que banho gostoso! Sentia dentro de si uma leveza tão grande como há muito tempo não sentia.

Seguiu dirigindo devagarinho, apreciando a paisagem, enquanto os calafrios aumentavam: "deve ser porque estou com a roupa molhada!".

Aos poucos, o estômago começou a girar, um mal estar desconfortável. Náuseas. Começou a bater queixo de frio. "Que sensação doida! Será que está chegando a minha hora da partida?" Meio tonta, passou a dirigir com bastante esforço. Não podia desmaiar. Não podia bater o carro ali naquele fim de mundo.

Zonza, abriu completamente os vidros do carro, para que o vento entrasse livremente. Respirou fundo, atenta às margens esquerda e direita, alinhando o carro pelo meio, por onde era a estrada.

Parar o carro naquele meio do nada não era uma boa ideia. Sentiu sacolejos, buracos e desníveis na estrada. Mas ela precisava continuar.

De repente, a estrada estreitou, o carro começou a passar por cima de guanxumas, e dava para ouvir o barulho delas se arrastando no fundo do carro. A estrada agora se resumia a dois trilhos, com vegetação no meio e dos lados. Foi quando ela enxergou ao longe um casarão antigo e percebeu que a estrada parecia acabar ali.

Com extrema dificuldade, avançou aqueles últimos metros e desligou o carro em frente a casa. E, ainda que estivesse com muito frio e bastante zonza, ao mesmo tempo sentia o corpo queimando, suando a cântaros.

Na fachada, letras grandes indicavam um nome: Raio de Luz. Onde será que ela estava? "Raio de Luz, o que significava aquilo?"

A crise de dor estava insuportável. Tinha vontade de gritar! Com esforço, olhou para os lados: hortênsias lindas mesclavam o verde com tons de azul e branco de forma mágica. Havia ainda canteiros com lindas flores e um gramado bem aparadinho e árvores, das quais despontavam longos balanços.

Ainda que ela conseguisse ouvir o som do silêncio, ao mesmo tempo ouvia o cantar dos pássaros, formando uma melodia maravilhosa. Em um pequeno lago, patos brancos (ou seriam cisnes?) nadavam despretensiosamente.

Aquele lugar parecia o paraíso! Tudo era muito claro e iluminado. "Raio de Luz!" Será que aquilo era real? Será que ela estava sonhando? Será que ela tinha desencarnado e não sabia? E, se tinha morrido, onde estariam os anjos cantando e tocando harpa?

5 RECANTO DOS IPÊS

Patrício e Ondina Moraes casaram-se na capital, em 1875, e, já casados, mudaram-se para a grande área de terras que tinham comprado no interior.

Lá chegando, ficaram maravilhados com a riqueza da propriedade, farta em áreas de campo, de matas, com arroios e vertentes muito boas e até alguns lagos. E, mais ainda, destacou-se ante seus olhos o multicolorido sensacional de grande número de ipês na época da floração.

Tão encantados ficaram que, assim que foi possível colocar um portal na entrada da fazenda, mandaram esculpir numa enorme tábua de costaneira o nome: Recanto dos Ipês.

Trabalhando duro, construíram uma casa, inicialmente de madeira, e passaram a tirar da terra o seu sustento. Patrício era um homem muito trabalhador e dedicado, sempre atento a tudo na fazenda, no cuidado das plantações, no cuidado das cabeças de gado, porcos, tirava pasto para os animais, cortava lenha.

Ondina não ficava para trás, sempre pronta e disposta, assumiu a casa, cuidava da horta, das galinhas, dos porcos no chiqueiro, da vaca leiteira, fazia queijos, geleias, chimias, doces e conservas. E ainda encontrava tempo para acompanhar o marido nas lidas mais duras, no lavrar a terra, derrubar e desgalhar toras de madeira, no arrebanhar gado, na carneação...

Todo esse trabalho gerou resultados: começaram a prosperar. Vendiam para a cooperativa toda a colheita; para o frigorífico, gados e porcos; na cidade, mel, melado, rapaduras, ovos e lenha. Mas logo perceberam, com a gravidez de Ondina, que era humanamente impossível Patrício dar conta de todo o serviço sozinho.

No ano em que Pedro nasceu, 1879, Patrício recrutou os primeiros dois funcionários. Era um casal que passava dificuldades e que rolava de propriedade em propriedade, não se firmando em nenhuma. Patrício garantiu que, na Recanto dos Ipês, eles trabalhariam bastante, mas, em contrapartida, teriam um lugar para morar e não passariam fome.

Igualmente trabalhadores, Osmar e Rita souberam aproveitar aquela oportunidade com as duas mãos e se dedicaram ao máximo ao casal e seu filho, cuidando da fazenda como se fosse deles e desempenhando todas as funções que lhes eram confiadas com zelo e empenho máximo.

Com o aumento das áreas agricultáveis e da produção, bem como das cabeças de gado, do número de porcos criados em simultâneo e de outras lidas da Recanto dos Ipês, o serviço aumentou exponencialmente, forçando Patrício a contratar mais famílias de trabalhadores.

No ano em que Pedro completou cinco anos, Patrício Moraes, que, junto a Ondina, sempre apreciara a beleza dos ipês, resolveu povoar ainda mais a fazenda com essa espécie. Passou a encomendar, anualmente, de um grande viveiro de São Paulo, centenas de mudas de ipês.

Com atenção e esmero, ele supervisionava os funcionários no plantio de ipês em diversos locais da fazenda, bem como nos cuidados durante o desenvolvimento das plantas.

"É para a fazenda ficar mais bonita ainda!", dizia ele. Mas o que se comentava à boca pequena era que, na verdade, a ideia de fazer a fazenda mais colorida era da dona Ondina, a esposa de Patrício, porque ela é quem era a grande apaixonada por flores, haja vista a beleza de seu jardim, ao lado da sede da fazenda.

Com a ajuda do único filho, Pedro, e dos funcionários fiéis e dedicados, o negócio da família cresceu ainda mais, alicerçado na agricultura, na pecuária e no comércio. Plantavam milho, feijão, arroz do seco, cana-de-açúcar e culturas menores para a subsistência, como aipim, abóboras, batata-doce e outras; cuidando de grandes chiqueirões de porcos e sempre com uma grande quantidade de cabeças de gado rebanhadas pelos pastos.

Pedro e Ondina construíram uma casa grande de pedras e tijolos, com vários quartos e repartimentos. "Para ter lugar para acomodar os netos", diziam eles.

Ali viviam em paz, circulando pela propriedade e acompanhando cada um dos serviços designados aos funcionários. Patrício sempre dizia: "para ter controle, preciso saber tudo o que está acontecendo". E, por vezes, completava, justificando: "é o olho do dono que engorda o boi no pasto!".

Orbitando ao redor da sede da fazenda, e próximo dela, havia inúmeras casas, onde moravam os trabalhadores e suas famílias, que forneciam a mão de obra necessária para a fazenda poder pulsar com eficiência.

Numa das idas à cidade com o pai, Pedro conheceu Vitória, uma jovem órfã que era empregada numa casa de família. Surgiu entre eles um amor à primeira vista. Ambos enamoraram-se, passaram a se ver com cada vez mais frequência e, em seis meses, já estavam casados.

Com o consentimento dos pais, Pedro trouxe Vitória para morar na casa grande. Ela, desde o início, também muito trabalhadora, passou a ser uma grande colaboradora do marido e dos sogros, assumindo toda a lida e os cuidados com a casa.

Quando nasceu o primeiro filho de Pedro e Vitória, os funcionários diziam que ele também haveria de ter somente um filho, tal qual Patrício e dona Ondina. Mas não demorou e, no ano seguinte, nasceu mais um menino, e dali a dois anos, mais uma menina.

O ano de 1911 foi de tristeza na Recanto dos Ipês. Primeiro, Ondina, de causas naturais, morreu dormindo, nos primeiros meses do ano. Depois, no inverno, numa noite congelante, morreu Patrício; encontraram-no caído ao clarear do dia. Ele deve ter se sentido mal, e saiu à rua para tomar um ar, quando teve algum mal súbito.

Pedro Moraes continuou a administrar a fazenda Recanto dos Ipês com o mesmo jeitão bonachão e a mesma generosidade do pai. Herdou dele o gosto por fumar: era visto pela fazenda, durante as lidas, tragando palheiros, que ele mesmo se orgulhava de preparar pacienciosamente.

Além dos três filhos que conheceram os avós, com Vitória teve mais nove filhos, totalizando 12. Todos, desde pequeninos, ajudaram nas lidas da fazenda, tal qual ele, Pedro, fizera desde pequeno.

Assim que o último filho desmamou, Vitória passou a desenvolver um sentimento de tristeza muito forte. Sem que soubesse explicar, chorava copiosamente por qualquer coisa, de tal modo que nada a acalentava. Passou a ter crises de pânico. Em determinados dias, ficava fechada no quarto e não saía para nada. Em outros, ficava aérea, alheia a tudo e a todos, conversava sozinha, dizia que ouvia vozes...

Um médico foi chamado. Era doença dos nervos, em estágio avançado, disse ele. O melhor tratamento para Vitória era interná-la num manicômio.

Pedro não concordou que a esposa fosse removida do convívio familiar. "Imagine, ser internada num hospício, uma casa para loucos", pensou ele. Conversou com o médico, que então receitou alguns remédios e recomendou que fosse mantido sempre alguém junto de Vitória, para cuidar dela e evitar que ela cometesse algum desvario.

Os anos passaram alvissareiros, com progresso e pujança, os filhos crescendo e visitas do médico de vez em quando para tratar Vitória...

Tudo ia de vento em popa, até chegar a crise dos anos 30, quando repercussões econômicas, geradas a partir da hecatombe financeira e da grande depressão, foram sentidas também na Recanto dos Ipês.

Não bastasse esse cenário negativo, vários funcionários da fazenda passaram a apresentar sintomas de uma doença que formava feridas e ulcerações na pele. O médico, numa das visitas, logo identificou aquilo: era a terrível lepra, uma doença altamente contagiosa e mortal.

Muitos funcionários, homens e mulheres, contaminaram-se, inclusive o filho mais velho de Pedro e Ondina, Jacinto, que estava sempre na linha de frente para tudo com os peões.

Considerada uma doença sem cura e altamente contagiosa, os protocolos médicos exigiam isolamento. Pessoas diagnosticadas com a doença precisavam ser removidas compulsoriamente do convívio social e transferidas para um dos hospitais-colônia que estavam sendo construídos pelo Estado Novo.

Entretanto, o hospital-colônia mais próximo, ainda em construção, ficava distante cerca de 300 quilômetros, o que significava que, quem fosse para lá transferido, perderia completamente o contato com sua família e talvez nunca mais voltasse para sua terra de origem.

Foi então que Pedro Moraes, movido por um sentimento altruísta e por um coração generoso para com seu filho e seus funcionários, destinou 20 hectares de sua propriedade para que os infectados pudessem cumprir o isolamento próximo da fazenda.

A notícia se espalhou rápido. E o que se viu naquelas pobres almas, tanto dos infectados, que já sentiam os efeitos da lepra, quanto dos familiares, que estavam com medo de ficarem doentes também, foi um sentimento de gratidão sem medida. Para eles, era Deus no céu e Pedro Moraes na terra, porque eles não precisariam se mudar para um local distante: poderiam cumprir o isolamento ali próximo.

Dona Vitória, ainda que já apresentasse quadro de depressão profunda, após muita insistência de Pedro, foi com ele num final de tarde, de carroça, fazer um passeio na área destinada pelo esposo para os funcionários fazerem o isolamento.

Num raro lampejo de lucidez, quando faziam uma pausa para descansar, vendo o reflexo dela própria e das árvores nas águas do lago, ela disse:

– Olha, Pedro! Veja que lindo! O espelho de tudo refletido nas águas do lago! Dá para ver ali o reflexo do raio de luz do sol que está se pondo lá no horizonte!

Pedro, que estava ao lado dela e que já estava há dias pensando num nome para a vila que ali erguiria, ouvindo as palavras lúcidas da esposa e querendo motivá-la, disse:

– Parabéns por sua sensibilidade poética, Vitória! Realmente este lugar é muito lindo! Sem perceber, você deu o nome para a vila: ela haverá de se chamar "Raio de Luz".

E, passado um momento, completou:

– E a construção principal será erguida ali, – apontava para um lugar próximo de uma figueira e de algumas araucárias – para que, de dia, os moradores possam enxergar os raios de luz do sol e, à noite, possam apreciar os raios de luar refletidos nas águas do lago!

Entusiasmada, ela esboçou um sorriso, fitou o horizonte e voltou a calar-se e a fechar-se, mergulhando novamente em seu mundo inconsciente.

6 EM QUE SÉCULO VIM PARAR?

Luna abriu os olhos. Ela estava deitada numa cama quentinha e confortável. Sentiu que estava sem roupa e tapada com um lençol e, sobre ele, um cobertor colorido. Era uma cama de solteiro, de ferro. "Que local é este?"

Aguçou os sentidos: podia ouvir muito próximo o cantarolar de pássaros em algazarra.

Tentou se localizar visualmente. As paredes do quarto onde estava eram brancas, de alvenaria.

Havia uma porta alta de madeira, fechada, pintada de azul. Olhou para cima: um forro de madeira brilhante, lindo, certamente envernizado.

Nas paredes, alguns quadros antigos, pintados a óleo. Num deles, uma plantação que parecia de milho e alguns homens trabalhando; noutro, traços de uma senhora vestida de branco segurando um guarda-chuva, protegendo-se ou do sol ou da chuva; no outro lado, uma cena linda de casario com habitações antigas, alinhadas em perspectiva, tendo uma rua de chão batido entre elas, sinalizadas com um ponto de fuga bem alinhado.

"Mas... Onde será que ela estava? Que lugar era aquele?"

***

Naquele final de tarde, Thor foi quem primeiro ouviu o barulho de um carro se aproximando. Ele estava brincando na sala do grande casarão, com seu irmão Kauã, com Rick e Lorenzo, e de repente ouviu um som que parecia um ronco de motor.

Pediu para os demais ficarem quietos, fazendo gesto de silêncio com o dedo indicador sobre a boca, e correu para a janela. Prestou atenção aos sons que vinham da rua.

– Sim, como eu imaginei: tem um carro se aproximando. Corre, vamos logo avisar Anny. – disse ele saindo numa desenfreada correria em direção à cozinha.

– Tem certeza? – Perguntou Anny.

– Claro! – Afirmou Thor. – Vem comigo!

Anny correu até uma caixinha de madeira sobre uma estante e, dali, tirou a chave com a qual deschaveou e abriu a porta frontal do grande casarão, olhando para a rua.

A informação de Thor procedia, ali na frente da casa, próximo das hortênsias, estava um carro branco, bastante embarrado, com o motor já desligado, mas com o zunido das ventoinhas ainda girando.

À medida que descia os degraus de pedra que davam acesso à entrada frontal do casarão, pelo vidro aberto da porta do caroneiro, Anny viu que havia uma pessoa de cabelos compridos imóvel ao volante, a qual estava agarrada nele e com o rosto virado para o outro lado.

Atrás dela, os olhinhos atentos das crianças espiavam com a maior curiosidade do mundo. De forma firme, Anny recomendou aos pequenos que ficassem dentro de casa e fechassem a porta em caso de qualquer sinal de perigo.

"Quem seria aquela pessoa? Por que estaria dormindo ou desacordada?" Anny não fazia ideia.

***

Luna percebeu que janelas com grandes vidraças deixavam a claridade da rua entrar. Havia raios de sol. Era dia. Seria manhã ou tarde? Isso não importava tanto... Importava que ela ainda estava viva.

"Estaria num hospital?" Olhou para o lado, havia uma outra cama de ferro, igual à sua, porém vazia. O assoalho era de madeira, com tábuas largas em cor natural. Entre as duas camas, um tapete ligeiramente desbotado e puído.

No sentido contrário, ao lado da porta, uma tábua também azul fixada na parede, de cerca de 15 centímetros de largura e cerca de dois metros de comprimento, disposta na horizontal com cerca de um metro e meio do chão, com vários ganchos, possivelmente para pendurar roupas. Ao lado, um guarda-roupas antigo, de madeira, fechado.

Na outra extremidade, uma mesa pequena e um criado-mudo de madeira, modelo antigo, sobre o qual estava sua mala de viagem, a bolsa e sua *nécessaire*. Fixado na parede logo acima, um espelho com moldura de madeira lindamente talhada.

Chamou a atenção de Luna, ao lado do criado mudo, um antigo suporte de ferro, sobre o qual estavam uma bacia e um jarro de água, brancos, ambos alouçadas. Tudo era muito simples, limpo e arejado. "Meu Deus, só coisas antigas! Em que século vim parar?"

***

Com cuidado, Anny fez a volta pela frente do carro e se aproximou pelo lado do motorista. Era uma mulher.

– Senhora! Senhora! Podemos ajudar em alguma coisa? – Não houve resposta.

Nisso, Thor, Kauã, Rick e Lorenzo já tinham descido dois degraus. E, atrás deles, junto à porta, espiando, já estavam Henry, à frente, e, atrás dele, Alícia, Hanna e Cecília, esta última com seu inseparável gato de pano, o Tedy. E ainda por trás deles, dona Feliciana, com olhar inquiridor, um pano de prato sobre o ombro, segurando a colher de madeira que estava usando para mexer a polenta.

– Deve ser a senhora que "tio Preto" falou que mandaria para cuidar da gente – disse Thor.

Anny pediu silêncio às crianças e chamou aquela senhora outras vezes. E nada de ela despertar.

Nesse ínterim, por trás do carro, pelo pátio, surgiram Joaquim e Benzinho. Ambos estavam no pomar e, após ouvirem que um carro tinha chegado, também vieram rápido.

– É uma senhora! – disse Anny, gesticulando, aos dois adultos que chegaram. – Está respirando, mas está desacordada.

– Vai ver ela cansou de tanto dirigir e resolveu tirar uma soneca – disse Alícia, espontaneamente, arrancando risadas das crianças.

– Não fale o que não sabe, Alícia! Ela pode estar desmaiada, pode ter passado mal – ponderou Hanna.

– Joaquim! Benzinho! – disse Anny. – Vamos levá-la para dentro. Me ajudem a tirar ela do carro! Dona Feliciana, – continuou Anny, – corra e ajeite uma das camas do quarto da Martha. Vamos levá-la para lá!

Ainda que tivesse apenas 14 anos, Anny sabia bem como determinar a situação, afinal, ela é quem era a "sombra" de Martha, a governanta, era ela que andava com Martha por toda a parte, colaborando com todas as atividades e tarefas.

– Ei, ela está com toda a roupa molhada! – disse Joaquim, quando a segurou firme para puxá-la para fora.

– Vai ver, ela não conseguiu segurar e fez um xixizão "pra cima"! – disse Lorenzo, que já estava ao lado de Joaquim, também arrancando risos de todos.

– Deixa de ser besta, Lorenzo – disse Henry. Não estou sentindo cheiro de xixi, ela deve estar apenas molhada mesmo.

Todos riram. Com dificuldade, Joaquim e Benzinho subiram os degraus da escada e levaram a mulher para dentro. Ela era uma mulher magra, mas, desacordada e molenga, dificultava ser carregada.

Anny pediu a Thor que, com a ajuda dos demais, reunissem e levassem roupas e objetos daquela senhora para o quarto da governanta, onde ela poderia dormir e se recuperar.

Uma vez no quarto, como a recém-chegada estava muito gelada e com as roupas úmidas, Anny pediu às crianças que trouxessem uma toalha de banho, um cobertor e que depois se retirassem, deixando no quarto somente aquela nova hóspede, ela e dona Feliciana.

A sós, revisaram-na com mais atenção e notaram que ela respirava bem, aparentemente sem sinais de febre, como se apenas estivesse dormindo. Tiraram as roupas molhadas, secaram todo o corpo e a cobriram com um cobertor.

– Tomara que ela se aquente logo e consiga dormir tranquila!
– Com certeza, dona Feliciana. Ela vai dormir bem.

Dizendo isso, silenciosamente as duas se retiraram do quarto e fecharam a porta.

Enquanto Feliciana voltava para a cozinha, para terminar o jantar, Anny levou as roupas molhadas daquela estranha para estender no varal da área dos fundos.

7 A PUREZA DAS CRIANÇAS

Luna sentou-se na cama e tentou aprumar os pensamentos. A cabeça latejava um pouco, as ideias pareciam enevoadas.

Aos poucos, ela foi lembrando. "Sim, quando saí do banho do arroio, segui dirigindo, então as dores começaram a aumentar. Tudo girava. Devo ter vindo até este lugar!"

"Raio de Luz", era esse o nome da fachada da casa? O que será que significaria aquele nome? Onde exatamente ela tinha vindo parar?

As dores tinham desaparecido. "Por que ela estava sem roupa?" Ela precisava se vestir, sair do quarto, descobrir onde estava, quem a tinha socorrido, quem a tinha colocado naquele quarto...

Fez um esforço e levantou-se, pondo-se de pé. Ao caminhar para alcançar a sua mala, no outro lado do quarto, algumas tábuas rangeram no assoalho.

Ao rangido, seguiu-se outro barulho, de passos rápidos, como se alguém, do lado de fora do quarto, saísse correndo. "O que significaria aquele barulho?"

Tirou da mala uma blusinha leve, uma bermuda e uma calcinha. Estava colocando a blusa, sem sutiã, quando ouviu batidas na porta. E uma voz de criança, que dizia:

— Olá, bom dia! Já está acordada? Podemos entrar?

"Podemos? Quem seriam as pessoas que queriam entrar?" — Luna voltou rapidamente para a cama e se cobriu.

— Bom dia! Sim, já estou acordada.

Após a resposta, Luna viu uma tropa de oito crianças adentrar no quarto, saltitantes, sorridentes, olhinhos brilhando, bracinhos abertos, como que a oferecer a ela diversos abraços, o que, no fundo, era tudo o que ela mais precisava.

— Eu sou Kauã!
— Eu sou Alícia!
— Eu sou Thor!
— Eu sou Rick!
— Eu sou Hanna!

– Eu sou Lorenzo!
– Eu sou Cecília, e este é Tedy! – disse ela, mostrando o gato de pano.
– E eu sou Henry! – disse por último o menino de cadeira de rodas.

Luna ficou por um instante pasma, sem entender exatamente o que estava acontecendo, sem saber o que dizer, diante daquela apresentação espontânea.

A seguir, as crianças se posicionaram ao redor da cama, a observá-la. E então todos disseram a mesma frase, embora em tempos, altura e velocidades diferentes:

– Seja muito bem-vinda!

Uma menina se aninhou de um lado; outro menino se aninhou de outro; outro menino, com suas mãozinhas macias, começou a lhe acariciar o rosto; e todos estavam sorrindo, radiantes.

– Obri… gado. – disse Luna gaguejando e de forma tímida.

Para ela, aquelas vozes pareciam ser de anjos, os olhinhos deles pareciam bolinhas de gude brilhantes a observar minuciosamente cada piscadela de olho, cada movimento que ela fazia.

– Cecília, as frutas!

De repente, aquela que parecia ser o anjo mais pequenino e que trazia numa das mãos um boneco de pano, que lembrava um gato, alcançou-lhe, com a outra mão, um saquinho plástico contendo uma maçã e uma goiaba.

– Levantamos cedo e colhemos para você! – disseram, sorridentes.

– Esperamos que goste! – disse um menino de óculos, que olhava para ela de um jeito meigo.

Luna esticou o braço desnudo para fora das cobertas e pegou o saquinho com as frutas e, diante do gesto tão carinhoso daquelas crianças desconhecidas, emocionou-se: uma lágrima teimosa desceu e molhou sua face, e logo outra e mais outra.

Vendo as lágrimas, um dos meninos disse:

– Não chore! Aqui todos cuidamos uns dos outros! Seremos bonzinhos e vamos cuidar de você também!

Secou o rosto e abraçou um por um, engolindo o choro, enquanto seus pensamentos irromperam em sua alma: "se vocês soubessem o verdadeiro motivo das minhas lágrimas, entenderiam!".

A seguir, entrou no quarto uma menina adolescente, magra e esguia, segurando uma bandeja.

– Olá, bom dia. Eu sou a Anny. Espero que tenha dormido bem! Trouxe o seu café da manhã, vou deixar sobre a mesa.

– Obrigado, Anny! Eu sou Luna.

– Luna? – algumas das crianças repetiram o nome dela, admiradas.

– Luna, hum... então você veio... da Lua? – disparou Alícia, arrancando risadas dos demais.

Espirituosa, Luna sorriu e gentilmente respondeu:

– Bem que eu gostaria de ter vindo da Lua, mas, na verdade, – continuou sussurrando, como que a contar um segredo – não contem para ninguém: eu vim de outro planeta!

– De outro planeta? Sério? – perguntou Kauã. – De qual?

– Eu vim do distante planeta Gaia! – respondeu Luna, cochichando.

– Uau! – exclamaram os meninos! – Que legal! Como é lá nesse planeta? Conta!

Nisso, antes que Luna pudesse responder, Anny pediu para as crianças ficarem quietas e disse:

– Aquela porta – apontando com o indicador – dá acesso ao banheiro, pode tomar um banho se quiser.

Luna acedeu afirmativamente com a cabeça.

– Crianças, agora vamos sair. Mais tarde conversamos com Luna.

No momento seguinte, tal como vento, as crianças foram saindo, uma a uma, em revoada, e sumiram, deixando-a somente com Anny.

– As crianças são barulhentas, mas, ao mesmo tempo, são doces e maravilhosas. São uns amores! Você vai ter a oportunidade de conhecer melhor cada uma no exercício da sua função. Seja muito bem-vinda!

Luna ia perguntar algo, mas calou-se diante do fato de que aquela menina, tendo dito isso, foi se afastando, saindo do quarto, fechando a porta.

Sentou-se novamente na cama. "Exercício da minha função? Que função? Será que estão me confundindo com outra pessoa?"

A seguir, ainda que tivesse pouca fome devido à saúde debilitada, fez um esforço e tomou a xícara de café com leite e comeu uma fatia de pão com geleia.

Enquanto mastigava, olhou novamente para a rua pela janela. Como o dia estava lindo lá fora! Um sol lindo tornava a vegetação exuberante em tons de amarelo-esverdeado.

Dirigiu-se ao banheiro e tomou um banho demorado. Aproveitou para absorver o baque das últimas notícias relativas à sua saúde. Ainda não tinha digerido o sapo de ter pouco tempo de vida. A ficha ainda não tinha caído de pleno.

Lágrimas caíam e se misturavam com a água morninha do chuveiro. Ela tinha se emocionado com o ânimo e com a energia diferente daquelas crianças, tão dispostas e contentes. Mas também muitas toneladas de preocupação e sentimentos lhe pesavam nos ombros devido ao diagnóstico que ela tinha recebido do médico há poucos dias.

Luna sabia que, ainda que ela tivesse encontrado anjos naquelas crianças, nenhuma delas seria capaz de mudar o fato de que ela estava no fim.

8 RAIO DE LUZ

Pedro Moraes não mediu recursos para construir a vila Raio de Luz. Ali, os infectados com a lepra cumpririam o isolamento necessário e morariam perto. E, ainda que sem contato físico com os familiares e amigos, poderiam continuar a ter notícias deles, e vice-versa.

Afinal, aqueles leprosos eram seus funcionários, moravam na fazenda há tempos. Muitos deles tinham sido funcionários leais de seu pai, e era justo que ele os ajudasse nessa hora difícil. E entre eles estava Jacinto, seu filho mais velho, que também tinha pegado aquela doença maldita.

As autoridades sanitárias da capital foram veementemente contrárias quando souberam da criação da vila Raio de Luz e das finalidades a que se propunha. Segundo eles, tal empreendimento, ainda que alinhado às diretrizes da política sanitária determinada pelo Palácio do Catete, por ser conduzido por particular, poderia colocar em risco a saúde pública.

Mas Pedro Moraes, com seu jeito interiorano e autêntico, convencia a todos de que, desde que houvesse isolamento (e ele se comprometia com isso), não fazia diferença se os leprosos fossem isolados num hospital-colônia ou ali, na Vila Raio de Luz.

Articulado, utilizou-se de seu excelente relacionamento com a municipalidade, com deputados, estaduais e federais, e até com o governador, para conseguir seu intento. Assinou termo de total responsabilidade pela empreitada e, assim, conseguiu consolidar o projeto da Vila e colocá-la em funcionamento.

Um amigo, que era engenheiro, foi quem assinou o projeto, mas foi o próprio Pedro Moraes quem supervisionou tudo, desde a colocação da primeira pedra.

Na parte da frente, mandou construir um muro alto e um posto de identificação; adentrando na Vila, próximo da figueira, das araucárias e do lago, no local que ele tinha mostrado à Vitória, mandou construir a casa maior, a qual foi projetada com vários alojamentos, enfermaria, consultório médico e um amplo refeitório.

Próximo da casa, adequou uma área para recreação, com balanços, uma cancha de bocha, um campo de futebol, canteiros para flores e um espaço adjacente, onde mandou plantar árvores frutíferas de enxerto, "para produzirem mais rápido", dizia ele.

No miolo da propriedade, havia um amplo espaço para roça e para pastagem, área para uma grande horta; nos fundos, chiqueirão de porcos e uma represa que formava um grande reservatório de água, onde poderiam, associado ao lago, criar peixes para a subsistência.

Nas laterais e nos fundos, margeando o arroio, havia uma cerca de arame farpado bem tramada, delimitando a área até onde os infectados podiam ir. Mais ao fundo, já no morro, Pedro Moraes se aproveitou de uma vertente que nunca secava, nem nos anos das maiores secas, e mandou abrir ali uma cacimba, a qual, com água encanada, abastecia, por gravidade, a casa grande e as demais propriedades da Vila.

Nas laterais da propriedade, próximo da cerca de arame farpado, Pedro mandou construir várias casas, para abrigar famílias inteiras, e inclusive uma igreja pequena, a qual serviria para os leprosos fazerem suas orações e elevar o pensamento a Deus em momentos de angústia.

Com a parte física pronta, um deputado federal, amigo de Pedro, ajudou na montagem do regulamento e das regras de permanência e de isolamento da Vila, inspiradas naquelas dos hospitais-colônia, as quais precisavam ser cumpridas à risca por todos os que ali fossem morar.

* * *

Os primeiros infectados mudaram-se para a Vila Raio de Luz no início de 1933, e ali começaram a plantar e a criar animais para sua subsistência, todos se ajudando mutuamente em trabalhos compartilhados e compartilhando entre si tudo o que produziam.

E o que não era produzido na Vila, fosse o que fosse, era complementado pela generosidade de Pedro Moraes, que comprava na cidade o que porventura estivesse faltando ou sendo necessário, como sal, farinhas (de trigo, milho e mandioca), querosene, velas, fumo em corda, entre outros.

Após tomar a iniciativa de criar a Vila Raio de Luz, Pedro Moraes entrou em contato com alguns médicos para que algum deles assumisse os cuidados dos doentes. Como ele já conhecia vários, muitos dos quais tratavam a sua esposa, diagnosticada com doença dos nervos há alguns anos, imaginou que seria uma empreitada fácil.

Mas o que se viu foi o contrário: a tarefa revelou-se difícil. Diziam eles que uma coisa era tratar dona Vitória em seus surtos psicóticos, desvarios e fuga da consciência, outra coisa era tratar de pacientes infectados com a lepra, doença altamente contagiosa.

A exceção ficou por conta de um médico que o prefeito lhe recomendara quando se encontraram na cooperativa. Disse o prefeito: "se alguém haverá de lhe auxiliar no tratamento dos leprosos, este alguém só poderá ser o Dr. Diógenes Oliveira, porque ele é especialista nessa doença".

Pedro Moraes tomou as indicações necessárias e foi até o médico recomendado. Encontrou um profissional à frente do seu tempo, que mantinha contato com médicos de outras capitais e, inclusive, de outros países e que acreditava ser possível a ciência descobrir uma cura para a lepra, que ele chamava com um outro nome: hanseníase.

De imediato surgiu uma amizade sincera entre o Dr. Diógenes e Pedro Moraes. O médico se colocou à disposição para, ainda que tivesse seu consultório longe, ir na Raio de Luz regularmente e, excepcionalmente, todas as vezes que fosse necessário.

Após todos os infectados se mudarem para a Raio de Luz, ainda se verificaram, nos meses seguintes, mais alguns casos na Recanto dos Ipês, os quais também foram amorosamente acolhidos na Vila. Após isso, o surto foi controlado e não surgiu nenhum novo caso.

Já na Raio de Luz, a situação seguiu exigindo cuidados extremos. Os que primeiro desenvolveram a doença aos poucos a viram avançar de forma rápida e cruel.

Em alguns, a lepra se desenvolvia mais rápido nas articulações, nos pés ou nos olhos; em outros, deixava deformidades na pele, com a formação de bolhas, erupções, nódulos, saliências, perda de cor, vermelhidão e feridas abertas dolorosas de difícil cicatrização.

Não bastasse isso, os infectados relatavam perda da sensação de temperatura, formigamento e redução na sensação de tato, o que, à medida que a doença progredia, dificultava a colaboração nos afazeres domésticos e/ou conjuntos para a manutenção da vida coletiva na Vila.

Casos mais graves chegavam a deformidade física, irritação séria nos olhos, lesões nos nervos, perda de peso e até dificuldade para levantar os pés.

Ainda que o Dr. Diógenes estivesse na Vila constantemente, monitorando os infectados e receitando os medicamentos possíveis, a primeira morte não demorou a chegar.

Jacinto reunia em si todos os sintomas da doença. De início, ele encorajava os outros, tentava ser otimista, mas a doença foi lhe comendo aos poucos e estragando o seu humor, ferindo seu positivismo.

Chegou a um ponto em que Jacinto gemia a todo tempo, pois uma dor constante apertava partes do seu corpo. Impossibilitado de caminhar, rendeu-se a uma cama, na qual ficou vários dias recluso.

Mandaram um aviso ao patrão: a coisa não estava boa para o Jacinto, ele estava mal. Apreensivo, Pedro guardou para si a informação; não adiantava contar para Vitória, afinal, ela vivia sempre aérea mesmo, e saber que o filho estava mal talvez fosse lhe prejudicar mais ainda...

Piorando cada vez mais, Jacinto foi perdendo completamente as forças, já não conseguia sequer se levantar. E foi então que, após xingar aquela doença maldita e brigar inclusive com Deus, Jacinto foi perdendo a voz e expirou.

Todos ficaram perplexos, com a mais profunda consternação. Sabiam que Jacinto estava mal, mas, no íntimo, alimentavam a esperança de que ele pudesse melhorar e sarar.

Quando soube da morte do filho, Pedro Moraes chorou copiosamente. Lágrimas escorriam pelo seu rosto, a dor era muito forte, afinal, era seu primogênito. Morto. E, pior, ele sequer poderia se despedir do filho, devido à lepra.

Enquanto isso, na Raio de Luz, não havia tempo a perder. Rapidamente decidiram entre si o que fazer: enquanto alguns homens preparavam um caixão de madeira, outros foram até os fundos da propriedade e ali, entre o arroio e o morro, delimitaram um espaço para o campo santo, abrindo, a braço, uma cova de sete palmos de fundura.

Nas dependências da igreja, organizaram o velório, somente entre eles, os doentes, sem a presença dos familiares e amigos de Jacinto, os quais moravam na fazenda Recanto dos Ipês. Eles não tinham contraído a doença, portanto, assim como eles não poderiam sair, aqueles não poderiam entrar para se despedir. Nem Pedro Moraes, nem a Dona Vitória, nem seus irmãos, nenhum deles pôde se fazer presente.

Chegaram a pensar em chamar um ministro religioso do povoado, mas logo lembraram das regras e perceberam que eles mesmos precisariam fazer as honras ao falecido. Então, foi um dos próprios leprosos, o Muriel, que sabia ler e que manuseava um exemplar da bíblia frequentemente, que chamou para si essa responsabilidade e recitou um trecho bíblico, uma oração, e, com a ajuda de algumas mulheres, entoou alguns cânticos.

Jacinto, morto! E o questionamento trancado na garganta de todos os reclusos na Raio de Luz era: "Jacinto foi o primeiro, quantos mais morreriam entre aqueles que estavam doentes?".

No final da tarde, num silêncio sepulcral em que só se ouvia o barulho da pá, da terra caindo sobre as tábuas do caixão, de alguns pássaros que cantavam na copa das árvores e da água do arroio caindo mais para a frente, na represa, Jacinto foi enterrado.

Porém, o que eles não sabiam é que as previsões mais funestas e pessimistas estavam para se confirmar: Jacinto não seria o único, ele seria apenas a primeira de muitas vítimas.

9 O DILEMA DE LUNA

Luna saiu do quarto, olhou para os dois lados do corredor e não viu ninguém. Ouviu ao longe a algazarra das crianças, que já brincavam naquele horário.

Aguçou os ouvidos e seguiu em direção às vozes que ouviu no lado direito. Ao ultrapassar a porta, percebeu que estava na cozinha da casa, onde uma senhora escolhia feijão na mesa. Atrás dela, um homem colocava lenha no fogo.

– Bom dia! – disse Luna, assustando a senhora.

– Bom dia! – respondeu ela, recompondo-se. – Então "ocê" é Luna, a nova governanta da casa?

– Sim, sou Luna. – respondeu ela afirmativamente quanto ao seu nome, mas omitindo não ser a governanta e, curiosa, dando corda para ver onde aquela história ia parar.

– Que bom que "ocê" veio, dona Luna. Eu sou Feliciana, e este é meu esposo, Benzinho.

– Prazer, dona! – disse ele, meio envergonhado, fazendo reverência a ela.

– Mas "nóis chamemo ele de Benzinho" – continuou Feliciana. – "Nóis fomo acolido pela outra governanta, a dona Martha, e em troca di morá aqui, nóis ajudemo como pudemo".

– Prazer em conhecê-los, dona Feliciana e seu Benzinho.

– Eu cuido da cozinha e da casa, preparo "as comida" e faço o que eu posso. O Benzinho ajuda "nos arredor" da casa, "arrepara" o jardim, corta grama, trata os patos, ajuda a manter tudo limpo na "vorta" da casa e dá uma mão ao Joaquim na horta quando sobra "argum" tempo.

– Puxa, é bastante trabalho!

– Sim, "trabaio" tem bastante, a gente quase "num" dá conta. E que bom que a senhora chegou, vai nos "ajudá a botar órdi" em tudo por aqui.

– Tá certo – disse Luna. – Vou dar uma volta.

A seguir, uma das crianças, que tinha vindo tomar água, enxergou Luna saindo da cozinha e correu na janela, de onde gritou:

– A dona Luna está no saguão!

Como num toque de mágica, ouviram-se alaridos, gritinhos, palmas e sons de passos largos que se aproximavam. Seis crianças entraram saltitantes pela porta grande e correram na direção de Luna, rodeando-lhe como uma ninhada de pintos rodeia a galinha mãe.

Enquanto era abraçada pela turma, pelo outro lado chegou uma menina empurrando a cadeira de rodas de um menino, igualmente sorridentes.

– Que bom que você veio! – disse uma das jovens, a mais alta.

Luna não aguentou. Novamente lágrimas banharam seu rosto triste e debilitado. Agora de alegria. "Que demonstração maravilhosa de amor e afeto!" Ela estava sendo acarinhada pela inocência daquelas crianças. E como aquele sentimento estava sendo confortador!

A seguir, as crianças a pegaram pela mão e a levaram para conhecer os aposentos da casa. Era uma casa ampla, antiga, com móveis centenários. Um a um, foram mostrando os quartos da casa, ao que o menino de óculos, Rick, disse:

– Temos quartos separados para nós, com beliches, mas na maioria das vezes dormimos todos juntos no quarto de Anny, a nossa protetora.

Luna chamou para si a atenção e disse que queria fazer um acordo com todos. Pediu a eles que dissessem seu nome cada vez que fossem falar algo, para que aos poucos ela fosse decorando o nome de cada um.

A seguir, um dos pequenos a pegou pela mão e disse:

– Vamos brincar no saguão, dona Luna, tem um monte de brinquedos legais!

– Seu nome? – perguntou Luna.

– Ops, desculpe, esqueci! Sou Kauã, o irmão do Thor.

– Tá bem, vamos para o saguão! – ponderou Luna.

Sentaram no chão e a convidaram a fazer o mesmo. Luna acocorou-se com alguma dificuldade e sentou com eles no assoalho. Henry, embora participasse dos papos e das conversas, permaneceu na cadeira de rodas.

Estavam felizes! Cada qual mostrava com mais entusiasmo os brinquedos. E, embora fossem muitos, cada um sabia exatamente qual era o seu.

Alguns dos brinquedos eram jogos, e Luna precisou jogar pelo menos uma vez com cada pequeno, enquanto ouvia amorosamente as instruções deles: este se joga assim, se acontecer isso, ocorre aquilo, não pode mexer as varetas senão perde, precisa cuidar o quebra-cabeça para não extraviar peças... E assim sucessivamente.

Só que, ainda que estivesse gostando de estar com as crianças, Luna estava desacostumada com a agitação, e todo aquele alarido sem fim a estava deixando esgotada. As crianças tinham muita disposição, parecia que não se cansavam.

Deu graças a Deus quando Feliciana adentrou no saguão e chamou a todos para o almoço, pedindo às crianças para irem lavar as mãos.

Luna seguiu os pequenos no rumo da cozinha e lá encontrou Anny, que não estava com as crianças na parte da manhã.

– Olá, dona Luna! – disse Anny, sorridente.

– Fiquei um tempão com as crianças e não lhe vi! Deu alguma saída de manhã?

– Que nada, estava na parte de trás da casa, lavando roupas!

Nisso, pela porta dos fundos da cozinha, entrou um homem sorridente. Ele entrou, tirou o chapéu de palha, e disse, fazendo uma reverência à Luna:

– Olá, patroinha! Seja bem-vinda!

– Este é o Joaquim, dona Luna – disse Feliciana. – Ele mora nos fundos, ao lado do arroio. É ele quem cuida da horta, e sempre faz "meio-dia" com a gente.

Após se cumprimentarem, pelo outro lado entrou Thor. Seu irmão, Kauã, tinha ido o chamar.

– Pronto, – disse Kauã! – com a chegada do Thor, agora não falta ninguém!

– É mesmo! – disse Luna! – Onde você estava, Thor? Eu estava brincando com as crianças e você não estava – inquiriu Luna.

– Estava ocupado, precisava resolver umas coisas agora de manhã.

A seguir, dona Feliciana serviu, um a um, o prato das crianças, acomodando-as na grande mesa do espaço anexo à cozinha. A seguir, tanto ela quanto Benzinho, Joaquim e Anny esperaram Luna se servir, para só depois servirem-se também.

Sem fome, Luna serviu pouquinho, afinal, ainda tinha tomado café com pão a meia manhã. Provando, sentiu que o feijão de dona Feliciana estava maravilhoso, bem temperado. As crianças pediram para repetir, menos Lorenzo, que inclusive deixou um pouquinho de sobra no prato.

– Como a senhora cozinha bem, dona Feliciana! – disse Luna. – O feijão, o arroz e a polenta molhadinha, tudo maravilhoso! Parabéns!

Não esperando por aquele elogio, a cozinheira enrubesceu e ficou sem jeito, o que não passou despercebido por Alícia, que logo disse:

– Hum, olha como ela ficou vermelha!

Quanto mais as crianças riam, mais vermelha ela ficava. Conversaram ainda mais algumas amenidades à mesa, e os pequenos, um a um, foram saindo para a rua, menos Thor, que observava atentamente cada movimento de Luna.

Luna, então, levantou-se e disse:

– Eu fiquei muito cansada da viagem, estou levemente indisposta e até com um pouco de sono. Não se importam se eu me recolher um pouco?

– "Di manera nenhuma, dona Luna! Pode í discansá! Se percisá de arguma cosa, é só chamá."

Quando Luna saía da cozinha, o pequeno Thor correu ao seu encontro e lhe deu um abraço gostoso, dizendo em seu ouvido:

– Vi que a senhora chegou desacordada ontem. Parecia doente. Não se preocupe, a senhora vai ficar boa!

E dito isso, saiu correndo porta afora, logo desaparecendo, tomando o rumo dos fundos da propriedade.

Pensando nas palavras do pequeno, Luna chegou ao quarto e se deitou. "Não se preocupe, a senhora vai ficar boa." De onde aquele pequeno tirou essa fala? Como ele poderia afirmar que ela ia ficar boa, se nem sequer ela tinha dito que estava doente?

Luna sentiu uma moleza estranha, aquele mal-estar insistente a preocupava. Bom seria que ela melhorasse mesmo, que ela ficasse boa logo, mas ela sabia que essa aspiração era apenas um sonho, que logo se revelaria no pesadelo da morte.

O corpo estava exausto, mas ela estava feliz. Aquele era um lugar legal. Ainda que ela tivesse ficado cansada ao brincar com as crianças, elas eram legais. Anny, Feliciana, Benzinho e Joaquim também aparentavam ser pessoas boas.

Mas o dilema maior não era esse. A questão eram os pensamentos que assolavam sua mente. "Como iria contar para aquelas crianças que morreria em breve? Bom seria era ela ir embora dali! Tinha que ir embora, mas, para onde? Seria muito triste morrer sozinha!"

E assim, dominada pelo cansaço, Luna adormeceu.

10   O SONHO DE ANNY

Ao olhar pela janela, Luna viu que ainda havia sol e que ainda era dia. Quanto tempo tinha dormido? Uma hora? Duas? Olhou para o pulso, buscando o relógio para confirmar a hora, mas lembrou que não tinha mais relógio.

Após espreguiçar-se, levantou-se, lavou o rosto e, vendo as frutas frescas sobre a bandeja, pegou uma maçã e saiu do quarto.

Anny a estava esperando na sala frontal e, tão logo a viu, a cumprimentou com um aceno e a convidou para dar uma volta.

— Gostou da maçã? É do nosso pomar!

— Gostosa, sim! Muito obrigada. – disse, ainda mastigando a fruta. – A propósito, será que dormi muito?

— Não. – disse Anny. Você chegou aqui na Raio de Luz bastante cansada, penso que dormiu o que era necessário. – Desciam os degraus da casa, acessando o pátio, próximo do carro.

— Eu realmente tenho andado esgotada, preocupada com muitas coisas, muitas tribulações, você nem sabe o quê...

— Esqueça o passado, – atalhou Anny, ansiosa para relatar à Luna a situação da Raio de Luz – não se preocupe. Terá toda a paz e o sossego que precisa aqui.

Sem saber exatamente o que dizer, Luna apenas agradeceu e ficou refletindo sobre aquelas palavras. De fato, ter paz e sossego não seria nada mau. Naquele momento, ambas estavam contornando o lago.

— "Tio Preto" me pediu que, assim que você chegasse, eu lhe colocasse a par de todas as informações de como estamos aqui.

Em silêncio, Luna escutou o relato detalhado de Anny, enquanto passavam próximo de árvores altas, nas quais Benzinho tinha instalado alguns balanços para a criançada.

— Eu já ajudava a Martha, a antiga governanta. Há cerca de meio ano, ela recebeu uma carta, acho que era de outro estado, que dizia que a mãe dela estava muito ruim de saúde. Então ela viajou às pressas, dizendo que voltaria.

— Será que aconteceu alguma coisa com ela ou com a mãe dela?

— Só sabemos que ela ligou para "tio Preto" algum tempo depois e disse que a mãe dela realmente estava muito ruim, bastante debilitada, e que seria necessário ela ficar cuidando dela por tempo indeterminado.

— Ah, entendi!

— Então "tio Preto" deixou avisado que, assim que pudesse, mandaria outra pessoa para nos ajudar e para administrar a casa. Então, graças a Deus, você chegou!

— Mas, querida, eu gostaria de dizer que... — Luna ia revelar que não era a pessoa a quem ela estava se referindo.

— Deixa eu terminar. — continuou Anny, atalhando a outra e ansiosa por contar toda a história. — Ultimamente, "tio Preto" não tem conseguido vir e, ainda que traga um rancho bem sortido quando vem, as coisas não andam boas, estamos enfrentando dificuldades.

— Que tipo de dificuldades? — inquiriu Luna, curiosa.

— Estamos com poucos alimentos. Dona Feliciana controla ao máximo, economiza o que pode, não põe nada fora. E estaríamos em uma situação pior se não fosse a horta de Joaquim, onde ele planta aipim, milho, feijão e mais algumas coisas.

Comovida, Luna engoliu em seco, imaginando as dificuldades pelas quais aqueles três idosos e aquelas crianças teriam passado ou estavam passando. E agora, se ela ficasse ali, ainda que ela estivesse comendo pouco ou quase nada, ainda assim seria mais uma boca a alimentar.

— E antes, com a governanta anterior, também era assim?

— Antes não! Ela ligava seguido para o "tio Preto" e reforçava as cobranças do que era necessário. Muitas vezes, ele mandava dinheiro na conta bancária dela, e ela ia na cidade e lá comprava o que era necessário.

Ao falar da escassez de alimentos, Anny se entusiasmou e fez uma revelação importante:

— Mas eu tenho um sonho, Luna... A propriedade é grande, sonho com o dia em que a gente pudesse tirar da terra tudo o que fosse consumido aqui, com alimentos íntegros e naturais. Benzinho e Joaquim disseram que isso é possível.

— E com isso — continuou ela —, a gente também desapertaria o "tio Preto", coitado, que de bom coração nos ajuda como pode, mas não tem sido o suficiente!

Após pensar um pouco na fala de Anny, Luna diz:

— Você sabia que antes de eu ir fazer faculdade eu vivia no interior com minha família? E sabia que, como meus pais não tinham filho homem, era eu que ajudava na plantação, a cuidar dos animais e nas lidas da terra?

— Sério? — os olhos de Anny brilharam. — Mas então você poderia nos ajudar... Poderia nos ensinar a plantar e a termos aqui alguns animais para nossa subsistência!

Luna, por uma fração de segundos, olhou para dentro de si e recordou dos sonhos que tinha de voltar a viver na roça, mas o seu falecido esposo não concordava com isso. Ele sempre lhe respondia: "eu nasci e sempre vivi na cidade, Luna, não vou mudar para o interior. Mas, se é o que quer fazer, faça você! Eu ficarei por aqui!" Luna, para não se separar, reprimiu essa vontade e viveu ao todo 45 anos com o marido.

— Não é tão simples assim — respondeu Luna —, mas vou pensar com carinho.

— Que coisa boa! Tomara que a gente consiga! Mexer com a terra é uma das coisas que mais amo fazer! Sabia que sou eu quem cuida das flores nos arredores da casa?

— E elas estão bem bonitas! Parabéns!

— Obrigada!

Caminhavam agora rumo ao pomar, composto de várias espécies frutíferas, com uma Anny esperançosa com a possibilidade de realizar o seu sonho. Atenta, Luna observou que haviam vários pés de goiabeiras bem carregados de frutas, e, no chão, muitas já apodrecidas.

Anny aproveitou para fazer um comentário, apontando para uma árvore no lado esquerdo:

— Foi desta macieira que colhemos a maçã que você recém terminou de comer.

— Que coisa boa! Muito suculenta mesmo!

— Aqui, temos laranjeiras, bergamoteiras, goiabeiras, pessegueiros, caquizeiros, macieiras, pereiras, ameixeiras roxa e verde, nespereira, jabuticabeiras, mangueiras e ainda outras. E, nas vezes em que só conseguimos fazer uma refeição, são as frutas que não nos deixam passar fome.

Luna apanhou uma ameixa roxa que lhe pareceu apetitosa e seguiu com ela à mão, observando algumas flores à beira do caminho.

Nisso, ouviu-se uma algazarra que mais parecia uma festa; eram as crianças que retornavam conversando e brincando dos fundos da propriedade. Elas estavam vindo em direção ao pomar, por um trilho.

– Brincaram bastante? – perguntou Anny.

Responderam afirmativamente.

– Lorenzo caiu de bunda no barranco perto do arroio! Por um triz não tomou um banho forçado! – disse Kauã, rindo do amigo. Os demais riram também.

– A gente tava brincando de pega-pega e eu tropecei numa raiz e perdi o equilíbrio!

– Sim, ele "bocabertiou"! – riu Alícia, a menina que vinha caminhando mancando.

Luna ainda não tinha memorizado o nome das crianças, mas era evidente o companheirismo delas. Um dos meninos estava sem camisa, afinal, a tarde estava quente e agradável. Uma das meninas trazia um galho comprido na mão, usando-o como se fosse um cajado. E Thor trazia algumas raízes, folhas de diversas espécies e a ponta de alguns galhos.

Luna percebeu que o menino da cadeira de rodas também estava com eles, e uma das meninas o estava ajudando, empurrando a cadeira.

– Agora vão para casa, se organizem e tomem banho. Ninguém pode dormir sujo ou fedorento! – disse Anny, energicamente.

Enquanto as crianças se afastavam, Luna seguiu olhando para os fundos da propriedade, onde estavam algumas casas alinhadas dos dois lados, com uma capoeira alta entre elas.

– Quem mora naquelas casas?

– Hoje não mora ninguém.

– Ué, por que não mora ninguém nestas casas? O que aconteceu?

– Eu não sei lhe dizer, Luna. Somente na última casa, antes do arroio, é que mora o Joaquim. Ele nasceu aqui, ele sabe toda a história deste lugar.

– Certo, quando puder, perguntarei para ele.

Olhando para o outro lado, Luna avistou ao longe, numa colina, na linha do horizonte, um casa branca incrustada no meio do verde.

– Há muitos moradores aqui perto?

– Não tem muitos não. Joaquim, por ser o mais velho aqui, é quem conhece a região. Lembro que ele falou outro dia que aqui perto tem a casa de um tal Clóvis, do Nicolau e, depois dela, na montanha, a casa branca do viúvo, mas eu é que nunca gostaria de ir lá!

– Por quê? – Luna interrogou, curiosa.

– Porque dizem que é uma casa mal-assombrada! Parece que ele mora com gatos e fantasmas! – disse Anny, quase sussurrando, como que a contar um segredo.

– Credo! Que medo. – falou Luna, muito mais para contentar a amiga.

– Nem me fale. Horrível!

Sem saber explicar, Luna sentiu vontade de um dia ir até aquela casinha branca: quem quer que morasse naquela casa, por ser em um lugar alto, certamente deveria ter uma vista privilegiada da região.

Seguiram a caminhada, e Luna, firmando o olho em primeiro plano, avistou uma construção grande.

– E ali? É um galpão? – disse apontando para a construção do outro lado. – O que tem nele?

– Sim. Antigamente, ali eram guardados grãos e produtos da colheita. Há alguns equipamentos também, que há muito tempo não usamos.

A claridade começava a diminuir, e a noite logo chegaria. À medida que caminhavam, Luna começou a sentir cansaço e uma moleza. Parou, para disfarçar, olhou um arbusto e deu a primeira dentada na ameixa roxa recém-colhida, surpreendendo-se com a leveza e a doçura da fruta.

Retomaram a caminhada. Anny ia à frente, saltitante e tagarela, mostrando e comentando com Luna tudo o que julgava oportuno relatar a ela. Do pomar, passaram por um trilho dentro de uma capoeira e, depois, por uma cerca viva de flores silvestres.

Foi quando Luna sentiu a fisgada de dor no estômago. Primeiro uma, depois outra e mais outra. Embora ela tivesse tido crises nos últimos dias e inclusive no dia anterior, estas fisgadas eram muito mais fortes que as anteriores.

Era uma crise fortíssima, aguda, lancinante, contínua. Não aguentando de tanta dor, atrapalhou-se, perdeu o tato e deixou cair a ameixa. A seguir, soltou um grito e, como se tivesse tropeçado, caiu ao chão, arcada e comprimindo o abdome o mais que podia.

Apavorada, Anny logo abriu a goela a gritar.

– Socorro! Alguém acuda! Dona Luna está passando mal!

11 A FEBRE INSISTENTE

Thor tinha sido o primeiro a ouvir o barulho do carro. Sempre atento, foi ele quem avisou Anny que alguém estava chegando. Quando Anny abriu a porta e encontraram aquela mulher desacordada, Thor ficou preocupado.

O que será que ela tinha? Por que estava desmaiada? Sabendo da fala do "tio Preto", ele logo supôs que ela seria a nova governanta, a que iria cuidar deles no lugar de Martha.

Custou a dormir naquela noite. Fez suas orações, como de costume, e pediu também por aquela senhora que tinha sido tirada desacordada do carro. Ele pressentia que ela não estava bem.

Na manhã seguinte, após o café, as crianças saíram para o pátio e, entre si, conversaram e deliberaram sobre o que poderiam fazer para saudar a chegada da nova governanta. Tiveram várias ideias, mas foi Cecília, a mais nova das crianças, quem deu a ideia que todos aprovaram.

— Frutas! – disse a pequena. – É algo que podemos oferecer a ela e que ela certamente vai gostar!

— Sim, ótima ideia! – completaram todos.

Correram para as árvores frutíferas e decidiram que apanhariam para ela duas frutas: uma maçã e uma goiaba, a mais bonita que tivesse no pomar. Lorenzo, que era o que mais agilmente trepava em árvores, foi escalado para apanhar as frutas. E assim foi feito.

Colhidas as frutas, Lorenzo, ao descer, disse:

— A ideia das frutas foi dada por Cecília! Sugiro que seja ela a entregar as frutas para a governanta. Todos de acordo?

Com a concordância de todos, correram para dentro de casa, na expectativa de que ela já tivesse acordado. Mas dona Feliciana comentou que ela ainda dormia e que não era para fazerem barulho dentro de casa.

— Já sei – disse Alícia –, vamos em silêncio esperar no corredor, em frente à porta. Assim, quando ela levantar, nós entregamos as frutas para ela!

Depois de uma espera que, para as crianças, pareceu uma eternidade, Thor ouviu o rangido das tábuas do assoalho.

— Escutem! Ela está acordando!

E então, na sequência, após constatarem que realmente ela tinha levantado, e após a permissão dela, entraram no quarto e, um a um, se apresentaram.

Mas, Thor, sempre muito observador, notou a palidez e as grandes olheiras da governanta. "Ela certamente está bastante doente", confirmou Thor.

Quando Cecília alcançou as frutas e Luna se descobriu um pouco, Thor viu a magreza dela. "Realmente, ela não deve estar bem."

Enquanto as crianças brincavam naquela manhã, com a algazarra de sempre, Thor recolheu-se ao seu quarto, onde rememorou as lembranças, os ensinamentos e as orientações de Yara, a sua avó. Depois de um tempo recluso, pediu à Anny para mexer na internet, pois ele precisava urgentemente fazer uma pesquisa.

Ao meio-dia, quando Kauã o chamou para almoçar, ficou feliz ao notar que Luna tinha sentido a sua falta com as crianças de manhã. Ele até gostaria de estar junto das crianças e dela naquela manhã, mas sua ausência era por um bom motivo.

Após o almoço, quando Luna se retirava para descansar em seu quarto, Thor correu para abraçá-la e cochichou em seu ouvido:

— Eu sei que você está doente. Mas haverá de melhorar.

Depois atravessou o pomar correndo e se foi rumo aos fundos da propriedade, fazendo uma prece em pensamento: "Yara, me guie pela floresta na busca do que preciso encontrar".

* * *

O primeiro a chegar foi o Benzinho. Ele estava nos fundos da casa, descascando aipim. Ao ouvir Anny gritar por socorro, passou uma água nas mãos o mais rápido que pôde e veio correndo, ainda com as mãos molhadas, para prestar socorro.

Pensou que uma cobra tinha assustado ou picado as mulheres, mas, chegando perto, ao ver Luna no chão, imaginou que ela tivesse torcido o pé num buraco ou algo similar.

— O que aconteceu? — perguntou, arfante.

— Não sei! Ela estava caminhando comigo, estávamos conversando, então ela deu um grito e de repente caiu no chão, toda encurvada.

— Aparentemente ela desmaiou. Mas... qual teria sido o motivo? – perguntou, atônito, o Benzinho.

— Ela estava comendo aquela ameixa – apontou para o chão – e... pum! Foi quase instantâneo. Deu um grito e caiu no chão em seguida.

— Vamos levar ela para dentro! Logo cai a noite, não podemos ficar aqui!

Benzinho pegou Luna no colo e dirigiu-se para casa, tendo Anny caminhando à sua frente, como que a abrir caminho. Uma vez no quarto, logo a deitaram.

— Vamos deixá-la repousar.

Enquanto a escuridão da noite começava a estender seu manto sobre tudo, Luna começou a murmurar coisas desconexas, delirava, emitindo sons incompreensíveis.

— Chame a dona Feliciana, Benzinho!

Na cozinha, Feliciana já estava envolvida com os preparativos para o jantar. Junto a ela estava o pequeno Thor, ainda sem banho, à beira do fogão a lenha, onde, numa panela, fervia as raízes e folhas que tinha trazido da mata naquela tarde.

— Feliciana, vem comigo, dona Luna estava caminhando com Anny e desmaiou!

Ao ouvir aquilo, atento, Thor colocou mais lenha no fogo, para aumentar as labaredas.

Feliciana entrou no quarto, tendo atrás de si o esposo, e Anny logo foi dizendo:

— Parece que está acordada. Mas não fala coisa com coisa! Será que enlouqueceu?

Feliciana colocou as costas da mão na testa de Luna, sentiu a temperatura e disse:

— Não é nada disso, minha "fia! Ela tá quente, deve di tá com muita febre!" – E, olhando para o Benzinho, completou: – Deixe eu e Anny aqui, vá para a cozinha, "nóis percisemo dá um banho gelado nela"!

Despiram uma cambaleante e delirante Luna e a levaram ao chuveiro. Como ficaram com medo de Luna desmaiar e bater a cabeça, seguraram e apoiaram ela durante o banho de água gelada, e isso fez com que respingos molhassem suas roupas.

Ao enxugar a "nova" governanta, notaram que ela começou a bater queixo de frio. Então a vestiram e à colocaram novamente na cama, cobrindo-a com um cobertor e um edredom.

Quando Feliciana saiu do quarto, as crianças – menos Thor – já estavam agrupadas no corredor, em frente a porta do quarto. Com olhinhos arregalados, perguntaram:

– Como ela está? O que aconteceu?

– Ela tá com febre e "percisa" de cuidados e das nossas orações!

Diante dessa fala de Feliciana, os pequenos ficaram desesperados. Pela fresta da porta, viram Luna deitada e coberta, e a ouviram dizer, delirando:

– Ai, Senhor! Preciso só de mais alguns dias! Por favor! Mais alguns dias!

A doente, ainda que delirando, tinha razão para esse pedido. Na verdade, mesclado com a inconsciência, aquele pedido era o que Luna mais desejava: não morrer logo e, assim, ter um tempo a mais para poder ficar naquele paraíso, com aqueles anjos!

* * *

Thor, por quase toda a tarde, percorreu diligentemente a mata e as curvas do morro em busca de algo que só ele sabia. Vasculhou cada cantinho e foi reunindo o que julgava necessário para a tarefa que tinha a fazer.

Em um dado momento, ao pular um vau, a perna foi curta e ele desequilibrou-se e caiu numa valeta, embarreando as pernas da calça e a camiseta. Na queda, por dar preferência a proteger as ervas que estava coletando, encostou o rosto na terra molhada.

Com o rosto sujo de barro, seguiu a busca, enquanto ouvia a algazarra das crianças lá embaixo. Pelo visto, elas estavam brincando próximo do arroio, no gramado próximo da casa do Joaquim.

Obstinadamente, vasculhou a mata a tarde toda, reunindo os chás e as raízes que julgava apropriados para o que tinha em mente.

Quando retornou, no final da tarde, as crianças ainda estavam brincando próximo do arroio.

– Ei, Thor, por que não veio brincar com a gente? – perguntou Alícia.

— Eu precisava colher algumas ervas e raízes no mato. Amanhã a gente brinca! — Sem ter parado, apressou o passo e disse:

— Já vou indo. Até depois!

Como já era final da tarde, os demais também resolveram retornar, aproveitando a companhia de Thor. Quando passavam próximo do pomar, encontraram Anny e Luna conversando.

Não demoraram com elas, seguiram para casa, onde precisavam se organizar para tomar banho. Enquanto isso, Thor deu a volta pelos fundos, onde, no tanque, lavou as raízes e folhas que tinha trazido.

A seguir, entrou pela cozinha, onde encontrou dona Feliciana, que, naquele horário, já tinha feito fogo no fogão a lenha.

— Dona Feliciana, sabe aquela panela funda que a senhora usa para fazer sopa? A senhora me empresta ela?! Preciso fazer um chá!

— "Outra vez? Chá di quê ocê qué fazê agora?"

— Preciso fazer um chá, é importante!

— Tá bem, Thor. Pegue ela ali naquela portinha de baixo do armário. Mas não vá me "atrapaiá", já dei início na janta!

Thor pegou a panela, colocou os ingredientes que trouxe da mata e acrescentou água até a metade. Ele ficou ao lado da panela observando a água.

Quando a água iniciou a fervura e passou a adquirir uma coloração amarelo-esverdeada, Benzinho entrou apressado na cozinha chamando Feliciana para acudir Luna, que mais uma vez tinha desmaiado.

Querendo acelerar o processo do chá, Thor colocou mais lenha no fogão, para que o fogo continuasse vigoroso e a fervura continuasse mais um tempo.

Dona Feliciana desapareceu no corredor atrás de Benzinho, e Thor saiu em grande correria para onde estavam os outros. Alguns já tinham tomado banho, outros estavam terminando. Thor relatou o que ouvira, e a notícia deixou todos angustiados.

— Será que ela vai morrer? — perguntou Lorenzo.

— Não diga besteira — repreendeu Thor. Deve ser algum mal-estar passageiro.

Voltou rápido para o fogão, onde a panela continuava fervilhante. Deixou ferver por mais um tempo até que, olhando o tom da coloração da água, pensou: "Ainda terá que ferver mais, em fogo brando, mas no ponto que está já posso levar uma xícara para Luna."

Arredou a panela do fogo forte, de modo que continuasse a ferver sem tanto vigor, e tirou da panela uma xícara daquele precioso líquido.

Imediatamente, passou o chá para uma caneca de alumínio e, com uma segunda caneca, esta alouçada, correu para a rua. Com o apoio da aragem noturna, passou o líquido de uma caneca para outra várias vezes, para que esse movimento esfriasse o chá.

Quando o chá já estava morno, voltou para a cozinha, passou o chá de volta para a xícara, dispensou as duas canecas na pia e foi o mais rápido que pôde para o quarto da governanta.

Vendo as crianças aglomeradas junto à porta, que estava entreaberta, pediu licença e foi entrando, com a xícara na mão. Na pressa, chegou a derrubar um pouco do líquido no assoalho.

— Anny, fiz um chá para Luna. Ela precisa tomar tudo. Agora!

Era tão firme aquela fala do pequeno Thor que mais parecia uma ordem.

— Você e as suas manias! Chá do quê você fez dessa vez, Thor? Não podemos dar qualquer coisa para Luna tomar!

— Não duvide do poder das ervas medicinais, Anny! Fiz a colheita hoje à tarde especialmente para Luna, porque senti que ela não estava bem. Ela está precisando "deste chá"!

Como Thor seguidamente fazia chás para uma e outra coisa, para um e outro mal-estar, geralmente resolvendo os desconfortos, Anny considerou que mal não deveria fazer. Então, com algum esforço, fez Luna tomar, pouco a pouco, toda a xícara, tendo Thor ao seu lado segurando a mão de Luna, enquanto ela sorvia o chá.

Nisso, Feliciana retornou com uma bacia com água gelada e alguns panos.

— Lembra, Anny, quando "percisemo aplicá" compressas no Joaquim, naquela vez que ele tava com febre alta?

— Lembro sim, a gente aplicava na testa, para puxar o calor, e trocava o pano quente por pano gelado de quando em quando. Isso?

— Exatamente. Eu "perciso terminá" a janta. Aplique compressas nela, para "baixá" a temperatura, e "quarqué cosa", me chame.

12 NOITE DE ANGÚSTIAS

No jantar, as crianças (e inclusive Feliciana e Benzinho), mal tocaram na comida. O que tinha acontecido com a nova governanta? Teria de ser levada a um hospital? Será que ela morreria? Eram momentos de grande apreensão.

Ainda que Anny e Feliciana insistissem para que as crianças fossem dormir, preocupadas, nenhuma quis arredar o pé do quarto. Queriam ficar para ajudar no que fosse preciso. Ou, simplesmente, para acompanhar Luna.

Benzinho ficou acordado até por volta da meia-noite e foi se deitar, enquanto Anny e Feliciana se revezavam aplicando compressas em Luna, que se agitava e delirava sem parar, dizendo coisas desconexas.

Ainda que sonolentas, as crianças não dormiram. Quando alguma delas começava a cerrar os olhos para cochilar, as outras então conversavam, levantavam-se, cutucavam o sonolento, diziam uma gracinha, e esses movimentos afastavam o sono.

De vez em quando, Cecília cafungava em seu gato de pano e lembrava de Deus, puxando algumas frases, pedindo por Luna:

– Papai do Céu, cuide da Luna, faça ela melhorar e sarar logo!

Por volta de três horas, Thor correu ao fogão a lenha e trouxe mais uma xícara de chá para a governanta, o qual estava morninho e agora com coloração bem consistente, com sabor também mais encorpado.

– Anny, dê à Luna mais esta xícara. É para ela melhorar.

Acedendo ao pedido do pequeno, Anny fez Luna tomar o chá devagarinho, com todo cuidado para ela não se afogar, sob os olhares atentos de Feliciana e das demais crianças.

– Crianças, "arguma d'ocêis qué tomá um chá tamém"?

– Claro que não, o Thor costuma fazer chás muito amargos! – disse Alícia, arrancando sorrisos de todos.

– Não falei do chá de Thor! Vou "perpará" um chazinho leve de camomila e cidró. E bem docinho.

– Aí, sim! – responderam todos.

– Então venham comigo! – E saíram do quarto.

Na cozinha, Feliciana colocou uns gravetos e lenha sobre as brasas que ainda restavam acesas, assoprando em seguida, o que fez em pouco tempo o fogo acender. Ela pôs água para ferver, já com camomila e folhas de capim-cidró, que ela sempre tinha à mão, na cozinha.

As crianças pegaram xícaras no armário e as puseram sobre a mesa, sentando-se em seguida, aguardando.

Feliciana temperou o chá com açúcar, serviu as crianças e pegou um vidro de biscoitos caseiros, dando dois biscoitos para cada uma.

– "É pra enganá o bucho" – disse ela. – "Ocêis não comeram quase nada na janta!"

A seguir, numa bandeja, serviu três xícaras, separando dois biscoitos para ela, dois para Anny e dois para Thor.

Quando Feliciana chegou no quarto, tendo deixado as crianças na cozinha, Anny e Thor estavam radiantes: Luna aparentemente estava melhorando! Já se agitava menos, e quase não delirava. Anny já tinha parado com as compressas.

– Mas que ótima notícia! – disse Feliciana. – "Vamo aproveitá então para tomá o chá com biscoitos!"

Quando terminaram, as crianças estavam retornando da cozinha.

– Lavamos e guardamos as xícaras, dona Feliciana, conforme a senhora pediu.

– Certo! Que "cosa" boa! Venham cá: Anny tem uma notícia "maraviosa"!

– Qual? – quiseram saber todos, com olhinhos brilhantes.

– Parece que a febre de Luna "tá ino embora"!

– Iupiiiiii! Ebaaaaaaa! – gritaram as crianças.

Abraçaram-se contentes e ao mesmo tempo saltitantes, celebrando aquele momento especial, enquanto Luna já dormia tranquilamente.

– Crianças, agora podem ir dormir. Já passa das quatro da manhã. Logo o dia vai clarear!

As crianças se olharam, e Hanna então disse, como a porta-voz de todos:

– Nós já ficamos acordados até agora, não vamos dormir, vamos esperar ela acordar!

– Isso mesmo – ponderou Rick. – Aliás, estamos de férias, e dormir, a gente pode dormir amanhã de manhã ou de tarde.

– Apoiado – confirmaram todos.

E assim, todos ficaram despertos, de olho na governanta. Para não dormir, conversaram amenidades alternadas, com alguns gracejos e até algumas piadinhas, para descontrair.

Quando a claridade despontou no horizonte e o dia já se podia fazer notar pelas frestas da janela, e ainda antes dos primeiros raios de sol saírem, Luna finalmente despertou.

Inicialmente, olhou para o teto, para as paredes e os móveis, para Anny e Feliciana. Para as crianças, que estavam todas no quarto.

– Ué, o que aconteceu? – perguntou, confusa.

De forma imediata, a resposta foi física: todos pularam para o lado da cama, rodeando Luna, com largos sorrisos nos lábios.

– Que bom que você voltou – disse Thor. – Eu tinha certeza disso!

– Ué, voltei de onde? – disse Luna, ainda sem compreender.

Então Anny lembrou-a do que tinha acontecido, o grito, o desmaio, e contou tudo o que acontecera desde o final da tarde do dia anterior até aquele momento em que o dia estava clareando.

Colocando as ideias no lugar, Luna rememorou o que conseguiu lembrar e, vendo aqueles olhares felizes ao seu redor, vibrando por sua melhora, não conseguiu segurar as lágrimas.

Agradeceu a Deus por estar ali com aqueles anjos, que, ainda que fosse ela uma desconhecida, não mediram esforços para cuidar dela com tanta atenção e carinho.

– Dona Luna, não chore! – disse Feliciana, com os olhos marejados de lágrimas.

Mas nada a fazia parar de chorar. Ela mal apenas conseguia dizer, entre soluços, "muito obrigada". As crianças e Anny, emocionadas, também choraram de emoção. Levemente recomposta, mas ainda soluçando, Luna conseguiu então dizer:

– Eu recém cheguei, mas já amo tanto vocês!

E as crianças, em uníssono, disseram o que combinaram na cozinha, quando terminaram de tomar o chá.

– Nós também amamos você, mamãezinha!

Surpresa com aquela declaração de amor, Luna desandou a chorar mais ainda. Um choro de uma alegria sem tamanho. Mamãezinha! Uma alegria sincera que há muito tempo ela não sentia. Eles a tinham chamado de mamãezinha!

Aquela frase despertou dentro dela, em segundos, todo o sentimento da maternidade. Ela revivera todo o amor que dera ao seu único filho, Pedro Rafael, falecido recentemente num acidente automobilístico quando retornava da praia...

Seu filho já não era deste mundo, já tinha ido embora. Mas agora ela estava recebendo de presente, por adoção, não só um, mas vários filhos! Todos de uma só vez!

Mamãezinha! Eles a chamaram de mamãe! Toda essa energia fez Luna sentir uma vontade imensa de viver. Ela tinha recebido o diagnóstico de no máximo de três meses de vida. Mas agora ela queria viver. Mas, como viver? Maldito câncer!

Aquelas lágrimas de alegria e de amor inundaram o quarto, deixando-o leve e aconchegante, enquanto, lá fora, o sol de um novo dia nascia incólume e vigoroso.

13 SOLDADO DA MARINHA

A saúde de dona Vitória estava cada vez pior. Magérrima e com altas doses de medicação, ela ouvia vozes, misturava os tempos, contava coisas do passado como se fossem do presente, falava coisas desconexas e constantemente tinha acessos de fúria, quebrando tudo o que encontrasse pela frente.

Nem os netos, de quem ela tanto gostava, conseguiam lhe melhorar o humor. Todas as conversas que puxavam com ela, fossem os de casa, os empregados ou os estranhos, para entretê-la, resultavam em comentários estapafúrdios dela, fantasiando tudo com temas ininteligíveis.

Pedro orientou as duas funcionárias da casa a retirarem do alcance da esposa qualquer objeto com o qual ela pudesse se ferir, que não a deixassem sozinha um minuto sequer durante o dia, porque ela bem poderia se cortar, machucar-se, machucar alguém, ou até coisa pior.

Quando ela se rendia ao sono, levavam-na no colo para uma cama num quarto separado, o qual não tinha nada de mobílias, nem quadros na parede, nem roupeiro, nem criado-mudo, nem cadeiras, nem espelhos... nada! Outras duas mulheres que moravam na fazenda se revezavam passando a noite em claro, cuidando da patroa.

Quando o rádio passou a transmitir notícias do *front* da Segunda Guerra Mundial, ao ouvir pedaços de noticiário e trechos de conversa dos integrantes da casa sobre a guerra, ela passou a afirmar que era um soldado da Marinha, que navegava em alto mar e que tinha recebido medalhas por bravura no combate.

Alienada, só falava coisas desconexas, e repetia constantemente a história de que era um soldado da Marinha. As empregadas a tratavam com paciência e brandura, mas sabiam que ela estava completamente desorientada.

Em setembro de 1945, quando o rádio anunciou por muitos dias a vitória dos aliados na guerra, enaltecendo a bravura dos pracinhas brasileiros, dona Vitória, que ouviu a notícia, passou a relatar que agora seu nome finalmente fazia sentido, que sua missão, Vitória, estava completa e que ela poderia morrer em paz.

Como ela já não dizia coisa com coisa há algum tempo, embora tomando remédios de alta dosagem e sendo cuidada constantemente pelo Dr. Diógenes e outros médicos, não lhe deram ouvidos.

Numa manhã gelada, ainda antes de terminar aquele setembro, aproveitando um descuido da empregada, que tinha ido buscar água para ela tomar os remédios, dona Vitória pulou a janela, saindo para o pátio da fazenda.

A empregada, ao retornar para onde ela estava, não a encontrando, a princípio imaginou que ela tivesse ido a outra peça da casa. Chamando em voz alta por Vitória, a empregada percorreu todos os cômodos da casa, mas a procura foi infrutífera.

A outra cozinheira foi chamada e ajudou a repassar a casa inteira. Até por baixo dos móveis olharam, afinal, ela podia estar escondida. Não a encontrando, saíram gritando porta afora, pedindo por socorro.

Pedro Moraes, que estava fumando um palheiro no campo, ali próximo, onde estava supervisionando o gado, ouviu aquele alarido das mulheres e, vendo que algo não estava bem, veio correndo, junto a ele o capataz, Tenório.

Inteirados do que estava acontecendo, passaram a procurar ao redor da casa, entre as hortênsias, atrás dos arbustos, na patente, no galinheiro (que era um dos lugares onde ela ainda ia de vez em quando para colher ovos), nas valetas próximas, no galpão, na pilha de madeiras...

Os minutos foram passando e nada de encontrarem dona Vitória. "Ela tem que estar em algum lugar!", gritava Pedro, arfante. "Vamos ampliar o raio de procura, vamos um para cada lado!"

Ampliando a área das buscas, cada um tomou uma direção, procurando com olhos atentos, sem deixar de vistoriar nenhum lugar onde ela pudesse estar.

Foi quando ouviram um grito desesperado para os lados do arroio, para onde a cozinheira Glenda tinha ido. "Socorro! Venham logo!" – gritava ela.

Ao ouvir os gritos lancinantes da cozinheira, todos correram a plenos pulmões para onde ela estava. Pedro foi um dos primeiros a chegar. Do alto do barranco, avistou Vitória lá embaixo, dentro do poço fundo do arroio, flutuando sobre a água, de costas para cima, braços abertos, barriga e rosto para baixo.

"Tenório, comigo!" – gritou Pedro, tomando o rumo da trilha, costeando o barranco que levava ao arroio. Uma vez embaixo, ambos pularam os arbustos e as pedras. Tenório chegou a resvalar numa pedra lisa ao pisar na água, enquanto os demais chegavam no alto do barranco, junto a Glenda, acompanhando os movimentos desesperados dos dois homens.

Entraram na água de roupa e tudo, jogando água longe a cada passo dado. Coração na mão, o esposo ainda nutria esperança de que pudesse salvá-la. Ele e Tenório tiraram Vitória da água o mais rápido que puderam e a trouxeram para a margem.

Pedro virou o rosto dela para o lado e massageou o peito com força; a seguir, fez respiração boca a boca. Repetiu a massagem e a respiração boca a boca mais de uma vez... Mas era tarde demais. Embora o corpo ainda estivesse quente, Vitória estava morta.

Tinha partido no mesmo mês em que o mundo inteiro vibrou com a vitória dos aliados na Segunda Guerra Mundial.

Cumpriu com aquilo que sua mente planejava e que ninguém acreditava: como já tinha havido a vitória na guerra, sendo o seu nome Vitória, agora ela já poderia morrer... Além disso, dizendo ser soldado da marinha, morreu na água, não em alto mar, mas no poço do arroio, próximo de casa!

Além da família – esposo, filhos, noras, genros, netos, muita gente veio para o velório. Também choraram a partida de Vitória os empregados, vizinhos e parentes distantes, as autoridades locais, o prefeito, o deputado federal amigo de Pedro e até o Dr. Diógenes.

Na Raio de Luz, a notícia correu instantânea, e foi um dia de muita tristeza. Ainda que todos quisessem ir se despedir da patroa, que era querida por todos, respeitaram as regras impostas ao isolamento, e ninguém se fez presente.

14 HISTÓRIAS DE VIDA

Feliciana, Anny e as crianças só foram dormir depois que Luna venceu o quadro febril. E isso já era passado das seis da manhã. Menos Thor. Ele ainda ficou um pouco mais em vigília, ao lado de Luna, ainda que caindo de sono, porque queria dar uma outra xícara de chá para ela às 8 horas.

Ao ouvir um barulho na cozinha, Thor aguçou os ouvidos e foi até lá. Era Benzinho que, como todas as manhãs, iniciava o fogo no fogão a lenha. Mas esta manhã seria diferente, Feliciana tinha passado a noite em claro e recém tinha ido se deitar, então foi Benzinho quem esquentou a água e passou o café.

Thor tomou uma xícara de café e comeu uma fatia de broto de milho, e isso o manteve desperto para cumprir seu objetivo.

Quando o relógio da cozinha marcou 8 horas, Thor serviu e levou mais uma xícara de chá para Luna. Vendo-a dormir tão tranquilamente, fez um carinho em seu rosto e deu-lhe um beijinho na testa, dizendo baixinho, próximo de seu ouvido:

– Você precisa acordar! Trouxe mais um chá para você!

Luna só acordou quando Thor repetiu a frase suavemente pela quarta vez.

– Acho que estou sonhando! – disse ao ver aquele anjo sorridente ao seu lado, esboçando também um sorriso gostoso.

– Não, não está sonhando! – disse Thor. – Agora está acordada. Eu trouxe mais uma xícara de chá para você. Preciso que tome ela toda!

Luna começou a tomar o chá e logo fez cara feia.

– É muito ruim! Tem gosto de... de... nem sei do quê!

– Sei que o gosto não é dos melhores – disse Thor, rindo –, mas é um chá poderoso, precisa tomar tudo.

Devagarinho. Luna foi sorvendo o chá, gole a gole, até tomar tudo, colocando a língua para fora ao final.

– Tem gosto de meia suja com chulé!

Riram juntos, gostosamente.

***

Aquela manhã foi silenciosa na Raio de Luz, sem a algazarra característica das crianças. Feliciana, Anny e as crianças ferraram no sono.

Benzinho levantou-se quando Feliciana veio se deitar. Soube que Luna tinha passado variando a noite toda, mas que agora já estava bem e que dormia tranquilamente.

Após tomar café com Thor, pegou pá, enxada, pregos e martelo e foi reparar um mourão da cerca próximo da antiga igreja. Era o serviço que tinha planejado fazer pela manhã.

Ao passar pelo pomar, viu que a vegetação estava crescendo rápido no entorno, logo precisaria fazer uma roçada no local.

Ao chegar no mourão, observou mais uma vez o ambiente e o que precisaria ser feito. Uma erosão, certamente provocada pelo escoamento de águas da chuva, havia roído a terra ao redor do mourão, e, como havia um barranco, ele estava praticamente suspenso nos arames.

Mais adiante, próximo da cerca, pelo lado da roça, as chuvaradas tinham provocado uma enorme erosão. Seria bom se aquele buraco fosse tampado, mas como fazer isso com uma pá? Impossível!

Benzinho se resignou a ajeitar o mourão, que era a tarefa possível. Juntou algumas pedras, de tamanhos variados, e se pôs a cavoucar para fixar as pedras na base.

Concentrado no seu trabalho, Benzinho cantarolava uma canção de Cartola que lhe tinha vindo à mente, enquanto os pássaros faziam revoadas nas árvores atrás da cerca.

"*Quero assistir ao sol nascer, ver as águas dos rios correr, ouvir os pássaros cantar, eu quero nascer, quero viver (...)*"

Alternando a cantiga, assoviava em alguns trechos, enquanto seguia cavoucando com a pá e a enxada junto ao mourão, assentando pedras, para corrigir o problema da erosão.

Com a maior simplicidade e até um pouco desafinado, Benzinho continuava cantarolando:

"*Se alguém por mim perguntar, diga que eu só vou voltar, depois que me encontrar!*"

E qual não foi a sua surpresa, quando, inesperadamente, por trás dele, uma voz continuou o verso da estrofe, cantando linda e afinadamente:

"*Deixe-me ir, preciso andar, vou por aí a procurar, sorrir pra não chorar (...)*"

– Dona Luna, a senhora por aqui! – disse, virando-se envergonhado, com um rubor subindo-lhe a face.

– Não consegui dormir mais. Levantei, vi a casa toda quieta e então saí para dar uma caminhada.

Luna gostava de música e tinha uma voz afinada. Na infância e adolescência chegara a participar do coral da igreja da comunidade onde nascera, mas, com tudo o que tinha acontecido nos últimos tempos – a morte do esposo, do filho, a depressão e a descoberta do câncer –, até tinha se esquecido que cantar era bom.

– A senhora é muito bem-vinda em qualquer parte da propriedade.

– Obrigada!

Benzinho seguiu o trabalho, mas logo Luna perguntou:

– Benzinho é seu apelido? Qual é o seu nome de batismo?

– É Bernardino, dona Luna. Feliciana me chama de "Benzinho", e, devido a isso, os demais logo passaram a me chamar assim também.

– Certo. E me conte, seu Benzinho, de onde vocês vieram? Como foi que chegaram na Raio de Luz?

– Já faz bastante tempo, dona. Vou lhe contar.

Benzinho relata para Luna que ele e Feliciana chegaram sem eira nem beira e foram acolhidos pela governanta Martha. Eles eram agricultores, criaram os filhos plantando nas terras de um fazendeiro, mas a terra não era boa e, como não tinham condições de comprar adubos para aumentar a produtividade, produzia muito pouco. Como ainda dividiam a metade de tudo que plantavam com o fazendeiro, sobrava quase nada, logo, viviam com muitas dificuldades.

Com a miséria batendo na porta, abandonaram aquelas paragens e passaram a mudar de propriedade em propriedade. Um a um, os filhos foram crescendo e saindo de casa, indo procurar uma vida melhor em outros lugares, e os idosos restaram, ficando sozinhos.

Cansados, doentes e famintos, já não conseguindo plantar para sobreviver, souberam da existência da antiga clínica onde havia uma governanta generosa que acolhia a todos e onde poderiam viver seus últimos anos.

Então resolveram apostar todas as suas fichas numa caminhada desesperada de mais de 100 quilômetros. Ao chegarem na clínica, foram acolhidos carinhosamente pela bondosa Martha e foram convidados a ficar, desde que pudessem de alguma maneira colaborar com o seu trabalho e ajudar nas atividades e nos serviços da casa.

— E desde então estamos aqui – concluiu Benzinho. – Ajudamos naquilo que podemos, zelamos pela casa, pela propriedade, cuidamos das crianças!

— Que linda história, Benzinho! E a governanta anterior, por que ela foi embora? – perguntou para confirmar com ele o que já tinha ouvido.

— O que sei, dona Luna, é que dona Martha tinha um coração generoso e coordenava tudo por aqui. Mas ela recebeu uma carta da mãe dela, que estava muito doente, e precisou viajar urgentemente.

— E por que será que ela não voltou ainda? Qual é a sua opinião?

— Sinceramente – disse Benzinho –, eu acho que a mãe dela ainda não está boa e que ela precisou ficar por lá para cuidar dela.

— Tá bem. Vou dar uma caminhada e deixar o senhor terminar o serviço na cerca. Só me diga uma coisa: qual dessas casas é a casa de Joaquim? – apontava o braço direito para as casas antigas.

— A última, dona! A última casa, antes do arroio. É só seguir esta estradinha, que a senhora chega lá, rapidinho!

★ ★ ★

Sentindo um cansaço meio fora de propósito, ainda que a caminhada fosse curta e leve, Luna aproveitou que estava passando em frente ao prédio de uma velha igreja e empurrou a porta frontal para ver se estava chaveada. Qual não foi a sua surpresa quando a porta se abriu, com um sonoro rangido.

Caminhou devagarinho até o altar e olhou para a cruz de madeira que ali estava fincada. De joelhos, agradeceu a Deus por estar viva mais um dia e por ter vencido a febre alta na noite anterior.

Mergulhou em seus pensamentos: quanto tempo de vida ela ainda teria? Será que as crises de dor e os desmaios seriam cada vez mais frequentes até ela apagar, como uma vela, por completo?

Questionou Deus sobre seu destino. Por que ela fora premiada com o câncer e com pouco tempo de vida? Mas antes Deus não a tivesse trazido para este pequeno paraíso... Antes não tivesse conhecido aqueles pequenos anjos... Lindos anjos que inclusive a adotaram como mãe! Mamãezinha!

Anjos que passaram a noite inteira acordados, disse Thor. Ficaram a noite inteira cuidando dela! Chegou a considerar que melhor teria sido que Deus não lhe tivesse trazido para ali, porque agora tinha inclusive recuperado o senso de maternidade. Mas... para quê? Para morrer logo daqui a alguns dias?

De todo modo, ali naquela velha igreja, de joelhos, um pensamento passou a se formar em sua mente, uma conclusão diante dos últimos acontecimentos: ainda que ela tivesse pouco tempo de vida, ela viveria cada dia como se fosse o último, doando-se ao máximo possível para aquelas crianças. Doando-se ao máximo para seus novos filhos!

Derramou lágrimas sinceras naquele espaço, pedindo a Deus que tivesse misericórdia dela, para que tivesse um tempo maior de vida! "Alguns dias a mais, Senhor!", pensou ela. "Somente alguns dias a mais!"

* * *

Ao caminhar rumo aos fundos da propriedade, sentia o frescor da manhã e observava cada uma das casas abandonadas, imaginando que aquele espaço deveria ter sido um lugar mais movimentado no passado.

Chegara na última casa. A última do lado direito. No lado direito da habitação, uma área cercada com taquara indicava o local que deveria ser a horta. No outro lado, um gramado aberto e, no final, um barranco que tinha o arroio ao fundo, depois do qual se iniciava uma mata fechada que subia morro acima, até se perder de vista.

– Joaquim! Ô de casa!

Fez-se silêncio. Chamou de novo.

– Estou aqui na horta, já vou!

Em seguida, Joaquim apareceu junto ao portão da horta.

– Olá, dona Luna! Caminhando um pouco?

– Sim, aproveitando a brisa da manhã.

– A senhora dormiu bem? – Joaquim não sabia do desmaio de Luna no final da tarde anterior.

– Na verdade, não dormi bem. Passei mal no final da tarde, desmaiei e tive muita febre. Anny, Feliciana e as crianças passaram acordadas a noite inteira cuidando de mim.

– Puxa vida! Mas agora está melhor?

– Sim. Passou o mal-estar. E então aproveitei para dar uma caminhada. – Olhando para o cercado, perguntou: – Posso conhecer a sua horta?

– Claro! Vem comigo!

Após passarem o portão, Joaquim mostrou para Luna o espaço. Foi descrevendo o seu conteúdo:

– Ali temos alguns pés de aipim; naquele espaço vazio tinha feijão, que eu já colhi e vou preparar para plantar abóboras; mais adiante tem alguns pés de milho, que logo vão estar no ponto de colher espigas verdes; e, na cerca, baraços de chuchu que já estão produzindo.

– Que coisa boa, Joaquim! Meus parabéns! Você é muito organizado.

– Ainda tem aqueles quatro canteiros lá no fundo – disse um confiante Joaquim, contente pelo elogio –, onde Thor planta e cultiva chás.

– Thor ajuda você a cuidar da horta?

– Não, na verdade ele cuida somente dos quatro canteiros de chás. Do restante, cuido eu.

– Ah, entendi. Deixe-me perguntar outra coisa: quando foi que você veio morar na Raio de Luz? Faz tempo?

– Ih, dona Luna! Eu não vim de fora não... Eu nasci aqui nesta região, vivi toda a minha vida aqui.

– Você nasceu aqui? Então conhece a história deste lugar como ninguém!

– Sim, de todos os que moram aqui, eu sou o mais antigo, lembro de coisas desde quando era pequenino. Eu era filho de Nhô Dilamini e de Juçara. Meu pai contava que eu nasci no mesmo ano que morreu Pedro Moraes, que era o dono da fazenda Recanto dos Ipês, a qual no princípio tinha 600 hectares.

– Puxa vida! Recanto dos Ipês seria um nome antigo da Raio de Luz?

– Não, dona Luna. A sede da Recanto dos Ipês ainda existe; aqui onde estamos, a Raio de Luz, foi um pedaço separado por Pedro Moraes para fundar a Vila.

– Fundar uma Vila? Não entendi!

– Meu pai contava que, quando eu era criança, ele e a mãe pegaram uma "doença ruim" e, por causa disso, nós e os outros funcionários doentes da fazenda viemos morar aqui na Raio de Luz para cumprir uma espécie de isolamento, que naquela época era obrigatório.

— Doença ruim? Que doença era? — inquiriu Luna, curiosa.

— Meu pai chamava de "doença ruim", mas o Dr. Diógenes, o médico que cuidava da gente, chamava por um outro nome, que eu não lembro.

— Vimos muitos morrerem aqui, sem esperança. Mas, com o passar dos anos, a medicina criou remédios que, ainda que não curassem completamente, ao menos amenizavam os sintomas. Quando eu tinha uns 15 anos, terminou o isolamento, e muitos foram embora, mas nós não tínhamos para onde ir, então fomos ficando.

— A antiga governanta da clínica, dona Martha, de bom coração, passou a trazer pessoas da cidade para morarem aqui. E tudo ia bem até a morte do Dr. Diógenes. Não tenho certeza dessa parte, mas parece que o Dr. tornou-se o dono da Raio de Luz, deixando-a de herança para um filho que estudava medicina. Foi quando toda a ajuda que recebíamos mensalmente parou de vir e começou a faltar, inclusive os gêneros de primeira necessidade.

— Para não passarmos fome, meu pai ampliou o cercado da horta, transformando-a numa pequena roça, para produzir mais alimentos. Eu, o pai e a mãe fazíamos o que podíamos, mas eram muitas pessoas, o alimento não chegava. E olha que Martha também comprava comida e outras coisas, mas nem assim era suficiente.

— Então muitos foram embora, realmente não tinha como ficar. Um ano depois que a mãe morreu picada por uma cobra, o pai também faleceu, e coube a mim, com o que tinha aprendido deles, continuar a cuidar desse espaço, como faço até hoje.

— E hoje sou eu, já aposentado por idade, que ajudo, com a minha aposentadoria, a comprar os alimentos básicos que estejam faltando na casa, igual dona Martha fazia. Compro algumas coisas que preciso para mim, pago minhas continhas, e o resto compro em farinha de trigo, farinha de milho, feijão, arroz, café, açúcar, sal e outras coisas que dona Feliciana e Benzinho me sinalizam que estejam faltando.

— Puxa vida! — disse Luna, emocionada. O senhor também é um anjo! Que coração generoso para com o casal de idosos e para com as crianças!

— O dinheiro só tem valor quando aplicamos do jeito certo e nas coisas certas, dona Luna. Não seria correto eu guardar o dinheiro que recebo todo mês e, aqui do meu lado, ver as pessoas passando dificuldades e, talvez, até fome. Não senhora! Enquanto eu viver, farei desse modo, do jeito mais simples possível, até porque não me falta nada aqui!

15 AS CRISES SE ACENTUAM

Feliciana acordou sobressaltada. Olhou pela janela: sol alto na rua. Aprumou as ideias. Ah, sim, lembrou: ela fora dormir já era de manhã, depois de ter passado a noite em claro com Anny e com as crianças, cuidando de Luna.

Deu um pulo da cama. O almoço: ela precisava fazer o almoço! Que horas seriam? Lavou o rosto com a maior pressa possível e, ao enxugá-lo, sentiu um cheirinho gostoso de alho fritando no ar. Ué, pensou ela, será que Anny ou Benzinho estão cozinhando?

Ao chegar na cozinha, ficou surpresa ao ver Luna, vestida com seu avental, cozinhando.

— Mas, dona Luna... podia "tê" me chamado! A senhora não "precisava fazê" o almoço!

— Já estou me sentindo melhor! E me sinto feliz em poder ajudar. Além do mais, vi que tinha sobrado comida pronta de ontem, então, apenas estou aumentando com uma massa alho e óleo.

— Ela só não conseguiu acender o fogo — riu Benzinho, que estava sentado em um canto, com Joaquim –, mas daí eu juntei uns gravetos fininhos e deu tudo certo.

— Sim! – riu Luna. — Encontrei uma massa caseira pronta e bem sequinha, achei alho, óleo e pronto, com isso complementei o almoço.

— Tá bem, dona Luna. Pode "deixá" que eu assumo a cozinha agora. – disse Feliciana, querendo voltar para o lugar que dominava.

— Não senhora! Faço questão de terminar!

— Então, tá bem... Se a senhora insiste! – disse, meio sem graça, Feliciana.

— Só peço que acorde as crianças para que venham almoçar também. E depois me ajude a colocar a mesa, eu ainda não sei onde estão toalha, pratos, talheres e outros apetrechos.

Sonolentas, uma a uma, as crianças foram chegando, correndo na direção de Luna, em quem davam um abraço e um beijo, para depois se sentarem à mesa.

Cecília, a menorzinha, ao chegar agarrada com seu boneco, disse:

— Mamãe! Que bom ver a senhora cozinhando. Que bom que já estás melhor!

— Oi, filhinha! Já estou melhor, sim, graças a Deus e aos cuidados de vocês!

— Puxa! O chá de Thor foi mesmo muito bom. – disse Kauã ao chegar, vendo Luna cozinhando.

Sorrindo, Luna respondeu:

— Realmente, foi bom! Mas, vamos falar a verdade, o chá estava amargo e ruim à beça. – e colocou a língua para eles, arrancando gargalhadas de todos.

Nisso estavam chegando Anny e Thor, ambos bocejando.

— Falando em chá – disse Thor –, está na hora de você tomar mais uma xícara.

Ele e Anny abraçaram Luna com vigor, como se não quisessem mais desgrudar dela. Luna sentiu a energia dos abraços e segurou a emoção, afinal, ela emocionou-se e não queria chorar de novo. Com um esforço, conseguiu segurar as lágrimas de alegria.

Thor serviu o chá e ela tomou, fazendo caras e bocas, arrancando sorrisos da criançada. Não que estivesse brincando, o chá realmente estava muito amargo e ruim.

Almoço pronto, Feliciana serviu os pratos de todos, como fazia todos os dias, para garantir que todos recebessem uma porção igualitária, e todos se posicionaram à mesa.

— Hum… Que massa deliciosa! Será que vai ter repetição? – perguntou Rick.

— Sim, terá repetição sim, mas primeiro comam tudo o que tem no prato! – disparou Luna.

Quando todos já tinham almoçado e as crianças já estavam saindo, como faziam sempre depois das refeições, Luna bateu palmas e disse a todos:

— Crianças, voltem a se sentar! Quero dizer algumas palavras de agradecimento a todos vocês pelo cuidado e carinho que tiveram para comigo.

As crianças entreolharam-se e, curiosas para saber o que seria falado, retornaram aos seus assentos. Então ela começou:

— Eu cheguei anteontem, "exausta", e recebi aqui um amor tão grande que nunca tinha recebido de ninguém em minha vida!

– Quero agradecer a dona Feliciana e Anny por terem cuidado de mim, aplicando as compressas para que eu pudesse vencer a febre. Agradecer ao Thor pelo chá. Ao Benzinho e ao Joaquim, com quem já conversei hoje pela manhã, pela parceria na casa. E quero agradecer também, especialmente, aos meus novos filhos e filhas que, ao invés de terem ido dormir, ficaram a noite inteira acordados zelando e orando por mim!

Todos ouviam com atenção, sentindo-se valorizados pelas ações que fizeram para aquela que consideravam a nova governanta.

– Quero dizer também a vocês que, na parte da tarde, vou conversar mais um pouco com Anny, com dona Feliciana e com Benzinho e Joaquim e que amanhã de manhã, depois do café, faremos uma reunião para juntos definirmos estratégias para que possamos viver melhor nesta casa.

– Uma reunião? – perguntou Lorenzo.

– Sim, uma reunião. E, como todos são importantes, preciso que também participem dona Feliciana, Benzinho e Joaquim! Posso contar com vocês?

– Sim! – foi a resposta dos três.

– Filhinhos, posso contar com vocês também? Todos?

– Sim, mamãe! – responderam em uníssono.

– Então está combinado. Amanhã de manhã, depois do café, teremos nosso "papo reto". Agora vão escovar os dentes e depois podem ir brincar!

Voltando-se para a adolescente, disse:

– Anny, peço que você fique para nossa conversa da tarde.

– Certo! – respondeu ela.

Tão logo Anny ouviu o pedido, sabendo que ficaria, repassou adiante uma outra instrução:

– Hanna! Peço que fique de responsável pelos pequenos na parte da tarde. E todos ajudem a cuidar uns dos outros!

***

Luna já tinha tido momentos de conversa individuais com Anny, com Feliciana, com Benzinho, com Joaquim, e, com isso, em linhas gerais, já tinha em sua mente um raio-x de como a situação estava.

Sentaram-se à mesa e iniciaram a conversa. De forma franca, Luna rememorou alguns pontos que tinha ouvido de Anny, Feliciana, Benzinho e Joaquim, fez novos questionamentos, ouviu as respostas, abriu espaço para perguntas e também respondeu a várias.

Após abriu espaço para apontar caminhos novos e soluções, deixando claro que, para que todos pudessem viver novos tempos, novos horizontes, seria necessário um esforço de todos para mudar algumas coisas e fazer outras tantas.

Enquanto falava e ouvia, Luna passou a sentir novamente um desconforto abdominal, que, ainda que tenha iniciado leve, foi apertando aos poucos.

Em um dado momento, ela se encurvou no banco, pressionando a barriga, na intenção de a pressão externa aliviar as dores internas que sentia.

– A senhora está bem? – perguntou Anny, vendo que ela estava pálida.

– Está me dando uma dor forte... mas logo haverá de passar!

Feliciana correu e ajeitou um copo d'água, onde colocou uma pitadinha de açúcar.

– Tome, dona Luna! Uma "aguinha" doce sempre faz bem.

Em silêncio, Luna tomou alguns goles, devagarinho, pedindo aos céus que aquela dor passasse. A testa estava gelada, e as mãos, suadas.

Era uma dor em intensidade parecida com a que tinha sentido no restaurante... Depois, sentira novamente quando estava na lancheria, na beira da estrada.

Com os olhos arregalados, Benzinho e Joaquim apenas observavam, torcendo para que aquelas dores passassem e ela ficasse boa logo.

Luna tomou o copo de água doce, e, gradativamente, as dores aliviaram. Não por completo, pois continuam ali, latejando, batendo, cutucando, mas numa intensidade que era suportável.

– Já estou melhor! Vamos continuar nosso bate-papo. Temos muito a definir!

∗ ∗ ∗

Entre as crianças, o que monopolizou a tarde foram comentários sobre o sono, sobre os bocejos e sobre a reunião do dia seguinte. O que seria o tal papo reto? O que seria falado?

Elas arriscavam diversos palpites, mas nenhuma tinha certeza do que viria no dia a seguir. E todo esse burburinho e comentários ajudou a aumentar a expectativa.

***

Como Luna, Anny, Feliciana, Benzinho e Joaquim conversaram bastante, planejando e sonhando juntos. A tarde terminou e a noite se apresentou. Mas, com isso, Feliciana atrasou o jantar.

Ao terminarem a reunião, Joaquim se levantou e se despediu.

– Não quer ficar para jantar, Joaquim? – perguntou Benzinho, como sempre fazia quando ele estava ali no final da tarde.

E a resposta, invariavelmente, era sempre a mesma.

– Hoje não, outro dia!

Mas a verdade é que Joaquim nunca jantava com eles, ele sempre desconversava e ia embora. Já estava escuro quando Joaquim ganhou a rua. Mas isso não era problema para ele, visto que conhecia a Raio de Luz como a palma de sua mão e estava acostumado a andar por toda parte, ainda que fosse noite.

Quando se aproximava a hora do jantar e Feliciana ajustava os últimos preparativos, as crianças pareciam gralhas, tamanho o volume de suas falas e grasnados. O jantar tinha atrasado, de modo que elas realmente estavam famintas.

Luna, entretanto, não quis comer nada. Todos insistiram para que ela sentasse à mesa e comesse algo. Mas ela sabia que não conseguiria comer nada. A dor continuava ali, por baixo, como uma faca que estivesse fincada por dentro a sangrar sem parar.

– Obrigada, queridos! Mais tarde, se me apetecer, comerei algo. Vou sair para tomar uma brisa!

– Antes, espere! – disse Thor – Tá na hora! Tome mais uma xícara de chá!

Era tudo o que ela não queria, comer ou beber algo, mas aquele gesto amoroso do pequeno dobrou seu coração.

– Tá bem! – falou Luna. – Vou fazer um esforço.

Ainda que amargo, ela sentiu que o chá descia com a sensação de refrescância no estômago.

Deixou a xícara vazia no armário e saiu para a rua pela porta da cozinha, com movimentos pausados, para que a dor não aumentasse, enquanto Feliciana começava a servir o prato dos pequenos.

Que dor terrível aquela que ela sentiu de tarde. Seu quadro clínico e as dores indicavam que ela realmente não estava bem. O médico talvez tivesse mesmo razão, ela estava no fim.

Estava escuro. Luna contornou a casa e andou um pouco pelo gramado, próximo da casa e do lago, cuidando para não tropeçar. Sorvia a brisa fresca da noite, questionando-se quantas brisas da noite ela ainda poderia sorver e aproveitar.

Quantos dias de vida ela teria ainda? Pouco tempo atrás, a sua vida não tinha a menor importância, as horas eram longas tendo a solidão como companheira. Hoje, naquele paraíso, a vontade e a razão suplicavam para que ela vivesse, mas, por outro lado, ela sabia que tinha hora praticamente marcada para a despedida.

Assim pensando, de repente as fisgadas insistentes de dor começaram a aumentar. "Senhor, tomara que não seja uma crise forte!" Concentrada apenas na dor, caminhando para disfarçá-la e torcendo para que diminuísse, Luna nem percebeu quando contornou o galpão, passou ao lado de uma cerca e seguiu caminhando por um trilho batido. Cuidava apenas para não tropeçar e cair.

A crise de dor chegou a um ponto insuportável, Luna acocorou-se e ficou assim um tempo, na intenção de amainar a dor. Lágrimas escorriam-lhe pelo rosto. De dor. De medo. De desespero. De raiva. Sim, raiva, justo agora que ela encontrou este paraíso, por que ter que morrer de forma estúpida com um maldito câncer?

Levantou-se, a dor diminuiu um pouco, mas seguia ali, forte, impávida. Seguiu caminhando, chorando copiosamente. Foi quando, por trás de algumas nuvens, Luna viu que a lua estava por aparecer. A escuridão foi, aos poucos, diminuindo.

Olhando ao redor, Luna notou que passou por algumas casas antigas, iguais às que ela vira de manhã, do outro lado da propriedade, quando tinha ido até a casa de Joaquim.

Poucos minutos depois, confirmando a claridade que aos poucos estava chegando, a lua cheia apareceu plena, por cima do morro, definitivamente clareando tudo, promovendo um espetáculo lindíssimo no céu e acariciando seu coração.

– Senhor! – falou baixinho, sorvendo o ar noturno. – Estou sendo muito feliz aqui, por que isso não aconteceu antes?

E, em seguida, gritando:

– Por que tão pouco tempo?

A noite parecia dia. Ao se aproximar do arroio, notou que havia uma pequena ponte, uma travessia estreita, que levava ao outro lado. "O que será que tem lá?" Assim que atravessou a ponte, sentiu a dor mais uma vez aumentando.

Deu mais alguns passos. A crise voltou, novamente insuportável. Desequilibrou-se, pendeu para um lado, mas não chegou a cair. De olhos fechados, precisou acocorar-se novamente. Parecia que sua barriga ia arrebentar por dentro. Lágrimas sinceras continuavam a escorrer pela sua face.

Rolou no chão de tanta dor, com a crise ainda no ápice. Contorcendo-se de dor, abriu os olhos, e foi então que percebeu que... aquele lugar... cruzes fincadas no solo... uma cerca baixa de estaqueta envelhecida... ela não sabia como, mas ela tinho ido parar... sim... dentro de um cemitério!

"Senhor! Me ajude"! – gritou a plenos pulmões, paralisando e perdendo os sentidos logo após.

16 TERROR NA NOITE

Após o jantar, Feliciana começou a tirar a mesa, como fazia sempre, e tratou de ir depositando a louça na pia. A chaleira que ela tinha enchido e deixado sobre o fogão antes de servir as crianças já tinha fervido a água, com a qual seria mais fácil de desengordurar talheres e pratos.

Enquanto Feliciana lavava a louça, Thor saiu para a porta e olhou para a rua. Luna devia estar ali fora, caminhando pelo gramado. Espichou o olhar, mas não a avistou.

– Luna! Cadê você? – perguntou ele, em tom de voz mediano, não obtendo resposta.

– "Vai vê ela se sentô em argum" dos bancos ao lado do lago! – veio, de dentro de casa, a resposta de Feliciana.

– Luna?! – gritou Thor.

Esperou um pouco pela resposta, sem retorno.

– Lunaaaaaa?!

As outras crianças vieram para a porta, mas não se atreveram a sair, porque estava escuro. Somente Thor e Kauã, que tinham origem na mata e vivência na tribo indígena, saíram, sem medo. Atentos, circundam a casa e foram até o gramado, revisaram os bancos onde ela poderia estar sentada, chamaram novamente por Luna, mas nada de ela aparecer.

Retornaram para a cozinha e informaram:

– Gente, a Luna desapareceu! Ela saiu para tomar um ar e desapareceu!

– Será que ela foi embora? – logo perguntou Cecília, a mais pequenina e emotiva, sempre muito direta ao manifestar o que pensava.

– Ela deve estar dando uma volta, caminhando, logo haverá de voltar. – reforçou Benzinho.

Nisso, Cecília começou a chorar. Ela dizia, inconsolada e agarrada em seu gato, Tedy:

– Eu não quero que Luna vá embora! Eu não quero!

Lorenzo e Rick, vendo o choro copioso de Cecília e imaginando que Luna tinha ido embora, começam a chorar também.

– Vamos sair para procurá-la? – perguntou Alícia.

— É "mió a gente esperá" aqui. – disse Feliciana. – A gente "podi se perdê" nessa escuridão!

— E se ela estiver em perigo e precisando de nós? – perguntou Rick, preocupado.

— Não haverá de estar! Ela é adulta, sabe se cuidar. – respondeu Hanna.

Feliciana ajeitou água com açúcar para as crianças chorosas, para acalmá-las, mas Cecília não se acalmava de jeito nenhum. Tudo o que eles não queriam era que Luna fosse embora. Até os meninos choraram.

E até mesmo Thor, que tentava passar sempre uma imagem de mais durão, não aguentou e desandou em prantos.

* * *

Joaquim estava feliz. Agora a Raio de Luz tomaria um excelente rumo. A conversa franca de tarde, com Luna, Feliciana, Benzinho e Anny, em que puderam falar sobre tudo, dando e trocando ideias, devolvera a esperança para ele.

Ele nascera naquelas terras, vivera ali toda a vida. No começo, as motivações para irem morar ali eram as piores possíveis. O fato de a "doença ruim" ser contagiosa os forçou a construírem um mundo à parte, isolados.

Um local separado do mundo, mas que tinha tudo o que precisavam para sobreviver: plantavam, colhiam, cuidavam de e criavam animais, moíam farinha de trigo e milho, faziam melado e açúcar mascavo, consertavam ferramentas, tinham médico...

Viviam com tudo em comum. Quando a lavoura, as frutíferas e a horta produziam, tudo era de todos, todos se ajudavam. Quando carneavam um porco ou uma rês, repartiam e compartilhavam com todos; quando Pedro Moraes ou o Dr. Diógenes traziam compras, era tudo para todos.

Mas depois, com a morte de Pedro Moraes, com a descoberta dos remédios para a lepra e com a morte do Dr. Diógenes, aos poucos tudo foi desmoronando... E, de lá para cá, a Raio de Luz passou a viver tempos difíceis e inclusive de escassez.

Mas ele sentiu vigor na fala de Luna. Na vontade dos demais. Sentiu-se motivado! Ela daria novo ânimo e escreveria uma nova história na Raio de Luz. Agora era aguardar o dia seguinte e partilhar esses sonhos com as crianças, pedir ajuda e empenho também delas, visto que elas também são parte fundamental do lugar.

Era noite de lua cheia, mas ainda estava escuro, ela não tinha aparecido ainda. Foi caminhando devagarinho para casa. Passou pelo pomar, enveredou pelo trilho que dá acesso à estrada, desceu o barranco e seguiu, assoviando.

Ao passar em frente à igreja, lembrou que já há bastante tempo não fazia uma visita à casa do Senhor. Num dos próximos dias, haveria de levantar mais cedo e dedicar algum tempo para esse propósito.

Ainda que estivesse escuro, ele conhecia bem cada sulco do terreno, cada pedrinha, cada desnível, de modo que chegou em casa sem nenhuma dificuldade.

Fez fogo no fogão a lenha e colocou uma chaleira para esquentar, saindo em seguida para a área para acessar o banheiro. Enquanto tomava banho, meditava sobre como seria se seus pais estivessem vivos ainda: Nhô Dilamini e Juçara certamente aprovariam as ideias de Luna e seriam os primeiros a ajudar, fazendo o possível para que tudo desse certo.

Quando retornou ao fogão, a água fervia. Preparou uma canecada de chá com algumas ervas e folhas secas que tinha num pote e, do armário, pegou alguns biscoitos de água e sal, que reservou na última ida à cidade, quando recebeu a aposentadoria e fez compras de mantimentos para si e para a casa grande.

Pegou a caneca e os biscoitos e saiu para a área. Como sempre fazia, apagou a luz, para ficar de propósito no escuro, e sentou-se na rede, colocando os biscoitos sobre uma cadeira, ao lado. E assim, tomava goles do chá, ainda quente, e mordiscava alguns biscoitos, pausadamente.

A temperatura estava gostosa. Como a rede estava montada na área, estava livre do sereno, mas a brisa da noite chegava até Joaquim com um frescor maravilhoso. Nisso, a escuridão foi abrindo espaço para os raios do luar. Finalmente a lua tinha despontado por cima do morro, clareando tudo como se fosse dia.

Ele procurava não comer comida pesada à noite, mas tomar um chá com biscoitos era um ritual que ele se dava ao luxo de fazer diariamente nos dias de temperaturas amenas. Nos dias frios do inverno, fazia isso dentro de casa, sentado já na cama, onde, depois, já se aprumava para dormir.

Da rede, de seu porto seguro, olhava para fora, enxergando a estrada, o barranco do outro lado, algumas árvores além, a capoeira... Um pássaro noturno voava por ali... Pelo pio, devia ser uma coruja.

Ouvia a voz do silêncio da noite. Alguns barulhos na mata, acima, do outro lado do arroio, o som perene e constante das águas do arroio descendo pelas pedras nos pequenos desníveis, o mugido de um boi (ou vaca) ao longe...

Seguiu tomando sua caneca de chá, que, além de alimentar junto aos biscoitos, também servia como diurético, desinchando o corpo e facilitando o processo de urinar.

De repente, teve impressão de que ouviu uma voz para os lados de cima do arroio. Uma voz feminina. Joaquim estava mastigando um pedacinho de biscoito e não compreendeu o que a voz dizia, apenas teve a impressão de que a última palavra da frase tivesse sido algo como "vento", "alento".

Largou o biscoito e a caneca de chá na cadeira e, com cuidado, levantou-se da rede, pondo-se de pé na frente da casa, aguçando os ouvidos e olhando para os lados do arroio.

"Será que realmente ouvi algo? Ou será que foi algum espírito caçoando comigo?" Joaquim já tinha ouvido tantas histórias que não duvidava de nenhuma. Seguiu atento a qualquer movimento ou som que pudesse captar, quando então conseguiu ouvir de novo a voz feminina, que simplesmente disse:

– Senhor! Me ajude!

Aquela voz parecia... parecia ser de alguém conhecido... Tentava recordar pelo timbre de voz, quem seria... Mas quem? Ei... Essa voz... Parece ser a de... Sim... era "dela"!

Sem perda de tempo, de pés descalços, Joaquim saiu rápido na direção de onde supunha que a voz pudesse ter vindo. Estava claro como um dia. Ganhou a estrada, pulou o barranco com um movimento rápido e foi em direção ao arroio, margeando-o.

"Só pode ser a voz de dona Luna", refletia Joaquim, "mas, o que ela estaria fazendo aqui fora nessas horas da noite?".

– Dona Luna?! É a senhora? – perguntou alto por mais de uma vez, sem obter resposta. Mas também já duvidando que pudesse ser ela. Podia ser uma impressão falsa que tinha recebido...

À medida que ia subindo arroio acima, olhava atentamente para os barrancos, para a vegetação, para a água. Se alguém tinha gritado, poderia estar em apuros... E em qualquer lugar.

De repente, lembrou-se da história que seu pai contava, da morte da esposa de Pedro Moraes, a dona Vitória, que tinha morrido afogada neste mesmo arroio, cerca de um quilômetro para cima.

Um calafrio percorreu-lhe a espinha e arrepiou todos os seus cabelos. E se fosse dona Vitória, do mundo dos mortos, que o estava chamando? Fez uma prece a Deus, pedindo proteção e garantiu, em pensamento, que sim, assim que pudesse, ele iria até a velha igreja para fazer algumas orações.

Campereando com cuidado, agora com um certo medo, com movimentos mais pausados e com sentidos ainda mais alertas, Joaquim arriscou chamar novamente:

— Dona Luna?! É a senhora mesmo? Está tudo bem?

Passou com atenção máxima no pedregal, antes da ponte estreita, do lado de cima da propriedade, porque ali havia algumas pedras pontiagudas e estava de pés descalços. Devia ter colocado as botas antes de sair.

Vasculhou o trilho, a vegetação; tudo estava normal, como se apenas a natureza se fizesse presente. "Vou passar a ponte e fazer o percurso pelo outro lado, descendo o arroio e procurando pela outra margem", pensou ele.

Sobre a ponte, olhou para dentro do leito do arroio, para ambos os lados, procurando encontrar dentro do arroio sabe-se lá o quê. Nada.

Ao findar a travessia, olhando para o lado esquerdo, junto à divisa da propriedade, avistou o pequeno cemitério e as cruzes de pau fincado, a delimitar as sepulturas daqueles que morreram de lepra no lugar.

Avançando mais um pouco, ao se aproximar da cerca de estaquetas baixas, que delimitava a área do cemitério, eis que uma sensação de terror como nunca antes sentira lhe percorreu todas as entranhas: logo ali à frente estava um vulto, parecia uma mulher, reclinada sobre a sepultura do finado Jacinto.

E a primeira coisa que pensou, já a ponto de sair em desabalada correria rumo a casa, foi:

— Meu Deus do céu! Dona Vitória veio do além visitar o túmulo do filho!

Recomposto do susto, voltou-lhe a razão, ainda que escorada pelo medo. "Mas, espere", dizia para si mesmo. Poderia não ser um espírito. Poderia ser alguém, dona Luna, talvez, caída naquele lugar.

Tremendo as pernas, aproximou-se devagarinho, com o coração saltando pela boca. Ao se aproximar mais, finalmente constatou que, quem estava caída ali, junto à sepultura, não era a falecida dona Vitória: era a viva, ela, dona Luna.

— Dona Luna! O que aconteceu? — perguntou imediatamente, mas ela estava desacordada.

Ainda sem entender como ela tinha ido parar ali, sozinha, de noite, Joaquim tratou de tentar reanimá-la.

— Dona Luna! Acorde! — disse firme, chacoalhando-a.

Demorou um tempo até que ela finalmente abriu os olhos e, fitando Joaquim, disse:

— Onde estou?

— Está tudo bem, dona Luna! Vou levá-la para a casa grande. — desconversou Joaquim, vendo que ela estava confusa.

— Consegue caminhar?

— Acho que sim. — respondeu com alguma dificuldade.

— O que aconteceu?

— Lembro que tive uma forte crise de dor e que, depois, tudo rodopiou.

Joaquim levantou Luna e passou um braço dela sobre seu pescoço, segurando a mão dela com a mão direita e, com a esquerda, segurando em sua cintura, para amparar a caminhada. Ainda que ela estivesse um pouco grogue, com as pernas frouxas, pouco a pouco conseguiram avançar na direção da casa grande.

Depois de ter passado o galpão, já próximo da casa grande, Joaquim gritou:

— Acudam! Aqui!

Dentro de casa, estavam atentos a qualquer movimento na rua e em pouco tempo já estavam junto dele Benzinho, Feliciana, Anny e todas as crianças, inclusive o Henry, ainda que tenha sido o último a chegar devido ao manuseio da cadeira de rodas.

— Dona Luna, que bom que a senhora "vortô"! — disse Feliciana, que já estava preocupada com a teoria das crianças, também imaginando que ela poderia ter fugido.

— Luna, onde você estava? — perguntou Benzinho.

— O que aconteceu? — perguntou Anny.

— A senhora nunca vai nos abandonar, né, mamãezinha? — questionou Thor.

As crianças choravam copiosamente celebrando a alegria do reencontro, abraçadas em Luna — e em Joaquim, que ainda a estava sustentando em pé.

Diante daquelas fortes emoções, Luna também não resistiu e chorou copiosamente com as crianças. E disse, soluçando:

— Minha vontade é nunca ir embora. Quero ficar para sempre com vocês!

— Ebaaaaaaa! — gritaram todos, misturando lágrimas com sorrisos de felicidade.

Luna chorou mais ainda, porque ela sabia que estava mentindo. Ela sabia que estava no fim. As crises de dor, cada vez mais fortes, prenunciavam isso.

Ela chorava também pelo fato de estar se sentindo culpada por não estar falando a verdade para aqueles anjos. Ela sabia do seu veredito. Eles não. E se eles já se desesperam desse modo com sua ausência e seu breve sumiço, quanto mais desesperados ficariam com a sua morte?

Mas ela iria viver intensamente cada momento, cada dia, enquanto pudesse, como se fosse o último instante de sua vida. Já tinha jogado fora o relógio, então, no tempo que tivesse de vida, não olharia mais para o calendário, nem para datas, nem para relógios.

Assim, quando a senhora morte chegasse, convidando-a para a acompanhar na última viagem, teria feito o seu melhor nos últimos dias, com a certeza da missão cumprida.

17 PAPO RETO

Feliciana tinha acertado em fazer uma fritada de aipim para o café da manhã. O sucesso do prato foi tanto que não sobrou nenhum pedacinho. Todos adoraram.

Após recolher xícaras, pratos, talheres, pães e misturas, Luna tomava mais uma xícara de chá de Thor e pediu a todos que se sentassem para que pudessem fazer a reunião.

Feliciana, sempre prestativa, continuava em pé, agora em frente à pia, onde estava começando a lavar a louça para adiantar o serviço.

– Dona Feliciana, venha você também, deixe a louça para ser lavada depois!

Todos se reuniram à mesa. De um lado, Rick, Alícia, Cecília, Thor, Kauã e Joaquim. De outro lado, Lorenzo, Hanna, Anny, Benzinho e Feliciana. Henry ficou em uma ponta da mesa, sentado em sua cadeira de rodas. E, na outra extremidade, Luna, de pé.

Após pedir silêncio e dirigir brevemente o olhar para todos, Luna iniciou a fala:

– Conforme eu disse ontem, nós moramos no mesmo espaço, e todos somos importantes na vida colaborativa da casa. O motivo desta reunião é definirmos, juntos, algumas estratégias para que possamos viver ainda melhor por aqui.

Luna continuou falando. – A primeira coisa que quero dizer a vocês é que não quero que me vejam como a governanta ou como a administradora da casa. Eu quero que me chamem simplesmente de Luna, já está bom assim!

No fundo, Luna estava fazendo questão de reforçar que ela não era nem governanta, nem administradora da casa, e não queria ser chamada como tal.

– Mas… nós podemos continuar lhe chamando de mamãe? – quiseram saber, ao mesmo tempo, Rick e Cecília, com os olhinhos brilhando.

– Sim, podem chamar, sim! Eu adorei que me adotaram como mamãe! E adotei vocês como filhos também! Vou me sentir honrada. – e continuou. – Anteontem à tardinha, antes de desmaiar, falei um pouco com Anny e fiquei por dentro de várias coisas da vida da casa; ontem de manhã, troquei ideias com Benzinho e depois com Joaquim; e, à tarde, nos reunimos aqui na cozinha, onde conversamos bastante.

— Eu não sei tudo ainda, mas já sei bastante sobre como as coisas estão funcionando por aqui. Quero que compreendam que, se Deus me trouxe até aqui, certamente é para somar, para que possamos fazer algo juntos, construir algo grande juntos.

— Para que isso aconteça, para que tudo funcione pelo melhor e ninguém fique sobrecarregado, algumas coisas precisarão mudar.

Sem deixar margem para outras pessoas falarem, Luna seguiu monopolizando a conversa:

— Benzinho é o responsável por fazer as manutenções de que a casa necessite, cortar lenha, cuidar da parte externa da casa, cortar a grama, fazer roçada, cuidar do pomar...

— Dona Feliciana é a cozinheira, ajuda na limpeza da casa, ajuda a lavar roupas, faz compotas, conservas e, quando sobra um tempinho, ainda ajuda Benzinho nas tarefas da rua.

— Joaquim cuida com excelência da sua pequena roça e, sempre que pode, ainda vem ajudar Benzinho, dona Feliciana e Anny.

— Anny cuida do jardim, das flores, cuida das crianças e ajuda dona Feliciana no que estiver ao seu alcance, seja na limpeza da casa, seja inclusive na lavagem das roupas.

Todos escutavam atentamente.

— Anny me disse que as crianças estão no período de férias escolares, então, tudo o que nós combinarmos agora, valerá até a volta às aulas.

— Sim, estamos de férias! — disse Alícia.

— Graças a Deus! — disse Lorenzo, arrancando sorrisos dos demais.

— Depois das férias, se eu ainda estiver por aqui — Luna estava se referindo ao câncer e ao diagnóstico que recebera de no máximo três meses de vida —, a gente reavalia o que combinarmos hoje e ajusta tudo para que todos possam voltar a estudar sem nenhum impedimento.

— A partir de agora — continuou ela —, todos terão tarefas a cumprir. Não serão somente dona Feliciana, Benzinho, Joaquim e Anny. Todos continuarão a ter tempo para brincadeiras, mas todos terão atribuições bem claras e definidas.

— Como assim? — perguntou Cecília, a menorzinha, levantando o Tedy para cima.

— Vou explicar: todos sabem que dona Feliciana tem se esmerado em fazer refeições deliciosas; ela se esforça, prepara tudo com muito carinho, e nós adoramos, não é mesmo?

— Sim, ela é muito boa na cozinha! — disse Lorenzo.

— Mas... o que vemos depois que todos comem? Ninguém se lembra de perguntar se dona Feliciana está cansada e se ela precisa de ajuda para lavar a louça! Pelo contrário, ao terminar a refeição, todos saem correndo para escovar os dentes e ir brincar ou ir para o quarto dormir. Mas será que a louça se lava sozinha?

Envergonhados, em silêncio, todos baixaram a cabeça.

— Anny vai dividir vocês em duplas, e, sempre que terminar uma refeição, seja ela café da manhã, almoço ou jantar, a dupla que estiver escalada naquele dia será a responsável por lavar e secar a louça e varrer a casa, de forma alternada.

— O que é alternada? — perguntou Cecília, curiosa. Alguns riram.

— Significa que um dia a sua dupla irá ajudar e, no outro dia, estará de folga daquela atividade, porque será a vez de outra dupla. Entendeu?

— Sim! — fez que sim afirmativamente com a cabeça.

— Perfeito. Com isso, dona Feliciana poderá realizar com mais tranquilidade as suas outras tarefas, como fazer pão, massas, biscoitos, conservas, chimias, geleias e cuidar das roupas. Tarefas em que todos nós, dentro do possível, podemos auxiliar também!

— Outra coisa: Anny me revelou que tem um sonho de que a gente possa plantar aqui na Raio de Luz tudo ou quase tudo que vamos consumir. Mas que tal se esse sonho dela pudesse ser de todos nós?

Quando Luna disse isso, Anny corou. Subiu uma vermelhidão em seu rosto, como se ela tivesse sido descoberta em alguma traquinagem e tivesse ficado com vergonha.

— Puxa, que boa ideia! — disse um.

— Seria muito bom mesmo! — disse outro.

Esses foram alguns dos comentários que brotaram naturalmente, além de algumas trocas de conversas paralelas que começaram a surgir à mesa.

— Shiiiiiiiiiii! — fez Luna, pedindo, e ganhando, silêncio.

– Eu vivi muitos anos no interior, plantando e cuidando da criação com meus pais, e quero ajudar Anny a realizar esse sonho para que possamos preparar a terra e plantar outras coisas além daquilo que Joaquim planta na horta, além de termos também alguns animaizinhos!

– O sonho da Anny agora é também o meu sonho. E quero perguntar a vocês: quem mais quer sonhar junto com a gente? Quem mais está pronto para colocar mãos à obra para que possamos plantar o que precisamos aqui? Levante a mão quem quer sonhar e fazer o sonho virar realidade junto com a gente!

Todos levantaram a mão, contentes por poder fazer parte, de alguma maneira, daquela ideia, mas cheios de dúvidas na cabeça.

– Mas como faremos isso? Como vamos preparar a terra e ajeitar as coisas para plantar? – perguntou Hanna.

– E onde vamos conseguir as mudas e as sementes? – perguntou Rick.

– Podemos reativar o galinheiro e o chiqueiro, que ficavam na lateral do galpão. – disse Joaquim.

– Sim, mas e onde vamos conseguir pintinhos, galinhas e porcos? – perguntou Thor.

– Vamos ter uma vaca de leite? – perguntou Cecília, que adorava leite.

– Eu quero um cavalo! – disse Lorenzo, arrancando risos dos demais.

– E eu, um coelho! – emendou Cecília.

Diante daquele tsunami de perguntas, Luna apenas respondeu:

– São muitas perguntas e comentários! Eu não sei ao certo como isso sucederá, mas, com a ajuda e o apoio de cada um de vocês, com todos pensando e agindo juntos, vamos conseguir, com certeza – disse Luna.

17 O TESTAMENTO

Ainda que dona Vitória há bastante tempo estivesse de certo modo alheia a tudo que acontecia, vivendo em um mundo à parte, com fantasias e devaneios e escassos lampejos de lucidez, após a morte da esposa, Pedro Moraes ficou mais introspectivo.

Ao contrário da postura comunicativa que sempre teve, passou a falar menos e, quando falar era imprescindível, era econômico nas palavras.

Com olhar triste e tez sisuda, parou de tomar chimarrão, dando a desculpa de que o chimarrão estava lhe fazendo mal, mas o que ele realmente estava evitando era o convívio com os outros, ter que aguentar a falação e perguntas fúteis...

Nos finais de tarde, passava horas sentado num cepo debaixo de uma figueira. Primeiro puxava o fumo de corda e desbastava cuidadosamente um pedaço, cortando fatias bem fininhas.

Depois mexia e remexia aquele fumo recém-cortado o máximo que podia, com a ponta dos dedos, para deixá-lo soltinho e abrir o aroma adocicado.

Do bolso da camisa, puxava uma palha e nela enrolava com paciência o produto picotado, selando seu cigarro com saliva. A seguir, comprimia uma das pontas (onde pitaria) e acendia a outra, passando a fumar demoradamente, olhando absorto o horizonte.

Dois netos vieram passar uns tempos com ele, para lhe fazer companhia e para ajudá-lo a superar a perda da esposa. Entretanto, tal medida não surtiu os efeitos esperados. Ele despistava os netos e saía sozinho pelos campos, pelas roças, tanto a pé quanto a cavalo.

Ficou quase dois dias sem comer quando Vitória morreu. A cena dela flutuando no poço lhe povoava a mente. Depois, incentivado pelos familiares, voltou a comer bem pouquinho. Caso tentasse comer bastante, repugnava e até vomitava.

"Coma mais, seu Pedro! Está comendo como um passarinho!" – diziam as cozinheiras. Mas ele não conseguia. Passou a comer menos, especialmente a carne, que adorava, bem ao contrário de outra época, na qual os filhos chegaram a considerá-lo "o carnívoro número um da família".

Os meses foram passando e, como resultado dessas mudanças de hábitos, Pedro começou a emagrecer. Os funcionários comentavam entre si que a tristeza dele era devida à "morte da esposa" e que ele "estava só o couro e os ossos".

Foi quando Pedro percebeu, sempre que fazia algum esforço físico, que a respiração ficava mais curta. Com medo do que poderia ser, guardou isso para si. E parou de fazer qualquer atividade mais pesada ou bruta para não deixar transparecer aquela falta de fôlego.

Não mais andava pela fazenda a cavalo, não mais cortava lenha; no máximo fazia pequenas caminhadas ao lado da casa. Quando sentia alguma crise de falta de ar, para disfarçar, ficava imóvel olhando qualquer coisa que estivesse próximo: flores, pássaros, formigueiros, borboletas... Até que a crise passasse.

Mas chegou um ponto em que a falta de ar passou a ser muito seguida e constante. Os empregados e familiares perceberam. Estava realmente cada vez mais difícil puxar o ar para respirar. Após muita insistência dos familiares, Pedro concordou em consultar-se com o médico.

Os filhos aproveitaram uma das viagens do Dr. Diógenes à Vila Raio de Luz e o trouxeram para que o pai pudesse se consultar com ele.

Depois de lauto almoço, em que Diógenes contou sobre as últimas notícias das pesquisas relacionadas à hanseníase na Europa e os avanços, ainda que lentos, que estavam sendo produzidos, reservou um tempo para a consulta do amigo.

Diógenes fez várias perguntas. Conversaram. Escutou o coração. Ouviu os pulmões. Mediu a pressão. Olhou a língua com uma espátula. Com uma pequena lanterna, observou o fundo dos olhos. Mandou respirar forte. De novo. E de novo. Ouviu o coração mais vezes. Mandou dizer AAA. Mais forte, dizia ele. AAAAAA. Mais forte. Repetiu a escuta nas costas, em lugares diferentes.

Então sentou-se na poltrona ao lado do amigo e, pausadamente, começou a dar o diagnóstico, de forma direta e sem rodeios: "o coração está fraco, mas está guapeando. O que está pior, em situação precária, são os pulmões. Essa falta de ar, com momentos de crises fortes, possivelmente é um enfisema pulmonar".

Os filhos, que estavam presentes na sala, ficaram num primeiro momento sem reação. Pedro Moraes engoliu em seco, no fundo, fosse o nome que fosse, ele sabia que não estava bem. Um dos filhos perguntou: "doutor, o que é esse tal de enfisema?".

Com palavras de fácil entendimento, o Dr. Diógenes explicou que o enfisema é um problema grave de saúde nos pulmões relacionado com o uso de fumo e exposição a agentes poluentes.

Ao ser questionado por uma das filhas se essa doença tinha cura ou qual seria o tratamento, o médico foi enfático em dizer que o enfisema não tem cura e que a pessoa doente precisa conviver com aquele desconforto.

E acrescentou: "para amenizar os sintomas e diminuir o intervalo das crises, bom seria, meu amigo, parar de fumar".

* * *

Após algumas semanas, Pedro Moraes chamou todos os filhos para uma reunião com eles. Não queria genros, nem noras, nem netos, somente os filhos. Ele tinha um assunto urgente a tratar com eles.

No dia marcado, estavam os 11 filhos presentes. Pedro iniciou agradecendo a presença de todos e falou que era grato a Deus por ter todos os filhos próximos dele, menos o Jacinto, que Deus quis levar para junto dele.

Enalteceu a união da família, pois, ainda que os filhos e as filhas tivessem se casado e tivessem formado suas próprias famílias, moravam todos espalhados pelas terras da fazenda, trabalhando e cooperando para o bem e o crescimento de todos.

A seguir, citou friamente que, como já estava idoso e com aquele enfisema, e não sabendo quanto tempo ia ainda viver, iria fazer um testamento, no qual repartiria os bens e a fazenda entre os filhos.

– A parte de Jacinto – disse com os olhos marejados de lágrimas – será os 20 hectares da Vila Raio de Luz, os quais deixarei para o Dr. Diógenes, com a promessa dele de continuar a cuidar dos leprosos que lá vivem.

Fez uma pausa e pigarreou.

– O restante da Recanto dos Ipês dividirei entre os 11 filhos, o que dará quase 53 hectares para cada um. Porém, eu tenho um pedido a cada um de vocês e quero que assumam agora um compromisso comigo.

Todos se entreolharam, sem saber exatamente o que viria a seguir.

– Após a minha partida, à medida que as famílias irem aumentando e os anos irem se passando, quero que, se em algum momento houver necessidade de algum de vocês vender as terras, deem a preferência para vender para um dos irmãos, para que, tanto quanto possível, as terras da fazenda Recanto dos Ipês continue na totalidade com os Moraes.

Ele explicou ainda que a parte de algum dos herdeiros só devia ser vendida para terceiros caso nenhum dos Moraes pudesse comprar.

Os 11 filhos presentes tomaram um choque com o rumo da prosa e quiseram desconversar, dizer que o pai não se preocupasse com isso, que ele ainda duraria muito e que eles nunca pensariam em vender as terras, mas Pedro Moraes foi enfático. E disse, firme:

– Hoje vocês não estão pensando em vender, mas dia chegará em que isso vai acontecer. Então quero que jurem agora, pela alma de sua mãe e do mano Jacinto, que farão assim como eu disse.

Encurralados pelo pai, todos concordaram e juraram, conforme ele havia pedido, que fariam todos os esforços possíveis para que a Recanto dos Ipês continuasse com a família.

No final, na intenção de encerrar o assunto, Pedro Moraes complementou:

– Para que não fique nenhuma dúvida no ar, quero que vocês saibam que eu jamais atentaria contra a minha própria vida.

Estava se referindo diretamente à esposa, Vitória, mãe de seus filhos ali presentes, e ao ato desesperado dela no poço do arroio.

– Não vou me matar. Quero viver muito ainda, o quanto Deus quiser. Mas, por outro lado, também é certo que estou doente, e a lei natural indica que os mais velhos devem partir antes dos mais novos...

19 PREPARATIVOS

Todos tinham uma grande tarefa pela frente. Luna tirou o casaco, tendo em vista que começava a esquentar, e estava saindo para ir ao quarto quando Thor pediu a ela que esperasse e lhe trouxe mais uma xícara de chá.

Luna tomou o chá de uma vez só, como quem estivesse com sede (não que estivesse, é que o chá era muito amargo), e agradeceu ao pequeno por estar cuidando dela.

— Vou ter que tomar este chá por muito tempo?

— Tomará pelo menos três vezes por dia por uma semana. Depois, poderemos reduzir para uma xícara diária.

— Ah, tá bom! – sorriu Luna. – entregando a xícara de volta ao pequeno.

No quarto, sozinha, agradeceu a Deus por estar vivendo aquele momento. Agora existia uma razão afetiva e um propósito para seus últimos dias. Pessoas que a acolheram com todo carinho. Crianças que a amavam e que inclusive a chamavam de mamãe!

Agora ela seria útil para com cada uma daquelas pessoas, empregando esforços para a realização do sonho de Anny, que, no fundo, era também o seu sonho, visto que, desde quando ainda estava casada com Antônio, ela já almejava deixar para trás a cidade grande e voltar a viver no interior. Nunca fez isso porque Antônio não aceitava...

Luna sabia que não seria fácil, mas estava disposta a fazer o que estivesse ao seu alcance para bem viver seus últimos dias.

* * *

Anny reuniu os pequenos na sala e disse:

— Vou dividir todos em duplas, para que possamos nos organizar e ajudar nos afazeres domésticos.

— Eu quero ser dupla com o Rick!

— Eu quero com a Alícia!

— Eu quero ser com o Lorenzo!

— Nã-ná-ni-ná-nã! Nada disso! Nada de escolher. Para funcionar melhor, eu vou determinar quem fica com quem. – disse Anny.

Após pensar um pouco, Anny então falou:

— As duplas ficarão assim: Hanna e Henry, time 1; Alícia e Lorenzo, time 2; e Thor e Rick, time 3. Kauã e Cecília, que são os mais novinhos, formarão um trio comigo, visto que também irei ajudar e fazer a minha parte. Este será o time 4.

— Cada dupla ficará responsável pelas tarefas domésticas o dia inteiro, ajudando dona Feliciana após o café, o almoço e a janta e ajudando também na limpeza da casa e em pequenas tarefas que ela precise.

— E quando começamos? – quis saber Cecília.

— Sim, quem começa? – perguntou Henry.

— Vamos começar já, e pelo time 1. Hanna e Henry, vocês já podem ir para a cozinha ajudar a dona Feliciana a terminar de lavar e guardar a louça do café e a ficar à disposição dela para outras tarefas. – E, voltando-se para o menino de cadeira de rodas: – Henry, sei que seus movimentos são limitados, você faça o que puder, ajude como puder.

Mal terminara de dizer isso, Hanna saiu com Henry em direção à cozinha, para cumprir com as atividades a eles destinadas naquele dia.

***

Joaquim e Benzinho saíram de fininho e foram para o galpão, mas logo estavam no seu encalço Kauã e Lorenzo. Revisaram a área aberta e também a parte fechada, atentos a tudo.

Encontraram desde pequenos equipamentos, como foices, pás, enxadas, enxadão, ancinho, sacho, picareta, traçador e facões, passando por carrinho de mão, tacho para fazer melado ou torresmo, triturador de milho, pulverizador de veneno, arado e até uma carroça.

— Nós vamos poder trabalhar com todas essas ferramentas? – perguntou Lorenzo, com os olhinhos atentos.

— Com aquelas que forem necessárias! – respondeu Benzinho.

Nos fundos do galpão, na área coberta adjacente, revisaram o galinheiro, onde estava o poleiro montado e as caixas para as galinhas fazerem os ninhos, bem como os chiqueiros feitos de pedra e uma pequena cocheira com duas baias.

– Vai precisar de uma boa limpeza e de alguma manutenção. – disse Benzinho.
– Mas acho que a gente consegue! – respondeu Joaquim.

* * *

Após o almoço, Hanna e Henry, que já sabiam de suas atribuições, ficaram pela cozinha. Feliciana fez menção de lavar a louça, mas Hanna logo disse:
– Não senhora! Pode deixar que a louça eu lavo! – disse, chamando para si a responsabilidade.
– E eu vou secar a louça. Também posso ajudar!
– Tá bem! – disse Feliciana. – Então eu "vô terminá de lavá as roupa que ficaram quarando e vô istendê elas na cerca".
Antes de Feliciana sair, Luna perguntou:
– Vou precisar ir na cidade, será que Benzinho pode ir comigo?
– "Craro, minha fia! Ele podi í sim, ele é bem despachado!"

* * *

Quando o sol já estava se pondo no horizonte e a tarde chegava ao seu fim, as crianças ainda brincavam no gramado em frente à casa grande e andavam de balanço quando Thor deu o aviso:
– Barulho de carro. Deve ser Luna e Benzinho voltando!
Ficaram atentos e correram para a beirada da estrada, até que, de fato, despontou depois da curva o carro de Luna. E o que chamou a atenção de todos é que ela começou a buzinar de forma frenética.
Anny e Feliciana, que estavam dentro da casa, também saíram para ver qual era o motivo daquele buzinaço.
Luna reduziu a velocidade e, tendo parado em frente a casa, desligou o carro. Enquanto Benzinho descia por um lado, ela descia pelo outro. E foi logo chamando as crianças, Anny e Feliciana para ajudar. Havia bastante coisa para descarregar.
Benzinho contou que foram na agropecuária e compraram mudas de diversas hortaliças, tomate, pepino, beterraba, cenoura, além de sementes de ervilha, fava, abóbora, melão, melancia e outras espécies. Depois, fo-

ram na cooperativa, ligada ao Sindicato dos Trabalhadores Rurais, onde compraram sementes de milho e feijão.

Contou também que, por duas vezes, o carro demorou para "pegar". Na agropecuária e na cooperativa, Luna precisou ligar e desligar várias vezes a chave e pisar fundo no acelerador, até que o carro funcionou.

– O carro parece que está com algum probleminha. Mas não nos deixou empenhados. – disse Luna.

Benzinho foi alcançando as compras para as crianças e pedindo cuidado no transporte. Uma a uma, foi alcançando as várias bandejas de isopor com mudas de hortaliças e as sacolas onde estavam as sementes.

Depois, desceu os sacos contendo sementes de milho e feijão e, ao final, alcançou também uma a uma as várias caixas de papelão com alimentos, especialmente farinhas de trigo e milho, café, açúcar, cereais e enlatados.

– Eba! "Tio Preto" mandou mais alimentos! – gritou Cecília ao ver as caixas com comida!

Benzinho então corrigiu a pequena:

– Não foi o "tio Preto", "Ciça", estas compras foram feitas por Luna!

Estavam naquele fuzuê carregando as compras para dentro de casa, quando, ao longe, enxergaram Joaquim se aproximando. Junto a ele, dois bois, mesclados entre preto e branco, e uma vaca e um terneirinho, estes com coloração em tons de marrom.

À medida que ia se aproximando, foi possível ver que Joaquim esboçava um sorriso franco, chegava todo feliz, segurando os bois e a vaca pela corda. O terneirinho vinha solto, atrás da mãe.

Joaquim trazia aqueles animais como se fossem um troféu de guerra.

– Meu "Sinhô"! – disse Feliciana, espantada. – De onde será que o Joaquim "desencantô" estes animais?

20 MÃOS NA MASSA

Logo que clareou o dia, Joaquim, Benzinho, Feliciana, Luna e Anny foram ao galpão. As crianças ainda dormiam.

Feliciana e Luna amarraram as patas da vaca e o rabo. Depois, trouxeram o terneirinho, que estava na baia ao lado, o qual começou a mamar.

– Anny, fique atenta em como faremos, observe bem, é muito fácil – disse Luna, apontando para o bezerro.

Por várias vezes, puxavam e aproximavam a boca do bezerro do ubre da vaca, para que ele chupasse várias vezes e estimulasse a descida do leite.

– Se você tiver "arguma" pergunta, pode fazer – disse Feliciana, dando a deixa para Anny, que observava curiosa o terneiro mamando e desmamando.

– Onde você aprendeu a tirar leite, Luna? – quis saber a jovem.

– Eu me criei no interior, ajudava meu pai na lida da propriedade. Certamente estou um pouco destreinada, mas dona Feliciana vai me ajudar a relembrar. E, juntas, vamos lhe ensinar o que sabemos!

Em seguida, após higienizar as tetas, começaram a tirar o leite. Assim que o canecão passou da metade, para não ficar pesado na mão, despejaram seu conteúdo na boca do balde, onde Feliciana tinha amarrado um pano branco, o qual funcionava como um coador.

Tiraram uma porção generosa de leite, deixando ainda uma boa quantia para o bebezão.

Depois, levaram a vaca para atrás do galpão, onde havia um cercado de grama alta, e ali a soltaram, com o bezerro, que, esfaimado, sugava o leite no ubre, dificultando, inclusive, o caminhar da mãe.

Joaquim e Benzinho, ali próximo, aproveitaram para revisar as ferramentas e afiar duas foices de cabo longo, com as quais planejavam fazer uma roçada no espaço onde seria passado o arado.

– Onde conseguiu a junta de bois e a vaca? – perguntou Benzinho.

– Assim que vocês saíram para ir à cidade ontem, fui visitar o Nicolau Moraes, que era muito amigo de meu falecido pai. Contei a ele algumas das nossas dificuldades, nossos objetivos, relatei o que estávamos precisando e ele prontamente me cedeu estes animais emprestados.

— Que coisa boa!

— Ele me relatou que a idade chegou, que tem tido dificuldades nos movimentos e que tem levado uma vida mais caseira com a patroa. E que, se não fosse isso, ele mesmo viria ajudar na nossa empreitada, em memória de seu falecido irmão Jacinto.

— Quem era Jacinto? – perguntou Benzinho.

— Era um dos irmãos dele, que pegou a "doença ruim" e contagiosa e morreu aqui na Raio de Luz.

A seguir, revisaram e prepararam juntos o arado, colocando-o sobre a carroça, empurrando-a para a frente do galpão.

Quando terminaram, avistaram Feliciana, Luna e Anny. Elas já tinham tirado o leite e voltavam com o balde quase cheio. Assim, retornaram juntos para a casa grande.

— Vamos tomar um café? – perguntou Anny.

— Com certeza! – respondeu Benzinho. – E melhor ainda se for café com leite!

* * *

Após o café, Thor serviu mais uma xícara de chá para Luna.

Enquanto ainda estavam à mesa, Anny lembrou que o time responsável por ajudar Feliciana naquele dia era Alícia e Lorenzo.

A seguir, pediu que todas as demais crianças viessem com ela e Luna. Munidas de baldes e bacias vazios, tomaram a direção do pomar.

— Tedy está perguntando: o que vamos fazer? – perguntou Cecília.

— Diga a Tedy – respondeu Luna – que vamos apanhar goiabas para fazer uma chimia deliciosa.

Luna tinha comprado bastante açúcar na cidade no dia anterior. Ao chegarem no pomar, Luna logo foi dando instruções.

— Apanhem todas as goiabas maduras ou quase maduras. As que estiverem verdes deixem para apanharmos outro dia.

— E as do alto? Quem vai apanhar? – perguntou Hanna. – Lorenzo é quem geralmente apanha para nós, mas ele ficou com Alícia escalado na cozinha.

— Isso não é problema! – disse Thor. – Deixem para mim! Basta ter alguém aqui embaixo que saiba "caçar" as frutas no ar.

– Eu sou boa goleira, deixa que eu caço – respondeu Hanna.

De forma divertida, rindo e falando alto, dedicaram mais da metade da manhã a apanhar frutas. Thor, nos galhos mais altos, apanhava as maduras e, por alguma fresta dos galhos, lançava as goiabas para Hanna, que as aparava com destreza, sem deixá-las cair no chão.

A seguir, ia passando as goiabas para Cecília, que estava ao seu lado, que ia passando as frutas para o balde ou para uma bacia.

Gradativamente, todas as goiabas maduras foram apanhadas. Quando não encontrou mais nenhuma, Thor soltou um grito, contente.

– Iupiiiiiiiiii! Missão cumprida! A colheita terminou!

Quando Thor estava nos últimos galhos, quase chegando ao chão, Lorenzo e Alícia chegaram. Eles tinham terminado a tarefa da manhã junto à dona Feliciana e estavam liberados até a hora do almoço, então queriam ajudar.

– Já terminamos, Lorenzo. Hoje eu fiz o seu trabalho. Subi nos galhos mais altos e apanhei as frutas!

Vendo que Lorenzo, que adorava subir em árvores, estava ficando triste e emburrado, Luna logo desconversou e disse:

– Lorenzo, meu amor! O serviço ainda não terminou. Temos outras atividades a fazer, igualmente importantes. Você e Alícia podem nos ajudar no processo de preparação da chimia.

De volta à casa grande, dona Feliciana, Anny e as crianças se posicionaram num banco e em alguns cepos para abrir e limpar as goiabas.

– Tirem fora as sementes, o "rabinho e tamém argum" pontinho preto duro que possa estar na casquinha. Deixem somente a "carne" da goiaba, porque será com essa parte que "vamo fazê" a chimia. – disse Feliciana, ensinando as crianças que estavam ali na volta.

– Depois dessa parte pronta, como a goiaba vai se transformar em chimia? – perguntou Kauã, curioso.

Luna, com gentileza e atenção, disse:

– Vi que, na casa, tem um liquidificador. Vamos moer as frutas e transformar todas em uma pasta. Depois vamos cozinhar no fogo, sem pressa, até chegar ao ponto e sabor adequados.

– Quero ajudar a cozinhar as goiabas! – disse Rick, olhando enviezado.

– Eu também! – disse Henry.

– "Ocêis" poderão "ajudá" sim. – confirmou Feliciana.

— Eba! E com isso nós vamos poder ir provando se a chimia está boa ou não – disse Rick, sorrindo, arrancando risos dos demais, que estavam à volta.

***

Atrás do pomar, Benzinho e Joaquim trabalhavam e ouviam a algazarra das crianças apanhando frutas ali próximo. Em dupla, de forma acelerada, eles roçavam uma parte do terreno onde antigamente havia uma roça, pois queriam destampar a terra para voltar a ará-la. Mas lutavam contra o sol, que já estava alto no céu. Estava muito calor, e ambos suavam a cântaros.

Joaquim já tinha certa experiência adquirida com seus pais, de modo que sabia roçar como ninguém. E Benzinho, do mesmo modo: ele e Feliciana criaram os filhos em propriedades arrendadas de uns e outros, sempre tirando da terra, da lavoura e da agricultura o sustento e a sobrevivência da família.

Mas aquela roçada estava realmente dura. Quando Kauã chamou ambos para irem almoçar, eles já estavam terminando a roçada que tinham se destinado a fazer na parte da manhã, mas não sem bastante dificuldades.

Ambos estavam cansados, mas estavam felizes. Eles reconheciam que a chegada de Luna tinha trazido novos ares e esperança para os moradores da Raio de Luz.

Aquela ideia de plantar, ter alguns animais e tirar da propriedade o máximo possível para a subsistência era mesmo uma necessidade diante das visitas cada vez mais esporádicas do "tio Preto".

***

Após o almoço, enquanto Lorenzo e Alícia ajudavam Feliciana a lavar a louça, Luna informou que estava com o estômago embrulhado e que iria se recolher ao quarto para descansar um pouco.

Ainda que não estivesse realizando nenhuma atividade que exigisse esforço físico, levantar cedo para tirar leite e se ocupar com as crianças e com as goiabas na parte da manhã lhe deixou exausta.

Além disso, o estômago embrulhado abria espaço para um leve enjoo, um desconforto. Seria estomacal? Luna sabia do seu diagnóstico, sabia que o que estava sentindo era devido ao maldito câncer, mas ainda assim dourava a pílula para si própria e se questionava como ela poderia estar ruim do estômago se estava comendo quase nada, haja vista que não tinha fome.

Em seu rastro, correu Thor, com mais uma xícara de chá. Deu três batidinhas na porta e chamou Luna.

— Pode entrar! — respondeu ela, conhecendo-o pela voz.

— Trouxe mais chá — disse ele, sorridente, ao ver a cara feia que ela fazia.

— Vou ter mesmo que continuar tomando essa coisa? — fez cara feia.

— Vai, sim! O gosto é ruim, mas já está agindo dentro de você. Você vai melhorar!

"Agindo dentro de mim?" Como esse garoto era ousado. De tenra idade e aparentemente tão seguro com suas ervas e chás, tal qual dissera dele dona Feliciana e Joaquim.

Realmente, o chá era de um gosto amargo terrível, e ela só continuava a tomá-lo devido ao carinho e cuidado que aquele menino estava demonstrando para com ela.

— Thor, me diga uma coisa. Afinal, que chá é esse que você está me dando? Que planta pode gerar um chá tão amargo, ruim de dar dó? — após fazer outra careta, Luna começou a tomar o chá.

Após rir gostoso da pergunta dela, ele disse:

— Mamãezinha! Não é uma planta. São várias plantas, ervas e raízes misturadas, fervidas demoradamente e depois coadas para chegar nessa bebida poderosa.

— Bebida poderosa? — perguntou Luna, curiosa. — Onde você aprendeu essas coisas?

— Eu sou indígena. Antes de chegar aqui, eu morava numa tribo. E minha avó Yara era a curandeira. Ela me ensinou tudo o que tinha aprendido com o pai dela, o pajé Ubiratã, e ele também tinha aprendido tudo com o pai dele. Com isso, o conhecimento das ervas era mantido geração após geração.

— Ela me disse que, se eu quisesse aprender, ela ensinaria tudo para mim. Com isso, quando ela não existisse mais, eu seria o guardião desses conhecimentos e poderia levar adiante a missão de ajudar a sarar o corpo e o espírito de outras pessoas.

— Ela me ensinou que na natureza encontramos tudo o que precisamos para qualquer mal do corpo, basta sabermos onde procurar e sabermos a dosagem da composição das misturas. Aprendi a fazer preparados para muitos tipos de enfermidades.

— Mas e eu, Thor, onde eu me encaixo nisso? Por que você chegou a conclusão de que precisava preparar um "chá poderoso" para mim?

— Ah, mamãezinha, esse é um sentimento que eu não consigo explicar. É maior do que eu. Quando você chegou, apenas senti que estava bastante enfraquecida, debilitada. Senti que algo ruim lhe comia por dentro... Vi que precisava de um preparado bastante forte.

— Durante a noite, custei a dormir, rememorando todas as orientações que recebi de Yara. E, na manhã seguinte, enquanto a senhora brincava com as crianças, repassei também todas as anotações que salvei no computador, fiz mais algumas pesquisas na internet e, de tarde, busquei no mato as plantas, ervas e raízes que seriam necessárias para fazer o seu chá.

— Oh, Thor! Quanto cuidado para comigo!

"Como não amar este pequeno?!"

— Hoje é o terceiro dia que a senhora está tomando o chá. Estamos próximo do momento crítico. Ainda que tente demonstrar que está bem, dá para notar que se sente muito cansada e bastante indisposta.

— Momento crítico? Não entendi. O que é isso?

— Continue tomando o chá. Entre hoje e amanhã, deve sair de você o que a está comendo por dentro!

Luna, que apenas escutava, começou a chorar. Será que aquele pequeno percebeu que ela tinha um câncer dentro dela? Será que ele, com alguma sensibilidade, a tinha analisado com essa profundidade? Será que ele sabia que ela tinha apenas três meses de vida?

— Não chores, mamãezinha!

Thor abraçou Luna com um amor filial e com um coração tão generoso que imediatamente a fez recordar de como era bom ser abraçada... Lembrou de seu único filho, Pedro Rafael, de quando ele era ainda uma criança e vinha se aninhando, pedindo colinho. Quanta saudade!

Carinhosamente, Thor afagava os cabelos de Luna, que, aos poucos, foi relaxando e adormeceu profundamente.

***

Benzinho e Joaquim aproveitaram para tirar uma sesta e descansar um pouco depois do almoço. Quando o sol da tarde não estava tão quente e começava a amainar, cangaram os bois e os atrelaram na carroça.

De forma obediente, os bois puxaram a carroça até a margem do roçado. Ali, na sombra de uma árvore, com o apoio de uma corda, Benzinho e Joaquim desceram o arado para o solo com cuidado.

– Que coisa boa! – disse Benzinho. – Tudo está dando certo. Os bois realmente são muito mansos. É muito fácil lidar com eles.

– Sim, Nicolau me comentou que foram bem amansados. Notei isso já quando trazia eles ontem, junto com a vaca e o terneirinho.

– O que vamos plantar primeiro, depois de a terra ser arada?

– Talvez o feijão, ou o milho… Mas, enfim, certo é que vamos plantar tudo o que tivermos que plantar. Esta terra sempre foi fértil. E não será diferente agora.

Cangaram os bois e se entreolharam.

– Faz tempo que ambos não pegamos no arado… Quem de nós começa? – perguntou Benzinho.

– Pode ser eu. – respondeu Joaquim, sem pensar muito.

E dito isso, Joaquim pegou o rebenque, fez com ele um sibilo no ar, segurou o arado e gritou:

– Vam'bora, Malhado. Vam'bora, Diamante! Temos um bom pedaço de terra para lavrar!

Mas ainda que os bois fossem dóceis, fazia muitos anos que a terra não era plantada e, com isso, ela estava bastante dura. Não bastasse isso, a roçada que fizeram cortou por cima apenas a vegetação mais nova, e ainda havia algumas árvores no meio da aragem e muitas raízes.

Começaram a abrir a primeira verga, mas a dificuldade se revelou muito extrema.

Joaquim conduziu o arado por um bom tempo, mas não demorou muito e ficou completamente estafado. Ao olhar para trás, viu que o pedaço lavrado era pequeno; infelizmente não tinha avançado muito.

– Benzinho, vamos revezar. Não está nada fácil! – disse Joaquim ao amigo, que acompanhava ao lado da verga, vendo o sofrimento metro a metro.

Benzinho assumiu o arado com disposição. Motivado.

– Vamos, Malhado. Vamos, Diamante! Força! Puxe firme! – gritou, motivando os animais.

Porém, o entusiasmo de Benzinho aos poucos também foi degringolando, porque realmente o serviço não rendia. O solo estava muito duro.

Nos momentos em que era Benzinho a conduzir o arado, o amigo seguia ao lado, como que a encorajar o outro a seguir firme. Quando revezavam, o outro fazia o papel de incentivador.

A tarde foi avançando rapidamente, mas o trabalho não progredia. Aravam com muita dificuldade cada metro. O solo estava muito duro, com muitas raízes, troncos e cepos.

Cansados ao extremo, pararam no final da tarde e sentaram-se à sombra de uma árvore, suarentos. Tinham conseguido abrir apenas um pequeno pedaço de solo. A maior parte que tinham roçado de manhã continuava exatamente assim: apenas roçada.

Demorariam muitos e muitos dias, com bastante sacrifício, para preparar a roça e poder plantar. Não seria fácil. Como vencer aquela dificuldade?

***

Luna acordou com o estômago ainda embrulhado. Já estava enjoada ao se deitar. E agora as náuseas estavam muito fortes. Será que tinha sido alguma coisa que ela tinha comido? Mas o quê? Se ela não estava comendo quase nada.

Lavou o rosto no banheiro e saiu para o corredor, indo em direção à cozinha. O cheiro de goiaba em cozimento estava forte no ar, e isso a enjoava ainda mais.

Ao se aproximar da cozinha, Feliciana, Rick e Henry estavam às voltas do fogão a lenha, controlando o cozimento da chimia.

– Henry, bota mais um pau de lenha no fogo! – disse Feliciana ao garoto, o qual, atendendo ao pedido, puxou a cadeira de rodas para a caixa de lenha, tirando dali uma tora que imediatamente colocou no fogo.

Enquanto isso, Rick mexia o panelão com uma enorme colher de pau.

– Rick, fica atento! Logo a chimia vai "começá a estourá" gotas quentes para cima. Precisa ter cuidado "prá não se queimá".

— Olá, dona Luna! — disse, virando-se para a recém-chegada, a qual passava pela cozinha. — A chimia já está no fogo!

— Coisa boa, dona Feliciana!

— A senhora está bem? — perguntou ela, vendo que Luna estava apressada e com expressão diferente e estranha.

— Estou me sentindo muito enjoada. Vou tomar um ar e dar uma volta para ver se melhoro — e foi saindo porta afora, porque aquele cheiro de goiaba impregnado no ar a estava deixando ainda pior.

Saiu para o pátio respirando ofegante, buscando fôlego, pois parecia que estava sufocada. Enquanto isso, sentia o estômago cada vez mais embrulhado. Aquela sensação desagradável aumentava, mas Luna tentava segurá-la, porque detestava vomitar. Mas sentia que talvez vomitasse.

Afastou-se da casa grande, indo rumo ao galpão, caminhando de forma trôpega, vencendo a distância com dificuldade. Caso vomitasse, não queria que ninguém a visse. O enjoo seguia terrível. Começou a engolir bastante saliva. Um suor frio inundou-lhe a fronte, e calafrios percorreram seu corpo.

Mais à frente, enxergou a vaca pastando, mas não viu o terneirinho. Possivelmente Joaquim ou Benzinho tinham separado o terneirinho para que houvesse leite a tirar de manhã no dia seguinte.

Ouviu ao longe as vozes deles, na direção dos fundos da propriedade, pelos gritos, possivelmente estivessem lidando com os bois.

Sentiu movimentos de dentro para fora, inevitáveis, não tinha como segurar mais. Uma sensação horrível. A boca salivou ainda mais, não tinha como segurar, ela realmente iria vomitar.

Apoiou-se no mourão e inclinou o corpo para a frente, enquanto o estômago tentava expulsar de dentro o que quer que o estivesse incomodando.

O suor frio aumentou, as palmas das mãos ficaram úmidas... E o vômito começou a sair. Primeiro pareceu que era uma mistura do pouco que ela tinha comido no almoço, no café e no dia anterior.

Depois vomitou uma baba transparente; logo após, um líquido esverdeado de odor horrível. O coração batia acelerado, parecia que ia sair pela boca, junto ao vômito.

Já tinha saído um monte de coisa, parecia que não tinha mais nada no estômago, mais nada a vomitar, mas aquelas estranhas contrações continuavam, repetidas e fortes.

Passados alguns momentos, que mais pareceram uma eternidade, começou a vomitar um líquido espesso parecido com uma gelatina, de cor enegrecida, puxando a preto.

Vômito já tem cheiro desagradável, mas aquela coisa preta tinha um fedor indescritível. Luna repugnou-se mais ainda em sentir aquele cheiro pútrido, quente, bafejante, como se ela tivesse comido carniça.

A situação exigia esforço; as suas pernas estavam trêmulas, ela sentia que estava desfalecendo. Estava tudo girando ao seu redor.

Uma névoa branca irrompeu de repente, ofuscando sua visão. Tudo era muito branco, era como uma cerração que cobria tudo, embaralhando a visão... Seria uma visagem?

No meio daquele êxtase, ela imaginou que estava vendo seu esposo se aproximar... Ou seria seu filho? "Senhor", pensou Luna. "Será que o momento do reencontro com eles é agora? Será que é a hora de ir embora? Será que é o dia fatídico da minha morte? Não aguento mais! Deus, me ajude!"

21 MOMENTO CRÍTICO

Thor se emocionou ao ver Luna chorar. Afinal, seu carinho e sua voz meiga lhe recordavam os carinhos de sua mãe, Potira, e de sua avó, Yara.

Ele era uma criança ainda, mas sabia das responsabilidades que repousavam sobre si. Ele tinha sido instruído pela avó com o conhecimento das ervas, das plantas, das raízes, das cascas das árvores, da natureza em geral.

Poder ajudar as pessoas com seus chás e infusões era para ele um prazer, uma alegria, e ele tinha sentido que Luna realmente precisava daquele seu preparado.

— Agora repouse, mamãezinha, durma um pouco. Eu vou buscar mais umas ervas no mato e logo voltarei. Preciso buscar algumas de um tipo diferente.

Estafada, com Thor acariciando seus cabelos, Luna logo adormeceu. Thor pegou a xícara vazia e foi para a cozinha, já deixando a xícara lavada, seca e guardada em seu devido local.

A seguir, rumou para os fundos da propriedade, passando pelo pomar e descendo pela estradinha rumo à casa do Joaquim, onde avistou Joaquim se deitando numa rede, na sombra da área da casa.

Certamente ele vai tirar um cochilo depois do almoço, pensou Thor. Atravessou o arroio e subiu pela trilha, logo alcançando a mata, sendo engolido por ela.

Subiu até a parte alta, próximo da vertente da cacimba d'água, onde era mais úmido e era provável que encontrasse o que estava procurando.

Com olhos atentos, vasculhou com cuidado a vegetação na borda das pedras, mas não encontrou o que procurava.

A seguir, subiu um pouco mais, sempre atento a cada detalhe, a cada reentrância das rochas, mas o que procurava também não estava ali.

Cortou o cerro na horizontal, para o lado esquerdo, buscando o outro lado. Cuidando para não resvalar, chegou no paredão das pedras brancas, onde, na parte baixa, talvez encontrasse o que procurava. Desceu com cuidado, agarrando-se em alguns troncos finos e raízes.

Correu o olho rente às pedras, acompanhando o barranco e próximo do perau, e no final, atrás de uns arbustos, escondidinho, finalmente encontrou o que precisava.

Apanhou com todo cuidado uma porção generosa, sem danificar a estrutura e as raízes da planta, e colocou o produto precioso no saco de couro que levava a tiracolo.

Desceu com cuidado pelo meio da floresta, por um caminho diferente do qual tinha subido, e por duas ou três vezes precisou voltar atrás e buscar outro percurso, porque arbustos espinhentos impediam a passagem.

Ao chegar na parte baixa, viu que tinha descido pelo outro lado, o lado do cemitério. Ao passar por ele, elevou o pensamento e pediu que os espíritos dos que ali estavam enterrados encontrassem cada um a sua luz.

Atravessou o arroio e desceu margeando-o, até a horta ao lado da casa de Joaquim, que já não estava mais na rede. "Já deve estar na lida", pensou Thor.

Foi até um dos canteiros que cuidava com esmero e ali apanhou folhinhas e pequenos raminhos de diversas plantas e chás medicinais.

Quando retornava e passava próximo da antiga igreja, ouviu do lado direito vozes e até alguns gritos de Joaquim e Benzinho. Aguçou os ouvidos.

— Vamos, Malhado. Vamos, Diamante! Força! Puxa firme!

Subiu o barranco para espiar e entender o que estava acontecendo. Avistou Joaquim e Benzinho com os bois, arando a terra.

Teve vontade de ajudar os dois, até porque deveria ser divertido ver os bois puxando o arado, mas o momento crítico de Luna estava se aproximando: ele precisaria preparar o outro chá o mais breve possível.

Ao passar pelo pomar, pegou algumas folhas de algumas frutíferas e seguiu rumo à casa grande, onde, no jardim, pegou pétalas de uma flor.

Ainda na rua, lavou todas as folhas que tinha trazido. Ao adentrar na cozinha, avistou Henry, Rick e Feliciana às voltas do grande panelão, e sentiu o cheirinho de goiaba no ar, que estava sendo cozida.

"Hum! Coisa boa! Tem fogo pronto", pensou Thor.

— Dona Feliciana, posso pegar a caneca grande para fazer um chá para Luna?

— Outro chá, Thor? Mas ela nem "terminô di tomá aquele amargo que ocê fez!"

— Eu sei, mas é que ela vai precisar deste outro também.

Após um pouquinho de silêncio, dona Feliciana concordou que o pequeno colocasse a caneca no fogo, mas alertou:

— Bota o chá para "fervê, mas não atrapaia" a gente, estamos fazendo a chimia!

— Tá bem, não vou atrapalhar não!

Thor colocou cerca de litro e meio de água na caneca grande e a colocou no fogo, para ferver, reservando os ingredientes que tinha colhido. Em seguida, indagou, curioso:

— E Luna? Está no quarto ainda ou já saiu?

— Ela disse que "tava" indisposta do "estômo". Deve "tá" no quarto ainda! – respondeu Feliciana.

Por duas vezes, respingos do doce de goiaba estouraram e saltaram, quase atingindo uma vez o braço de Thor, e outra vez o de Rick, naquele momento os mais próximos do fogão.

Com o fogo alto, a água logo borbulhou. Thor então despejou a água fervente na panela onde tinha colocado os ingredientes e cobriu-a com um prato grande, para abafá-la.

Thor aproveitou para ir ao banheiro, depois ao quarto, onde repassou as suas anotações. Quando voltou, cerca de meia hora depois, a água tinha adquirido uma coloração amarelo-avermelhada.

Então, com cuidado, Thor coou o chá e terminou o esfriamento de forma manual, como fazia quando tinha pressa, passando o líquido de uma caneca para outra.

Por fim, colocou o líquido já morno em uma garrafa de vidro transparente, tampando-a, depois saindo para a sala do casarão, onde se sentou estrategicamente em um canto. Dali ele veria quando Luna saísse do quarto.

"Agora é esperar", pensou Thor. Pode ser hoje, pode ser amanhã. "Mas a coisa ruim vai sair!"

***

Depois de quase uma hora de espera, Thor finalmente ouviu rangidos nas tábuas do assoalho. Luna estava se levantando.

De onde estava, sem se mexer, observou Luna caminhar pelo corredor e se dirigir para a cozinha. Ouviu quando ela disse que estava indisposta e viu quando ela saiu para a rua.

Thor ganhou a rua pelo outro lado da casa e ficou a espreita. Para qual direção será que ela iria? Para o pomar? Para a frente da casa? Para os fundos da propriedade?

Atento, viu que ela tomou a direção do galpão e que caminhava com alguma dificuldade. Viu ela dar passos trôpegos e contornar o galpão, indo para os fundos, onde a vaca estava pastando.

Fazendo o mínimo de barulho possível e mantendo uma certa distância, Thor observava os movimentos dela. Quando Luna se arcou e fez os movimentos e sons característicos de ânsia de vômito, ele foi se aproximando.

O momento crítico tinha chegado. Ela se apoiou no mourão e começou a vomitar. Era agora. O chá amargo a faria vomitar tudo de ruim que tivesse dentro dela.

Quando Luna caiu, de joelhos, ainda vomitando, Thor estava chegando perto dela. Ela estava pálida, suarenta, olhos no fundo e com rodelas pretas, irreconhecível.

– Mamãezinha! A senhora vai ficar bem!

– Vá... embora! – gritou ela. – Me... deixe... – disse ela, ainda entre uma contração e outra, entre um vômito e outro.

– Mamãezinha, sou eu! Thor!

Compreendendo que quem tinha se aproximado era Thor e recuperando parte da consciência, Luna disse apenas:

– Vá embora! Eu não quero que você me veja... neste estado! – E gritou ainda mais alto: – Vá embora!

Em silêncio, Thor apenas segurou a cabeça de Luna, dando a ela um apoio enquanto ela fazia força para vomitar ainda mais.

– Vá... embora..., Thor! Por... favor... O cheiro... é muito... ruim... – insistiu, mais debilitada.

Na verdade, ela estava temendo pelo pior, e não queria que Thor a visse morrer.

Ajoelhado ao lado dela, o pequeno, em pensamento, recitava as orações que tinha aprendido com sua avó, Yara: era para todos os momentos, dizia ela, mas especialmente quando se encontrasse em alguma situação difícil.

Longos minutos se passaram. Aos poucos, aquele momento crítico de Luna foi passando. As ânsias de vômito foram diminuindo.

Pernas bambas, ela sentou-se no chão e passou a apertar a barriga, onde sentia fortes dores. O peito doía, a garganta também doía, era como se o vômito a tivesse rasgado por dentro.

Thor então puxou uma garrafa, alcançou-a para Luna e disse:

– Lave a boca com este chá, cuspa fora na primeira e na segunda vez. Depois, tome alguns goles devagarinho. Sem pressa.

Aos poucos a respiração de Luna foi relaxando. Ela seguiu as orientações de Thor e, por duas vezes, enxaguou a boca e cuspiu fora o chá.

Notou que aquela bebida tinha um sabor diferente do outro chá: esta não era amarga e, por incrível que pareça, seu sabor suave e ao mesmo tempo marcante, tirava da boca dela aquele gosto horrível de vômito.

Assim que se recobrou um pouquinho, Luna disse:

– Vamos sair daqui! O cheiro dessa coisa fedorenta está insuportável!

Todo o esforço que Luna tinha feito para vomitar, aliado à situação debilitada em que ela se encontrava, deixou-a muito fraca. Thor, ainda que menor em altura, precisou ampará-la na caminhada de volta para a casa grande.

Quando se aproximavam da cozinha, Luna voltou a sentir o aroma adocicado da chimia de goiaba, que naquela altura estava quase pronta.

– Esse cheiro me enjoa. – disse Luna, balançando com a mão próximo do nariz, ao que Thor logo entendeu que ela estava se referindo ao cheiro que estava no ar.

– Tá certo. Quer sentar comigo no banco do outro lado, na frente da casa, próximo ao lago?

– Quero sim, querido!

Era tudo o que Luna queria, poder sentar e descansar as pernas. Descansar um pouco o corpo para que diminuíssem aquelas dores que ela sentia por dentro de tanto esforço que fez para vomitar. E, especialmente, longe daquele cheiro de chimia de goiaba que, para ela, não estava nada convidativo.

22 A CASA DAS DUAS LUAS

Luna passou o restante da tarde sentada no banco em frente à casa grande, próximo do lago, na sombra das árvores. Na maior parte do tempo, Thor ficou ali de companhia, às vezes em silêncio, às vezes distraindo-a.

Feliciana já tinha terminado o cozimento da chimia, que já estava esfriando, e estava iniciando os preparativos para o jantar. O cheiro adocicado de goiaba, que, para Luna, revelou-se enjoativo, já não estava mais no ar.

Algumas crianças brincavam dentro de casa, e Luna podia ouvir suas vozes. Elas riam e se divertiam. Outras brincavam de esconde-esconde próximo do pomar, pois dava para vê-las de longe quando passavam ao alcance da vista.

Luna observava o conjunto arquitetônico da fachada da casa, as longas aberturas, a fachada onde se lia "Raio de Luz", observava alguns insetos que voavam ali perto, uma joaninha vermelha com pontinhos brancos, borboletas azuis e outras coloridas que faziam um espetáculo a parte, pequenas formigas que transitavam em trilhos no meio do gramado...

E os patos... Como era bom ver a suavidade deles caminhando pela grama ou deslizando pela água límpida e transparente do lago.

Nos galhos altos das árvores, à medida que a tarde ia caindo, os pássaros começaram revoadas e cantavam como se agradecessem por mais um dia de vida, por mais uma noite e pelo descanso noturno que se aproximava.

Absorta em pensamentos, Luna tinha e não tinha motivos para agradecer. Não queria aceitar que lhe restavam somente cerca de três meses de vida, não agradecia por isso... De modo nenhum... Mas, por outro lado, ter chegado naquele local e ter sido recebida por aqueles anjos com tanto carinho, isso sim era motivo de agradecimento.

Já tinha decidido: aproveitaria cada minuto que tivesse de vida para curtir, aproveitar e se doar àquele lugar, àquelas crianças, àquelas pessoas.

***

Um pouco antes de escurecer, Anny chamou as crianças, como fazia todos os finais de tarde, e mandou todas tomarem banho. Kauã e Rick estavam bastante sujos: os espertinhos, na brincadeira de esconde-esconde, deitaram no chão atrás das moitas mais de uma vez, para não serem descobertos.

Quando caiu a noite, todos já estavam dentro de casa, menos Thor e Luna. Ambos continuavam sentados no banco, em frente ao lago. Eles tinham combinado de ficar um pouco mais para ver a lua cheia.

Ficaram esperando no escuro, até que a claridade da lua aos poucos foi chegando.

– Olha, Thor, a lua está aparecendo! – disse Luna, apontando para o céu.

– Puxa! Como ela está linda! Minha avó Yara adorava ver a lua redondinha! Ficava até tarde no campo, assim como nós, conversando com ela.

– Conversando com ela? – quis saber Luna. – Como assim? E ela respondia? – fez um ar de riso.

– Sim, minha avó dizia que a lua respondia sim.

– Não entendi... O senhor sabichão poderia explicar? – e coçou o queixo, curiosa.

– Sabe como? A lua conversa com a gente na linguagem dos raios de luar, da claridade, do frescor da noite...

– Ah, entendi, seu sapequinha!

Ambos riram e exalaram felicidade na vivência daquele momento tão simples, mas, ao mesmo tempo, tão surreal.

Quando a lua atingiu a plenitude nos céus, nem parecia que era noite. Estava tudo claro, uma beleza. Ainda que fosse noite, era possível caminhar sem usar lanterna e sem tropeçar em nada. Estava muito claro.

– Olha, Luna! – o pequeno apontava para a frente.

Do banco onde eles estavam sentados e do ângulo que a lua formava com a terra, eles a enxergaram inteirinha dentro do lago.

– Que coisa linda mesmo, Thor! Parece um espelho.

– Sim, agora ela está refletida inteirinha dentro d'água.

– Ah... pequenino... Agora tudo faz sentido! – refletiu Luna. – Olha lá! Agora está explicado por que a propriedade se chama Raio de Luz!

– Sim, a iluminação da lua reflete no lago, formando raios de luz que se espalham em todas as direções.

– Exatamente!
– Mas o nome bem poderia ser outro... – ponderou Thor.
– Como assim?
– A casa bem que poderia ser chamada de "a casa das duas luas", não acha? Olhe: há uma lua no céu e outra nas águas do lago!

Luna e Thor riram gostoso com aquele raciocínio rápido dele. Realmente, este seria também um nome bem apropriado: a casa das duas luas.

23 O FIM DO ISOLAMENTO

Desde o surto de lepra na Recanto dos Ipês, Pedro Moraes sempre foi um entusiasta, junto ao Dr. Diógenes, de uma possível cura para a hanseníase.

Numa das consultas, conversando entre as dificuldades de falta de ar, Pedro revelou a Diógenes que era grato ao amigo por ele estar ao lado dele nas lutas contra a doença dos nervos da esposa, contra aquela terrível doença que tinha matado Jacinto e diversos outros, como também naqueles momentos da luta dele contra o enfisema pulmonar.

Emocionado, disse também que os 20 hectares da Vila Raio de Luz e suas benfeitorias ficariam para ele em testamento, desde que ele se comprometesse em continuar a atender os necessitados no local com o empenho e carinho que sempre dedicava a cada um que dele precisasse.

Diógenes emocionou-se também, agradeceu a confiança e firmou compromisso em assim proceder, afinal, ele já fazia aquilo por amor, por vocação.

Um ano depois da morte de Vitória, Diógenes trouxe notícias importantes do Rio de Janeiro, onde a comunidade médica internacional estivera reunida. Ali se divulgou o uso de medicamentos chamados sulfonas na tentativa de minimizar os sintomas da lepra.

Pedro vibrou com essas notícias trazidas pelo amigo médico, mas, ainda que acreditasse que a ciência avançaria e alcançaria a cura, infelizmente não viveu o suficiente para ver as mudanças e os avanços que viriam nos anos seguintes.

Em 1947, com 68 anos, mesmo tendo deixado de fumar, e após as crises de falta de ar ficarem cada vez mais frequentes, partiu numa tarde de tempestade, na qual fortes ventos quebraram várias árvores da fazenda e destelharam inclusive a casa da família de um dos empregados.

Até alguns ipês dos lugares mais altos tiveram galhos quebrados, tamanha a força dos ventos. Isso serviu para que os familiares e moradores da fazenda afirmassem que até os ipês, marca da família Moraes, choraram a morte de seu proprietário.

Dr. Diógenes Oliveira passou a viajar com mais frequência: para o centro do país, para a Europa, África, América do Norte e capitais de países sul-americanos.

Ele tornara-se um membro ativo da comunidade médica internacional. Visitara diversas cidades mundo afora, entre elas Cairo, Rio de Janeiro, Milão, Havana, Nova Iorque, Madri e muitas outras, nas quais dava palestras e ministrava conferências em assuntos relacionados à lepra e ao uso de sulfonas na tentativa de controle do bacilo de Hansen.

Sempre que viajava, avisava com antecedência e deixava um outro médico, amigo seu, responsável pelos cuidados da Vila Raio de Luz.

Em 1958, Dr. Diógenes avisou que precisaria fazer mais uma viagem. Ele viajaria a Tóquio, capital do Japão, onde participaria do 7º Congresso Internacional de Lepra, no qual seriam anunciadas novidades relacionadas à doença.

No Congresso, Dr. Diógenes Oliveira fez uma conferência e relatou a situação do Brasil relacionada à hanseníase. Citou as ações do governo federal: que pessoas com casos suspeitos eram colocadas em dispensários, ao passo que quem tinha a doença era internado em hospitais-colônia.

Citou também que os os filhos dos doentes eram levados para os preventórios, sendo que o afastamento valia tanto para crianças e adolescentes quanto para bebês nascidos dentro dos leprosários.

Detalhou números do Brasil, onde estavam estabelecidos 102 dispensários, 21 preventórios e 36 hospitais-colônia, com a maior concentração na região Sudeste.

Orgulhoso, citou o exemplo da iniciativa de Pedro Moraes com a Vila Raio de Luz e o tratamento com sulfonas, que amenizavam os sintomas. Por fim, a partir dos avanços que estavam sendo obtidos pela comunidade internacional, defendeu veementemente o fim do isolamento obrigatório para os infectados, que os tirava do convívio familiar e social.

Durante o evento, outros médicos se posicionaram na mesma direção, e o Congresso findou por condenar de vez o isolamento compulsório dos doentes, considerando-o anacrônico, e recomendar o tratamento químico com antibióticos e sulfonas, aliado aos promissores resultados alcançados com a lepromino-reação induzida pelo B.C.G.

Além disso, os presentes vibraram com alegria quando os pesquisadores anunciaram que a forma de transmissão da lepra não era hereditária, o que fazia cair por terra um dos maiores medos da doença.

Dr. Diógenes trouxe na mala, em seu retorno ao Brasil, as últimas novidades e ações, as quais começou a aplicar imediatamente na Raio de Luz.

Com isso, conforme os resultados se manifestavam, houve um gradativo esvaziamento na Vila. O Dr. Diógenes foi liberando um a um os internos, recomendando a continuidade do tratamento, mas devolvendo-os ao convívio familiar e social, que era aquilo que Pedro Moraes tanto sonhava e não pôde ver.

Em 1962, diante dos avanços visíveis no tratamento da doença em diversos estados, como também na Vila Raio de Luz, finalmente foi expedido o Decreto nº 968, de 7 de maio, o qual determinava que a internação compulsória para casos de hanseníase deixasse de ser praticada no Brasil.

24 NOTÍCIA RUIM

Quando amanheceu, Benzinho e Feliciana ficaram na cozinha, Anny foi com Luna para o curral.

Benzinho fez o fogo e cevou o chimarrão, enquanto dona Feliciana amassava farinha, ovos, açúcar, sal, óleo e fermento para fazer uma baciada de bolinhos fritos, visto que estavam sem pão assado.

No curral, depois que as pernas e o rabo da vaca estavam imobilizados, Luna trouxe o terneiro. Após vários movimentos de aproximação e afastamento da boca do terneiro do ubre da mãe, em um dado momento, Luna disse:

— Tem certeza de que já quer experimentar tirar o leite hoje?

— Sim, ontem vi vocês tirando, não deve ser difícil.

— Tá bem! Com a água do balde auxiliar, lave as quatro tetas da vaca e, após, pode começar a tirar o leite. Para isso, segure firme a teta na parte de cima, dando uma leve apertadinha, que vai empurrar o leite para baixo, para o canecão.

Atenta, Anny experimentou duas ou três vezes, não conseguindo tirar uma única gota.

— Faça assim, ó! — encurvando-se, Luna pegou a teta e mostrou o movimento correto da mão, já descendo no primeiro movimento um filete branquinho de leite, que, por Anny estar distraída, não acertou o canecão e respingou para o chão, indo fora.

— Ah, entendi, deixa eu tentar!

Anny perfilou-se novamente no banquinho, segurou o canecão com uma mão e, conforme viu Luna fazer, fez igual, dessa vez conseguindo êxito: o leite começou a descer.

Contente por estar ajudando naquela tarefa, Anny foi aprimorando os movimentos e melhorando o ofício, logo parecendo que já tirava leite há muito tempo. O leite saía num esguicho firme, chegando a fazer barulho quando alcançava o canecão.

Pararam após terem coletado quase um balde de leite, deixando ainda uma boa quantia para o terneirinho.

Depois, enquanto Anny organizava e reunia os apetrechos, Luna levou a vaca e o filhote e os soltou no potreiro.

Quando chegaram de volta, próximo da casa, já sentiram o cheiro de bolinhos fritos.

— O cheiro no ar não está lhe repugnando? — perguntou Anny, lembrando do dia anterior, quando Luna enjoou do cheiro da chimia.

— Pelo contrário! O cheirinho está ótimo e está até me dando fome!

Enquanto Luna colocava o leite para ferver, numa panela grande, Anny foi acordar as crianças, as quais, avisadas que o café da manhã seria com bolinho frito, vieram para a cozinha sem demora.

— Quem é que ajuda a dona Feliciana hoje? — perguntou Luna, assim que viu que todos já tinham chegado.

— Ontem foi eu e o Lorenzo! — disse Alícia. — Certamente nós é que não seremos!

— E anteontem fui eu e Hanna! — disse Henry.

Após fazer um breve raciocínio, Anny logo informou:

— Sim! Seguindo o combinado, hoje são Thor e Rick.

— Thor tá mesmo sempre na minha "vorta"! Sempre "fazeno" um chá e outro! Nem "vô estranhá tê" ele por perto! — disse Feliciana, arrancando risos de todos.

As crianças adoravam os bolinhos fritos esparramados de dona Feliciana, pois eles tinham um sabor leve que lembrava um salgado.

Outra sensação do café da manhã foi a chimia de goiaba, a qual também já estava à mesa. As crianças comiam com vontade: algumas partiam os bolinhos e colocavam a chimia no meio, fazendo uma espécie de sanduíche.

— Huuuuum! Delicioso! — soltou Rick, saboreando o bolinho com chimia fresca.

— Não fale de boca cheia! — repreendeu Anny, relembrando ao pequeno as boas normas de educação.

Ao ver as crianças comendo os bolinhos fritos com tanta voracidade, Luna também sentiu fome e serviu para si café com leite. E foi impossível comer um só bolinho. Luna comeu um, e mais um, e mais um... ao todo, comeu uma meia dúzia, tanto que Benzinho disse:

— Que coisa boa ver a dona Luna comer com vontade!

– O alimento é o "combustíví" do corpo. – disparou Feliciana. – Saco vazio "não para em pé"!

Luna estava comendo os bolinhos fritos com tanta vontade que nem tinha parado para pensar que até a véspera não tinha fome para comer nada, que tudo a repugnava. E ficou muito feliz por estar com disposição para comer.

Sabendo que estava bastante enjoada nos dias anteriores e que inclusive tinha vomitado horrores na tarde anterior, Luna não exagerou. Ela ainda comeria mais, mas convinha não abusar.

Quando Joaquim chegou para o café, todos estavam quase terminando.

– Ué, perdeu a hora hoje? Você sempre chega cedo para o café. – perguntou Benzinho.

– Não! Na verdade levantei ainda mais cedo... Só que tirei um tempo e fui na velha igreja, onde aproveitei para colocar meus pensamentos em dia com Deus.

– Isso é "argo" muito necessário! – disse Feliciana. – Eu "tamém perciso tirá um tempinho pra í lá e dá uma rezada"!

* * *

Sentada com Thor em frente ao lago, no final da tarde, Luna se recuperava de seu mal-estar. Ficou feliz quando Thor compreendeu que ela não queria ficar tagarelando. Ela só precisava de alguém por perto.

Thor soube fazer esse papel muito bem, às vezes em silêncio, às vezes conversando alguma banalidade para distraí-la. Estavam assim quando foram surpreendidos pelos dois que chegaram:

– Dona Luna! Dona Luna!

Ali estavam Benzinho e Joaquim, sujos e suados da lida do dia. Luna voltou-se para eles, inquirindo com os olhos o que eles queriam falar.

– Dona Luna! – disse Joaquim. – Trabalhamos bastante hoje. Levantamos cedo, preparamos as ferramentas, as foices, e conseguimos roçar um grande pedaço de manhã.

– Sim! – concordou Benzinho.

– E de tarde, assim que o sol deixou de estar a pino, levamos o arado para o trecho roçado e começamos a lavrar a terra.

— Mas que excelente notícia! — disse Luna. — Eu peço desculpas por não estar hoje à tarde com vocês; estou bastante indisposta, cheguei a vomitar de tarde!

— Puxa! Esperamos que possa melhorar logo! — disse Benzinho. — Será alguma coisa que você comeu?

— Acho que não. Eu já não venho bem nos últimos dias, deve ser isso... — dizendo meias verdades e escondendo o diagnóstico de que só ela sabia.

— Mas... Dona Luna... — disse sem jeito Joaquim. — A notícia da lavragem da terra não é tão boa assim. Temos uma notícia muito ruim para compartilhar!

***

Enquanto todos ainda estavam à mesa, saboreando o café com leite e os bolinhos fritos esparramados, Luna disse:

— Gente! Tenho uma notícia ruim para dar a todos: Joaquim e Benzinho encontraram uma grande dificuldade ontem para lavrar a terra.

— Sim, enquanto eu colhia as goiabas nos galhos mais altos — disse Thor —, enxerguei os dois roçando um pedaço e, de tarde, vi que estavam com os bois lavrando a terra.

— Exatamente! — completou Joaquim. — Só que o chão está muito duro, está sendo muito difícil abrir o solo. A junta de bois é mansa, é obediente, colabora, nós trabalhamos quase a tarde inteira, mas infelizmente avançamos um pedaço muito pequeno.

— No ritmo que avançamos hoje — completou Benzinho —, levaremos muito tempo e enorme sacrifício para abrirmos uma roça de bom tamanho.

— Mas então, o que podemos fazer? — quis saber Hanna, atenta.

— Precisamos pensar em alguma solução que facilite esse trabalho — disse Luna. — Porque precisaremos lavrar a terra. Sem isso, não conseguiremos fazer a nossa plantação.

Após alguns instantes de silêncio, Alícia sugeriu:

— E se, além dos bois, colocássemos também a vaca e o terneirinho para puxar o arado?

— Querida! — sorriu Luna. — A vaca e o terneirinho cumprem outra função, que é nos dar o leite. Eles não devem ir para o arado, não é a função deles.

— Mas... então... Será que, de onde Joaquim buscou os animais, não consegue trazer mais dois bois? Daí seriam quatro! – acrescentou Rick.

— Sua conta de matemática é inteligente, Rick! – disse Benzinho. – Mas o nosso arado comporta somente dois bois. Não há espaço na canga para quatro.

Depois de um silêncio, Cecília, a menorzinha, palpitou:

— Simples! Podemos aumentar a horta do Joaquim! Lá já não tem terra fofinha? Pois então... Lá vai ser bom de plantar!

Todos riram da ideia dela. E Joaquim, com paciência, explicou:

— "Ciça": a horta já tem uma terra fofinha, porque já plantamos lá, mas a questão é que o tamanho da horta é pequeno. E nós precisaremos de um espaço maior, compreende? Porque vamos plantar muito mais!

— Ah, entendi!

Feliciana, com a mão no queixo, teve outra ideia:

— Lá de onde eu e Benzinho "viemo", tinha um "hômi" que tinha trator e que cobrava um tanto para "lavrá as terra das pessoa". E se a gente fosse "buscá" ele?

— Ah, meu amor! – disse Benzinho. – A ideia até que é ótima, mas são mais de 100 quilômetros, é muito longe!

— Não tem ninguém que tenha trator aqui mais perto e que pudesse lavrar a terra para nós? – perguntou Luna.

Todos olharam naturalmente para Joaquim, que tinha nascido na região e conhecia os moradores da volta. E ele então disse:

— Daqui da região, Nicolau Moraes, que foi quem nos cedeu os bois, a vaca e o terneiro, era quem tinha um trator. Mas, com a velhice, parou de plantar e, por não precisar mais do trator, o vendeu.

— Além dele, ninguém mais tem trator aqui perto? – perguntou Thor, interessado.

— Quem talvez pudesse ter um trator é o Ambrósio, ele é um dos moradores mais novos daqui. Sei que ele planta, mas nunca o visitei, não sei como é o modo de trabalho dele para cultivar a terra.

— Quem é Ambrósio? – interrogou Luna.

— Olhando por cima do galpão, já deves ter visto ao longe uma casinha branca, no alto da colina, Ambrósio mora lá e planta nas terras da baixada, próximo do arroio.

– Ih! Essa não! – disse Anny. – Estão falando daquele viúvo que mora na casa mal-assombrada? Ninguém vai lá não!

Todos ficaram surpresos com a interrupção de Anny. Afinal, o que ela estaria querendo afirmar?

– Minhas amigas da escola dizem que ele é bruxo e que faz sacrifícios com animais. Além disso, ele mora com gatos e com fantasmas e, não bastasse isso, dizem que ainda faz trabalhos de feitiçaria para prejudicar as pessoas.

As crianças ficaram com olhos arregalados diante da fala de Anny. Cecília logo disse, agarrando Tedy bem apertado:

– Credo! Um bruxo? Morando aqui perto?! Que medo!

– Eu também tenho medo! – tascou Rick, arrepiado. Hanna, atenta, logo disparou:

– Se é assim, Anny tem razão: ninguém vai na casa desse bruxo! É muito perigoso!

– Isso mesmo, apoiado! – disse Lorenzo. – Nós vamos dar um jeito por aqui. Eu mesmo quero ajudar no arado para terminarmos mais ligeiro!

– Tá bem, Lorenzo. Agradecemos por sua boa vontade em querer ajudar. – disse Anny, confiante.

– Vamos fazer o que puder ser feito... – disse Benzinho, triste, mas consolado.

Após refletir um pouco sobre a situação, Luna então diz:

– Vamos dedicar o dia de hoje para plantar as mudas de hortaliças!

– Bem lembrado! – disse Joaquim. – Tem espaço na horta para preparar mais alguns canteiros.

– Sim! E depois que terminarmos o plantio das hortaliças, a gente volta a lavrar a terra. Devagarinho, do jeito que der, iremos avançando. – disse Benzinho.

25 CAMINHADA EXTENUANTE

Após o café, Thor e Rick ficaram na cozinha ajudando dona Feliciana. Thor lavou a louça, Rick secou e guardou. Depois, ajudaram nas lidas domésticas: organizaram e varreram a casa e passaram pano úmido nos quartos, sala, corredor e cozinha.

Quando Feliciana terminou de lavar a roupa, Thor e Rick levaram nos braços a roupa lavada para ela estender no varal, ao lado da casa.

Benzinho e Joaquim passaram no galpão, pegaram mais algumas ferramentas e rumaram para os fundos da propriedade.

Luna, após tomar café e mais uma xícara do chá de Thor, foi ao quarto e olhou para dentro de si mesma. Embora no dia anterior ela ainda estivesse bem ruinzinha, tendo vomitado "até os bofes", hoje ela se sentia bem melhor, estava bem disposta. E, o melhor, sem dores.

Colocou uma roupa leve, um par de tênis e remexeu nas suas coisas, pegando a chave do carro e mais alguns papéis. Ela precisava dar uma volta.

Quando saiu na frente de casa, junto ao carro, viu que, com Anny, estavam as crianças, que, juntas, cuidavam das plantas no jardim.

Luna as observou por alguns instantes, sem que elas a vissem. De forma colaborativa, elas remexiam a terra dos canteiros e arrancavam ervas daninhas.

Quando avistaram Luna, Anny disse:

– Luna, vamos plantar aqui, próximo do lago, as sementes de girassóis que você trouxe da cidade.

– Que coisa boa! Vai ficar lindo!

Luna entrou no carro e bateu o arranque. Uma, duas, três, cinco vezes. O carro fazia um barulho como se estivesse por ligar, mas não ligava.

As crianças, curiosas, largaram o serviço junto a Anny e vieram para junto dela, no carro, ver o que estava acontecendo.

– Ué, será que estragou? – perguntou Alícia, próxima da janela do carro.

– Na cidade, o carro já tinha falhado por duas vezes – respondeu Luna –, na agropecuária e na cooperativa. Mas depois pegou. Só que agora está encrencando, o danado, não está querendo pegar!

Tentou mais algumas vezes, sem sucesso, até sentir um cheiro forte de gasolina.

– Putzgrila! Acho que afoguei o carro! – disse Luna.

– Ué? Afogado? Por acaso deu muita água para ele? – perguntou a inocente Cecília, arrancando sorrisos dos demais, que estavam ali ao lado.

– Água não, querida. Pisei no acelerador e dei gasolina demais para ele.

Certamente havia um problema com o carro, e Luna precisaria providenciar o conserto o mais rápido possível. Ela não conseguiria consertar hoje, só que precisava sair, dar uma volta. Mas como sair se o carro não funcionava?

Após olhar para o horizonte e pensar um pouco, Luna compreendeu que precisaria resolver aquela situação de outro modo. "Eu não nasci dentro de um carro. Já me sinto melhor, posso caminhar um pouco!"

Então disse a Anny:

– Vou dar uma saída!

– Como assim? O carro não ligou de jeito nenhum. Como vai sair?

– Vou dar uma saída a pé mesmo. Mas não vou embora, meus amores. Volto até o entardecer.

– Tá bem.

Luna saiu do carro e beijou amorosamente uma por uma das crianças, despedindo-se. A seguir, pediu para Cecília levar a chave do carro para o seu quarto e deixá-la sobre a cama.

– Cuide-se! – foi o que ouviu Anny dizer, quando iniciou a caminhada rumo ao portal de saída da Raio de Luz.

Já tendo se afastado uns 20 metros, ainda ouviu Anny dizer:

– Kauã, busque o regador no galpão para molharmos as plantas!

– Iupiiiiii! Vou num pé e volto noutro! – foi a resposta.

* * *

Joaquim estava caminhando, próximo do pomar, quando viu Luna sair a pé, em direção ao portal de entrada da Raio de Luz. "Onde será que Luna vai?" Ficou se questionando, mas seguiu a caminhada em direção ao galpão.

Ali chegando, foi até um canto, pegou duas cordas e enrolou-as. Elas serviriam para o que ele tinha planejado.

Assoviando uma canção, saiu em seguida dali, novamente tomando o rumo do pomar. Ele não queria passar ao lado da casa grande.

Circundou as árvores frutíferas e notou que não demoraria muito para os pêssegos estarem maduros. Passo a passo, desceu para a estrada e tomou também a direção do portal de entrada da Raio de Luz.

* * *

O dia estava agradável, e a temperatura, amena. O sol, ainda que já estivesse no céu, não estava quente. Quando Luna dobrou para o lado direito, rumo à entrada da propriedade, avistou Joaquim, que naquele instante atravessava por trás do pomar, indo na direção do galpão.

Emocionada e contente com aquela oportunidade de estar ali, naquele lugar, com aquelas pessoas puras, Luna teve a certeza de que estava fazendo a coisa certa. As chances eram muito pequenas, mas ela precisava fazer uma tentativa.

Passou pelo portal de entrada da Raio de Luz e tomou a estrada, enveredando para o lado direito. Era nessa direção que tinha que ir.

Em determinados pontos da estrada, as árvores fechavam-se completamente, formando um túnel verde. Em outros pontos, abriam-se, e a vista alcançava a ver campos e pastagens, onde uma ou outra criação pastava.

À medida que Luna caminhava, uma sensação de cansaço foi chegando devagarinho. Como não estava bem e não tinha pressa, diminuiu o ritmo da caminhada e fez uma pausa, sentando no tronco de uma enorme árvore à beira da estrada.

Enquanto descansava, observava os passarinhos que cantavam e revoavam. "Como será que os passarinhos morrem? Num belo dia estão voando e caem mortos? Ou se recolhem em algum galho ou lugar isolado e ali, sem forças, perdem a vida?"

Depois de um tempo ali parada, seguiu viagem, passo a passo, determinada. "Devagar também se chega ao longe", pensou ela.

* * *

Joaquim até podia caminhar mais rápido, mas ele sabia que Luna estava à frente e não queria passar por ela na estrada. Ouvido atento, ouviu o ronco de bugios no morro ao longe: ultimamente, uma família de bugios andava perambulando por aquela região.

Mais à frente, depois de uma curva da estrada, avistou ao longe Luna sentada à beira da estrada. Então parou, recostou-se na beirada da estrada de onde avistava Luna, e só depois que ela se levantou seguiu viagem.

Deixando sempre uma distância prudente dela, Joaquim seguiu a caminhada, até chegar na entrada da Recanto dos Ipês. Pronto, ele estava chegando ao seu destino, precisava falar novamente com Pedro Moraes.

***

O sol seguia firme no céu, agora mais quente. A caminhada fez Luna começar a sentir calor. À medida que a estrada apresentava curvas, Luna ia ziguezagueando de um lado para outro, procurando o lado que tivesse sombra, para se abrigar do sol.

Embora estivesse caminhando devagarinho, o suor começou a descer pela fronte. "Devia ter pegado um chapéu, ou um boné! Mas, fazer o quê, como não peguei, 'bora seguir a caminhada, parando numa e noutra sombra", pensou ela.

Ipês multicoloridos margeavam a estrada, promovendo um espetáculo maravilhoso e agradável aos olhos. Quando as árvores destampavam o primeiro plano, ela avistava grandes roças, árvores, em outros pontos, animais… E olhava para o horizonte, para o alto das colinas: seu objetivo ainda estava longe, mas a distância diminuía.

Logo adiante, Luna avistou um recuo e uma entrada, onde havia um portal antigo de tijolos e, no alto dele, a inscrição: Recanto dos Ipês. Esta deve ser a entrada da propriedade mais antiga da região, conforme disse Joaquim.

Luna tomou fôlego e seguiu a caminhada.

Quando sentia as pernas um pouco trêmulas e o coração batendo mais acelerado, parecendo que ia sair pela boca, ela fazia paradas estratégicas à sombra, descansava, recuperava-se e depois prosseguia devagar.

Depois de uma curva da estrada, avistou um arroio. Um arroio estreito. Talvez fosse o mesmo arroio que passava atrás da Raio de Luz, ou um afluente daquele, ou, ainda, uma nascente descendo de algum morro…

Vendo a água límpida e cristalina, e porque estava sentindo muito calor, não resistiu: contornou a pequena ponte, desceu o barranco, tirou os tênis e molhou os pés na água refrescante. Isso a fez recordar o banho gelado que tomou alguns dias atrás quando deixou o carro na travessia de pedra dentro do rio. Seriam águas do mesmo arroio?

Sua memória a levou ainda mais longe: lembrou de sua infância, de quando brincava nas lindas cachoeiras espumantes e geladas que existiam atrás da propriedade de seus pais.

Parece que ainda ouvia sua mãe pedindo para ter cuidado para não escorregar, para não cair de mau jeito e não se machucar nas pedras escorregadias. Essas reminiscências a fizeram dar um sorriso tímido, quando percebeu, estava rindo alto de tão gostosas que eram aquelas lembranças.

Jogou um pouco de água no rosto, enxugou os pés como pôde, colocou os tênis e seguiu andando. Depois de um tempo, o terreno, que era plano, revelou-se íngreme. "Devo estar indo na direção certa", pensou ela.

Andou por mais um longo trecho, subida constante, agora com um nível maior de dificuldade na caminhada, e isso a fez parar mais algumas vezes, para descansar.

Numa das paradas à beira da estrada, aproveitando uma sombra, Luna subiu o barranco e foi até a cerca de arame farpado, de onde avistava parte do vale. Que vista linda se conseguia ver dali.

Agradeceu a Deus por ainda estar respirando, viva. Por quanto tempo, ela não sabia, o que já tinha decidido é que iria aproveitar o tempo que lhe restasse com a maior intensidade que pudesse.

Andou mais um trecho com relativa dificuldade, não só pela subida, mas também porque já estava completamente extenuada. O cansaço fazia não só as pernas, mas todo o seu corpo, tremerem. Mas ela não podia desistir. Deveria estar muito próximo do seu objetivo.

Nisso, após uma leve curva da estrada, Luna avistou, pelo lado direito, um acesso que levava a uma casa branca enorme, com um gramado verde e um jardim lindo, com flores multicoloridas, rodeados de arbustos verdes e alguns bancos espalhados aqui e acolá.

"Deve ser aqui", pensou Luna.

Como a porteira estava aberta, Luna foi entrando, enquanto observava a vista magnânima que dali se tinha do vale. Era uma paisagem bucólica ampla e maravilhosa: campos, árvores e tons e sobretons de verde, formando curvas sinuosas, tudo mesclado com as cores das roças junto ao que deveriam ser as margens do arroio.

"Que vista linda!", pensou. Além de todo o conjunto visual, avistava também outras propriedades. Tentou se localizar, olhou, olhou, mas não conseguiu compreender em qual direção estava a Raio de Luz. Aquela vista era realmente privilegiada.

Vários gatos descansavam, alguns ao sol, outros à sombra. Enquanto alguns dormiam, outros lambiam os pelos, fazendo a higiene. Um pouco abaixo da casa, alguns animais pastavam calmamente num campo. "Tem que ser aqui", pensou Luna. Aquela devia ser a casinha branca que se avistava lá de baixo.

Depois da casa, havia uma estrada, um acesso que levava até um enorme galpão nos fundos, na frente do qual estava uma camionete à sombra e, ao lado, um arvoredo com frutas, onde pássaros faziam uma grande algazarra.

Pelo lado esquerdo da casa, um pouco acima, depois de um gramado, algumas araucárias. Nelas, no alto, tramadas nos galhos, grandes ninhos de caturritas, as quais faziam também um enorme alarido, como se estivessem em uma festa.

Ao chegar perto da casa, já no limite de suas forças, quando estava por bater palmas para chamar quem estivesse em casa, um dos gatos, o que tinha as cores preto e branco, aproximou-se dela, miando amistosamente, e lhe fez carinho, roçando em suas pernas.

Nisso, a porta da casa se abriu, e um homem loiro, de olhos azuis, apareceu.

– Pois não, senhora! Precisa de alguma co…

Fitando os olhos na recém-chegada, o homem engasgou e não conseguiu terminar a frase, diante da surpresa que o momento estava lhe apresentando.

– Ei, espere! Você é… É sim… O que você está fazendo aqui?

Suarenta e completamente extenuada pela caminhada, Luna estava tão desatinada que não compreendeu qual era a razão da surpresa daquele homem. Como assim? Por que a surpresa? Quem era ele? E quem ele pensava que ela era?

E, assim pensando, bastante debilitada e vencida pelo cansaço da caminhada, Luna perdeu os sentidos.

26 O SUMIÇO DE LUNA

Era metade da manhã quando as crianças deram o sinal: Joaquim estava chegando com dois porcos pequenos, amarrados por cordas.

— Joaquim! Joaquim! Onde você caçou estes porcos? – quis saber Lorenzo, que se aproximava correndo, assustando os dois porquinhos.

Junto a ele, as outras crianças e Anny também se aproximaram, curiosas, com os olhinhos brilhando para os dois porquinhos.

— Na verdade, não cacei, Lorenzo, busquei na Recanto dos Ipês: foram doados pelo Nicolau Moraes.

— Puxa, que legal! Ontem você chegou com os bois, a vaca e o terneirinho. Hoje, com os porcos. O que vai trazer amanhã? Cabras e coelhos? – perguntou Anny, arrancando sorrisos de todos.

* * *

Após Joaquim soltar os porquinhos no chiqueiro, dando-lhes milho e água, as crianças seguiram Benzinho e Joaquim até os fundos da propriedade. Lá, ajudaram na preparação dos canteiros, movimentaram-se, fizeram sulcos e afrouxaram, mexeram e remexeram na terra.

Após o almoço, novamente com feijão, arroz e polenta, depois que o sol já não estava tão forte, Benzinho e as crianças – com exceção de Thor e Rick, que ficaram ajudando dona Feliciana, e de Henry, que resolveu ficar próximo da casa e do lago, no gramado – foram efetuar o plantio das hortaliças.

Joaquim, quando estavam se aproximando da horta, disse:

— Hoje é um dia adequado para fazermos o plantio por duas razões: pela fase da lua e porque a previsão do tempo do rádio disse que vai chover.

— Coisa boa! – completou Benzinho. – Vai passar esse calorão e essa sensação de abafamento.

Chegando na horta, Joaquim alcançou para as crianças baldes e bacias e pediu que trouxessem água do arroio, pois seria com essa água que ele iria plantar as hortaliças.

Essa atividade foi a melhor das festas para as crianças, pois, na maioria das vezes, baldes e bacias chegavam quase vazios dentro da horta, porque no trajeto já tinham molhado uns aos outros.

Anny, que estava junto, no começo ralhou com um e outro, pedindo atenção para não derramarem água e para não se molharem. Mas ela não deixava de ser uma criança grande, e logo aderiu também à brincadeira.

Cecília, a certa altura, quando subia o barranco com um balde cheio d'água, equilibrando-se e segurando ao mesmo tempo seu gato Tedy, sem querer virou o balde inteiro, molhando a terra e, como se se desequilibrasse, desceu escorregando na terra molhada e indo parar dentro do arroio. Tchibum!

Correram para acudir a pequena, que tomou uns goles d'água pela queda abrupta. Contudo, quando chegaram até lá, como era baixinho onde caiu no arroio, ela sorria feliz da vida.

– Salvem ele! Salvem ele!

Era o gato de pano dela que, no tombo, ela não conseguiu segurar e estava descendo correnteza abaixo. Thor, de forma ágil, lançou-se na direção do boneco, dando um mergulho e mergindo junto dele, salvando-o.

– Pronto, mamãe Ciça! O Tedy está salvo!

Lorenzo, que riu à beça quando Cecília desceu desajeitada caindo na água, teve uma ideia. Jogou mais água de propósito naquela rampa improvisada, deixando-a lisa e escorregadia, e preparou a melhor das brincadeiras daquela tarde: o escorregador de barro.

As crianças se revezavam, cuidando para não faltar água para Joaquim e Benzinho na horta, e, nos intervalos, aproveitavam para escorregar no lodo daquela rampa improvisada. Anny foi a que mais aproveitou a rampa, mal chegava lá embaixo, no arroio, tchibum!, corria para descer e escorregar na rampa de novo.

Enquanto isso, experiente e cuidadoso, Joaquim molhava cada cova com uma medida certinha de água e fazia o plantio, juntando a raiz da frágil plantinha à terra umedecida, a seguir dando uma leve apertadinha. "É para não deixar vãos de ar e ocos junto da raiz", dizia ele.

No final da tarde, Joaquim e Benzinho sentaram-se num cepo, dentro da horta, e ficaram por um tempo apreciando o resultado de seu trabalho: as mudinhas verdinhas, frágeis, plantadas em diversos canteiros. A missão estava cumprida.

– Teremos um serviço a mais a partir de agora – disse Benzinho. – Todos os dias precisaremos regar as plantas, até que todas tenham pegado.

– Nada que eu já não faça com as dos outros canteiros. Mas sim, agora aumentou bastante a horta, uma ajuda será muito bem-vinda!

Nisso, os pequenos se aproximaram dos dois, numa algazarra sem tamanho. Para surpresa dos adultos, as crianças, inclusive Anny, estavam com as roupas embarradas e completamente encharcadas.

– Feliciana e Luna vão dar uma bronca e tanto em todos vocês devido a essa sujeira toda! – disse Benzinho.

– Meu Senhor! – disse Joaquim. – Cecília do céu, olhe para você! Só se enxerga seus olhos e seus dentes. Como vocês estão sujos! Vai sobrar até para nós!

Fez-se um silêncio por alguns instantes, logo quebrado por Hanna, como se tivesse descoberto uma fórmula mágica.

– Tenho uma ideia que deverá nos salvar. – disse ela, referindo-se inclusive aos dois adultos. – Venham comigo.

**

Quando Benzinho chegou com as crianças, já estava escurecendo.

– O que aconteceu? – quis saber uma preocupada Feliciana, sob o olhar também de Henry, que naquele momento estava na cozinha com ela. – Por que as crianças estão "pingano água"?

– Plantamos todas as hortaliças e depois as crianças foram tomar banho no arroio.

– Foi muito divertido! – disse Hanna, desconversando.

– Mas credo! E essa sujeira toda "sinifica o quê"?

– Que sujeira que nada, amanhã a gente ajuda a lavar! – disse Anny. E sem pestanejar já foi ordenando: – Crianças, 'bora para o banho e depois colocar roupas secas e quentinhas!

– Thor e Rick devem estar "saíno do banho agora!" – disse Feliciana. – Se aprontem logo e venham "ajudá a prepará a janta".

E virando-se para Benzinho:

– E você "tamém, meu amori, tá muito sujo... Vá tomá um banho prá tirá o encardido".

As crianças riram diante da fala de Feliciana e entraram na casa falantes e tagarelas, numa enorme empolgação.

* * *

Já estava escuro lá fora. Dona Feliciana estava colocando o jantar à mesa, apreensiva. Benzinho e as crianças já estavam na cozinha, todos de banho tomado, todos em silêncio.

Pairava no ar um quê de mistério, de preocupação, de ansiedade. Todos se entreolharam, com os olhos arregalados, mas ninguém tinha coragem de tocar no assunto.

Até que Cecília, a pequenina, perguntou:

– Gente, não estão achando estranho a nossa mamãezinha não ter chegado ainda? Tedy está muito preocupado!

– É mesmo! – concordou Alícia. – Será que ela foi embora?

– Eu não quero que ela vá embora! – falou Lorenzo, já choramingando.

E Cecília, que não pagava imposto para chorar, logo acompanhou o amigo, iniciando também um choro baixinho, enfiando o rosto na barriga de Tedy.

– Ela saiu cedo, a pé… Disse que voltaria até a noite. Mas não voltou… – completou Anny.

O clima pesou mais ainda, uma tristeza enorme invadiu a todos na cozinha. Podiam se ouvir fungadas aqui e ali. Até Feliciana e Benzinho precisaram enxugar lágrimas sinceras e silenciosas que insistiam em rolar rosto abaixo.

– Não chorem, crianças! – disse Benzinho. – Luna não deve ter ido embora… No máximo pode estar perdida por aí…

Benzinho quis ajudar com seu comentário, mas alcançou o efeito contrário. As crianças imediatamente se puseram a imaginar o que poderia ter acontecido a ela se de fato tivesse se perdido na floresta.

– Se ela fosse indígena, certamente saberia sobreviver na floresta… – disse Kauã, querendo enaltecer as qualidades da sua raça, mas, igualmente, levando ainda mais preocupação aos demais.

– Eu não estou com fome! – disse Hanna.

– Eu também não quero nada! – completou Lorenzo.

E assim, uma a uma, as crianças foram declinando de jantar, preocupadas que estavam com Luna.

– Mas se ninguém comer, a "bóia vai esfriá"! – reclamou uma Feliciana triste, mas que sabia que também não conseguiria comer, afinal, ela também tinha se afeiçoado à Luna.

Enquanto a comida esfriava na mesa, os pequenos se ajeitaram perto da porta ou das janelas, observando a escuridão da noite, tristes, em silêncio.

Onde estaria Luna? O que será que tinha acontecido? Olhando para aquele breu, com mil pensamentos na mente, no fundo nutriam a esperança de que Luna pudesse estar bem e, mais, que a mamãezinha pudesse chegar a qualquer momento.

27 ABRIGO AOS NECESSITADOS

Controlada a lepra por meio dos medicamentos, os que estavam confinados na Raio de Luz foram orientados a retornar ao convívio familiar e social.

Muitos voltaram para suas famílias na fazenda Recanto dos Ipês, agora desmembrada em 11 propriedades e onde os 11 herdeiros continuaram a trabalhar como sempre fizeram.

Outros, diante da falta de Pedro e de dona Vitória, não quiseram continuar e resolveram mudar para outras paragens, a tentar nova vida e a viver novos ares.

Ficaram morando na Vila apenas a Sra. Martha, que era a governanta do local, a qual tinha apenas a mãe de parente vivo, com a qual tinha divergências, motivo pelo qual não quis retornar para casa; e mais duas famílias descendentes de escravos: a de João do Congo e sua esposa, Fêla, já bem idosos; e a de Nhô Dilamini e Juçara (que tinham somente um filho, de nome Joaquim, o qual tinha nascido no mesmo ano da morte de Pedro Moraes).

Dr. Diógenes não se importou que eles ficassem morando no local, especialmente para que o local não ficasse abandonado e tivesse alguém constantemente por ali, para tomar conta de tudo.

Nos últimos anos da década de 60, após o início do governo militar, a Sra. Martha, sempre muito solidária e apaixonada pela caridade e por ajudar o próximo, em suas idas ao povoado, sempre trazia de lá, para morar na Vila, pessoas que estivessem passando por dificuldades.

Ela dizia que o local estava aberto para quem precisasse. Primeiro trouxe um andarilho que passara a morar na rua depois de uma grande desilusão amorosa; depois trouxe dois homens que viviam em situação de mendicância; e depois algumas famílias paupérrimas.

Não demorou muito e a fama de lugar de abrigo aos necessitados correu nos povoados vizinhos, fazendo com que inclusive crianças fossem abandonadas no portão da Raio de Luz, visto que as notícias indicavam que ali encontrariam um pouco de dignidade para viver.

Desse modo, com a ajuda inclusive daqueles que estavam abrigados na Vila, Martha ia administrando o lugar conforme podia, nas melhores condições possíveis.

Firme no propósito que tinha combinado com Pedro Moraes, de cuidar da Vila Raio de Luz, Dr. Diógenes, que também era um apaixonado pela vida e pelas causas sociais, continuou a visitar o lugar frequentemente, dessa vez consultando os moradores da Vila, crianças, jovens e idosos. Os hóspedes geralmente ficavam um tempo e depois iam embora, mas alguns foram ficando.

O rádio trazia as notícias da Copa do Mundo de 1970 quando João do Congo e sua esposa, Fêla, ambos em avançada idade e doentes pela velhice, morreram com uma diferença de apenas dois dias um do outro.

Já não se levantavam da cama: eram Martha e os demais hóspedes da Vila que lhes traziam comida, cuidavam da higiene, limpavam a casa. Primeiro foi ele; deu um gemido e expirou. Nem bem tinham se recomposto do velório e do enterro e ela também findou, em paz, dormindo, como uma vela que se apaga. "Ele veio buscá-la", disse Josué, que era andarilho antes de chegar na Vila.

Já bastante idoso e com dificuldades de locomoção, o Dr. Diógenes se viu forçado, a contragosto, a diminuir as idas à Raio de Luz. No começo, um motorista o levava uma vez por mês. Depois, as visitas foram rareando, e a notícia então chegou de que ele estava com a doença do esquecimento, que alguns chamavam de caduquice, mas que a ciência médica chama de doença de Alzheimer.

Na Raio de Luz, iniciaram-se então tempos difíceis: Martha deixou de contar com apoio médico e com os suprimentos que o Dr. Diógenes trazia da cidade a cada nova vinda. E, ainda que a horta de Nhô Dilamini, Juçara e do menino Joaquim, nos fundos da propriedade, produzisse bastante, não era suficiente para o número de pessoas que estavam na Vila.

Com isso, escasseando os alimentos, ainda que tivessem plantado feijão, abóboras, milho, aipim e outras culturas, aos poucos os hóspedes foram indo embora, menos aqueles que não tinham lugar para ir.

Juçara morreu picada por uma cobra-coral. Foi questão de horas e estava morta. Nhô Dilamini, desgostoso, morreu um ano após, deixando a missão de cuidar da horta para seu filho, Joaquim.

Em novembro de 1982, dias após a inauguração da maior hidrelétrica do mundo, a Usina Hidrelétrica de Itaipu, pelos presidentes João Figueiredo e Alfredo Stroessner, morreu o Dr. Diógenes.

Foi quando a Vila Raio de Luz ficou de herança, via testamento, para o filho mais novo de Diógenes, Silas, que estava cursando medicina. A ideia do pai, manifestada em conversas com o filho, enquanto ele ainda estava lúcido, era que Silas abrisse no local um clínica sanatório ou algo do tipo, para manter viva a vocação e a história linda daquele lugar.

28 POR OUTRO ÂNGULO

Ambrósio olhou o relógio, ele estava dirigindo há quase três horas e estava próximo do Posto Coxilha, o preferido de viajantes e caminhoneiros naquela região. Ali ele pararia para esticar as pernas, tomar um café e fazer um lanche.

Ele saiu muito cedo do apartamento da filha, na capital. Ela não queria que o pai saísse sem tomar um café, mas ele a convenceu de que era muito cedo: ele tomaria um café em algum ponto da estrada.

Ayla era filha única. Quando a esposa morreu, Ayla tinha nove anos, e, a partir daquele momento, Ambrósio passou a viver inteiramente para a filha. Trabalhador dedicado, além de pai, passou a ser também mãe. E nunca deixou faltar nada para aquela filha amada, sempre incentivando-a a estudar.

Ele próprio não tivera oportunidade de fazer faculdade. Chegou a iniciar o curso de história, o seu sonho, mas precisou parar no segundo semestre porque a namorada engravidou e ele precisou assumir as suas responsabilidades. Mas, reconhecendo a importância do estudo, fez das tripas coração para que pudesse realizar o seu próprio sonho na filha.

Quando ela terminou o ensino médio e decidiu fazer engenharia agronômica, foram os dias mais difíceis para ele, porque, para cursar faculdade, ela precisaria se mudar para a capital.

Com uma dor no coração, pelo afastamento que se avizinhava, ele alugou um apartamento para ela próximo da faculdade, deu-lhe mil e uma recomendações e, seguindo o conselho do padre Gabriel, deixou o restante nas mãos de Deus.

Mas agora ela já estava no último semestre, perto de se formar. Não faltava muito. "Vou voltar para o interior para ficar perto de ti, pai", dizia ela, "quero ajudar no manejo da lavoura, da pecuária e das lidas do campo".

Despediu-se dela com um beijo caloroso e um abraço demorado. Ainda seria necessário mais algum tempo longe dela.

Ao sair, naquela hora da manhã, a capital recém estava acordando e, com o movimento no trânsito ainda pequeno, ele conseguiu atravessar toda a área urbana com relativa tranquilidade, sem tranqueira, alcançando a rodovia que lhe levaria ao interior quando o dia começava a clarear.

De longe, avistou o Coxilha e ligou a seta, indicando que deixaria a rodovia. Saiu para o acostamento à direita e esperou os carros atrás dele passarem, quando então, na pista livre, atravessou e adentrou na área do posto.

Encostou em uma bomba e pediu ao frentista para completar o tanque, afinal, ainda tinha um trecho a fazer até chegar em casa. Pagou a conta e manobrou, buscando uma vaga livre no estacionamento do posto.

Desligou a camionete e, ainda antes de descer, espichou as pernas e se espreguiçou, dando um bocejo gostoso. Fechou a camioneta no controle e cumprimentou com um sonoro "bom dia" um viajante que estava de saída, descendo os degraus do estabelecimento.

Foi primeiro ao banheiro, onde teve uma sensação prazerosa enquanto esvaziava a bexiga, que estava quase estourando de tão cheia.

Enquanto lavava as mãos, desejou já estar em casa, afinal, tinha vários afazeres na propriedade, mas se tranquilizou ao recordar que Renato tinha ficado tomando conta de tudo nesses dias em que ele precisou viajar para a capital.

E, ademais, já estava no Posto Coxilha, já tinha vencido grande parte do percurso, não demoraria para estar de volta em casa, no seu porto seguro.

Sentou-se a uma mesa e, antes que o garçom que se aproximava abrisse a boca, disse:

– Que cheirinho gostoso vem da cozinha, já posso almoçar?

Sem esperar por uma pergunta daquele quilate, o rapaz magricela, meio sem jeito, respondeu:

– Olha, o almoço ainda não está pronto, mas se o senhor puder esperar, vai comer um churrasco de qualidade, a carne já está espetada, daqui a pouco vai para o fogo!

– Não! – desconversou ele. – Estou brincando. Meio-dia quero estar em casa já. Traga um copo bem grande de suco de laranja e um pastel de frango tamanho família.

Enquanto esperava o garçom trazer o seu pedido, observou que uma senhora entrou no restaurante.

Ela fez um giro no salão e sentou-se a uma mesa ao lado. O garçom veio até ela e tirou o pedido, retornando para a cozinha no mesmo pé em que veio.

Para não ser descortês ou deselegante, Ambrósio cuprimentou gentilmente a recém-chegada:

– Bom dia, senhora! Está um belo dia para viajar, não? A senhora está indo para onde? – E logo após um instante:

– Bom dia! – respondeu ela. – Sim, um belo dia para viajar!

Percebeu o embaraço e o tom de voz seco dela, como se ele a estivesse incomodando ou como se algo a estivesse incomodado. Talvez não devesse ter puxado conversa... Mas ele era comunicativo, gostava de conversar com as pessoas.

– Minha filha está morando na capital – disse, justificando-se –, fui resolver uns negócios lá, mas já estou voltando, logo deverei estar em casa.

Notou que ela respondeu apenas chacoalhando a cabeça afirmativamente e, em seguida, disse apenas:

– Com licença. – e levantou-se da mesa, indo em direção ao banheiro.

Definitivamente, pensou Ambrósio, é alguém que não está a fim de conversar com ninguém.

Não demorou muito e o garçom trouxe o seu pedido. Tomou primeiro alguns goles do suco, apreciando o gostinho da laranja. E logo depois, quando já tinha começado a comer o pastel, viu que aquela senhora retornava do banheiro.

"Vou ficar quieto, já vi que ela não gosta de conversar", pensou Ambrósio. E, assim, continuou a fazer seu lanche calmamente, enquanto o garçom trazia para ela uma xícara de café e um sanduíche prensado.

De sua posição, como estava de frente, na mesa ao lado, viu que ela começou a tomar o café e a comer o lanche. Mas também notou, pouco tempo depois, que ela soltou o lanche e se encurvou na mesa, num movimento estranho.

Será que ela não estava se sentindo bem? Alguma dor, talvez?

– A senhora está bem? – perguntou Ambrósio, vendo que alguma coisa a estava incomodando.

– Acordei um pouco indisposta hoje, mas vai passar, não se preocupe! Cuide da sua vida!

Ambrósio, sem compreender exatamente o que estava se passando com aquela estranha, ainda a viu se contorcendo um pouco mais e notou que seu rosto empalideceu de repente.

Entretanto, diante daquela grosseria: "cuide da sua vida!", virou-se para o outro lado, continuando seu lanche de costas. Agora era ele quem não queria papo nem ver aquela mulher estúpida.

Continuou a comer o pastel de frango, que estava delicioso, sorvendo goles generosos de suco de laranja. Ao terminar, virou levemente a inclinação do corpo e viu de canto de olho que aquela senhora não estava mais ali.

Sobre a mesa ao lado, ainda estava a xícara de café, o sanduíche prensado, praticamente inteiro, e a bolsinha dela.

Olhou o entorno do salão, mas não a enxergava. "Será que tinha retornado ao banheiro?"

Após esperar um pouco, foi ao caixa e, ao pagar a sua conta, perguntou:
– Viu onde foi aquela senhora que estava sentada ao meu lado?

Solícita, a jovem que estava no caixa respondeu:
– Aquela senhora parecia estar aérea, ela recém pagou a conta e saiu, nem pegou o troco! Vi pelo vidro que ela parecia apressada, arrancou o carro cantando pneus.

Ambrósio agradeceu e retornou à mesa, onde estava a bolsinha daquela desconhecida. Abriu-a na intenção de encontrar ali o número de telefone dela para avisar daquele esquecimento.

Ao abrir, não encontrou nenhuma identificação da proprietária, mas ficou bastante surpreso ao encontrar ali dentro uma enorme soma de dinheiro em espécie.

– Puxa vida! Por que será que aquela mulher andava com uma quantia tão grande de dinheiro? Que desatenção a dela, deixar a bolsinha para trás. Este dinheiro certamente fará muita falta para ela!

Ambrósio fechou a bolsinha e retornou ao caixa, perguntando:
– Viu com que carro ela estava? E qual direção tomou?

* * *

Na rodovia, sentido serra, Ambrósio tomou a direção que a jovem do caixa tinha dito que a senhora tinha tomado, que, por sinal, também era o seu trajeto.

Ele não gostava de andar acima da velocidade, mas acelerou o que pôde, porque havia um bom motivo. A camionete tinha uma excelente estabilidade e ele haveria de alcançar não muitos quilômetros à frente o carro daquela desconhecida.

O que Ambrósio queria era fazer uma boa ação: ainda que aquela mulher tivesse sido ríspida, ele queria simplesmente devolver aquela bolsinha para ela.

Dirigiu assim por cerca de uns 20 minutos, quando, antes da ponte da morte – a ponte em curva em que muitos tinham se acidentado e perdido a vida –, reduziu a velocidade para passar com segurança.

E foi ali que avistou uma mulher perigosamente no parapeito da ponte. "O que será que aquela mulher está fazendo ali?" À medida que se aproximava, viu que ela tirou algo do pulso, seria o relógio?, e atirou aquele objeto ao longe, no vazio.

"Esta mulher quer se matar! Só pode! Preciso impedi-la de fazer isso!", foi o único pensamento que lhe veio à mente.

Pensou em parar a camionete sobre a ponte, junto da mulher, mas ao mesmo tempo mudou de ideia, pois seria uma imprudência parar ali, visto que o risco de acidente seria muito grande. "Passando a ponte tem um recuo onde posso parar!", pensou Ambrósio.

Ligou o pisca-alerta e cantou pneus na frenada, pulando o mais rápido que pôde da camionete, deixando-a ligada ao lado do carro que, pela descrição da moça do caixa, deveria ser o da mulher. Arfante, foi na direção daquela louca, que, naquele momento, estava de braços abertos, fitando o vazio.

Correndo a passos largos, pedia a Deus que chegasse a tempo de evitar aquela tragédia. Ao chegar perto, viu que ela se balançava frágil ao sabor do vento forte. Uma encostadinha qualquer nela era o suficiente para ela desequilibrar-se e voar despenhadeiro abaixo.

– Ei, senhora! – gritou, com o coração já quase a saltar do peito.

Como ela não o ouvira, ao se aproximar, chamou de novo, de forma mais enérgica.

– Senhora! Não se mexa!

Arfante, alcançou aquela desconhecida e a abraçou firme por trás, quando o corpo dela já estava prestes a se lançar no vazio.

– Venha comigo! – disse em voz alta, agradecendo a Deus em pensamento por ter conseguido chegar a tempo.

Sem titubear, Ambrósio foi puxando pouco a pouco a mulher pela cintura, tirando-a do meio da ponte e levando-a para onde estavam os carros.

– Venha comigo! Vai ficar tudo bem!

Ambrósio levou aquela desconhecida àquele que presumia ser o seu próprio carro e a fez se sentar no banco do motorista. Com o coração ainda acelerado diante da tragédia que quase se consumou, só então Ambrósio conseguiu respirar com tranquilidade.

– Acorde! Volte a si! A senhora parece não estar bem! – disse ele.

Nisso, recobrando a consciência, a mulher reagiu novamente com a mesma grosseria que tinha reagido no restaurante.

– Saia já daqui! Não preciso de ninguém!

Confuso, sem saber exatamente o que responder, Ambrósio apenas disse:

– Acalme-se! Eu apenas quis ajudar. Logo vou embora. A senhora saiu apressada do restaurante e deixou esta bolsinha sobre a mesa.

Ambrósio alcançou a bolsinha para a mulher, que, por um momento, ficou sem reação. Aproveitando o silêncio, ele disse:

– Eu a abri para ver se tinha algum número de telefone seu para que eu pudesse lhe avisar desse esquecimento, mas não tinha. E quando vi esta quantia de dinheiro dentro dela, imaginei que iria lhe fazer muita falta. Por isso, saí logo atrás de você, seguindo na mesma direção que você tinha tomado.

– Agradeço por sua gentileza, moço. Muito obrigada! Mas agora já estou bem. O senhor já pode ir embora!

"Que mulher louca", pensou Ambrósio. "Mas cada qual com seus problemas."

– Está um belo dia para viajar, Senhora! – disse, na esperança de motivar aquela desconhecida a não cometer nenhuma nova loucura. Mas tal comentário motivou uma fúria desmesurada dela, que respondeu gritando:

– Por favor, vá embora! Quero que vá embora!

Para encerrar o diálogo e vendo que a mulher estava irredutível, Ambrósio apenas disse:

– Assim farei! A senhora logo haverá de estar bem! Saiba aproveitar a sua vida! – E virou as costas, também bravo pela intolerância dela, arrancando a camionete com ímpeto e tomando a seguir a estrada.

"Que mulher doida e mal agradecida! Salvei-lhe da morte, devolvi-lhe a bolsinha com o seu dinheiro e ela ainda me xinga! Louca. Não duvido que não tente de novo consumar o ato que consegui impedir por ter chegado na hora certa!"

* * *

Completamente surpreso ao ver aquela mulher em frente da porta da sua casa, em fração de segundos, Ambrósio recordou-se do encontro fortuito que teve com ela alguns dias antes e dos acontecimentos que com ela foi protagonista.

Aparentando estar muito debilitada, sem falar coisa alguma, ela perdeu os sentidos. Então Ambrósio segurou-a como pôde para que não caísse e, pegando-a no colo, desacordada, levou-a para dentro.

* * *

Luna abriu os olhos e, ainda sem a compreensão exata de onde estava, viu que estava deitada num sofá em uma sala ampla e *clean*, com móveis minimalistas e com alguns gatos a lhe espreitar.

Na parede ao lado dela, um grande quadro emoldurado trazia uma imagem surrealista e, sobre ela, vários dizeres, no que parecia ser uma poesia. Luna leu o que estava escrito:

"A vida...
A vida são deveres que nós trouxemos pra fazer em casa.
Quando se vê já são seis horas!
Quando se vê, já é sexta-feira...
Quando se vê, já terminou o ano...
Quando se vê, passaram-se 50 anos!
Agora, é tarde demais para ser reprovado...
Se me fosse dada, um dia,
outra oportunidade,
eu nem olhava o relógio.
Seguiria sempre em frente
e iria jogando, pelo caminho,
a casca dourada e inútil das horas...
Dessa forma eu digo,
não deixe de fazer algo que gosta devido a falta de tempo,

a única falta que terá, será desse tempo,
que infelizmente não voltará mais.

Mário Quintana".

Aquele conteúdo do quadro era como um grande conselho para sua vida. O tempo de sua vida realmente não voltaria atrás... E ela agora tinha apenas uma réstia de tempo de vida, três meses no máximo... mas poderia até ser menos...

De súbito, viu um homem loiro, com olhos azuis e careca adentrar rapidamente na sala com um copo d'água na mão.

– Beba um pouco de água! Vai lhe fazer bem. Você parece cansada e com sede.

Em silêncio, Luna tomou alguns goles de água, enquanto ordenava o pensamento. Ela lembrava da Raio de Luz, de onde estava indo, dos objetivos que tinha em mente. Mas aquele homem... Parecia que ela já tinha estado com ele antes? Quem era ele?

Tentou erguer o corpo para sentar-se, mas a cabeça girava. Não conseguiu.

– Fique deitada no sofá mais um pouco. A senhora teve um mal súbito. Desmaiou assim que chegou! – disse o homem.

Aquela voz. Ela já ouvira aquela voz antes. Quem era aquele homem? Nisso, Luna conseguiu dizer algumas palavras:

– Estou com a cabeça rodopiando e doendo... Me desculpe chegar assim na sua casa.

– Não tem problema. A senhora logo haverá de estar bem.

"A senhora logo haverá de estar bem!" Ouvir essa frase foi para Luna como despertar de um sono inebriante. A frase ecoou nas profundezas de seu inconsciente... Esta voz... Este homem... "A senhora logo haverá de estar bem!" Sim... Agora ela lembrou.

– Ei... O senhor não é o homem do restaurante? O homem da ponte? Que me devolveu a *nécessaire*?

Completamente surpresa, Luna percebeu também a surpresa daquele homem, que, com os olhos arregalados, simplesmente pôde responder:

– Sim, sou eu mesmo. Ambrósio, ao seu dispor!

29 O GRANDE FAVOR

Um momento de grande espanto se instaurou na sala, um grande silêncio se fez presente, com ambos olhando um para o outro. Em um dado momento, Luna arriscou dizer:

– Ambrósio, deixe primeiro eu me apresentar: eu sou Luna, enfermeira aposentada, e estou passando uns dias na Raio de Luz.

– Prazer, Luna! – disse ele, estendendo a mão.

– Quero me desculpar pelo mau juízo que fiz de você no restaurante e inclusive depois, na ponte, quando fui estúpida e grosseira, enquanto você apenas estava querendo ser gentil e, depois, me ajudar.

– Eu imaginei que você estivesse atravessando um momento ruim.

– Depois que você saiu, na ponte, eu me senti muito envergonhada e, sinceramente, achei que não ia viver para te encontrar e poder me desculpar. Você aceita minhas desculpas? – perguntou ela.

– Tá tudo bem! Sinta-se desculpada!

– Coisa boa! Fico com a consciência menos pesada ouvindo isso. – disse Luna, agora conseguindo sentar no sofá.

– Outra coisa, vim até aqui para lhe pedir um grande favor, em nome de todos os moradores da Raio de Luz.

– Raio de Luz? A que fica ao lado da fazenda Recanto dos Ipês, que era do Pedro Moraes?

– Isso! Lá mesmo!

– Puxa, Luna, eu passo ali seguido e sempre quis saber a história e conhecer a Raio de Luz. É verdade que no local funciona ou funcionava uma clínica para doentes da lepra – e seguiu, dando um passo atrás –, aquela doença contagiosa do tempo de Jesus Cristo?

Luna ficou surpresa com a pergunta.

– Lepra? Não sabia disso, mas o Joaquim se referiu a mim contando que o lugar surgiu depois de uma "doença ruim" que exigia isolamento.

– Sim! Quando comprei esta propriedade – continuou Ambrósio, a certa distância de Luna –, me falaram que nessa Raio de Luz eram tratadas as pessoas contaminadas com essa doença ruim, que era contagiosa.

— Vi que deu um passo atrás quando falou da lepra. Mas não se preocupe. A hanseníase, que é o nome dessa doença, já foi controlada.

— Ah, bom! - respirou aliviado Ambrósio, coçando o queixo. – Mas... você... você não tem esta tal hanseníase, né?

— Não querido, eu não tenho! E mesmo que tivesse, você poderia ficar tranquilo, porque hoje a hanseníase tem tratamento, as pessoas doentes podem circular sem nenhum impedimento e sem contagiar ninguém.

— E como é por dentro da Raio de Luz? É verdade que era uma vila autossuficiente que tinha até cemitério, moinho, serraria e uma igreja?

— Sim, é verdade! - disse Luna, rememorando o que tinha vivido nos últimos dias. – Mas hoje a vila está praticamente desabitada.

— E quem mora lá hoje? – quis saber, curioso.

— Lá moram Joaquim, os caseiros Benzinho e dona Feliciana, nove crianças entre 8 e 14 anos e, agora, mais eu. Somos ao todo 13 pessoas.

— As crianças são uns amores. – continuou Luna. – Eu me apaixonei por elas! E elas por mim, o amor foi recíproco. Elas inclusive passaram a me chamar de mamãezinha.

— Mamãezinha? Que legal.

— Você vai conhecê-las, Ambrósio, e tenho certeza de que também vai se apaixonar por elas!

— Eu também gosto muito de crianças! Tenho uma filha que mora e estuda na capital, a Ayla, ela está cursando o último semestre, vai ser engenheira agrônoma.

— Que legal! Parabéns!

— Sim, no dia em que nos encontramos na lancheria e depois na ponte, eu estava voltando do apartamento dela.

— Que legal! Estudar e ampliar conhecimentos é sempre muito bom. Aliás, quero aproveitar e fazer um convite a você: quando tiver um tempo, vá nos visitar para conhecer a Raio de Luz.

— Sério? Posso ir mesmo?

— Claro, Ambrósio, certamente serás bem recebido. Será um prazer para todos nós!

— Tá certo, vou sim. Sempre quis conhecer a Raio de Luz. – E, depois de uma pausa: – Deixa perguntar outra coisa, Luna: então a Raio de Luz está atualmente funcionando como uma casa de acolhimento de crianças, isso?

— Não exatamente. Ainda que as crianças tenham chegado por circunstâncias diversas e tenham ficado, ainda que pareça ser algo como um orfanato, e ainda que algumas crianças tenham hanseníase, na verdade a Raio de Luz é hoje como uma simples casa de interior onde vivemos como uma família.

— Hummmm... — fez Ambrósio, matutando o relato de Luna. Entendi. — Deixando passar um instante, perguntou: — E qual seria o grande favor que você disse que veio até aqui me pedir?

Nisso, antes que Luna respondesse, um homem com chapéu de palha apareceu na enorme janela da sala, pelo lado de fora, e disse:

— Seu Ambrósio, Mônica está com o almoço na mesa, é para o senhor vir almoçar!

— Tá bem, Renato! — respondeu ele, virando-se para seu interlocutor. — Em seguida estarei lá. Comente com Mônica que temos visita, Luna é nossa vizinha, mora na Raio de Luz e vai almoçar conosco!

Pega de surpresa, Luna tentou desvencilhar-se daquele almoço.

— Ambrósio, eu não vou almoçar! Se não se importar, eu ficarei no gramado aqui na frente da casa enquanto você almoça. E depois continuamos nossa conversa.

— De jeito nenhum! Você vai almoçar conosco e não se fala mais nisso!

* * *

Renato e Mônica moravam numa casa localizada atrás do galpão, era uma moradia simples, mas ampla e espaçosa. Quando chegaram, Mônica foi logo dizendo:

— Bem-vinda, vizinha! Não repare na nossa simplicidade! A mesa está posta, podem ir lavar as mãos no banheiro para almoçarmos. — disse, apontando para um cômodo da casa.

Envergonhada e bastante sem jeito, Luna agradeceu e pediu licença, indo ao banheiro, onde tratou de não demorar, lavando rapidamente as mãos. Ao sair, Mônica já estava com a cadeira afastada, indicando onde ela deveria se sentar.

Enquanto Ambrósio lavava as mãos, Mônica disse a ela baixinho, para que do banheiro não fosse audível:

— Que coisa boa ver a senhora por aqui! Ambrósio vive muito sozinho, sabe?! — e piscou o olho para ela. — Depois da morte da mulher, nunca se interessou por nenhuma outra! A falecida foi sua primeira namorada e seu grande amor.

Um rubor subiu à face de Luna instantaneamente, desconcertando-a, enquanto Mônica sorria disfarçadamente para ela e Renato olhava para a esposa como que a repreendendo.

Ambrósio retornou, sentou-se ao lado de Luna, e então Renato e Mônica sentaram-se também.

– Sirva-se, Luna! – disse Ambrósio. – Há na mesa comida suficiente para nós!

Completamente sem jeito, sem querer fazer desfeita, Luna serviu uma porção mínima em seu prato. Aguardou os demais se servirem também e então, moderadamente, comeu um pouquinho de feijão, arroz, batatinha refogada, "preguiça de mulher", carne e salada verde.

Atenta, observou que haviam três tipos de saladas à mesa, uma verde, que ela servira, cenoura com beterrabas e tomate com cebola. E logo lembrou da realidade na Raio de Luz: comida muito básica, sem verduras e saladas e com menos variedades. O sonho de Anny precisava mesmo virar realidade.

Renato aproveitou para fazer ao patrão alguns relatos do serviço realizado pela manhã. Ele estava fazendo um aumento no galpão e pediu ao patrão que comprasse mais dois pacotes de pregos 17x27 e um disco de corte para a makita, porque o anterior estava cego, disse ele.

Luna ouvia a conversa, mas o pensamento estava longe. Quem diria que ela estaria hoje almoçando na casa do homem que a salvou de fazer uma besteira na ponte? Quem seria capaz de dizer, na Raio de Luz, que hoje ela estaria ali, almoçando na casa daquele a quem muitos consideravam um bruxo e feiticeiro?

Assim pensando, Luna focou a atenção no sabor e nos aromas. Aquele tempero diferente e gostoso da comida de Mônica lhe aguçou o paladar. Que comida boa, pensou ela. Quando os demais a instigaram para repetir, sem pestanejar ela repetiu novamente, já se sentindo mais à vontade.

Terminado o almoço, Mônica serviu doce de figo feito em casa. Após comerem, Ambrósio convidou Luna para o acompanhar. Olhando para Mônica, Luna se mostrou prestativa e disse que poderia ajudar a lavar a louça, mas Mônica, piscando o olho novamente, apenas disse: "pode deixar que eu lavo a louça e ajeito tudo".

***

    O sol estava quente. Ambrósio e Luna caminharam vagarosamente da casa de Renato e Mônica, passando pelo galpão, onde se via a obra na qual Renato estava trabalhando naquela manhã. Passaram também pela camionete, que estava estacionada ao lado; agora, sobre ela, havia a sombra de uma árvore.
    Em um dado momento, apreciando a vista belíssima para o vale, Ambrósio apontou para um determinado lugar e disse:
— Está vendo aquelas araucárias lá no horizonte, no lado direito daquela elevação verde montanhosa? A Raio de Luz fica naquele local!
— Puxa, olhando daqui, até parece perto!
— Mas não é perto não. É longe. Você veio de lá como? Veio de carona com alguém?
— Não, vim a pé, devagarinho, parando de vez em quando. Eu ia vir com meu carro, mas bati a chave muitas vezes e ele não pegou de jeito nenhum!
— Puxa! Então não é de se admirar que tenha chegado extenuada aqui em casa. Fez uma caminhada e tanto.
— Sim, olhando de lá a casinha branca no alto da montanha, achei que era mais perto, mas confesso que me enganei, realmente a caminhada foi longa.
    Ambrósio seguiu com Luna na direção do jardim em frente a casa. Alguns gatos, vendo o dono se aproximar, o seguiram amistosamente e receberam carinhos dele.
    Sentaram-se em um banco, à sombra de uma frondosa árvore, enquanto Ambrósio discorria sobre os cuidados com o jardim e falava sobre sua luta contra as formigas cortadeiras, que estavam causando um estrago e tanto nas roseiras.
    Depois de falarem mais algumas amenidades, Ambrósio voltou a perguntar a ela sobre qual seria o grande favor que Luna tinha vindo pedir.
    Luna respirou fundo, olhou o farfalhar das caturritas no alto das araucárias, para cima da casa, e disse:
— Nós estamos com ótimas ideias na Raio de Luz, mas, ao mesmo tempo, isso nos trouxe um problema com o qual talvez você possa nos ajudar.

– Problema? Como assim?

– Nós decidimos plantar algumas culturas para melhorar nossa própria subsistência, como, por exemplo, aipim, feijão, milho, ervilha... Já compramos sementes, e Benzinho e Joaquim já começaram a lavrar a terra com arado. Mas a terra está muito dura, com troncos, raízes; devido a muitos anos sem cultivo, o trabalho de aragem está muito penoso.

– Com arado? Puxa! Praticamente quase ninguém hoje prepara lavouras com arado, a não ser em locais de difícil acesso.

– Pois então... Nossa roça na Raio de Luz é praticamente plana, possibilitaria lavrar com trator. Só que este é o problema, nós não temos um trator e não sabemos na região quem tenha e que possa nos ajudar.

Ambrósio coçou o queixo, pensando na questão. Em seguida, disse:

– Se este é o problema, então considere ele resolvido. Eu tenho um trator aqui na propriedade. Se me ajudarem com o combustível, eu mesmo prepararei a terra para vocês.

– Sério? – perguntou Luna, dando um salto e levantando-se do banco, contentíssima. – Você faria isso por nós?

– Claro, farei sim!

Irradiando felicidade, completamente emocionada e sorridente, quando Luna percebeu já tinha pulado no pescoço de Ambrósio e tinha dado a ele um abraço apertado e sincero, além de um beijo na bochecha.

Ambrósio sentiu o abraço e o beijo espontâneo de Luna, e um calor subiu-lhe pelas faces.

– O senhor nem imagina quanto de bem está a nos proporcionar com esse gesto nobre! – disse ela em seguida, voltando a sentar alinhada no banco, meio sem jeito pela sua espontaneidade.

– Ajudarei com muito prazer, Luna. Mas antes, quero que me responda com sinceridade algo que estou para lhe perguntar desde que chegou.

– Claro, o que seria?

– Você é uma mulher que aparenta ser forte, decidida, mas algo não se encaixa. – Ambrósio olhava fixamente nos olhos de Luna. – Na ponte, você estava prestes a cometer uma loucura: o que afinal estava lhe perturbando a ponto de querer acabar com sua própria vida?

30 REVELAÇÕES

De repente ouviram um ronco de motor. O que estaria se aproximando da Raio de Luz? A escuridão ainda estava forte, a lua cheia ainda não tinha despontado no céu. As crianças, e até Feliciana e Benzinho, voltaram a atenção para a rua para ver quem estava chegando.

Thor, Rick e Anny, que estavam em posição privilegiada nas janelas, olhavam pesarosos para o breu da noite. Atrás deles, os outros se empurravam para tentar ver alguma coisa.

Nisso, avistaram lampejos de iluminação na vegetação. Fachos de luz em movimento clareavam algumas árvores. Não demorou e, na curva da ponta do pomar, foi possível ver dois faróis se aproximando.

– É um carro! – gritou Thor, com o coração na mão.

– Tomara que seja Luna chegando! – gritou Cecília.

– Amém! – gritaram alguns dos outros.

Os faróis foram se aproximando e pararam perto da casa, próximo ao carro de Luna. Era uma camionete. Atentas, as crianças viram descer, de um dos lados, Luna, então correram porta afora para abraçar a mamãezinha, que tinha retornado.

Foi uma cena linda: os pequenos se lançaram nela de braços abertos, abraçando, beijando, chorando e sorrindo.

– Mamãezinha, a senhora está bem!

– Que bom que a senhora voltou!

Quando Hanna e Henry chegaram, ela guiando a cadeiras de rodas do amigo, na ânsia de abraçar também, empurraram os amigos e a Luna, a qual se desequilibrou, caindo sentada na grama, tendo as crianças caindo junto com ela, a lhe amassarem de tanto amor e carinho.

– Mamãezinha, nós estávamos preocupados com a sua demora!

– Já não sabemos viver sem você!

Essas foram algumas das falas das crianças para com Luna, que, sentindo todo aquele turbilhão de emoção, chorou e sorriu com os pequenos.

Anny e Thor eram os que estavam mais emocionados, soluçavam de alegria, abraçando Luna com uma energia tão gostosa que chegava a doer em seus peitos.

Ambrósio desceu da camionete e ficou imensamente surpreso ao ver aquela nuvem de crianças correndo em direção à Luna, com tal ímpeto a ponto de a derrubarem e ali ficarem com ela, aninhadas, rolando no chão.

Toda amassada e até babada de tantos beijos, Luna retribuía os carinhos e abraços como podia, conseguindo repetir apenas:

— Eu também já não saberia viver sem vocês, meus filhos queridos!

Feliciana e Benzinho acompanharam as crianças porta afora; eles também queriam abraçar Luna, mas se contiveram e ficaram de pé, assistindo à cena.

— "A gente achamo que tinha acontecido arguma cosa com a senhora!" – disse Feliciana.

— Graças a Deus, estou bem! – respondeu ela.

Aos poucos Luna e as crianças se recobraram daquele momento especial de reencontro. Luna levantou-se e, de pé, de braços abertos, abrigou as crianças todas junto dela, tal qual uma galinha faz quando abriga os pintinhos debaixo das asas.

— Mamãezinha – gritou Thor –, sabia que Joaquim trouxe dois porquinhos para a Raio de Luz?

— Dois porquinhos? Ué? De onde?

— Ele falou que conseguiu com o tal Nicolau Moraes!

— Que legal! Nós precisávamos mesmo ter porcos aqui. Que coisa boa!

Foi quando as crianças perceberam que ali, ao seu lado, também estava um homem desconhecido não muito alto, com uma roupa escura, portando uma boina na cabeça.

Benzinho, meio sem graça, foi quem disse:

— Boa noite, senhor! Desculpe não o termos cumprimentado antes!

— Boa noite! Não tem problema. – disse aquele homem, com olhar amistoso.

— Quem é este homem de boina, mamãe? – perguntaram ao mesmo tempo Lorenzo e Cecília.

— Este é Ambrósio, queridos – respondeu Luna –, o morador daquela casinha branca que avistamos na montanha, ao longe – disse Luna, apontando para o breu da noite, indicando o alto por cima do galpão.

Com o olhar transtornado e exalando um pavor mórbido, Anny deu um passo atrás e, horrorizada, disse:

— Meu Deus! Então este é o bruxo malvado que mora na casinha branca?

Vendo a expressão de pavor de Anny, as crianças se alvoroçaram e também se arrepiaram de medo. Diante da surpresa de Luna, Feliciana, Benzinho e até do próprio Ambrósio, e antes que houvesse tempo para qualquer resposta, Anny começou a gritar, dizendo:

— Fujam, antes que seja tarde! Ele deve ter enfeitiçado a mamãe! E vai nos enfeitiçar a nós todos! – e saiu correndo para dentro de casa, seguida pelas demais crianças.

***

Diante da pergunta de Ambrósio, querendo saber o que estava lhe acontecendo, Luna desviou o foco da visão, abaixou a cabeça e segurou-a com as mãos.

— Ah, meu Deus!

Um sentimento irrompeu de dentro e fez aflorar em Luna um choro que começou leve, mas que não tardou a se tornar copioso e incontrolável.

Vendo aquela nova amiga chorar, Ambrósio ficou todo sem jeito, até que atinou a abraçar ela e, emocionado, disse em seguida:

— Me desculpe por tocar nesse assunto que lhe parece tão sensível... Não precisa falar se não quiser! Me desculpe!

Aquela pergunta mexeu com os sentimentos mais profundos de Luna... Era algo que somente ela, o médico e, talvez, a farmacêutica que lhe vendeu os remédios sabiam. Ela não tinha contado a mais ninguém.

Envolta no abraço de Ambrósio, mergulhou os pensamentos num turbilhão de sentimentos. Ela tinha a impressão de que toda aquela angústia que ela estava vivendo nos últimos dias a estava enlouquecendo.

Será que ela conseguiria desabafar com alguém sobre sua situação? Ela não aguentava mais guardar somente para si tudo aquilo, desabafar certamente ajudaria a aliviar toda aquela pressão que ela carregava sozinha.

Aos poucos o choro diminuiu. Com olhos vermelhos, ainda marejados de lágrimas, Luna disse:

– Vou lhe contar o que está acontecendo, Ambrósio, até porque não aguento mais carregar sozinha este fardo. Mas, por favor, este é um segredo meu, peço que não conte absolutamente a ninguém. Nem na Raio de Luz. Ninguém, ninguém sabe! Você promete não contar a quem quer que seja?

– Tá bem, prometo! Será um segredo seu e meu, ficará apenas entre nós dois.

Após respirar um pouco e olhar para o horizonte por sobre o vale, Luna principiou a contar a Ambrósio sobre sua vida, sobre a morte do esposo, do filho, o quadro de depressão, seu mal-estar crescente e, por fim, o diagnóstico do câncer e a notícia fatídica de que ela teria poucos meses de vida.

Sem falar palavra alguma e mantendo uma postura séria, Ambrósio apenas ouviu o relato.

Em dados momentos, Luna engasgava, chorava, depois se recompunha, voltava a contar sobre os últimos acontecimentos. Em detalhes, contou sobre como chegou por acaso na Raio de Luz e como voltou a ser feliz naquele lugar e foi acolhida por aquelas crianças que mais pareciam anjos.

Contou de suas crises, que se tornaram mais frequentes, dos chás de Thor, do sonho de Anny, que também era o seu sonho, e do desejo que despertou em seu íntimo de ser útil àquelas pessoas em seus últimos dias de vida para que sua morte não fosse em vão.

Ao ouvir essa parte, Ambrósio se emocionou também. Embora tentasse segurar o choro, os soluços o traíram, começou a soluçar baixinho, sem conseguir controlar a emoção.

Abraçaram-se e choraram juntos: Luna desabafando e tirando de suas costas um peso enorme; e Ambrósio extravasando a emoção de tudo o que aquela nova amiga estava passando.

* * *

Sem que ninguém pudesse prever atitudes como aquelas, as crianças, apavoradas, saíram correndo atrás de Anny, em gritos incompreensíveis.

– É ele, o feiticeiro! Socorro! – gritou Lorenzo.

Até Henry, na cadeira de rodas, que também estava ali, junto deles, gritou de medo:

– Hanna, vamos logo para dentro antes que seja tarde!

Só ficaram junto dos adultos os dois irmãos, Thor e Kauã, que eram menos impressionáveis.

— O que será que foi isso? — conseguiu dizer Luna, após se recuperar. Não entendi nada!

— Eu também não faço a menor ideia! — disse Ambrósio, coçando o queixo, pensando sobre o que ouvira e sobre a fuga que vira as crianças empreender.

Seriam por aquelas crianças que Luna tinha se apaixonado? Seria por aquelas crianças que o chamaram de feiticeiro e bruxo malvado que Ambrósio também deveria se apaixonar, segundo o relato de Luna?

Completamente desconcertados, Feliciana e Benzinho olhavam boquiabertos um para o outro, até que ela quebrou o gelo, meio sem graça:

— Vamos entrar, dona Luna.

— Vamos entrar, sim. — E virando-se para o outro lado: — Ambrósio, me desculpe por essa situação chata. Eles são uns amores, pense em pureza e em inocência: são eles.

— Não se preocupe. — respondeu ele, meio sem graça.

Assim que entraram na cozinha, encontraram a casa completamente silenciosa; as crianças simplesmente tinham desaparecido. Para onde teriam ido?

Ambrósio sentou-se ao lado de Benzinho, Thor e Kauã, próximo do fogão campeiro, e Feliciana passou a explicar que tinha colocado o jantar à mesa, mas que ninguém conseguiu comer, de tão preocupados que estavam com Luna. E complementou:

— "Como recolhi as comida pro fogão, tá tudo quentinho ainda, vou ajeitá e servi a mesa pra gente jantá junto com este vizinho da montanha" — disse Feliciana, arrancando um sorriso de Ambrósio.

— Coisa boa, dona Feliciana!

Thor e Kauã observavam atentamente o amigo recém-chegado, enquanto ele refletia: "Bruxo malvado... Feiticeiro... Vizinho da montanha, é cada uma que me acontece!".

* * *

Luna pediu licença e saiu de fininho da cozinha. Foi direto ao quarto de Anny e bateu à porta, ouvindo um burburinho abafado dentro como resposta às batidas.

— Quem é? — era a voz de Anny, depois de um tempo de completo silêncio.

— Querida, sou eu, Luna! Abra a porta, por favor!

— Não vamos abrir! "Ele" deve estar aí com você.

— "Ele" quem, Anny? Por que esse medo todo?

— Aquele homem, o bruxo malvado que mora com os gatos!

— Ele não está aqui, Anny. Eu estou sozinha. Deixe eu entrar.

A muito custo, depois de muita insistência e ligeiramente a contragosto, Anny finalmente abriu a porta. Primeiro uma frestinha, certificando-se de que Luna estivesse mesmo sozinha, só depois abrindo toda a porta para que Luna pudesse entrar.

Luna encontrou Hanna, Lorenzo, Alícia, Henry, Rick e Cecília amotinados em cima da cama, ensimesmados, com expressão de medo e pavor.

— O que foi aquela deselegância com Ambrósio? Por que fugiram daquela maneira? Por que todo esse medo? Podem me explicar?

— Fugimos porque ele é um bruxo malvado! — respondeu Cecília, encolhida na cama.

— Sim, ele faz mal para as pessoas! — retrucou Rick.

— Isso mesmo! — confirmou Anny. — Aquele viúvo louco é bruxo e feiticeiro e mora numa casa mal-assombrada cheia de gatos. Além disso, minhas amigas dizem que ele faz sacrifícios com os animais e que se alimenta de sangue humano!

— Cruz-credo! — falou Hanna, fazendo o sinal da cruz, e se encolhendo sobre os amigos.

Com paciência e carinho, Luna ouviu um a um dos desabafos e relatos assustadores das crianças. Quando elas silenciaram, Luna interveio.

— Pronto, terminaram o chororô? Posso falar?

As crianças se entreolharam, e Anny, falando em nome de todas, respondeu.

— Pode falar! — disse secamente, ainda com os olhos arregalados. E concluiu, ainda desconfiada: — Só não nos peça para ir lá onde aquele bruxo está. Isso não faremos.

— Olhem para mim. Eu pareço ter sido transformada num zumbi? Pareço ter sido enfeitiçada?

— Não! — foi a resposta de todos.

— Olhem meu pescoço, meus braços. Parece que um vampiro ou lobisomem sugou o meu sangue? — Fizeram silêncio. — Vamos, respondam. Parece que estou sem sangue?

— Não! — responderam.

— Pois então! Agora vocês vão me ouvir! Eu caminhei quase a manhã inteira debaixo de um sol escaldante para ir encontrar esse senhor: não foi ele quem veio a mim, fui eu quem foi até ele!

— E sim, Anny — Luna continuou falando —, ele tem uma casinha branca, aquela que enxergamos lá no alto da montanha, e não é uma casa mal-assombrada, é uma casa ampla, limpa, que tem um gramado e um jardim lindíssimos. Nada de teias de aranhas, ratos, cobras ou morcegos!

As crianças começaram a se encolher.

— E tem mais, dona Anny, sim, ele é viúvo e mora com vários gatos na casa. Mas não é bruxo nem feiticeiro, ele trata todos os animais e as pessoas com muito amor e carinho! Renato e Mônica, o casal que mora próximo da casa dele, me confirmaram isso.

Somente Luna falava, pois ela estava muito brava. Se nas pausas em que ela respirava caísse um alfinete no assoalho, daria para ouvir, tamanho o silêncio que as crianças faziam, já começando a ficar envergonhadas da sua ação.

— Quero ainda dizer outra coisa, prestem bem atenção: vocês foram na casa dele? Viram ele fazendo alguma espécie de mal para afirmar todas essas coisas sobre ele? Com qual base vocês afirmam que ele é bruxo e feiticeiro, que faz maldade para as pessoas? Vocês foram lá e viram com seus próprios olhos?

— Não! — foi a resposta de todos, cabisbaixos.

— Pois então... Que isso sirva de lição para vocês. Jamais em suas vidas, haja o que houver, estejam onde estiverem, jamais saiam repetindo qualquer assunto ou qualquer coisa de alguma pessoa somente porque ouviram alguém dizer. Isso é maldade, é fazer fofoca!

— Será que essas suas amigas, Anny, que lhe contaram uma barbaridade de coisas e pelas quais você, por sua vez, influenciou os pequenos da casa, não estão caluniando esse senhor? É muito triste que muitas vezes inverdades sejam repassadas adiante e acabem sendo consideradas como verdades por pessoas que não investigam e não questionam aquilo que ouvem.

— Puxa, mamãezinha – disse Alícia –, será que então esse senhor não é do mal?

— Vocês sabiam que esse senhor que vocês imaginavam que pudesse ser o mal em pessoa é justamente aquele que tem um coração generoso e que vai trazer o trator para lavrar a terra dura daqui da Raio de Luz para podermos plantar e realizar o seu sonho, dona Anny? Sabiam disso?

— "Glup!" – Anny e várias das crianças engoliram em seco. Aquelas palavras, ditas assim com naturalidade e sem rodeios, de forma franca e dura, soaram como se Luna tivesse desferido mais que uma surra em cada um deles.

— Vocês me fizeram a mais linda demonstração de amor com aquela linda recepção na minha chegada agora à noite caímos todos no chão, foi realmente emocionante. Mas logo depois, levadas por um medo bobo, tiveram a capacidade de fazer uma demonstração horrível de ódio, saindo correndo, fugindo apavoradas e chamando esse senhor de bruxo e feiticeiro!

— Ora, francamente, crianças! Fiquei muito triste. – continuou Luna. – E só uma coisa pode ser feita para reparar esse enorme erro.

31 O DEUS DO TROVÃO

Quando Feliciana estava terminando de colocar a mesa para o jantar, Luna retornou para a cozinha.

– Desculpem a minha ausência, precisei resolver umas coisas. – relatou ela, se justificando àquele novo amigo.

– Tudo certo! – respondeu Ambrósio.

– Já podemos jantar, dona Luna! – disse Feliciana.

– Certo. Vamos nos posicionando na mesa, as crianças logo virão também.

Thor, Kauá, Luna, Ambrósio, Benzinho e Feliciana recém tinham sentado à mesa quando ouviram passos e alguns barulhos. Eram Anny e as demais crianças se aproximando, Anny à frente, junto com os menores, e Hanna e Henry atrás, com a cadeira de rodas.

Visivelmente envergonhadas, as crianças se aproximaram cabisbaixas, quando então Anny, com coragem, disse:

– Senhor Ambrósio, queremos nos desculpar com o senhor! Nós nem o conhecemos e ainda assim o julgamos pelo filtro de outras pessoas, pelo disse me disse de outros...

Um grande silêncio se fez presente.

– Há algumas pessoas lá na escola, que moram na comunidade de cima, que dizem coisas horríveis a seu respeito, de feitiçaria, de morcegos... E nós ficamos com muito medo... Ou melhor... Eu fiquei com muito medo... E transmiti esse medo aos demais.

Anny estava falando com sinceridade.

– Reconhecemos que fizemos um papelão ridículo e estamos arrependidos: o senhor nos perdoa?

Surpreso com aquela "mea culpa", Ambrósio simplesmente respondeu:

– Claro, estão perdoados. E quero aqui fazer uma confissão também: até eu mesmo fiquei com medo de mim...

– Como assim? – perguntou Anny.

– Sim, diante de tudo aquilo que de malvado eu poderia ser... Até eu fiquei com medo de mim!

Riram todos daquela forma espirituosa de responder de Ambrósio. E então, espontaneamente, Anny e os demais vieram um a um dar um abraço apertado e um cumprimento naquele vizinho.

Passado aquele momento, Feliciana tratou de mudar de assunto:

— Agora sentem-se e vamos comer! "A bóia já esfriô uma vez e não pode esfriá de novo!" — E emendou: — Crianças, me alcancem seus pratos, "vô servi ocêis"!

★ ★ ★

Com o ambiente em paz, na mais perfeita ordem, Luna relata na mesa os últimos acontecimentos. Contente, cita que Ambrósio tem um trator e que, dentro das suas possibilidades, vai ajudar a preparar e plantar a terra da Raio de Luz.

A alegria estampa-se nos rostos de todos. Com a ajuda daquele novo amigo, poderão melhorar as condições de subsistência.

Feliciana então diz:

— Eu sabia! Haveria de "tê um trator perto para nos tirá desta enrascada"!

Luna comenta para Ambrósio que ali estavam os moradores da Raio de Luz, menos Joaquim, em virtude de que ele se recolhe à noitinha para sua casa, que fica mais ao fundo da propriedade, próximo do arroio.

Ambrósio também relata que tinha curiosidade em conhecer a Raio de Luz, mas que até então nunca tinha surgido oportunidade. E Benzinho logo dispara:

— Pois então, venha nos visitar sempre que puder! Teremos o maior prazer em lhe mostrar a propriedade. E Joaquim, que nasceu aqui, vai poder lhe contar detalhes da história deste lugar.

— Coisa boa! Virei mesmo!

Benzinho relata à Luna que aproveitaram o dia, enquanto ela estava fora, para plantar todas as hortaliças e deixar o serviço pronto. As crianças, contentes, enfatizaram que ajudaram na tarefa.

Então Benzinho complementa:

— Sim, ajudaram bastante! Foram eles que traziam água do arroio para podermos plantar. Mas, a bem da verdade, também foram eles que se sujaram completamente num escorregador de barro e tomando banho no arroio!

Todos riram da espontaneidade de Benzinho ao fazer o relato. Nisso, um dos pequenos interpela o diálogo:

– É você mesmo quem dirige o trator ou é outra pessoa? – quis saber Rick, dirigindo-se a Ambrósio.

– Sim, sou eu!

– E eu posso dar uma voltinha? – inquiriu ele, com os olhinhos brilhando.

– Eu e o Tedy também queremos andar de trator! – gritou Cecília.

– Andar de trator exige muita atenção e cuidado... Mas acho que... Sim... Quem quiser andar de trator, eu darei uma caroninha rápida!

– Iupiiiiii! – gritou Lorenzo. – Eu também quero.

E uma a uma, inclusive Anny, todas as crianças ficaram felizes, afinal, elas também queriam curtir aquela aventura.

– Viu como são inocentes e especiais? Você também vai gostar deles! – disse Luna para Ambrósio, que respondeu positivamente com a cabeça.

Diante do avançado da hora, Ambrósio pede licença para ir embora, mas dona Feliciana não deixa o vizinho sair sem tomar uma xícara de café. Ágil, ela já tinha colocado água para ferver e rapidamente preparou um café fresco, cheiroso e gostoso.

Ambrósio se despede de todos, prometendo voltar. Ao sair, sentindo a brisa fresca e observando os relâmpagos que rasgavam o céu, comenta que deverá chover "ainda esta noite".

Então liga a camionete, manobra e, gradativamente, some na curva da estrada, desaparecendo na escuridão.

* * *

Após a saída de Ambrósio, ficaram conversando mais um pouco na cozinha, com Luna contando como eram a casa branca no alto da montanha, os gatos, a vista maravilhosa, os caseiros Renato e Mônica, as caturritas no alto das árvores...

Vendo que todos a ouviam com atenção, Luna fez questão de sublinhar mais uma vez que não tinha nada de monstruoso naquele lugar, nada de feitiçaria, sacrifícios de sangue, sapos ou morcegos.

Luna ressaltou que Ambrósio era uma pessoa comum, um vizinho bondoso que, como qualquer um, vivia suas lutas e cuidava da sua propriedade.

Com a louça lavada e arrumada, Anny pediu a todos para irem escovar os dentes e depois dormir. Com algazarra, um a um os pequenos foram saindo. Menos Thor. Ele se demorou um pouco mais, ainda preparou uma xícara de chá e trouxe para Luna, dizendo a ela:

– Ainda precisa tomar mais alguns dias.

Surpresa ao tomar o chá, Luna comentou:

– Ei, este não é o chá amargo! Este é daquele outro da garrafa de vidro, mais leve.

– Isso mesmo. Aquele amargo já cumpriu o objetivo, que era limpar por dentro. Agora deve tomar este.

Sem questionar o pequeno, Luna tomou todo o chá. Só então Thor foi também escovar os dentes e ir deitar.

***

Luna acordou sobressaltada com o estrondo de trovões. Aguçou os ouvidos, levantou-se, foi até a janela, e, pelas frestas, viu que relampejava e chovia bastante lá fora.

Voltou a se deitar e por um instante lembrou que aquela chuva seria ótima para as hortaliças plantadas naquela tarde. Em silêncio, agradeceu a Deus. Elas cresceriam vigorosas e firmes.

Cobriu a cabeça e tentou dormir, virou de um lado para outro, mas os trovões eram muitos, e foram se intensificando, provocando barulhos e estampidos que davam medo a qualquer pessoa.

Nisso, ouviu alguém bater à porta:

– Luna! Está acordada?! Luna!

Por um instante achou que estivesse sonhando, aguçou os ouvidos, mas então ouviu de novo:

– Ei, Luna! Está acordada?!

Levantou-se e abriu a porta. Ali estava Kauã, com os olhos arregalados estampados de pavor.

– Luna, Thor não está bem! Venha rápido!

Do jeito que estava, Luna saiu quatro afora e correu atrás de Kauã.

Os dois irmãos, Thor e Kauã, dormiam juntos, num quarto no fundo do corredor. Ao entrar no quarto, Luna ouviu um choro inconsolado, mas não avistava ninguém.

— O que aconteceu? Cadê ele?

— Thor tem muito medo de trovões. E esta noite tem trovões demais, todos barulhentos à beça!

— Mas cadê ele? Estou ouvindo o choro, mas não o estou vendo!

— Veja ali! – Kauã aponta com o braço para de baixo da cama.

Luna se abaixa e espia, enxergando ali embaixo um Thor fora de si, plenamente aterrorizado com os trovões que estavam se sucedendo naquela noite.

Luna tenta de todas as maneiras acalmar o menino, mas, desesperado, o pequeno chorava inconsoladamente, um soluço atrás do outro, com um medo mórbido dos trovões.

— Thor, venha cá! Saia debaixo da cama! Você tem me ajudado tanto com seus chás, permita-me que eu lhe ajude e lhe proteja também. Venha cá, prometo que com um colinho gostoso e um carinho esse medo vai passar. Venha!

Pouco a pouco, ainda que desconfiado, Thor foi cedendo àquela voz suave e finalmente saiu de seu esconderijo, pulando para o colo daquela mãe postiça, pendurando-se em seu pescoço.

Sentindo que Thor tremia de pavor, Luna aos poucos foi conversando com ele, acariciando seus cabelos e seu rosto.

— Por que está com tanto medo, meu amor? Não vai acontecer nada de mal! Nós precisamos da chuva, dos ventos, dos trovões...

— Eu não preciso de trovões coisa nenhuma! – respondeu ele, ríspido e bravo.

— Ainda que a gente não goste, todos precisamos, querido! São fenômenos da natureza necessários para a vida no planeta Terra.

— Eu odeio trovões!

— Quero que veja essa questão por outro lado: com essa chuva, nossas plantinhas agradecem, vão crescer bonitas e viçosas. E isso vai nos ajudar muito. Sabia disso?

— Sim, sabia, a chuva é boa também para as florestas, para revigorar a natureza. Mas não os trovões. Eles não servem para nada! Nada!

— Deixa eu lhe contar uma coisa: você sabia que seu nome significa "deus do trovão", na mitologia nórdica?

— Sei, sim! – engasgando-se.

E, ao responder isso, Thor começou a chorar copiosamente, ainda mais forte que antes. Sentindo que tinha colocado o dedo em alguma ferida, Luna seguiu conversando com o pequeno.

– Você tem medo de Thor, o deus do trovão?

Depois de um tempo chorando, sendo consolado por Luna, que lhe dizia que não precisava ter medo, Thor foi se acalmando. E então conseguiu dizer:

– Meu pai é o rei dos deuses e não quero que ele me leve para junto dele. Não quero ir para lá, deve ser um lugar muito feio, sem sol, sem plantas e com muito barulho. Por isso tenho medo e me escondo.

Luna abraça aquele pequeno com ainda mais ternura pela inocência daquele desabafo. E então diz:

– Meu docinho: posso te contar um segredo que fique somente entre nós? Eu, tu e Kauã?

– Pode sim!

– Kauã, guarda segredo também?

– Sim! – respondeu ele.

– Lembram que, quando cheguei, contei que vim do planeta Gaia? – ambos concordaram afirmativamente com a cabeça.

– Pois então, não contem a ninguém o que vou falar a partir de agora: lá em Gaia mantemos contato com todos os deuses e eu já falei com o Thor, teu pai, uma vez. E sabe o que ele disse?

– Não. – disse o pequeno.

– Ele sabe que tu tem muito a fazer pela humanidade, pelas pessoas, e que não vai te levar, porque tu precisa tirar a dor das pessoas. Ele sabe que Kauã também tem uma grande missão na Terra. Inclusive, foi Thor quem me recomendou a vir até aqui, porque ele sabia que tu haveria de preparar chás poderosos que me ajudariam muito!

Com os olhinhos arregalados, Thor e Kauã prestavam atenção naquele relato.

– Então, meu filhinho, pode ficar tranquilo: teu pai não virá te buscar. Os trovões anunciam a chuva, e, quando estiver trovejando, o único perigo são os raios. Para nos proteger deles, o único cuidado que temos que ter é não ficar embaixo de árvores para evitar descargas elétricas.

– Então... não preciso me esconder mais?

— Certamente que não! Ainda que esteja trovejando, se for de dia, pode continuar a fazer suas atividades normalmente. Se for de noite, pode dormir tranquilamente.

Após alguns suspiros, Thor acalma-se e, tendo o assunto ficado resolvido, passa a mão no rosto de Luna e pergunta:

— Por que você tem tantas dobras no seu rosto? Sua pele parece um leque de papel!

— Thor, minha mãezinha dizia que nossa face é um tipo de livro da vida e que cada ruga é como se fosse uma página, e cada uma conta uma história, uma experiência de vida que nos trouxe ensinamentos e aprendizagens.

— Eu também vou ter rugas quando ficar velho?

— Você é indígena, talvez tenha muito poucas ou não tenha nenhuma.

— O peso dos anos traz marcas de envelhecimento — e, passando a mão em seu próprio rosto, Luna complementa: — Ainda lembro do nascimento de muitas dessas rugas: sofri, chorei, mas aprendi que, toda vez que a vida nos derrubar, maior é Deus para nos estender a mão para que possamos nos levantar.

— Você gosta dessas rugas, então?

— Na verdade, anos atrás eu tinha vergonha delas, me achava feia, tentava escondê-las com maquiagens, mas hoje queria ter mais tempo para aprender mais, para cair mais, para chorar e sorrir mais. Enfim... para criar muitas páginas nas rugas da minha existência...

— Puxa vida! Eu também quero ter muitas páginas no meu livro da vida! — respondeu Kauã, também interessado na história.

— Exatamente! Eu aqui estou aprendendo com vocês, em poucos dias, o que não aprendi em décadas de vida. Não sei quanto tempo ficarei com vocês, mas saibam que esses dias que estamos juntos estão sendo os melhores da minha vida!

32 PREPARANDO A TERRA

Choveu a noite inteira, grande parte de forma torrencial, com relâmpagos e trovões. Ao amanhecer, o tempo ainda estava fechado, mas a chuva amainou, estava fraquinha. E a temperatura estava um pouco menor que a do amanhecer do dia anterior.

Em virtude daquele barulhinho gostoso da chuva, ninguém na casa sede da Raio de Luz se levantou ao clarear do dia, todos ficaram um pouco mais na cama.

A exceção foi Joaquim, que, como de costume, com chuva ou sol, tinha um relógio biológico temporal minucioso e sempre acordava rigorosamente no mesmo horário.

Na primeira estiada após clarear o dia, Joaquim foi até o barranco olhar o arroio, que, tal qual supunha, estava com um volume de água bem maior que o normal, além de barrenta.

Que diferença do dia anterior: "ontem as crianças puderam tomar banho e se refrescar no arroio, mas agora, com aquele volume de água, não é possível sequer fazer a travessia a pé pelas pedras dele", pensou ele.

Aproveitou também para fiscalizar as hortaliças que tinham plantado no dia anterior: algumas estavam um pouco derreadas devido a ter chovido bastante, mas todas estavam verdinhas.

Na sede, depois de tirar o leite, Anny retornou para a cozinha e entregou o leite para dona Feliciana, para que o colocasse para ferver, ao que esta respondeu:

— Menina, "arrecém faiz três dias que estamos tirando leite e já temo leite sobrano de onti"!

— Coisa boa! – respondeu Luna, que vinha entrando na cozinha naquele momento. – Quer dizer que em breve teremos bastante leite de sobra e poderemos fazer queijo!

— Ótima ideia, dona Luna! – ponderou Feliciana.

* * *

Quando estavam terminando de tomar café, naquela manhã em horário mais tarde que o de costume, Thor, ouvidos sensíveis e sempre atentos, deu o alerta:

– Tem um carro se aproximando!

Benzinho correu para a janela para olhar para a estrada e, após um instante observando a rua, corrigiu o pequeno:

– Um não, dois carros, Thor. Um é a camioneta do Ambrósio, o outro que vem atrás não sei de quem é.

– Será que é o "tio Preto"? – perguntou Hanna.

– Só se ele trocou de carro – respondeu Benzinho. – Não é o carro dele. Deixem que eu atendo.

– Eu vou junto. – respondeu Joaquim.

Saíram para atender os recém-chegados.

– Bom dia! Sejam bem-vindos! – disse Benzinho, assim que desceram dos carros. – O café está na mesa, querem fazer uma boquinha?

Ambrósio agradeceu e relatou que já tinha tomado café da manhã. Os outros dois homens, um mais velho e um mais novo, que desceram do outro carro também agradeceram, pela mesma razão.

– O senhor deve ser Joaquim, certo? – perguntou Ambrósio, de forma perspicaz e observadora, tirando a boina para o cumprimento. – Ontem estive aqui e o senhor era o único que não estava.

– Sim, sou Joaquim!

– E Luna, ela está? – perguntou Ambrósio.

– Está sim. – e virando-se para dentro: – Luna, Ambrósio quer falar com você.

Luna pegou a xícara e, com o pedaço o pão na mão esquerda, veio até a porta, continuando naturalmente a tomar o seu café.

– Sim?

– Luna – disse Ambrósio –, fui na cidade comprar os pregos e o disco da makita que o Renato precisa na obra do galpão e passei no mecânico, relatei a ele o problema do arranque do seu carro e eles já vieram comigo, para verificar qual é exatamente o problema.

Surpresa, Luna agradeceu e buscou a chave do carro, entregando para os dois mecânicos. Eles bateram o arranque do carro algumas vezes e prestaram atenção ao barulho.

A seguir, encostaram o carro deles no lado do carro de Luna, conectaram alguns cabos na bateria do carro dela e no deles e bateram o arranque novamente. O carro ligou de primeira.

Nesse momento, todas as crianças já tinham terminado o café e estavam espiando pela porta e pelas janelas, porque ainda chovia bem fininho.

Um dos mecânicos pegou um equipamento que cabia no bolso e conectou as ponteiras nos cabos da bateria, girando de forma circular um controle dele. Ao final, ele disse:

— Faz tempo que a senhora não troca a bateria do seu carro?

— Já tenho ele há uns seis anos, nunca troquei.

— Pois então, coloque uma bateria nova e o problema estará resolvido! – disse ele, desligando o carro de Luna e removendo e guardando os cabos com os quais fizera a conexão entre os carros.

— Que bom que é só isso! – disse Ambrósio. Quando eu retornar à cidade, passo lá na oficina e pego uma bateria nova, depois eu trago e instalo para você, Luna.

— Perfeito, "seu Ambrósio" – disse o mecânico mais velho, esticando a mão e devolvendo a chave do carro de Luna para Ambrósio. – Já vamos indo.

Os dois mecânicos foram entrando no carro, e Luna então disse:

— Ei, esperem! Quanto devo pagar pela visita? Tiveram custo para vir até aqui!

— Não se preocupe, dona! Já acertamos com o seu Ambrósio. – E, dizendo isso, ligaram o carro, manobraram e foram embora.

— Ambrósio – disse Luna –, quanto devo pagar por essa visita dos mecânicos?

— Assim que eu retornar à cidade, ainda precisarei pegar a bateria nova. Não se preocupe por enquanto, depois lhe passo o valor total.

— Então tá certo, muito obrigado, por enquanto.

Benzinho, aproveitando a presença de Joaquim e do novo amigo, questionou:

— Tens tempo agora de olhar o local onde queremos lavrar e plantar?

— Tenho sim, vamos logo lá.

Sem perder tempo, Joaquim e Benzinho fizeram a frente, seguidos por Ambrósio. Luna colocou o último naco de pão na boca, sorveu mais um gole de café e alcançou a xícara vazia para uma das crianças.

— Coloque na pia, por favor! — e virando-se para Anny: — Não deixe as crianças virem na rua, ainda está chovendo!

Apressando o passo, logo Luna alcançou os homens, ouvindo ainda Joaquim e Benzinho fazerem relatos sobre as dificuldades da área.

Não demoraram e chegaram ao local onde eles tinham iniciado a aragem há dois dias. Ambrósio observa a área e, após informações de Joaquim, calcula que a área a ser lavrada não passa de dois hectares.

— Veja, Ambrósio, o solo está realmente muito duro, muito compactado, e ainda tem muitas raízes, tocos e cepos menores.

— Credo! — disse ele. — Com arado realmente é uma tarefa muito difícil e demorada. Sem falar que tem pedras também.

— Sim, passamos um trabalhão danado para arar este pequeno pedaço numa tarde inteira. — afirmou Joaquim, apontando para a área lavrada manualmente.

— Deixem que eu venho com o trator e com os equipamentos. Vou preparar a terra e deixar ela nos trinques. Vocês vão ver!

— É serviço de quantos dias, Ambrósio? — perguntou Luna. — Uma semana ou mais?

— Não mesmo! Talvez meio dia, ou no máximo um dia inteiro.

— Puxa vida! De arado nós íamos demorar muito mais do que isso...

— Muito mesmo... — retrucou Ambrósio. — De arado, vocês se matariam trabalhando e nem em 30 dias conseguiriam deixar a terra pronta no ponto em que vou entregar para vocês.

Agradecidos pela ajuda daquele bondoso amigo e especialmente com a providência divina, Luna, Benzinho e Joaquim fizeram o caminho de volta para a sede da fazenda exalando felicidade. A alegria que estavam sentindo suplantava o fato de estarem com a roupa úmida: em breve eles teriam a terra preparada e plantariam o que fosse necessário.

Ao chegarem de volta, já não chovia mais.

— Deu tudo certo? Vai ser possível lavrar com o trator? — perguntou Kauã.

— Sim, crianças. Será possível. Fiquem de olhinhos bem abertos: o "bruxo" vai fazer uma "mágica" que vai afrouxar a terra num instante! — disse Ambrósio, rindo.

Ambrósio pediu licença, justificou que Renato esperava pelas compras que fez na cidade, deu tchau, entrou na camionete e partiu.

Luna, por sua vez, diante dos últimos acontecimentos, esperançosa por poder realizar o sonho de Anny, estava também pensativa e surpresa pela gentileza daquele novo amigo que, prestativo, tinha trazido os mecânicos para ajeitarem o seu carro e prepararia a terra com o trator.

Ainda que ele já a tivesse desculpado no dia anterior, ela não se perdoava por ter sido tão dura e ríspida com ele na lancheria à beira da estrada e, depois, na ponte, quando ela estava fora de si.

Como ela podia ter sido tão fria e insensível com ele? Tão gentil e generoso! Realmente, era difícil se perdoar.

* * *

Depois do almoço, o céu continuava nublado, mas a chuva tinha parado. Então, ouviram um barulho rítmico de motor que se aproximava. Thor correu para a porta e, após alguns instantes, deu o alerta:

– É o trator! Uipiiiii!

Todos correram para a porta e as janelas: era Ambrósio que se aproximava. Ele vinha em velocidade baixa pilotando o trator e puxava um carretão. Ao enxergar Benzinho, foi logo gritando:

– Qual é o melhor caminho para levar o trator para a área da roça?

Benzinho, espichando o braço, disse:

– Faça o contorno – fez movimentos circulares com o braço – e siga a estrada ali atrás, que vai para os fundos da propriedade. Eu já vou indo para lá também!

E, virando-se para as crianças, disse:

– Thor! Corra lá na casa do Joaquim e peça para ele vir rápido. Ambrósio vai começar a arar a terra!

– Certo! – disse o pequeno – É para já!

Quando Thor saiu em correria para os fundos da propriedade, pelo trilho que passava junto ao pomar, as crianças já estavam todas na rua, pois elas não queriam perder a "mágica do bruxo" de jeito nenhum. Curiosas, foram indo para mais perto do trator.

Luna, Anny e Feliciana também já estavam na rua, contentes por aquele passo importante que estavam por dar na Raio de Luz.

– Que "cosa" boa, né dona Luna?! Agora sim "vamo podê lavrá" a terra!

— Esse é o teu sonho, Anny — disse Luna, virando-se para a menina —, se transformando em realidade!

Anny disfarçou o que pôde, mas Luna percebeu que ela estava emocionada, fungando, segurando as lágrimas de alegria. Com apenas uma troca de olhares, sem que mais nenhuma palavra fosse dita, seguiram com as crianças rumo à área a ser lavrada.

Como foram pelo atalho, Benzinho, as crianças, Luna, Anny e Feliciana chegaram primeiro que Ambrósio e o trator na área a ser lavrada.

— Ali mais abaixo o barranco é menor, Ambrósio, suba por ali! — disse Benzinho, apontando para um local um pouco à frente.

Ambrósio adentrou na área a ser arada, andou um pouco e posicionou o trator na beirada da roça, debaixo de uma frondosa árvore, e desligou o motor, descendo em seguida.

— É agora que vamos andar de carona no trator? — quis saber um curioso Lorenzo.

— Não, primeiro vamos lavrar a terra! Depois do trabalho feito, então sim, darei uma carona para vocês.

Enquanto Ambrósio desconectava a carreta do trator, Joaquim vinha chegando, junto com Thor.

— Mas que bom vê-lo com o trator por aqui, meu amigo!

— Sim, vou aproveitar que choveu e que a terra deu uma afofada para facilitar o trabalho. Me ajudem aqui, vamos descarregar o pé de pato e montar no trator; vou começar com ele.

Benzinho, Joaquim e Ambrósio reuniram forças e desceram o pé de pato para o chão, também conhecido como arado subsolador. Depois, Ambrósio manobrou o trator e, de ré, encostou junto àquele equipamento.

Feita a conexão do pé de pato junto ao trator, Ambrósio confirmou com Joaquim quais eram as extremidades da área que precisava ser lavrada e depois disse, tendo já repassado a olho a terra:

— Que rufem os tambores! O trator vai começar o trabalho!

Puxados pela força do arado, os ganchos de ferro do pé de pato começaram a rasgar a terra, revolvendo-a, arrancando raízes e pequenos troncos, deixando à mostra, nesse processo, várias pedras.

— Gente — disse Benzinho —, olha que facilidade! E pensar, Joaquim, que nós dois quase morremos para lavrar um pedacinho de nada.

– Nem me fale, estou com os braços doloridos até agora, tamanho o esforço que fizemos.

Eufóricas, as crianças estavam atentas a cada movimentação daquele veículo barulhento. Os sulcos abertos também provocavam alguns barulhos: o da terra sendo revolvida, o de raízes sendo arrebentadas e puxadas para cima, ou o de pedras que, em movimento, por vezes batiam umas contra as outras.

Quando o trator se afastava fazendo a lavragem até o outro lado, no final da verga, as crianças brincavam e conversavam alto. Quando ele se aproximava, emudeciam e observavam atentamente cada sulco produzido, cada pedra revirada, cada raiz afrouxada ou arrebentada.

Ambrósio, por sua vez, não conseguia acreditar que aquela mulher que estava ali, junto às crianças, tinha poucos dias de vida. É certo que ela estava emagrecida, um pouco até debilitada, mas será que podia estar no fim? E, o que mais lhe surpreendeu, de onde ela tirava forças para ter aquela disposição e estar ajudando e apoiando os moradores da Raio de Luz?

Verga vai, verga vem, distraídos que estavam olhando o trabalho ser realizado, tomaram um susto quando Ambrósio encostou o trator, desligou-o e disse:

– Pronto, a terra já está lavrada. Agora vamos para a segunda etapa!

Segunda etapa? Qual seria a segunda etapa? Ambrósio desconectou o pé de pato e, com a ajuda de Joaquim e Benzinho, tirou o enleirador do carretão e o conectou ao trator.

Assim que o trator recomeçou o trabalho, todos atinaram qual era e como seria a segunda etapa. Com movimentos a marcha ré, Ambrósio usava a grade instalada no trator para deixar a terra limpa e empurrar as pedras, os tocos e as raízes para a beirada da roça, junto ao capão de mato.

Enquanto o céu abriu e dava lugar para se avistar nuvens brancas esparsas espalhadas pelo firmamento, prenunciando tempo bom, a tarde avançava com todos atentos àquela atividade.

De repente, Benzinho correu até o trator e fez sinal de que precisava falar com Ambrósio. Com o trator parado, subiu nele e falou algo ao tratorista que os demais não conseguiram ouvir. Depois desceu, deixando Ambrósio continuar o trabalho.

Então, Ambrósio passou a empurrar as pedras e raízes para dentro de um grande buraco que tinha anteriormente se formado por erosão das chuvas ali perto, tampando-o e emparelhando-o em pouco tempo.

Seguiu com essa atividade até empurrar todas as pedras, tocos de pau, galhos e raízes para a beirada da roça, quando então deu por concluída aquela etapa.

Por fim, após a troca de equipamentos, foi a vez de usar o disco, o qual, estando a terra já rasgada pelo pé de pato e livre das pedras e raízes, não encontrou dificuldades para dar o toque final de qualidade, deixando a terra pronta para o plantio.

No final da tarde, ainda antes da noite, Ambrósio terminou o serviço, encostou o trator onde todos estavam e disse:

– Pronto, crianças! Agora vocês viram qual é o "verdadeiro feitiço" que um "bruxo do bem" é capaz de fazer!

– Ui, que medo! – disse Cecília, brincando.

– Joaquim, Benzinho! Me ajudem a conectar o carretão no trator.

Num instante, após algum esforço físico, o carretão estava de novo conectado.

– Vamos carregá-lo com o pé de pato, com a grade e com o enleirador? – perguntou Benzinho.

– Vamos, mas não agora. Primeiro preciso fazer o último serviço.

– Ué, mas já não está pronto? – inquiriu Luna.

E, sorrindo, Ambrósio simplesmente disse:

– Crianças! Todos aqueles que quiserem dar uma volta, pulem agora para dentro do carretão.

– Iupiiii! – gritaram todos – Vamos andar de trator!

– Joaquim – continuou Ambrósio –, você vem comigo aqui na frente, para me mostrar qual percurso podemos fazer dentro da propriedade.

Uma a uma, as crianças, inclusive Anny, subiram no carretão, felizes da vida, com o coração acelerado e os olhinhos brilhando. Ficaram para trás somente Feliciana, Luna e Benzinho.

Rindo, Ambrósio disse apenas:

– As crianças grandes também podem subir no carretão. Vamos! Andem! Não temos tempo a perder!

Feliciana tomou aquilo como uma enorme surpresa e começou a rir sem parar; ria tanto que chegou a perder as forças quando estava subindo no carretão, e Benzinho precisou auxiliá-la, de tão contente que estava.

— Segurem-se na beirada do carretão para não caírem. Vai sacolejar um pouco! – gritou Ambrósio, ligando o trator.

Joaquim foi mostrando a Ambrósio por onde podia fazer o percurso. Desceram da roça para a estrada do lado direito e, por ela, passaram em frente das casas, da velha igreja e foram até os fundos, passando pela horta e pela casa do Joaquim.

Feliciana não parava de rir. Aqueles sacolejos que o carretão fazia a deixavam de pernas frouxas, e, quanto mais ria, mais queria rir. Foi tanto, que Benzinho chegou a perguntar a ela:

— Amor, está rindo de contente ou de nervosa?

As crianças gritavam, cantavam, falavam alto. Anny estava radiante: além de seu sonho estar sendo realizado, de quebra, ela ainda estava andando puxada pelo trator.

Ambrósio estava contentíssimo em estar ali, porque sempre teve vontade de conhecer por dentro a Raio de Luz.

— Nestas casas moravam as pessoas que tinham se contaminado com a lepra e que precisavam ficar isoladas?

— Sim. – respondeu Joaquim. – Tínhamos tudo aqui, moradias, moinho, enfermaria, igreja, carpintaria, serraria, ferraria... E não podíamos sair para ir a lugar algum.

— Puxa, não deve ter sido fácil!

— Eu era pequeno, não lembro muito bem. Mas o pai e a mãe diziam que realmente foi um período muito difícil.

No carretão, Luna, transbordando de emoção, sentia-se feliz por ter sido ela, ainda que com dificuldades e estafada com a longa caminhada, a ter ido até a casinha branca da montanha buscar socorro daquele desconhecido, com quem ela já tinha tido um encontro fortuito dias atrás.

Depois da casa de Joaquim, antes do arroio, viraram à esquerda e percorreram um trilho antigo, que no passado foi uma estrada e atualmente contém bastante vegetação, subindo pela margem do arroio, que continuava ainda com um volume grande de água suja.

Em certo ponto, avistaram a ponte e o cemitério do outro lado. Ali, viraram novamente à esquerda e retornaram para a sede da fazenda pela outra estrada, passando pelo potreiro, por um capão de mato, por diversas outras casas e pelo galpão.

Ambrósio, com as dicas de Joaquim, que conhecia como ninguém toda a propriedade, venceu o percurso sem nenhuma dificuldade e retornou ao local de onde tinham saído, desligando o motor.

– Agora podem descer!

– Ah não... – disseram as crianças. – Podemos dar mais uma volta?

– Gostaria de poder ficar mais com vocês hoje. Mas por hoje já chega, logo será noite! Prometo que vamos andar de novo outro dia, certo?

Com gostinho de quero mais, as crianças desceram do carretão, cada qual mais falante e tagarela. Joaquim e Benzinho ajudaram Ambrósio a colocar o pé de pato, a grade e o enleirador no carretão.

Ao final, Luna se aproximou e disse:

– Não temos palavras para agradecer por essa importante ajuda que nos deu. Peço que faça conta do valor a ser pago pelo combustível e pelo seu serviço que saldaremos esse compromisso o mais breve possível com o senhor.

E, dito isso, abraçou espontaneamente Ambrósio, emocionada. As crianças, vendo aquele abraço da mamãezinha ao novo amigo, igualmente correram para Ambrósio e Luna e os rodearam, abraçando os dois.

– Não disse que são uns amores? – cochichou Luna a Ambrósio.

33 A CLAREIRA NA MATA

Luna chegou muito rápido na casa de Ambrósio. Na primeira vez, quando foi a pé, demorou quase a manhã inteira, chegando completamente estafada naquela casa branca no alto da montanha.

De carro, nem percebeu o quanto demorou, mas notou que, por ter feito o deslocamento infinitamente mais rápido, nem sequer conseguiu apreciar os detalhes da paisagem.

Ao chegar, estacionou o carro próximo da casa branca e desceu, sendo recebida por alguns gatos que estavam à sombra. Um deles, o frajolinha, veio novamente lhe roçar as pernas, dando e pedindo carinho.

Luna abaixou-se e fez um cafuné com a mão na cabeça e no lombo do bichano, deixando-o ainda mais ativo e com o rabo para cima, a pedir mais carinho.

Ela tinha vindo sem avisar, mas supunha que Ambrósio estivesse em casa. Bateu palmas e esperou. Silêncio total.

– Ô de casa! – gritou, mas ninguém atendeu.

Contornou a casa, passou o galpão e tomou o rumo da moradia do caseiro. O gato preto e branco a seguiu, não a perdendo de vista por nenhum instante.

A porta estava aberta. Bateu palmas e chamou por Mônica. Não demorou e ela respondeu lá de dentro: "já vai!". Depois de um tempo, ela apareceu e disse:

– Olá, dona Luna! Que alegria vê-la por aqui! Ambrósio comentou que preparou com o trator a terra para vocês.

– Ah, sim! Não sei o que seria de nós sem a providencial ajuda de Ambrósio. Aliás, ele não está por casa? Trouxe dinheiro para fazer o pagamento.

– Está, sim. Ele e Renato estão no acampamento – e apontou para dentro do mato, atrás da casa.

– Será que eu posso falar com ele?

– Claro. Se a senhora quiser ir lá, pode seguir aquele trilho. Não é longe. – disse, apontando para um trilho próximo da casa.

– Obrigada!

Luna seguiu pelo caminho indicado por Mônica, venceu o gramado e adentrou entre as árvores. Era um trilho estreito, porém limpo, que seguia mata a dentro.

Em certo ponto, ouvindo barulhos na mata, à sua direita, sobressaltou-se. Então parou, escutou e repeliu qualquer medo que porventura quisesse se alojar em sua consciência.

"Devem ser pássaros voando nos galhos das árvores". E, pensando com prudência, continuou: "será perto ou longe o lugar onde Ambrósio está? Quanto ainda falta caminhar?"

* * *

Com a terra lavrada, no dia seguinte, logo cedo, depois do café, Joaquim e Benzinho prepararam as duas plantadeiras manuais que encontraram no galpão e as lubrificaram pacienciosamente.

Luna e Anny estavam com eles, acompanhavam o serviço de ambos e faziam planos. Luna separou as sementes de milho e feijão compradas na cooperativa e as colocou sobre um carrinho de mão que Anny encontrara no fundo do galpão.

Quando Joaquim e Benzinho deram por concluída a lubrificação, tomaram o rumo da roça. Luna e Anny fizeram uma volta maior e vieram até a casa grande, onde, em alta voz, Luna chamou as crianças:

– Está na hora da nossa plantação! Vamos todos para a roça!

– Iupiiiiii! – gritaram todos.

Thor, fiel escudeiro de Luna, veio correndo com mais uma xícara de chá. Aquilo para ele era um ritual, de modo que ele podia esquecer de qualquer coisa, menos do chá de Luna.

– Já sei! Preciso tomar mais uma xícara do seu preparado.

– Isso mesmo, Luna. Ainda será assim por mais alguns dias.

Luna bebeu o chá, que estava de morno para gelado, e junto às crianças, rumou para a roça, atravessando o pomar.

Quando chegaram, Benzinho e Joaquim já tinham delimitado em qual área seria plantado o feijão e em qual área seria plantado o milho. Com as plantadeiras abastecidas de milho, seguiram ambos, lado a lado, um em cada verga, lançando sementes ao solo.

– Crianças, venham comigo! – disse Luna.

No lado oposto, Luna pegou as sementes de ervilhas, favas, abóboras, melão e melancia e, encarnando o papel de engenheira agrônoma, trouxe Anny para junto de si e passou a explicar aos pequenos como se fazia.

— Vamos começar plantando as ervilhas. As sementinhas precisam ficar uns três dedinhos abaixo do solo, para poder germinar.

— As minhocas não vão comer as sementes? – inquiriu Hanna.

— Não, de jeito nenhum. A minhocas, se houverem, ajudam a aerar o solo, para que ele possa ficar fofinho.

Começaram o plantio, com Luna e Anny supervisionando cada uma das crianças.

— Isso, Alícia. Assim mesmo. Após colocar a sementinha, cubra de terra suavemente.

— Eu e o Tedy também podemos plantar? – perguntou Cecília, que estava de lado, vendo que Lorenzo também estava se arriscando naquela tarefa.

— Claro, meu amor! Venha cá! Vou explicar como fazer! – respondeu Luna.

— Após plantar, é só esperar a plantinha crescer e depois colher? – perguntou Lorenzo.

— Não exatamente, querido. Durante o processo de crescimento, temos que cuidar da planta, capinar, arrancar as ervas daninhas, regar com água se faltar chuva...

Todos estavam entusiasmados, dando o máximo de si para aquela tarefa tão esperada nos últimos dias.

Luna sabia que, por estar dando oportunidade para as crianças também plantarem, o plantio estava demorando mais que o previsto. Ela sabia que, se fossem somente ela e Anny a plantar, seria bem mais rápido. Mas ela fazia questão, como professora, de proporcionar às crianças o senso de pertencimento e valorização àquela atividade.

Quando Feliciana os chamou para o almoço, Benzinho e Joaquim já tinham terminado de plantar todas as sementes de milho e feijão. E Luna, Anny e as crianças, ainda estavam às voltas com o plantio das outras sementes.

Almoçaram sem pressa, e, ao final, Feliciana disse:

— "Oji ocêis estão ajudano na plantação, crianças, então dispenso meus ajudantes: pode deixá que eu lavo a louça!"

Felizes, as crianças correram para escovar os dentes e, depois, foram brincar na rua, para aproveitar o tempo livre.

Joaquim, chamando Benzinho para próximo de si, disse:

— Benzinho, venha comigo. Vamos trabalhar!

— Ué, você não vai tirar uma soneca, como faz todos os dias, depois do almoço?

— Hoje não! Vamos aproveitar que o tempo está nublado, com possibilidade de chuva, e vamos plantar as ramas de aipim que tenho separadas debaixo de uma árvore, ao lado da minha horta.

Cerca de uma hora depois do almoço, já estavam de volta ao trabalho. Joaquim e Benzinho fizeram duas viagens, trazendo nas costas feixes de ramas de aipim, das quais depois foram preparadas manivas, cortando com facão pedaços de 15 a 20 centímetros cada.

Enquanto Luna, Anny e as crianças continuavam o plantio no outro lado, Joaquim e Benzinho foram plantando, uma a uma, com muito cuidado e carinho, as manivas de aipim.

De forma colaborativa, cada um fazendo uma parte, antes do final da tarde já tinham o serviço de plantação concluído. Estavam plantadas as sementes de milho, feijão, ervilhas, favas, abóboras, melões e melancias.

Todos estavam cansados à beça, inclusive com dores nas costas, porque trabalharam grande parte do tempo acocorados, mas estavam felizes demais por terem vencido aquele propósito. Eles haveriam de ter uma grande colheita.

***

Após caminhar um trecho dentro daquela trilha, Luna já sentiu a diferença na temperatura. Ali dentro, entre as árvores, a temperatura estava visivelmente menor.

"É impressionante que muitos seres humanos não percebam quão melhor e mais equilibrado seria o nosso planeta se tivéssemos mais árvores!", pensou ela, enquanto seguia pelo trilho, num constante aclive.

Depois de caminhar por um tempo naquele trilho, começou a ouvir vozes e um barulho forte, como se fosse uma queda d'água. Ao avançar mais, aguçou os ouvidos, e as vozes se tornaram reconhecíveis: eram de Ambrósio e de Renato.

O trilho terminava num lugar lindo: uma clareira no meio da floresta. No lado esquerdo, avistou Renato trepado numa escada, com um martelo na mão; ele pregava algo no alto. "Deve ser o quiosque", pensou Luna. Próximo de Renato, Ambrósio, com sua tradicional boina, estava alcançando para ele um pedaço de tábua. Ao lado do quiosque, havia uma churrasqueira em construção, ainda inacabada.

No centro da clareira, havia uma mesa rústica enorme e bancos de costaneira sobre cepos, dos dois lados da mesa. Nas margens da floresta, viam-se alguns bancos rústicos. E, no lado direito, encontrava-se uma queda d'água linda que descia morro abaixo, formando uma piscina natural na parte de baixo.

Boquiaberta com a magnitude e a tamanha beleza da natureza, Luna ficou um instante contemplativa, sem saber o que dizer. Foi Ambrósio quem a enxergou e gritou:

– Luna, você por aqui?

– Sim, vim efetuar o pagamento a você e, não o encontrando, Mônica me comentou que estavam aqui.

Renato se virou para confirmar quem estava chegando e disse:

– Olá, dona Luna. Boa tarde!

– Boa tarde!

Ambrósio a convidou para sentar-se um pouco e escolheu um dos bancos na beirada da floresta, o qual tinha como vista aquele cenário bucólico e maravilhoso da cascata.

– Que lindo este lugar, Ambrósio!

– Quando comprei a propriedade, logo descobri essa cascata exuberante e, como estava próximo de casa, desde a primeira vez planejei fazer uma área de lazer aqui em cima. Somente agora, com a ajuda de Renato, estou conseguindo ajeitar o lugar.

– Realmente ficou lindo! Parabéns! Me lembra as cascatas em que muito banho tomei, na divisa das terras onde morava com meus pais.

– É muito bom tomar banho ali embaixo – disse Ambrósio apontando para onde a água caía. – Mas tem que ser em dia de bastante calor, porque a água é sempre muito gelada.

Ao respirar, dava para sentir a brisa úmida e refrescante que vinha da cascata. Pássaros revoavam sobre a água, sentando-se nas pedras da beirada do poço. Um deles, que parecia um pardal, entrou na água numa parte bem rasinha, molhou-se e depois abriu as asas, chacoalhando-se todo e voando em seguida.

Borboletas resplandeciam ao voar numa réstia de sol, misturando cores que iam do amarelo, passando pelo branco ao vermelho, formando um conjunto harmônico de cores com os tons de verde da vegetação rica que cobria tudo.

Passado um breve momento contemplativo, Luna recordou-se do propósito de sua visita. Abriu a bolsa e, de dentro dela, tirou um envelope branco.

— Aqui dentro está o valor que preciso lhe pagar, tanto pelo serviço de arar a terra quanto pelo serviço mecânico no meu carro e pela bateria trocada. — disse, alcançando o envelope para Ambrósio.

— Eu disse que não tinha pressa, Luna. Gosto de ser prestativo. Ajudei com alegria, porque vi que os objetivos de vocês são nobres.

— Eu sei que disse que não estás cobrando, mas eu quero saldar esse compromisso.

— Tá bem! — respondeu, pegando o envelope, dobrando-o e colocando-o no bolso traseiro da calça.

— Não vai conferir? — inquiriu ela.

— Não é necessário. Já confio nessa amiga.

Nisso, Renato gritou, chamando o patrão, e disse:

— Seu Ambrósio, vou buscar mais um pacote de pregos e volto já — recebendo como confirmação um aceno positivo dele.

Enquanto Renato se afastava, sumindo na trilha, Ambrósio perguntou, mudando de assunto:

— E tu, como estás? Melhor?

— Vivendo um dia de cada vez. Não sei se são os ares da Raio de Luz e da região, ou se são os chás de Thor, mas tenho me sentido melhor.

— Tomara que continues bem.

Após um longo suspiro, Luna olhou para Ambrósio e disse:

— Você é a única pessoa que sabe que vou morrer em breve. Por favor, peço novamente que não comente isso com ninguém. É o nosso segredo, certo?

Após Ambrósio concordar, Luna continuou:

— Quero lhe dizer outra coisa importante: já percebi que você tem um coração de ouro. Gostaria de lhe fazer mais um pedido: quando chegar a hora da minha partida, peço que ajude a cuidar daqueles anjos da Raio de Luz. Olhe por cada um deles, por todos aqueles olhares meigos e doces como o mel...

Dizendo isso, Luna não conseguiu segurar a emoção e começou a chorar. Sem jeito, Ambrósio passou as costas da mão no rosto de Luna, enxugando algumas lágrimas.

– Não chore! Eu também já gosto daquelas crianças. Ainda que no primeiro contato eles tenham ficado assustados e com medo de mim, pude notar o coração grandioso e puro que eles têm.

– Sim, são uns amores!

– Entendo sua preocupação e amor, Luna. Quando acontecer a sua... sua...

– Morte! – interceptou ela.

– Isso... Não gosto de falar nisso... Mas fique certa de que, isso acontecendo, eu farei o possível para amparar os moradores da Raio de Luz, especialmente as crianças.

– Muito obrigada! Esse compromisso que está assumindo comigo me traz um enorme conforto, poderei partir em paz!

– E mais uma coisa que gostaria que faça por mim: me sepulte debaixo de uma árvore florida, onde poderei receber a luz do sol pela manhã e o clarão da lua à noite – pediu Luna.

Aquele pedido, para Ambrósio, foi pior do que um soco na boca do estômago. Ele não resistiu, engoliu-se todo e começou a chorar. Desconfortável, levantou-se e caminhou alguns metros, disfarçando. Luna, percebendo o que estava acontecendo, apenas ficou em silêncio, a olhar para a cascata.

Então Ambrósio retornou, sentou-se ao lado dela, segurou suas mãos e, olhando em seus olhos, disse:

– Honrarei seus pedidos quando chegar a hora, Luna! Mas haverá de viver muito ainda. Pessoas especiais como você não morrem nunca, pois seu legado fica para sempre na memória e na saudade daqueles a quem você se fez importante.

Luna ficou emocionada e agradeceu pelas palavras de estímulo daquele amigo. Ela sabia que ele estava dizendo aquilo apenas para lhe transmitir um pouco de esperança e de fortaleza, como que a dourar a pílula, mas, no fundo, ela sabia que estava no fim.

34 O PIQUENIQUE

Depois de vários dias sem chuva, sábado amanheceu quente. Um calor flamejante que fazia escorrer suor inclusive à sombra. As crianças já brincavam, algumas dentro da casa, outras na rua, próximo ao lago, no gramado em frente à casa.

Pela metade da manhã, em um dado momento, um barulho de um motor foi ficando perceptível e continuado. Aguçaram os ouvidos: aquele sonido foi ficando mais alto. E o que parecia ser o barulho de um grande motor se confirmou: era Ambrósio que se aproximava, com o carretão conectado no trator.

– Ebaaaaa! – gritou Cecília. – Quero andar de trator de novo!
– Eu também quero! – confirmou Lorenzo.

No afã da possibilidade de andar de trator e na ânsia de saudarem a chegada daquele novo amigo, as crianças correram, juntamente a Anny, na direção dele. E, tão logo Ambrósio desceu, rodearam-no, abraçando-o efusivamente, com uma energia pura. Junto aos abraços, houve um grande alvoroço, um grande alarido, com todos falando ao mesmo tempo.

Luna estava ajudando Feliciana a lavar as roupas. Ouvindo também o barulho, ambas vieram para a frente da casa. "Ué! Não temos nada programado, nenhum serviço para fazer com o trator. O que será que aconteceu?", pensou Luna.

Ambrósio abraçou todas as crianças carinhosamente. Ele já estava se afeiçoando a elas. E, embora não admitisse verbalmente, seu coração já compreendia que estar com elas na Raio de Luz lhe fazia muito bem.

Luna, já descendo para o gramado, ficou muito feliz em ver seus filhinhos abraçados àquele novo amigo, mas, ao mesmo tempo, passou uma pontinha de ciúmes: ela é quem deveria estar dentro daqueles abraços.

– Vamos andar de novo de trator? Essa foi a pergunta ecoada por todas as crianças, ainda que com palavras diferentes.
– Talvez! Mas dessa vez precisaremos de uma autorização.
– Uma autorização?! – vários responderam, sem compreender.

— Sim! – continuou Ambrósio: – Vim fazer um convite a todos vocês. – disse, dirigindo-se a Luna e Feliciana, que se aproximavam, para cumprimentá-lo.

— Um convite? – perguntou ela.

— Hoje está muuuuuito quente! Quero convidá-los para virem comigo para fazermos um piquenique e tomarmos banho na cascata lá perto de casa. Se puderem ir, levo todos no carretão e no final da tarde venho trazê-los de volta.

— Puxa! Um piquenique! – algumas das crianças ficaram surpresas. – Que legal!

— O que é um piquenique? – perguntaram em simultâneo Lorenzo e Cecília.

— Um piquenique é um passeio em algum lugar, onde a gente aproveita para brincar, se divertir, curtir a natureza, fazer um lanche especial e, nesse caso, ainda tomar um banho de cascata – respondeu Ambrósio.

— Então estou dentro! – responderam ambos.

Nisso, chegou Benzinho, que, mesmo com todo aquele calor, estava roçando próximo do pomar.

— Calma, crianças! – atalhou Luna. – Para irmos a um piquenique é preciso antes nos organizarmos com alguma antecedência, separarmos o que vamos levar e prepararmos os lanches. Não podemos sair assim, às pressas!

— Ah! Mamãezinha! Vamos ao piquenique com o nosso benfeitor? Vamos?

Ambrósio riu por dentro. Benfeitor! Riu feliz: aquela pequenina o chamara de benfeitor. E pensar que, na sua primeira aparição na Raio de Luz, era como se fosse ele próprio a manifestação do mal.

Após um instante em silêncio, partindo em defesa das crianças, Ambrósio disse:

— Luna, compreendo o que estás querendo dizer quanto à organização e logística – disse, piscando o olho para ela. – Mas já tenho tudo preparado. Faço questão de que possam ir todos vocês, inclusive a dona Feliciana, o Benzinho e o Joaquim.

Luna viu as crianças correrem para ela e a abraçarem, com olhares sinceros como que a pedir para ela autorizar aquele passeio. Ela estava pensativa, e aqueles abraços amorosos tinham a clara intenção de sanar quaisquer dúvidas que ela tivesse.

– Vamos, mamãezinha! Vamos no piquenique! – imploravam em uníssono.

Ouvir eles a chamarem de mamãezinha amoleceu seu coração, pois tudo o que ela mais queria era também ser abraçada por seus filhinhos, e agora o estava sendo. Mas Luna sabia que haveria despesa para fazer um piquenique. Por outro lado, ela sabia que seria muito legal, seria uma espécie de prêmio por todos estarem tão comprometidos com as novas ideias e diretrizes para melhorar a Raio de Luz.

Vendo que Luna estava indecisa, Ambrósio completou:

– Já está tudo organizado para o nosso almoço. Vai ser um dia inesquecível! Além de andarmos de trator e fazermos um piquenique muito legal, ainda vamos tomar um banho gostoso na cascata. – continuou Ambrósio.

– Tá bem! Tá bem! Está realmente muito quente! Vamos no piquenique! – concordou Luna, rendendo-se aos argumentos daquele novo amigo.

Nem bem Luna tinha fechado a boca e uma gritaria enorme teve início, com as crianças a ovacionando.

– Vamos combinar o seguinte – disse Luna, na sequência: – Anny, ajude cada um a pegar uma roupa de banho, uma muda de roupa seca e uma toalha e depois venham todos para cá.

– Ebaaaaaaa!

Virando-se para o outro lado, Luna comentou:

– Benzinho. Você e dona Feliciana também!

– Mas, patroinha! "Nóis pudemo ficá! Não percisemo ir junto!" – disse Feliciana.

– Não senhora! Se vamos, iremos todos! Não vai ficar ninguém para trás! Aliás, Benzinho, dê um pulo na casa de Joaquim e avise que ele também precisa ir conosco.

* * *

Foi uma festa para as crianças andar novamente no carretão do trator. Contentes e felizes, ajudaram Feliciana a subir, haja vista que ela novamente teve um ataque de risos quando estava por subir, faltando-lhe as forças. Assim que Joaquim e Benzinho subiram, Ambrósio fez roncar o motor e iniciou a viagem.

Durante o percurso da Raio de Luz até a casa de Ambrósio, as crianças conversaram, cantaram, gritaram, fizeram grande alaúza. Era a primeira vez que estavam saindo da Raio de Luz a passeio para a casa de um vizinho depois que ali chegaram: as saídas eram somente à escola.

Com olhos atentos e observadores, a cada coisa diferente que avistaram, faziam questão de, como narradores, citar em detalhes, com efusiva alegria, o que estavam vendo. E cada qual enfeitava mais a narração.

Quando Ambrósio por fim desligou o trator e desceu, Anny sentiu o coração acelerar. Então era ali que ele morava. Ali na frente estava a casa branca que eles avistavam da Raio de Luz.

– Vamos! Chegamos. – disse Ambrósio, contente. – Podem descer.

Ainda que já soubesse que Ambrósio era pessoa do bem, que os estava ajudando, que tinha lavrado a terra, que os estava levando para um piquenique, Anny ficou desconfiada quando avistou os gatos no terreiro.

"Então é verdade! Ele deve mesmo morar com os gatos!" E, mal pensando isso, um dos gatos tentou se aproximar dela e ela arrepiou-se toda, repelindo-o. "Cruz, credo!", pensou. "Eu não quero esses gatos próximo de mim!"

Como que a adivinhar pensamentos, Ambrósio disse, sorrindo:

– Não precisam ter medo dos gatos! Eles são dóceis e amistosos. Ano passado tivemos uma infestação de ratos no galpão e precisamos arranjar vários gatos para controlar e eliminar os roedores.

"Então é isso", pensou Anny. "Minhas colegas da escola, sem saber as motivações, inventaram mil e uma coisas do Ambrósio, dando a ele a alcunha de bruxo!"

– Eles são exímios caçadores. – continuou Ambrósio. – Em alguns meses aqui conosco, colocaram o galpão em ordem e terminaram com as ratazanas.

Anny ficou mais tranquila quando viu dona Feliciana com um bichano amarelado no colo. "Devem mesmo ser mansos", pensou Anny.

– Onde é o piquenique? – quis saber a curiosa Cecília.

– Sigam-me, disse Ambrósio.

– E onde é a cascata? É longe? – perguntou Anny.

– O que vamos comer? – perguntou Thor.

– Tudo a seu tempo. – emendou Ambrósio. – Aos poucos vão ter todas as respostas!

As crianças iam à frente, seguindo Ambrósio. Atrás delas, iam Luna, Feliciana, Benzinho e Joaquim, dando cobertura. Passaram pela casa, depois seguiram pelo gramado, passaram pelo galpão e chegaram na casa de Renato, a qual estava com portas e janelas fechadas.

Ambrósio enveredou pelo trilho e adentrou na mata, fazendo um sinal para que todos continuassem a segui-lo.

– O piquenique será dentro do mato? – perguntou Rick, preocupado.
– Apenas venham e descubram! – disse um sorridente Ambrósio.

Com o início da subida, vendo Henry com alguma dificuldade, Benzinho disse:

– Henry, deixa que empurro sua cadeira!
– Obrigado!

Em um dado momento, na entrada de uma grande clareira, Ambrósio parou, abriu os braços e disse:

– Pronto, chegamos!

Todos se surpreenderam com a beleza daquele lugar e com a magnitude da cascata, a qual parecia que os estava a convidar para um banho refrescante.

Luna também se surpreendeu. Não só pela beleza que a encantara na primeira vez que ali esteve, mas também porque o quiosque e a churrasqueira já estavam prontos.

– Agora vamos brincar e nos divertir! – gritou um esfuziante Ambrósio, deixando transparecer a criança grande que havia dentro de si.

Luna notou que já haviam torneiras e água encanada, uma na pia e outra próximo de uma mesa, ao lado da churrasqueira. E notou que inclusive haviam lâmpadas. "Ambrósio deve ter puxado luz elétrica da casa", pensou ela.

Renato e Mônica estavam ali, já trabalhando e preparando o almoço.
– Olá, Renato! Olá, Mônica! Tudo bem?
– Olá, dona Luna! Sim. Tudo ótimo. Nosso piquenique será maravilhoso!

Vendo que as crianças começavam a se dispersar, Ambrósio bateu palmas e gritou:

– Crianças! Todos aqui comigo. Tenho um comunicado a fazer.

Como num passe de mágica, em resposta àquele chamamento, Ambrósio reuniu junto de si a todas as crianças. Então disse:

— Tem algumas regras para que o nosso piquenique seja um sucesso. Se obedecerem, poderemos nos reunir outras vezes. Se não obedecerem, este será o primeiro e último piquenique, ok?

Todos concordaram com um sonoro "Siiiim".

— Regra um: se forem caminhar no mato – continuou ele –, não andem sozinhos, mas sempre de dois a dois, pelo menos. E sempre olhando com atenção por onde pisam.

— O que vamos comer? – insistiu Thor na mesma pergunta que já tinha feito anteriormente.

— Renato está preparando salchipão e Mônica está fazendo arroz, maionese e saladas.

— Hummmm... – fez Alícia. – Que gostoso!

— Regra dois: cada um é responsável por ajudar a reparar e a cuidar dos outros e, se virem qualquer coisa estranha, devem avisar imediatamente um adulto.

— Já podemos tomar banho? – perguntou Rick.

— Esta é a regra três: para tomar banho é preciso ter sempre um adulto por perto. Ou seja, estamos no meio da natureza, o poço tem uma parte funda, portanto somente com a supervisão de um adulto vocês podem entrar na água. Ok?

Todos concordaram com a cabeça.

— Ambrósio! – falou Joaquim. – Eu adoro água, já cuido deles no riacho do lado da minha casa e, se quiser, posso cuidar deles na água.

— Perfeito. Pode ser!

— Preparem-se! – provocou Joaquim. – Daqui a pouco eu já estarei dentro da água com vocês!

— Iupiiiii! – gritou Lorenzo.

— Por fim – concluiu Ambrósio –, tem um banheiro ao lado do quiosque. Sem atropelos, um de cada vez, coloquem a roupa de banho e depois, junto com Joaquim, então sim, podem ir tomar banho, porque o dia está realmente muito quente!

*　*　*

Ainda que estivesse muito quente lá fora, a temperatura estava muito agradável naquele pequeno paraíso. Joaquim e as crianças, na maior parte do tempo, ficaram de molho dentro d'água.

Em alguns momentos, sempre debaixo do olhar atento de Joaquim, os maiores foram até a queda da cascata, onde a água descia como um grande e torrencial chuveiro natural.

Ali, tomaram banho e se refrescaram, mas não por muito tempo, porque a água que descia parecia que fazia cócegas, ou, ainda, pareciam pequenas agulhas a bater na pele frágil das crianças.

Feliciana e Benzinho não quiseram tomar banho, apenas ficaram um bom tempo sentados nas pedras, na margem, com os pés dentro da água gelada.

Luna e Ambrósio sentaram no banco, de frente para a cascata, o mesmo banco no qual tinham se sentado anteriormente, e ali ficaram sorvendo a brisa da água que evaporava da cascata, conversando sobre diversos assuntos.

Mônica pegou uma jarra enorme, que mais parecia um grande balde, e ali preparou uma limonada com limões que tinham sido colhidos mais cedo por Renato.

Em alguns momentos, Renato e Mônica davam uma saidinha da preparação dos alimentos e vinham conversar com Luna e Ambrósio. Mas Renato ficava só um pouquinho, logo retornava para a churrasqueira: "para não queimar o salsichão", dizia ele.

Também por momentos sentavam e conversavam com eles Feliciana, Benzinho e até algumas das crianças, as quais, invariavelmente correndo, passavam por ali, davam um beijo em ambos e voltavam às pressas para a água.

Quando Renato e Mônica terminaram de arrumar e servir a mesa no centro do acampamento, o assador veio até a beirada do barranco, ao lado onde estavam Luna e Ambrósio, e, tendo batido palmas, gritou:

– Pessoal, o almoço está pronto. Venham todos!

Um a um, os pequenos achegaram-se à mesa e sentaram-se, molhados, nos bancos de costaneira. Uma travessa de vidro estava já abastecida de salsichões quentinhos, ao lado de uma bacia com pães já cortados ao meio, uma grande travessa com maionese e também saladas de alface, rúcula e tomate com cebola.

Feliciana, que também se colocou a postos, chamou para si a tarefa de servir as crianças, como já fazia na Raio de Luz. Serviu uma a uma, primeiro com o salshipão e depois, para quem quisesse, arroz, maionese e saladas.

Lorenzo não quis saladas. Das crianças, ele era o que sempre fazia escolhas, comendo pouco e deixando de comer muitas coisas. Joaquim, também molhado, serviu todos com a limonada preparada por Mônica.

Após todas as crianças estarem já comendo, os grandes também se serviram, primeiro Benzinho e Joaquim, depois Feliciana, Ambrósio e Luna. Por fim, Renato e Mônica também almoçaram.

– Hummmm! Que delícia esse almoço! – elogiou Cecília.

– E a limonada, então? Dos deuses! – emendou Thor.

Depois do almoço, enquanto os adultos ainda ficaram mais um tempo à mesa, conversando, as crianças levantaram-se e reuniram-se sentadas no barranco, rindo despretensiosamente.

Passado algum tempo, como se ainda estivesse muito quente, não tardou e elas começarem a pedir para retornar para a água. Luna então disse:

– Nada disso! Agora as barriguinhas estão cheias. Precisam esperar pelo menos uma hora para irem tomar banho de novo.

– Mas, se não podemos tomar banho, o que vamos fazer então, mamãezinha? – perguntou Alícia.

– Fiquem brincando de alguma outra coisa aqui no acampamento.

Mônica e Renato levantaram-se e começaram a ajeitar os pratos e talheres, ao que Feliciana disse:

– "Não memo, ocêis fizéro a bóia, podi deixá que a louça eu ajeito e lavo. Podi continuar sentados, discansano".

– Isso mesmo, dona Feliciana. E eu te ajudo! – complementou Luna.

Enquanto as mulheres lavavam a louça, Mônica comentou que precisava ir rapidamente em casa, mas que logo voltava. Esguia, logo sumiu no trilho abaixo. Algumas das crianças se sentaram nos bancos, espalhados à beira da mata, circundando o acampamento, outras brincavam de pegar, numa energia sem fim.

Não demorou muito e Mônica retornou, depositando sobre a mesa um vidro enorme de compota.

– O que é isso? – perguntou Cecília, que estava sentada ali perto, agarrada em seu gato de pano.

Mônica respondeu:

– Crianças! Trouxe sobremesa. É um doce de pêssego caseiro que eu mesma fiz.

– Ebaaaaaaa! – gritaram as que estavam na volta.

Mônica pegou os copos, que nessa altura já estavam lavados, e serviu porções generosas de doces para todos, inclusive aos adultos.

— Mônica, que doce maravilhoso! Parabéns! – disse Ambrósio.

— Sim, são dos pessegueiros que temos abaixo da casa, no pomar. Renato fez a colheita na semana passada e eu preparei com muito esmero.

— Está delicioso mesmo! – continuou Benzinho. – Feliciana também sabe fazer doces de compota como ninguém.

— Posso repetir? – perguntou Kauã, que já tinha terminado a sua parte.

— Sim, os que quiserem, se acheguem para cá, que dá para repetir uma vez.

***

Depois de terem saboreado o doce feito por Mônica e sabendo que não poderiam entrar na água por algum tempo, Ambrósio chamou as crianças, que estavam todas ali na volta, e sugeriu:

— Tive uma ideia! Tem um lugar lindo aqui perto. Vamos ir até lá para baixar mais rápido a comida?

— Vamos! – foi a resposta das crianças, dispostas a fazer alguma coisa para ocupar o tempo até poderem tomar banho novamente.

— A trilha é limpa como a que conduz ao acampamento ou é acidentada? – perguntou Henry.

— Esta trilha é bastante acidentada, Henry, tem raízes de árvores, pedras e barrancos.

— Então eu fico por aqui – disse, olhando para a cadeira de rodas.

— Ficaremos também. - responderam em simultâneo Renato, Mônica, Feliciana e Benzinho.

— Enquanto vocês vão fazer esse passeio, eu vou aproveitar para tirar uma soneuinha! – disse Joaquim.

Qual criança grande, Ambrósio deu um salto acrobático e tomou o rumo de uma trilha que descia acompanhando as águas do arroio. Luna, que adorava esse tipo de passeio, nem percebeu, mas foi a primeira a seguir Ambrósio, tão feliz que estava por estar ali com seus filhinhos, seus amigos da Raio de Luz e com aquele benfeitor por quem já estava afeiçoada.

Em fila indiana, para não saírem do trilho, um a um, todos seguiram Ambrósio. Avançavam desviando de pedras, fazendo curvas, subindo por vezes, descendo barrancos em outras, desviando de vegetação e de galhos espinhosos.

De repente, Thor, afoito por dar um passo longo, resvalou, perdeu o equilíbrio e caiu estrepitosamente, estourando numa risada gostosa.

– Ué, tu cai um tombo e ainda fica sorrindo? Tá bem da cabeça! – perguntou Anny, que vinha logo atrás.

– Claro que sim! Ri da minha distração, logo eu, que quase nunca caio e estou sempre atento em cada passo que vou dar.

Seguiram a caminhada, faceiros, contentes, curiosos para saber que lugar era aquele para o qual estavam indo.

Em um dado momento, chegaram numa cerca de arame farpado; ali era a saída da floresta. Adiante, havia um gramado repleto de pontinhos amarelos, no fundo, o arroio, e, por trás dele, novamente a floresta e as montanhas.

– Venham, passem por aqui!

Ambrósio, com um pé, esticou um fio de arame para baixo e, com um braço, puxou o outro para cima, deixando uma brecha para a travessia, por onde todas as crianças passaram e, por último, Luna.

Já do outro lado da cerca, Luna fez o mesmo para aquele amigo, afastando os fios de arame, e ele os atravessou, feliz e contente pela gentileza dela.

– Obrigado! – disse ele, olhando fixamente nos olhos de Luna e notando nela um brilho diferente no olhar.

À medida que adentraram no gramado, perceberam que os pontinhos amarelos que viram de dentro da mata eram flores – centenas, milhares de flores –, todas amarelinhas, formando chumaços de diversas moitas, desde moitas rasteirinhas até algumas com mais de um metro de altura.

– Aqui temos um espaço verde maravilhoso, crianças, podem investigar o lugar à vontade, só cuidem para não escorregar nas lajes próximas ou dentro do arroio, porque elas têm limo e sempre estão muito escorregadias – disse Ambrósio.

Ambrósio sentou-se na grama e convidou Luna para sentar-se também. Ambos couberam certinho na sombra de uma moita mais alta das próprias flores. À sua frente, aquele panorama maravilhoso, onde as crianças brincavam, explorando o terreno.

– São lindas as crianças, né? – questionou Ambrósio.

– Com certeza, o mundo seria muito melhor se todos tivessem a pureza e o amor destes pequenos.

Ficaram um tempo observando as crianças brincarem; ao fundo, alguns pássaros revoavam nos galhos de árvores altas. Luna então disse:

– Desculpe ser repetitiva: que lugar lindo, Ambrósio! Tão bonito quanto a cascata e o acampamento!

– Lindo mesmo. Eu gosto de vir aqui em noites de luar, quando aproveito os tons prateados da lua e do orvalho para refletir sobre tudo.

– Puxa vida! Não é possível!

– O que não é possível? Não entendi.

– Eu também tinha esse mesmo hábito na propriedade de meus pais, quando morávamos no interior. Aproveitava as noites de luar para caminhar pela propriedade e para observar as nuances da noite em contraste com a vegetação.

Sentados lado a lado, riram ambos, despreocupados com tudo, sorvendo aquela sensação de paz indescritível. Algumas crianças corriam atrás de borboletas, outras sentaram-se no barranco com os pés na laje, na água. Outras brincavam de pega-pega...

Luna então lembrou da sua situação: o diagnóstico, seu pouco tempo de vida. Como ela queria ter mais tempo para melhor aproveitar aqueles momentos maravilhosos que estava vivendo.

Nisso, Ambrósio esticou a mão para trás e apanhou uma flor linda, dizendo:

– Estas maria-moles são lindas, mas, ao mesmo tempo, essa beleza inocente carrega toxinas que envenenam os animais que as comem.

Segurando e olhando para a flor em sua mão, Ambrósio continuou, como se estivesse recitando um poema:

– Assim é a vida, Luna, feita de paradoxos incompreendidos, compostos de momentos bons e ruins, de alegrias e de tristezas, de saúde e de doença, de bem e de mal, de chegadas e de partidas...

– Oh, Ambrósio! – disse ela, emocionada, porque parecia que ele estava citando, com outras palavras, o diagnóstico de Luna, do qual ela recém lembrara.

– Mas, ainda que existam toxinas nas marias-moles, é preciso que saibamos apreciar a sua beleza. Veja, como é linda!

E, dizendo isso, olhou fixamente para o rosto de Luna e colocou a flor que recém colhera na orelha daquela amiga.

– Uma flor para uma flor! E quero lhe dizer o seguinte: você confiou em mim e compartilhou seu segredo. Eu preciso compartilhar algo importante com você também.

De súbito, Ambrósio baixou a cabeça e disse:

– Para mim, é difícil dizer... Depois que minha esposa morreu... – e engoliu-se por um momento. – Eu nunca mais me envolvi com ninguém.

Após um momento contemplando o horizonte, Ambrósio levantou a cabeça e olhou fixamente nos olhos de Luna:

– Até surgiram algumas oportunidades, mas eu nunca vi nas pessoas que se aproximaram as qualidades e virtudes, e até mesmo a inocência, que vejo em você, Luna.

Surpresa com aquela revelação, Luna corou. Um vermelhão lhe subiu pelas faces e ela ficou toda sem jeito. E ele concluiu:

– Você é especial, tem um olhar diferente para o mundo, é ousada, corajosa, está enfrentando a morte de frente, de peito aberto, vivendo um dia de cada vez. E eu tomei uma decisão.

– Decisão? Qual decisão? – perguntou, surpresa, Luna.

Após ordenar a respiração e pensar em quais palavras utilizar naquele momento, Ambrósio concluiu:

– Vou ajudar você a se esconder da morte, Luna. Se depender de mim e das crianças, vai ser impossível ela te achar!

Com uma emoção vívida, com corações repletos de ternura e saltando pela boca, lágrimas sinceras escorreram pela face de ambos.

De forma natural, viraram-se para um abraço, e, no encontro do abraço, sem que fosse planejado, os lábios de ambos se tocaram por uma fração de segundos, deixando aos dois envergonhados pelo que que aconteceu.

35 PRESENÇA INESPERADA

Os dias foram transcorrendo maravilhosos. As duplas diariamente ajudavam dona Feliciana nos afazeres da cozinha e domésticos, e, lá fora, todos ajudavam Luna, Anny, Benzinho e Joaquim naquilo que podiam dentro do que era solicitado.

Foi assim que fizeram uma poda nos arredores da casa grande e do lago, e também foi assim que cortaram todo o gramado, deixando-o parelhinho e verdejante.

A plantação já estava nascendo: plantinhas viçosas despontavam nas vergas da roça lavrada. Quando visitava a Raio de Luz, orgulhoso, Ambrósio sempre dava uma olhada na plantação. "Vai produzir bastante", dizia ele. "A terra é fértil."

Na horta, Joaquim organizou uma força-tarefa: todos os dias, de manhã e à tardinha, as crianças ajudavam a molhar todas as mudas das verduras, as quais já estavam bem pegadas e crescendo.

Luna ainda sentia picos de dores fortes de vez em quando. É bem verdade que ela se sentia melhor. Os chás de Thor, diariamente servidos por ele, a tempo e hora, poderiam talvez ajudar de alguma forma, mas ela sabia que não seriam simples chazinhos de um garoto carinhoso que mudariam a história do diagnóstico que ela recebera.

Por força disso, Luna desenvolveu uma angústia, uma ansiedade. Qual seria o dia em que ela partiria? Mantendo aquele segredo somente com Ambrósio, ela pedia a Deus que não sofresse, que, se possível, morresse dormindo, para que não visse a chegada da morte...

***

Thor era realmente obstinado. Fazia suas tarefas e ainda encontrava tempo para ajudar Joaquim na horta, cuidar de seus chás, arrancando as ervas daninhas, e ainda colhia folhas e raízes no mato.

Antes de dormir, com a autorização de Anny, usava o computador e lia conteúdos relacionados à saúde, pesquisando, estudando, aprendendo.

Além disso, Thor não descuidava de Luna, de sua mamãezinha, era como se ele fosse uma sombra dela, dando a ela, em momentos alternados, xícaras de seus chás.

– Este chá tem gosto diferente, Thor. Mudou de novo?

– Sim, Luna, tu estás tomando chás diferentes, começamos com um bem forte e amargo e, na continuidade do tratamento, inseri outras ervas e raízes.

– Ah, pequeno! Ainda haverá de ser um grande médico, talvez um grande cientista!

– Quem sabe. – respondia ele.

* * *

Na parte da tarde, Luna e Anny caminharam pela propriedade, conversando e repassando planos.

Atentas, revisaram o pomar, que tinha sido roçado recentemente por Benzinho. Os pés de pêssego estavam carregadinhos, lindo de se ver. Com olhar atento, Luna apanhou dois pêssegos que lhe pareceram mais maduros, e notou que estavam começando a bichar.

Seguiram pela margem da roça, observando a plantação nascendo, em tons verdejantes contrastando com a terra vermelha. Passaram pelas casas desabitadas e pela velha igreja, indo até os fundos da propriedade.

Chamaram Joaquim várias vezes, mas ele não estava em casa.

– Onde será que Joaquim foi? – Luna perguntou, coçando o queixo.

– Não faço ideia! De manhã ele fez uma batucada com martelo reformando parte do galpão, talvez tenham faltado pregos. – respondeu uma bem humorada Anny.

Luna e Anny, esperançosas, adentraram na horta atentas e se surpreenderam positivamente com o que viram: a decisão de iniciar o plantio de subsistência estava dando certo.

As mudinhas estavam todas pegadas, produzindo. Já se podia ver tons de laranja à mostra em algumas cenouras, ainda pequenas, é verdade. As verduras mais desenvolvidas eram as rúculas e os alfaces, já com pés viçosos, mas ainda não estavam no ponto de colheita.

– Anny, acho que nós já podemos fazer uma surpresa para a turma no jantar – disse Luna, piscando o olho e apontando para as verduras.

– Surpresa? Que surpresa?

***

A tarde se encaminhava para seu final. O sol ainda estava no céu, quando Joaquim, que estava sumido, reapareceu trazendo nos ombros uma gaiola grande e, dentro dela, um galo e algumas galinhas.
– São galinhas poedeiras. – disse ele, todo feliz.
– Eu não disse? – comentou Anny. – Falei que ele ia aparecer hoje com mais algum bicho.
Feliciana então perguntou:
– Trouxe "di ondi" esses bichos?
– Busquei no Clóvis, o primeiro vizinho do lado esquerdo, que mora depois da grande seringueira, antes da escola. Ele me devia uns favores: agora a dívida está paga.
– Puxa, que legal! Não vai demorar e também haveremos de ter produção de ovos.
– Adoro ovos fritos! – disse Kauã.
– E eu amo gemada! – respondeu Lorenzo, lambendo os lábios, em tom divertido.

***

Quando começou a escurecer, Anny chamou as crianças, que, uma a uma, rumaram para a casa grande e foram tomando direção do banho.
À medida que estavam de banho tomado, foram se sentando ao redor da grande mesa da cozinha, enquanto Feliciana preparava o jantar.
Luna chamou as crianças e disse:
– Hoje é uma noite especial! Hoje vamos comer no jantar uma salada colhida de nossa própria horta.
– Iupiiii! – gritou Lorenzo. – Daquela que nós mesmos plantamos e regamos diariamente?
– Sim, Lorenzo!
– Uipiii! – gritaram outras crianças.
– E eu, juntamente com Anny, dona Feliciana, Benzinho e Joaquim, ainda que Joaquim não esteja aqui, quero agradecer a cada um de vocês que está nos ajudando a tornar isso possível.

– Sim – disse Anny –, cada esforço, cada ajuda para molhar as plantas, limpar canteiros e tirar as ervas daninhas tem sido muito importante!

– Quais das saladas que plantamos nós comeremos hoje? – perguntou Thor.

– Colhemos somente as folhas grandes das rúculas e das alfaces. E vai dar uma salada pra lá de especial!

Contentes, todos começaram a falar ao mesmo tempo, recordando as ações que já tinham feito até ali: o cuidado da horta, o plantio, a lavagem da terra, o banho de lama no barranco do arroio, as tarefas de molhar as plantas, de tirar as ervas daninhas...

Vendo que a falação estava animada, e já tendo dado o seu recado, Luna tomou por água um copo de chá alcançado por Thor e depois avisou as crianças que logo voltaria. Ela ia tomar um banho ainda antes do jantar, porque naquela noite queria dormir mais cedo, visto que o dia tinha sido cansativo.

Quando estava no banho, com a água relaxante a cair sobre sua cabeça e seus ombros, ouviu um barulho de um carro se aproximando. "Um carro? Quem será? Será que é Ambrósio chegando para uma visita noturna?"

Ao assim pensar, sentiu que o coração disparou pela boca. Aqueles dias em que ela estava tendo a companhia de Ambrósio de vez em quando estavam sendo maravilhosos.

Mas não se preocupou. Benzinho, Feliciana, Anny e as crianças vão recebê-lo e ele talvez até possa jantar com eles e desfrutar da surpresa da noite.

Por ainda mais um tempo seguiu relaxando no chuveiro, enquanto ouvia o alarido das crianças, vozes que se misturavam, como se estivessem entrando e saindo várias vezes da casa.

"Sim, deve ser Ambrósio", refletiu ela. "Ele deve ter trazido alguma coisa." Desligou o chuveiro, secou-se e vestiu-se, mas não sem antes, um pouco vaidosa, colocar desodorante e uma gotinha de perfume atrás das orelhas.

Após calçar um chinelo, tomou o rumo da cozinha, cantarolando mentalmente uma canção de sua infância.

Ao chegar na cozinha, viu sobre a mesa, e ao lado, num canto, pacotes de diversos tamanhos, muitos mantimentos e várias sacolas de compras.

Feliciana seguia às voltas do fogão, tendo Benzinho sentado próximo de si, tomando uma cuia de chimarrão.

No outro lado da cozinha, próximo da mesa, havia um homem de costas; ele estava falando e gesticulava. Não era Ambrósio. Quem seria? E todas as crianças, inclusive Anny, estavam ao redor dele.

Ao ver Luna adentrar na cozinha, Hanna e Cecília correram até ela e, pegando-a pela mão, a mais velha disse:

– Venha, Luna! "Tio Preto" chegou!

– E trouxe muitas compras! – emendou Cecília.

Ao lado do homem, enquanto ele ainda estava de costas para Luna, Anny disse:

– Vem chegando nossa mamãezinha, "tio Preto", a governanta que o senhor mandou para cuidar de nós! – disse ela, apontando para Luna.

Vendo a movimentação das crianças, o homem virou-se para dar atenção a quem estava entrando no recinto. E a surpresa foi imensa, de ambos.

– Você? – perguntou um atônito "tio Preto".

– Você? – inquiriu uma sobressaltada Luna.

***

Passado um tempo muito breve, que pareceu uma eternidade, o silêncio voltou a ser quebrado:

– Pyetro? Você por aqui?

– Luna? Você por aqui?

Essas foram as palavras que antecederam a um abraço caloroso e demorado de dois amigos que se conheciam há muito tempo.

Ao redor deles, as crianças e Feliciana e Benzinho ficaram sem entender as motivações e efusividade daquele abraço.

Então, Luna virou-se de forma espontânea para Anny e disse:

– Anny, que história é essa de "tio Preto" para cá, "tio Preto" para lá? Como assim, "tio Preto", se este é, na realidade, Pyetro?

– Ah, Luna... Foi Cecília, a pequenina, por não conseguir pronunciar Pyetro, que passou a dizer "tio Preto" e todos nós passamos também a chamá-lo assim.

– Cecília! O que você fez? – disse Luna, olhando para ela, com semblante divertido.

— Ué, eu não fiz nada! Não estou entendendo. Este não é o "tio Preto"?

Todos riram, mas especialmente Pyetro, que estava achando aquele encontro surreal.

Ele sabia que as crianças o chamavam assim, carinhosamente.

— Então, é esta a propriedade que você tinha comprado no interior?

— Sim! — respondeu Pyetro. — Esta mesmo. Lembra que, na última vez que falamos ao telefone, cheguei a comentar contigo que estava com algumas dificuldades e que estava procurando alguém para administrar o lugar?

— Lembro sim!

— Pois então... Nos últimos tempos, em virtude de dificuldades pessoais, já superadas, não estava conseguindo vir até aqui.

— E nós estávamos sentindo a sua falta! — disse Lorenzo.

— Sim, imagino! E depois, com a saída da Martha, nem sequer estava conseguindo me comunicar por telefone... Porque eu recebia notícias daqui frequentemente através dos contatos que ela fazia.

— "Nóis passêmo tempos difíceis aqui, 'seu Preto'. Não fosse os aposento do Joaquim e depois a chegada de Luna, que comprou muita coisa, acho que a gente tinha passado fome..." — disse Feliciana, expondo a situação pela qual passaram.

Pyetro baixou a cabeça, olhando para o chão, pesaroso, ele sabia que realmente tinha estado ausente na Raio de Luz.

— Gente... Eu peço, de coração, perdão a vocês. Me perdoem por ter ficado todo esse tempo sem conseguir vir até aqui. Como eu disse, tive alguns problemas pessoais, mas já consegui superar. Vocês me perdoam?

Em uníssono, todos responderam que sim, inclusive a própria Feliciana, que, quando falou das dificuldades, tinha inclusive embargado a voz.

— Mas e você, Luna, como veio parar aqui?

— Eu saí um dia de manhã e comecei a andar sem rumo... Rodei sem destino pela rodovia e, depois de muito andar, em um dado momento deixei o asfalto para trás e peguei uma estrada de chão para apreciar a vista rural... E foi por essa estrada que vim parar aqui, onde fui acolhida por todos!

Ainda que o amigo fosse médico, Luna omitiu de propósito a parte do diagnóstico fatídico da doença, do fato de ter pouco tempo de vida e das condições em que chegou na Raio de Luz.

– Ela chegou e começou a cuidar de tudo, "tio Preto" – disse Anny. Fizemos uma revolução aqui, arrumamos uma vaca e agora tiramos leite, lavramos a terra com trator, fizemos uma plantação que já está nascendo, aumentamos a variedade de itens plantados na horta... Tudo coordenado por Luna.

– Você não poderia ter nos enviado melhor governanta! – disse Rick.

– Luna está nos ajudando em muitas coisas! – confirmou Benzinho.

– Estou feliz que Luna tenha vindo parar aqui. – disse Pyetro. – Eu já a conheço de muitos anos e sei que é uma excelente pessoa. A providência divina não poderia ter trazido pessoa melhor para a Raio de Luz.

– É agora a nossa mamãezinha! – disse Thor.

– E vocês todos são meus filhos. Amo vocês! – respondeu Luna, emocionada.

– "Tio Preto", você chegou numa noite especial! – disse Kauã, mudando de assunto.

– Noite especial? Como assim?

– Hoje à noite vai ser o primeiro jantar em que vamos comer as saladas que nós mesmos plantamos na horta do Joaquim!

– Sério? – perguntou Pyetro, demonstrando alegria sincera.

– Sim, "rússulas" e alface! – gritou Cecília.

Todos riram!

– Rúculas! – Corrigiu Anny.

– Isso, esse nome aí! – emendou a pequena, encabulada.

36 AVALIAÇÃO MÉDICA

Ao clarear o dia, como já era de costume, tiraram o leite da vaca e trataram os porcos. Quando Pyetro se levantou, o sol já tinha despontado no horizonte e as crianças já estavam com os adultos tomando café na mesa da cozinha, fazendo festa com pães diferentes e com os biscoitos, doces e salgados, que ele tinha trazido no dia anterior.

– Levantou-se na hora certa, Pyetro! – disse Luna. Venha tomar café com a gente.

– Com certeza!

Enquanto dona Feliciana servia o café para Pyetro, ouviram que, na rua, alguém se aproximava cantarolando. Afinaram os ouvidos e logo ouviram que era o Joaquim. Aquietando-se, ele deixou os calçados na porta e entrou de pés descalços.

– Olha quem está aqui: "tio Preto"! – logo disse um surpreso Joaquim. – Que bom lhe ver. Seja muito bem-vindo!

– Obrigado, meu caro. Bom lhe ver também. Venha, sente-se aqui do meu lado. – disse, apontando para o lugar vago.

Conversaram sobre muitas coisas durante o café. Anny e Luna atualizaram Pyetro dos últimos acontecimentos, do sonho de Anny, das ações que já estavam sendo realizadas e do resultado que já estavam tendo.

Pyetro, por mais de uma vez, elogiou as transformações e o progresso da Raio de Luz. Relatou que quando comprou a propriedade pensava justamente nesta direção, de tentar fazer um trabalho autossustentável, mas que nunca teve tempo para se dedicar a isso.

Rasgou elogios à dona Feliciana pela qualidade e pelo sabor refinado daquela deliciosa geleia de goiaba e também teceu comentários quanto ao queijo: "nem salgado nem sem sal, está no ponto", reforçou ele, deixando Feliciana toda garbosa. Em um dado momento, disse:

– Luna, diante das maravilhas que estou vendo que estão acontecendo aqui e sabendo que estás aposentada, quero te fazer um convite.

– Um convite? – perguntou ela, curiosa. – O que seria?

— Quero te convidar para ficar na Raio de Luz, para administrar este local, contando com a ajuda de Joaquim, Benzinho, dona Feliciana e Anny. Você aceita?

Fez-se um silêncio entre todos. As crianças se entreolharam. Para elas, Luna já era a pessoa que tinha chegado para administrar a Raio de Luz. O convite de "tio Preto" era apenas a oficialização de algo que ela já estava fazendo muito bem.

— Aceita! Aceita! — disse Cecília, empolgada! Logo, em coro, tendo as vozes de todas as demais crianças, inclusive de Anny, a dizer o mesmo.

— Aceita! Aceita!

Com um sorriso franco e lágrimas que escorriam pelo rosto, Luna disse:

— Não precisava nem de convite. Eu amei chegar aqui. Amei este lugar. Amei a todos, especialmente as crianças. É claro que aceito!

— Ebaaaaaaaaaaa! — foi a gritaria de todos, que se levantaram e foram alguns abraçar Luna, outros abraçar Pyetro.

Já tendo tomado café, e Luna mais um copo de chá de Thor, e agora felizes e bastante agitadas, as crianças estavam começando a se dispersar. Então Pyetro bateu palmas e disse:

— Ei, prestem atenção: em cerca de meia hora todos deverão estar na sala para consultar comigo. Quero avaliar a todos quanto às questões de saúde.

— Ah, e tem outra coisa — disse Luna, aproveitando o momento — depois de consultar com o "tio Preto", todos para o pomar com baldes e bacias: vamos apanhar pêssegos para fazer doce.

— Isso mesmo! "Vamo fazê um doce maravioso"! — bradou Feliciana.

— Tão gostoso quanto o que comemos lá no piquenique do nosso benfeitor? — inquiriu Alícia.

— Exatamente! — respondeu Luna. — Se vocês ajudarem, vamos conseguir fazer um doce sensacional.

* * *

"Tio Preto" já tinha avisado que, quando retornasse, faria uma nova avaliação médica com cada um deles, especialmente com Rick, Alícia, Hanna e Henry, que eram portadores da hanseníase.

As crianças, ao mesmo tempo que estavam com saudades do "tio Preto", estavam aflitas com a avaliação que ele faria com elas. A torcida de todos era grande para que estivessem bem, mas especialmente para com aqueles quatro amigos: todos queriam que eles já estivessem curados.

Sentados na sala, alguns no sofá, outros na poltrona e vários no chão, a expectativa das crianças era grande. Pyetro passou por eles e entrou com sua maletinha na sala da biblioteca.

Como a porta estava aberta, os olhinhos espertos das crianças acompanhavam cada movimento do médico e viram quando ele ajustou a cadeira da escrivaninha e se sentou, quando ele afastou uns papéis, quando abriu a maleta e pegou o equipamento de escutar o peito e uma balança portátil, a qual colocou no chão, ao lado da escrivaninha...

– Anny, pode vir! Entre e feche a porta.

Os coraçõezinhos aceleraram. Todos passariam por aquela avaliação. Quem seria o próximo?

O doutor Pyetro avaliou todas as crianças: algumas demoraram mais na sala, outras menos, mas, para todas, ele fazia anotações.

Quando Lorenzo saiu da biblioteca – ele foi o último a ser avaliado – Pyetro saiu logo atrás. Na sequência, pediu para Thor chamar Luna: ele ia passar o *feedback* de todos e queria que ela estivesse presente.

Thor saiu correndo e, ainda antes de sair da sala, soltou um enorme grito:

– Luna! "Tio Preto" está lhe chamando!

Enquanto Thor sumia pelo corredor, em direção à cozinha, onde Luna repassava e combinava com Feliciana os detalhes da feitura do doce de pêssego, Pyetro comentou, rindo:

– Puxa, se fosse para gritar, eu mesmo teria gritado.

As crianças ainda estavam rindo e comentando daquela correria de Thor quando, sem demora, ele irrompeu na sala com Luna.

– Tá aqui ela!

– Perfeito, Thor. Obrigado!

Enquanto Luna se sentava no chão, ao lado de Thor, Pyetro iniciou o relatório.

– Com Thor e Kauã, os dois irmãos indígenas, está tudo ok. Nenhum problema. Já Lorenzo, ainda que esteja bem, como está um pouco abaixo do peso, precisa se alimentar melhor e, principalmente, comer de tudo. Vai ter que tomar um fortificante.

– Viu? – disse Hanna, para Lorenzo. – Eu sempre te avisava para comer de tudo! Mas tu fica escolhendo... isso quero, isso não quero...

– É isso mesmo, Hanna. É importante sempre comer de tudo, até aquilo que porventura a gente não goste tanto. Precisamos comer alimentos de todas as cores e texturas.

– Quanto à pequenina Cecília – continuou Pyetro, – primeiro vou falar do seu inseparável amigo, o Tedy. Ele sofre com a terrível doença do encardido: precisará ficar um dia de molho tomando banho com bastante sabão, mas vai se curar!

Todos riram.

– Já Cecília aparenta estar bem, mas, revisando seus olhos, suspeito que possa estar iniciando uma anemia.

E, virando-se para Luna:

– Luna, me ajude a melhorar a alimentação da casa com beterrabas, feijão preto, carnes vermelhas, bife de fígado, espinafre, sementes de abóbora, laranjas...

– Certo. Alguns desses itens já plantamos ou temos na propriedade, quanto aos demais, vamos ajustar sim.

– "Dotô, nesta questão eu tamém posso ajudá!" – disse Feliciana. – "Se tivé vinho, posso fazê um xarope encorpado com pregos enferrujados, mel, cravo, canela, noiz moscada e outros itens."

– Claro, Feliciana. Vai ajudar sim! Vamos providenciar o vinho e os ingredientes necessários.

– "Aprendi a fazê esta garrafada com minha finada mãe... Ela dizia que levanta inté defunto!"

Todos riram da maneira que Feliciana se expressou: ora, se levanta até defunto... é porque o xarope deve ser mesmo muito bom. Mas, ao mesmo tempo, ficaram contentes com sua sabedoria.

– Anny – continuou Pyetro –, você também está 100 por cento! Em breve vai fazer 15 anos, já é uma mocinha, mas precisa dar mais atenção na escovação dos dentes: vamos precisar levar você no dentista porque está iniciando uma cárie num dos dentes laterais.

– Mas eu escovo os dentes, todos os dias, após todas as refeições! Como pode? – resmungou ela.

— Não estou dizendo que não esteja escovando os dentes – respondeu o médico –, mas que precisa melhorar a escovação, ou seja, precisa gastar mais tempo escovando os dentes e fazer a limpeza com mais atenção.

— Ah, entendi! Isso lá é verdade. Escovo os dentes sempre às pressas, porque, além de cuidar das crianças, sempre tem muitas coisas para fazer.

— Sei que você chamou para si a responsabilidade de cuidar das crianças quando Martha saiu para ir cuidar da mãezinha dela... E agradecemos por essa sua dedicação. Mas agora temos a Luna... Escove os dentes mais devagar, sem pressa.

— Já quanto a Rick, Alícia, Hanna e Henry, que são portadores da hanseníase – fez um silêncio proposital –, a situação é a seguinte: notei que Rick continua com a visão comprometida, o óculos ajuda, mas, para poder enxergar, ele precisa olhar um pouco enviesado. Teremos de levar Rick ao oftalmologista para aferir se não será necessário fazer óculos novos.

— Alícia – continuou Pyetro –, a hanseníase, antes de ser tratada, comeu partes do seu pé esquerdo e isso não tem volta, você vai entrar na vida adulta caminhando mancando. Terá que cuidar sempre do seu equilíbrio ao caminhar.

— Hanna, tua situação é parecida com a da Alícia: os quatro dedos que faltam na mão direita, comidos pela hanseníase antes de ser tratada, não voltam mais. Mas isso não impedirá você de crescer e realizar seus sonhos.

— Henry, entre os presentes, você foi o mais atingido pela hanseníase. Quando chegou aqui, estava numa situação bastante difícil, já com as duas pernas comprometidas. Vamos levar você para fazer fisioterapia, talvez possa voltar a caminhar algum dia, mas possivelmente vai precisar da cadeira de rodas por bastante tempo.

Após um instante em que o "tio Preto" fez um pigarro e respirou, continuou:

— Mas a ótima notícia é a seguinte: Rick, Alícia, Hanna e Henry, vocês estão de parabéns, pelo visto, tomaram os remédios direitinho, vocês estão de... alta! A hanseníase está vencida!

— Iupiiiiiii!

Rick, Alícia e Hanna correram na direção de Henry e o abraçaram efusivamente, cantarolando.

– Estamos de alta! Ebaaaaaaaa!

Mas de repente, passado aquele momento de alegria, os quatro ficaram sérios e pensativos, cabisbaixos.

– Ué, o que aconteceu? Não estão felizes? – perguntou Luna.

Hanna, a que, dos quatro, tinha mais idade e era a mais madura, falou:

– Se nós quatro estamos de alta, quer dizer que teremos que ir embora da Raio de Luz?

Pyetro estourou numa risada gostosa e espontânea, deixando as crianças sem saber por que exatamente ele estava rindo. Ele mesmo respondeu:

– Claro que não! Pensa que não percebi que agora tem aqui mamãezinha e filhos? Como poderíamos separar esta família? De jeito nenhum! Vocês estão de alta, sim, mas vão continuar por aqui. A menos que não queiram.

Diante da fala do médico, a alegria foi completa, todos correram para abraçar Luna e Pyetro, rindo e tagarelando como se fossem um bando de caturritas se banhando ao sol.

– Ebaaaaaaaa!

37 CONFIDÊNCIAS

A tarde estava quente. Passado o almoço, Anny aproveitou um momento de folga e sentou-se num dos balanços, depois que fizeram o mutirão e descascaram todos os pêssegos colhidos de manhã.

As crianças foram, com Joaquim, Benzinho e Pyetro, tomar banho no arroio, mas Anny não quis ir. Feliciana liberou as crianças que a ajudariam naquele dia, ela relatou que dava conta sozinha de ajeitar a bagunça da função dos pêssegos.

Luna, que estava um pouco indisposta, também não quis ir ao arroio, aproveitou para deitar um pouco e descansar. Mas, nesta tarde, a cama não lhe fez bem, as costas doíam. Ainda assim, insistiu um pouco, deitada, mas não teve jeito, precisou se levantar.

Saiu para a rua. No gramado aparadinho, avistou o lago, as hortênsias multicoloridas e, sentada no balanço, ao fundo, a menina Anny, cabisbaixa, como se estivesse pensando na vida, como se algo a estivesse perturbando.

Dirigiu-se para lá em silêncio, sentando-se no balanço ao lado.

— Está tudo bem, Anny? Parece que está triste. O que aconteceu?

— Estou pensando na vida, Luna. Pensando que falta pouco tempo para eu fazer 15 anos... E minha mãe, Maria Emilya, não estará aqui sequer para me dar um abraço...

— O que aconteceu com sua mãe?

— Dona Martha me contava que ela era mãe solteira e apareceu aqui em um dia de temporal, comigo nos braços; eu na época tinha três anos. Ela pediu comida e acolhida. Dona Martha a autorizou a ficar comigo, e fomos felizes aqui por um tempo, mas depois a mãe me deixou para trás e simplesmente foi embora, sumindo no mundo.

— Puxa, que história triste. Eu não sabia.

— Martha me contou que a mãe era linda. Ela dizia que trabalhava como modelo e que seu namorado, meu pai, quando soube da gravidez, foi embora. Com a barriga crescendo, os trabalhos que ela tinha foram suspensos e ela começou a passar dificuldades, perdendo tudo e depois perambulando por diversos locais, até chegar aqui.

Luna apenas ouvia, com atenção.

— Olhe este bilhete que reencontrei hoje, quando folheava meu livro — e entregou um pedaço de papel para Luna ler, o qual dizia:

*"Anny, não posso mais ficar aqui, me perdoe. Vou buscar um mundo melhor para você, porque te amo. Tua mãe...
Maria Emilya."*

— Já se passaram 11 anos. Onde será que ela está? Será que está bem? Será que está viva? Será que está morta? — e, concluindo esses questionamentos, começou a chorar copiosamente.

Em silêncio, Luna levantou-se do seu balanço e abraçou afetuosamente a pequena. Não havia o que dizer, nada poderia amainar aquela dor promovida por aquele sentimento, apenas podia abraçar a menina de forma verdadeira e sincera.

Depois de um tempo, Anny foi se acalmando, o choro foi amainando, restando, de quando em quando, alguns soluços. Então Luna disse:

— Anny, tua história é realmente triste e nos resta pedir a Deus que, onde quer que tua mãe esteja, Ele esteja cuidando dela. E, se for da vontade de Deus, que um dia talvez possa ocorrer um reencontro entre vocês.

Anny ouvia atentamente.

— Você recém vai completar 15 anos. Mas deve saber que todos nós, independentemente da idade, de uma maneira ou de outra, enfrentamos dificuldades e situações na vida que gostaríamos que fossem diferentes. E precisamos, com inteligência, tirar lições e aprendizados de tudo que ocorre com a gente.

E, depois de uma pausa:

— Ademais, agora tu tens a mim, Deus nos aproximou. Eu não sou a Maria Emilya, mas tenha certeza de que, enquanto eu viver, estarei ao teu lado para o que der e vier.

— Obrigado, mamãezinha! — disse Anny, de novo irrompendo em lágrimas.

Luna também não conseguiu segurar as lágrimas. Ela mediu as palavras ao dizer "enquanto eu viver", porque estava se referindo ao pouco tempo de vida que tinha, mas sim, ela faria esse pouco tempo de vida que lhe restava valer a pena viver.

As duas ficaram assim, abraçadas em amor por um longo tempo, introspectivas, olhando o horizonte, sem necessidade de que mais nenhuma palavra fosse dita.

* * *

Ambrósio apareceu de repente na Raio de Luz. Desceu da camioneta e de longe enxergou Luna e Anny nos balanços. Atravessou o gramado na direção das duas, sorrindo. Ao chegar próximo, Luna, entre as idas e vindas do balanço, disse a ele:

– Olá, Ambrósio, seja bem-vindo! Tome seu assento no balanço aqui ao meu lado, que está vazio, e vamos nos balançar um pouco.

Tomado de surpresa com aquele convite, Ambrósio titubeou um pouco. Fazia muitos anos que ele não andava de balanço. Aliás, muitos anos mesmo. Ele era adolescente quando andou de balanço pela última vez. Será que deveria?

Olhou para cima, as cordas estavam bem amarradas, deveriam aguentar seu peso sem problema. Olhou discretamente ao redor, não tinha ninguém por ali, estavam somente os três, então ele decidiu pagar aquilo que, para ele, era um mico.

– Tá bem, lá vamos nós!

Sentou-se no balanço ao lado de Luna e, com Anny, balançaram-se por um tempo. Esses momentos simples e diferentes fizeram aflorar tanto em Ambrósio quanto em Luna um sentimento jovial muito gostoso.

Anny ria gostoso daquela balançada em conjunto; a tristeza tinha ido embora. E Luna ficou ainda mais feliz, porque a pequena já estava sorridente, e porque ao seu lado estava Ambrósio, por quem já tinha se afeiçoado.

Ambrósio, numa das idas e vindas, inclinando o corpo para trás, perdeu a boina.

– Olha, caiu sua boina! – gritou Anny.

– Não tem problema, depois eu junto. – e seguiu se balançando.

Depois de um tempo, aos poucos os balanços reduziram a velocidade, diminuindo a força do pêndulo, até pararem por completo.

– Que coisa boa! Que sensação maravilhosa. Fazia muitos anos que eu não brincava em um balanço. – disse Ambrósio.

– Eu também. – completou Luna, rindo.

Nisso, Feliciana apareceu no gramado, vindo do lado da cozinha, e gritou:

– Hanna! Henry! "Cadê ocêis?" – Ela chamava por esses dois porque era o dia dessa dupla auxiliá-la na cozinha.

– Hanna e Henry ainda não voltaram do arroio, onde foram tomar banho com as demais crianças, com Benzinho, Joaquim e com o "tio Preto", dona Feliciana. – respondeu Anny.

– Mas eu posso ajudar. Do que precisa?

– "Consegui limpá a bagunça dos pêssegos! Mas, agora que coloquei no fogo, perciso de ajuda"! – disse Feliciana.

– Tá bem. Deixa comigo! – disse Anny, saltando do balanço e correndo em direção de Feliciana.

* * *

– Duvido você saltar daí!
– Vou saltar sim!

Eram Thor e Lorenzo, brincando, sob o olhar atento de Joaquim. Thor estava dentro d'água; Lorenzo, num galho de árvore, acima do barranco do arroio, chacoalhando-se e fazendo pose.

Lorenzo adorava fazer palhaçadas, saltos e acrobacias. Elas lhe lembravam o pouco que sabia de seus falecidos pais: ambos trabalhavam em um circo: o pai era palhaço e a mãe era trapezista.

Lorenzo, que nadava bem, igual a um peixe, saltou do galho, fazendo uma pirueta acrobática no ar, sendo, logo abaixo, engolido pela água, onde havia um poço mais fundo.

Com a queda, levantou maretas e respingou água nos que estavam próximos.

– Ei, quer me afogar? – perguntou Hanna, que também nadava bem e estava próxima, em quem a maior porção de água respingou.

Após emergir, Lorenzo sorria da sua bravata. "Que salto", pensou ele, lembrando-se novamente da mãe.

Benzinho, sentado na relva, no alto do barranco, mastigava pacientemente um capim, ao lado de Henry que, ainda que os demais tivessem insistido para entrar na água, desta feita não quis.

Dentro do leito do arroio, sentado numa pedra e com as canelas e os pés dentro d'água, Pyetro estava pensando sobre aquele pequeno paraíso, aquelas águas límpidas e cristalinas, as árvores, as montanhas... Como ele conseguiu ficar tanto tempo sem vir?

* * *

Enquanto Anny se deslocava com Feliciana rumo à cozinha, os pássaros começaram a entoar suas canções vespertinas, já procurando um lugar para pousar e passar a noite.

– Quem é "tio Preto"?

– Na verdade, é Pyetro, o médico dono da Raio de Luz. Depois de um bom tempo ausente, ele chegou ontem à noitinha.

– Ah, entendi! E ele não se importou por eu ter preparado e lavrado a terra?

– De modo algum! Falamos sobre isso hoje de manhã; tornar a Raio de Luz sustentável era algo que ele também desejava e não sabia como fazer.

Após um tempo em silêncio, Ambrósio diz:

– Vamos dar uma caminhada, Luna?

– Vamos! – disse ela, sem pensar muito – Estava me perguntando se está tudo bem no arroio. Vamos até lá?

– Vamos, sim.

Ambrósio juntou a boina e os dois atravessaram o gramado. Circundaram o pomar e tomaram a estrada rumo aos fundos da Raio de Luz.

Luna contou mais algumas coisas de seu amigo Pyetro, das coincidências da vida que fizeram os dois se reencontrarem na véspera e relatou que apanharam os pêssegos para fazer um doce.

A meio caminho, quando passavam pela velha igreja, Ambrósio disse:

– Luna, eu preciso te dizer algo sério. Eu já estava com saudades de você! – Silêncio da parte dela, que parou e se virou, olhando para ele.

– Adiantei meu serviço e tirei o final da tarde para poder vir aqui para ficar um pouco contigo... e também com as crianças.

Ela escutava atentamente.

– Não consigo parar de pensar naquele momento em que nossos lábios se encostaram quando estávamos na relva, à sombra das maria-
-moles.

Ambrósio então pegou as mãos de Luna, completamente corada, e, frente a frente com ela e a olhando como se tivesse estudando sua alma e gostando de sua pureza, perguntou:

– A mulher mais linda, mais forte e de coração mais nobre gostaria de ser minha esposa? Estou há muitos anos sozinho e até agora ninguém tinha despertado as emoções tão puras que você tem despertado em mim.

Luna olha para as mãos entrelaçadas e sente a emoção de Ambrósio através daquele toque doce. Ao levantar os olhos para fitar o amigo, nota que os olhos dele estavam marejados de lágrimas.

Numa fração de segundos, Luna lembra da sua doença e não acha justo; aquele homem só poderia estar doido, querer casar com alguém que tem poucas semanas, talvez poucos dias de vida. Não seria justo para com ele ela aceitar aquele convite.

Porém, como se estivesse lendo sua mente, Ambrósio fala, pausadamente:

– Não pense nada negativo: vamos deixar o vento levar os maus pensamentos e a brisa doce trazer a suavidade do amor.

Completamente surpresa, Luna solta as mãos de Ambrósio e se afasta alguns passos, ficando de costas para ele. Em sua mente, um turbilhão de pensamentos.

Ali próximo, podia-se ouvir o som dos grilos e das cigarras que, alheios a tudo, entoavam sua ladainha diária de final de tarde.

Olhando para o nada, por um instante Luna avista, ali ao lado, a porta entreaberta da velha igreja. E para lá se dirige.

– Luna! Se te disse algo inoportuno, me desculpe! – disse Ambrósio, enquanto Luna entrava na velha igreja.

Ficou por alguns instantes desnorteado, já se considerando um carrasco, um grosso.

Não deveria ter dito nada, deveria ter guardado para si aquele sentimento. Como foi burro!

"O que será que deu nela", matutou Ambrósio, sem entender nada o que estava acontecendo e sem saber o que exatamente faria.

Por precaução, decidiu entrar atrás dela, pois não achava prudente deixá-la sozinha. Rapidamente decidiu que iria se desculpar, pedir perdão, e diria que nunca mais falaria sobre aquilo.

Ao entrar, Luna estava de joelhos, em frente a uma cruz de madeira no altar. Ao se aproximar, notou que as mãos dela estavam segurando o rosto, e ela chorava copiosamente.

— Luna, está tudo bem? — e ele, que também já estava com a emoção em alta, não conseguiu segurar outras lágrimas.

Agachou-se para levantar a amiga.

— Luna! Por favor, me perdoe! Eu fui um babaca. Nunca mais falarei sobre isso. Juro!

Luna levanta-se, em lágrimas, e, olhando fixamente nos olhos de Ambrósio, pergunta:

— É de coração... que me fizestes... esse convite?

— C-convite?

— Sim. De casamento!

Ela olhava para ele, esperando uma resposta.

— É... foi sim... — disse, sem jeito. — Mas eu não queria que ficasse triste...

Após olhar outra vez nos olhos dele, Luna então disse:

— Deverá ser por pouco tempo, Ambrósio, mas eu aceito casar contigo! Aceito terminar meus dias contigo! Com uma condição.

— Qual? — perguntou um surpreso Ambrósio.

— Podemos morar aqui na Raio de Luz? — Luna tinha redescoberto a alegria de viver e a felicidade com aquelas crianças. Tudo o que ela não queria era sair dali.

— Claro, meu amor! Podemos morar aqui, sim, junto das crianças.

Luna agarrou-se no pescoço de Ambrósio, chegando pertinho, podia sentir a respiração dele.

— É s-sério? — perguntou ele, com os olhos esbugalhados, ainda não acreditando, e tentando enxugar as lágrimas da amiga.

— Sim, aceito! Meus últimos dias serão intensos e cheios de amor, de tal maneira que eu nem imaginava que seria possível. — E agora, gritando: — Sim, aceitooooooo!

Sem que fosse necessário falar mais nada, um beijo na boca, gostoso, caliente e demorado, aconteceu, enquanto os dois rodopiavam, porque Ambrósio segurou Luna tão firme e forte que, girando sobre si próprio, rodopiavam ali, dentro da velha igreja, diante do altar, em frente à cruz do Cristo, como se o próprio Filho do Criador estivesse a abençoar os dois.

38   PASSEIO NO PARQUE

Depois de três dias na Raio de Luz, Pyetro retornou para a capital. Ao se despedir de todos, prometeu não demorar muito para voltar, porque ele mesmo adorava aquele lugar.

Combinou com Luna a necessidade de fazerem contato pelo menos uma vez por semana, ou menos, por telefone, para ele seguir informado de tudo o que estava acontecendo, igual fazia com Martha.

No dia seguinte à saída de Pyetro, logo de manhã, Ambrósio chegou na Raio de Luz com uma van. Chegou buzinando, e a criançada, que já estava de pé e esperando, correu para a frente da casa grande para ver o que estava acontecendo.

— Seu Ambrósio — perguntou Thor, curioso —, é com essa van que vamos passear?

— Sim, vamos com a van do Pingo — disse apontando para um rapaz moreno, de meia-idade, que estava ao volante. Nós iremos todos num único veículo, assim poderemos conversar e nos divertir.

— Mas o que nós vamos fazer na cidade? — inquiriu a pequenina Cecília.

— Temos várias coisas a fazer! — respondeu Luna. — Vamos comprar algumas coisas para a casa, Anny vai no dentista, Rick, no oftalmologista, vamos comprar o fortificante de Lorenzo, e Henry vai começar as fisioterapias.

— Mas para que temos que ir todos? — perguntou Kauã.

Ambrósio, sorridente, respondeu:

— Além disso, acho que podemos fazer outras coisas. — disse, piscando o olho para as crianças. — Quem é que quer tomar sorvete e ir brincar no parque?

— Eu quero! — gritaram todos, eufóricos, com sorrisos nos lábios.

***

O passeio na cidade foi maravilhoso. Foi possível logo de manhã dar os encaminhamentos sugeridos pelo doutor Pyetro.

Luna saiu para um lado com Anny e Rick, para ir ao dentista e ao oftalmologista, e Ambrósio saiu para outro lado com Henry, empurrando a sua cadeira de rodas, levando-o ao fisioterapeuta. Enquanto Henry era atendido, Ambrósio foi à farmácia e comprou o fortificante para Lorenzo.

Luna, por sua vez, depois de ter deixado Anny no dentista, levou Rick ao oftalmo-optometrista, para uma reavaliação ocular, o qual chegou a conclusão de que o pequeno ainda não precisaria trocar os óculos.

Quanto retornou ao dentista, Anny já estava pronta, esperando, com a restauração feita. Juntos, repassaram no comércio, comprando algumas coisas necessárias para a casa e a encomenda de dona Feliciana.

Luna, Anny e Rick voltaram para a van, onde o Pingo tinha ficado com as outras crianças. E não demorou muito, Ambrósio retornou com Henry.

– E agora? Vamos para onde? – quis saber Lorenzo.

– Vamos ao parque. – respondeu Ambrósio. – Lá tem sombra à beça e um espaço maravilhoso para brincadeiras.

– E o sorvete? – perguntou Cecília, sem esquecer da promessa feita.

– Sim, no parque vamos tomar sorvete, beber refrigerantes e também vamos comer pipocas!

– Iupiiiiii! – responderam todos.

*　*　*

No parque, as crianças primeiro fizeram um reconhecimento. "Olha, tem isso ali. Veja, tem aquilo lá! Venham ver esta coisa!" Esquadrinharam cada cantinho do parque.

Ambrósio e Luna, de mãos dadas, caminhavam junto a eles, monitorando as investigações dos pequenos, que estavam faceiros e serelepes.

– Minha filha me ligou ontem à noite, Luna. Ela está contente: tirou nota máxima no trabalho de conclusão.

– Mas que coisa boa! Então teremos formatura em breve?!

– Sim, com certeza! Em duas semanas.

– E vamos ter festa?

– Não. Ayla não quer festa de formatura. Após a colação de grau, ela pediu para irmos comemorar em uma pizzaria.

– Que bom, Ambrósio. Pizza sempre é uma boa pedida.

– E tem mais, quero que você vá comigo na formatura de Ayla.
– Mas... como...
Antes que Luna terminasse a frase, ele emendou:
– Nada de "mas"! Eu sei o que está pensando. Não vai ficar ninguém para trás, nós vamos levar todos da Raio de Luz. Já falei com Pingo, iremos de Van.

Surpresa e contente, Luna aquiesceu. Enquanto isso, as crianças continuavam a correr para um lado e outro, averiguando tudo.

Contentes com o passeio, estavam soltas e até mais aceleradas do que usualmente estavam na Raio de Luz. Brincaram, correram, tomaram sorvete, tropeçaram, caíram, ralaram joelho, comeram pipoca e, quando deu sede, tomaram refrigerante.

Era lindo de ver: os cabelinhos de todos estavam grudados na testa, de tão suarentos que estavam.

Brincaram de pega-pega, polícia e ladrão, subiram e desceram dezenas de vezes nos brinquedos da praça do parque e, de quebra, fizeram amizade com outras crianças e, com a bola delas, brincaram um bom tempo de caçador.

Sentados em um banco próximo, de olho em todos, Ambrósio e Luna conversavam.

– Ambrósio, tem certeza de que quer mesmo casar comigo?
– Luna, tu tens uma luz diferente, um quê diferente que não consigo explicar. Eu te amo!
– Você sabe que eu tenho pouco tempo, será que você merece ficar novamente viúvo?
– Luna, cada minuto que passo com você é como um renascer. Seu sorriso e seu jeito simples me tiram do chão e me dão forças que só tive quando amei de verdade, com a minha falecida esposa.
– Ademais, não vamos pensar no que pode acontecer. O futuro pertence a Deus, o passado já passou, e o que nos resta é o agora: o presente nos pertence.
– Eu te amo!
– Eu também te amo!

Abraçaram-se, absortos ao movimento das crianças e de outros transeuntes que naquela hora também aproveitavam o parque. E outro beijo gostoso naturalmente aconteceu.

Para Luna e Ambrósio, viver aquele momento era algo surreal, maravilhoso. Era como se o relógio tivesse parado. Quando voltaram a si, breves instantes depois, as crianças estavam todas ao redor deles, rindo, faceiras, com os olhinhos brilhando.

Anny, de forma espontânea, começou a cantar um versinho:

— Com quem será? Com quem será? Com quem será que a mamãezinha vai casar?

E, passado um momento, as crianças seguiram a cantoria:

— Vai depender! Vai depender! Vai depender se o papaizinho vai querer!

Ambos ficaram desconcertados e ruborizados, porque jamais esperariam aquela reação das crianças. Luna, mais espirituosa, levantou-se e disse, braço em riste, como se os estivesse xingando:

— Fora daqui! Voltem já a brincar!

* * *

Enquanto as crianças se afastavam, Ambrósio continuou sentado, estático. "Papaizinho?" Elas o chamaram de papaizinho. Aquela era uma demonstração espontânea e sincera de afeto para com ele. E, tendo em vista que ele estava beijando a mamãezinha, a analogia deles estava correta.

— Luna, eles me chamaram de papaizinho! Você viu?

— Vi sim! E fiquei muito feliz! De fato, eu já os considero como meus filhos. Se você quer casar comigo, então seremos de fato pais dessa criançada.

— Será que damos conta do recado? – perguntou Ambrósio, coçando o queixo.

— Se vibrarmos sempre na frequência do amor, certamente daremos conta.

39 A FORMATURA DE AYLA

Com a companhia de Thor, Benzinho percorreu o galpão e as partes mais antigas da propriedade, munido de um martelo e um balde velho, de alumínio, arrancando e reunindo pregos enferrujados, para atender a encomenda da esposa.

Ao retornar para a casa grande, Feliciana agradeceu e disse que aquela quantia era suficiente. Querendo aprender aquela receita que vinha dos antepassados de dona Feliciana, Thor acompanhou-a, ajudando no que fosse necessário e tomando anotações em um bloco.

Feliciana lavou os pregos com uma escova, tirando a sujeira, e depois os escaldou com água quente, despejando aquela estranha encomenda numa grande panela sobre o fogão, onde já estavam uma série de outros ingredientes, entre eles cravo, canela e noz-moscada.

Benzinho colocou mais uns paus no fogo, enquanto a esposa despejava na panela uma quantia de água quente, um copo de cachaça e praticamente meio garrafão de vinho. Quando começou a ferver, acrescentou mel e açúcar mascavo, para que aquele bebida ficasse mais encorpada.

Por fim, com paciência, mantendo o fogo constante, mexendo sempre e depois com muita fervura, acrescentou o suco de alguns limões e uma porção generosa de cascas raladas de laranja e de limão, reservando a panela para um lado do fogão, para que que descansasse e esfriasse naturalmente.

— Pronto, Thor! "Tá pronta a garrafada da minha famía. Agora é só deixá esfriá e a partir de amanhã já podemos dar para os pequeno".

— Mas, dona Feliciana, por que chamar de garrafada? Vai ser colocado em uma garrafa?

— Isso já "num sei…" Minha avó chamava assim e eu chamo igual!

***

Para que não houvesse atraso na saída para a formatura de Ayla, dona Feliciana preparou o almoço na Raio de Luz e ali almoçaram também Ambrósio, juntamente a Renato e Mônica e um casal de amigos de Ambrósio, Jonas e Débora.

A expectativa de todos era imensa, especialmente, e muito mais ainda, das crianças.

— Como será que é a capital? — perguntou uma reflexiva Alícia.

— Deve ter um montão de prédios, de todos os tamanhos, pequenos, médios e grandes. — emendou Kauã.

— Será que vamos conseguir ver o Homem-Aranha num desses arranha-céus? — perguntou Lorenzo.

— Não seja burro! — retrucou Cecília, abraçada ao Tedy, já completamente desencardido e cheiroso para a viagem. — O Homem-Aranha mora em Gotham City!

— Ai, Jesus! — disse Rick, batendo a mão da cabeça. — Em Gotham City mora o Batman e o Robin... O Homem-Aranha mora em Nova Iorque! Não é para onde estamos indo.

Depois do almoço, todos correram para escovar os dentes, pois a saída seria em seguida. Thor abasteceu uma garrafa com chá e levou-a junto a uma sacola: Luna teria chá para tomar durante aquele passeio.

Feliciana, Mônica, Luna e Anny ajeitaram rapidamente a cozinha e ainda conseguiram retocar a maquiagem.

— "Eu não perciso disso!" — dizia Feliciana, rindo, enquanto as outras ajeitavam o seu *look*.

— Precisa sim! Você também precisa estar bem bonita.

* * *

Ao chegar da aula de inglês, já passando das 21 horas, Ayla largou a mochila em um canto, despiu-se, atirando os tênis ao lado do sofá, tomou um banho e deitou-se em sua cama, com os olhos vidrados na lâmpada do teto.

Que coisa boa que o curso de inglês já estava terminando. Com facilidade de aprendizagem, ela tinha adquirido um bom domínio e um bom vocabulário. E isso trouxe grandes resultados: o curso ainda nem tinha terminado e as professoras do curso a convidaram para trabalhar na própria escola, ajudando a dar aula para os alunos novos.

Sem pensar duas vezes, ela topou de imediato, porque adorava o idioma inglês e porque os bicos que ela fazia num restaurante próximo de casa, nos fins de semana, pagavam muito menos do que ela iria receber na escola.

Aproveitando que estava na escola, ela teve tempo para seguir aprendendo e se aperfeiçoar ainda mais. Agora que o curso estava terminando, e com a amizade sincera que iniciara com George, pelas redes sociais, ela amadureceu o desejo de um dia viajar ao Canadá para conhecê-lo e lá fazer um intercâmbio para adquirir a fluência que ainda não tinha.

Outra coisa que era sensacional: ela estava terminando o trabalho de conclusão de agronomia e logo o entregaria. Sempre dedicada, esmiuçou o tema escolhido para o trabalho, buscando, com a supervisão do professor orientador, as melhores referências teóricas e as melhores práticas. Ela estava apreensiva, imaginando que nota tiraria, mas estimava, sem falsa modéstia, que não poderia baixar de nove.

Correndo tudo bem no trabalho de conclusão, ela seguiria para o próximo passo, que era a formatura. Sem relações familiares e sem muitas amizades, ela já tinha decidido que não queria festa. Já tinha dito ao pai, numa das vezes que ele veio à capital, que para ela bastaria ir comemorar com o pai numa pizzaria. Amava pizza, então estaria muito bom. E, como o pai já tinha concordado, estava tudo certo.

Em momentos de solidão, como este, além de pensar em sua vida e nos estudos e fazer planos para o futuro, ela também pensava no pai. Ah, o pai... Viveu um grande amor com a mãe, e desse amor nasceu ela. E o que se viu? Quando ela tinha nove anos, um câncer agressivo se manifestou na mãe e, 42 dias após a descoberta, ela já tinha partido, magérrima, esquelética, irreconhecível.

Tadinho do pai. Absorveu aquele duro golpe e passou a ser, além de pai, mãe, cuidando de Ayla o melhor que podia. Nunca lhe faltou nada, teve uma infância linda e livre, comendo frutos silvestres, tomando banho na cascata atrás da propriedade, brincando até o entardecer. A única coisa com a qual seu pai era exigente sempre foi com estudos. Ele ensinou a ela tudo o que podia e dizia sempre: "se esforce, Ayla, para ser alguém na vida, pois aprender não ocupa lugar".

Pobre papai. Quando Ayla era menor, interiormente ela não imaginava que o pai tivesse outra namorada, outra mulher... Ela fez planos de estar sempre ao lado do pai e cuidar dele. Entretanto, quando terminou o ensino médio, queria fazer agronomia, mas na cidade não havia faculdade, de modo que Ayla teve que mudar para a capital e deixá-lo sozinho.

Aqueles foram dias difíceis para ela, longe de casa, do seu hábitat natural, na selva de pedra da capital. Ela queria estudar, portanto iria dar o máximo de si, e precisou se adaptar àquela nova vida.

E, se para ela não foi fácil, talvez tenha sido ainda mais difícil para o pai, vendo sua menina longe, em outra cidade, tendo que se virar sozinha para alcançar o sonho de se formar, sonho que ele, o pai, também tinha. Ele sonhava em cursar história, mas as circunstâncias da vida o impediram de continuar os estudos.

Porém, à medida que o tempo foi passando, Ayla amadureceu e compreendeu que o pai precisava seguir a vida dele. Então, já desde meados do quarto semestre, em suas orações a Deus, passou a pedir que o papai do céu trouxesse alguém especial para a vida de seu pai, para que ele pudesse, quem sabe, casar de novo, mas, especialmente, ser feliz outra vez.

Naquele dia, de manhã, o pai retornara para o interior depois de três dias com ela. E, ainda que ele adorasse a filha, não se sentia à vontade naquele pequeno apartamento. "Me sinto preso aqui, como um passarinho numa gaiola", ele dizia. E, no fundo, era isso mesmo. Ela própria custou para se adaptar, tanto que, depois de formada, tinha planos de voltar a morar no interior.

Quando o pai se levantou, de madrugada, naquela manhã, ela levantou-se também. "Pai, vou fazer um café para o senhor não sair sem comer nada!". De forma firme, ele não aceitou. Disse a ela que era muito cedo e que tomaria um café em algum ponto da estrada, mais tarde. Então ele se despediu dela, dando-lhe um beijo na testa e um abraço demorado e reconfortante.

Agora não faltava muito. Em breve estaria formada e iria de volta ao interior, ao seu pequeno paraíso.

***

Ao todo, estavam em 16 pessoas na van, rumo à capital: Ambrósio, Luna, Anny, Hanna, Thor, Kauã, Rick, Alícia, Lorenzo, Henry, Cecília, Joaquim, Feliciana e Benzinho, e mais o motorista Pingo e sua esposa, Margarete.

Na camionete de Ambrósio, dirigida por Renato, e que seguia a van de perto, iam Renato e a esposa, bem como Jonas e Débora. Ao todo, aquela comitiva era composta de 20 pessoas.

Durante a viagem, as crianças procuravam não perder nenhum detalhe: olhavam atentamente as paisagens, as montanhas, as pontes sobre rios e riachos, os carros, as casas à beira da estrada, dos mais diferentes modelos... E em tudo tagarelavam, como se a pilha deles estivesse carregada 100%, carga máxima.

No final da tarde, dentro do cronograma previsto por Ambrósio, chegaram à capital. As crianças, curiosas, observavam com ainda mais atenção, notando que o movimento de pessoas e veículos de todos os tamanhos tinha se acentuado bastante. Com cuidado, Ambrósio ia dando as coordenadas a Pingo. Dobre ali, vire à esquerda, dobre à direita, cuidado com a sinaleira. E assim, depois de percorrerem por ruas e avenidas, chegaram à universidade.

Estacionaram próximo do auditório onde seria a formatura; parecia que tinha uma vaga reservada, esperando eles. Luna chamou a todos e disse, em um tom bastante sério:

– Vai ter muita gente aqui. Não quero ninguém "avulso". Todos devem estar ou perto de mim e Ambrósio, ou perto de dona Feliciana, Benzinho ou Joaquim.

– Tá bem, mamãezinha! – responderam.

– Não estou brincando. Todos juntos. Eu não quero correr o risco de algum de vocês se afastar e ser sequestrado por algum bandido e nunca mais voltar para a Raio de Luz.

Arregalaram os olhos e soltaram interjeições, como:

– Deus me livre!

– Eu fora!

– "Que Deus nos proteja e atáie o sequestramento"! – soltou intempestivamente uma Feliciana, louca de medo de ser sequestrada, agarrando-se com mais força ao braço do esposo, Benzinho.

Todos riram daquela forma verbal espontânea de Feliciana. Como havia ainda um tempo livre – pequeno, na verdade – aproveitaram para espichar as pernas e ir ao banheiro.

* * *

— Papai! Estou com saudades! – disse Ayla.
— Eu também estou com saudades, filha!
— Como o senhor está? Como tem passado estes últimos dias?
— Tudo ótimo! Eu e Renato estamos fazendo uma área de lazer, com churrasqueira, luz elétrica, banheiro e mesas ao lado da cascata.
— Naquela parte que tinha um pequeno descampado?
— Sim, ali mesmo. Nós arrancamos mais algumas árvores e ampliamos aquele espaço, emparelhando desníveis e buracos.
— Puxa, vai ficar ótimo!
— Está mesmo ficando ótimo. Você vai se surpreender quando vier!
— Renato e Mônica estão bem?
— Sim, você sabe, são meus braços direitos na propriedade. Quando preciso sair, ou viajar para a capital, eles assumem tudo lá.
— Que coisa boa!
— Tenho uma coisa para te contar. – disse Ambrósio.
— O que foi, pai?
— Conheci a Raio de Luz.
— A Raio de Luz? Aquela fazenda que avistávamos do nosso terreiro e na qual as pessoas doentes eram confinadas para fazer isolamento?
— Sim, essa mesma. Mas hoje já não há isolamento nenhum naquela área, o local funciona como um orfanato. Lá moram várias crianças, um casal de caseiros, Joaquim, um descendente de escravos, e Luna.
— Que legal, pai. Lembro que sempre falávamos desse local, da vontade que tínhamos de conhecê-lo, mas nunca fomos até lá.
— Exatamente. A pedido de Luna, passei o trator na terra deles, que estava muito dura, e a preparei para o plantio. Eles adoraram a ajuda!
— Com certeza! Preparar a terra é fundamental para uma boa colheita.
— Me chamou a atenção o fato de que, ainda que Luna não seja mãe delas, as crianças a chamam de mamãezinha!
— Puxa vida! – respondeu Ayla. – No mínimo ela deve ser uma pessoa muito amorosa.
— E acho que seja mesmo! – respondeu Ambrósio, medindo as palavras! – Ela é uma pessoa que tem uma aura diferente…
— Hummm… Aura diferente? Pai! – fez uma pausa. – Tô sentindo na sua voz um timbre diferente quando fala nessa Luna!
— Ah, não seja boba, Ayla! Recém conheci a Luna!

***

Sentados no auditório, nos lugares já marcados previamente por Ayla, aguardavam ansiosamente o início da cerimônia. Em um dado momento, foram chegando as autoridades e compondo a mesa.

– Olha lá! – gritou Cecília. – Aquele homem está usando vestido.

– Querida. – fez Luna, olhando para trás e pedindo silêncio. – Aquele é o reitor da universidade, ele realmente usa esse traje em dias especiais como este.

A seguir o que se viu foi apoteótico: ao som de tambores e depois de uma música muito alta, os formandos entraram em fila, gritando, assobiando, felizes e contentes. Todos se levantaram e começaram a gritar e a assoviar também, enquanto uma generosa chuva de papel picado caía no corredor, sobre os formandos.

Depois de cada um tomar o seu lugar, foi dada abertura à cerimônia. Diversas pessoas falaram, enaltecendo a luta dos estudantes, a perseverança recompensada com a formatura, o esforço também das famílias, dos pais, que também tinham feito a sua parte para que aquele momento pudesse estar se tornando realidade.

Em um dado momento, quando o mestre de cerimônias chamou o orador dos formandos, Ambrósio se surpreendeu com a sua pequena: era ela, Ayla, que falaria em nome da turma.

Ayla falou destacando as lutas de cada um dos formandos, os esforços e sacrifícios. Também contou alguns episódios alegres e divertidos e outros tristes ocorridos durante o período de aulas.

Em um dado momento, ela levou Ambrósio às lágrimas, quando disse:

– Dedico este momento especial a todos os pais, avós, esposos e esposas, familiares aqui presentes, que certamente muito ajudaram para que cada um de nós pudesse estar hoje vivendo este momento único de formatura.

E, depois de uma pausa, ela engoliu em seco:

– E, em especial, agradeço ao meu pai, Ambrósio, grande incentivador que, para que eu pudesse estudar e me formar, deixou para trás seus próprios sonhos de cursar ensino superior e de ser um historiador. Pai, com a morte da mamãe, você se revelou completo: você foi pai e mãe! Sei que não pode se formar, mas sim, você está se formando com esta sua filha! Obrigada, pai! Muito obrigada a todos!

Ayla foi ovacionada por todos, que, em pé, aplaudiram ruidosa e demoradamente, gritando e assobiando o mais alto que podiam.

* * *

— Ayla, preciso te contar algo muito especial!
— O que foi, pai?
— Luna é fantástica! Acho que começamos a namorar!
— Como assim, acho? Não entendi.
— Convidei Luna, as crianças, Benzinho, dona Feliciana e Joaquim para passarem um dia na cascata, no espaço que eu e Renato estamos preparando. E foi sensacional!
— O que aconteceu?
— Depois do almoço, fomos dar uma volta com as crianças naquele gramado abaixo da cascata, e ali sentamos à sombra, enquanto as crianças brincavam. E teve um momento em que, quando trocamos um abraço, nossos lábios se encostaram sem querer. Foi surreal!
— Uau, pai! Até parece um adolescente!
— Pois é! Eu fiquei matutando muito sobre isso, porque não tinha certeza do que exatamente tinha acontecido. Mas, como senti o coração acelerar de verdade, quando estive com ela de novo, dias depois, me atrevi e a pedi em casamento!
— Pai do céu! Pediu ela direto em casamento? Tá doido?
— Não, não estou doido. Eu não gosto de brincar com coisa séria. E precisava saber o que ela sentia por mim!
— Putzgrila! Meu pai sendo meu pai: direto e reto. Hahahahahaha! E o que aconteceu?
— Pedi ela em casamento enquanto caminhávamos, na Raio de Luz. Ela tomou um choque tão grande que achei que a resposta fosse não.
— Então, quer dizer que foi o quê? Sim?
— Filha! Isso! Trocamos um beijo maravilhoso e começamos a namorar!
— Quem diria que um dia eu seria a confidente de meu próprio pai!
— Hahahahahaha! Como tu estás morando longe, gosto de compartilhar contigo o que está acontecendo aqui, assim como compartilha só comigo.

— E esse namoro, com proposta de casamento, como está? Está bom?
— Nem fale. Estou me sentindo tão feliz, que se for melhorar, estraga!
— Que legal, pai! Feliz por ti.
— Obrigado, filha!
— Eu bem imaginava que, quando começou a falar de Luna, pelo teu jeito e timbre de voz, poderia surgir especial.

***

Após a cerimônia e a saída dos formandos, com dificuldade todos tomaram o rumo da rua, agarrados uns nos outros, segurando pelos braços, roupas, por onde era possível. Era muita gente, cada formando tinha levado as pessoas da sua relação, e, naquele momento, todos queriam sair ao mesmo tempo, formando um vuco-vuco danado.

Ayla estava esperando seus convidados numa ala lateral, num *hall* do lado direito do auditório, e todos para lá se dirigiram. Ambrósio e Luna apressaram o passo e foram os primeiros a chegar, tendo os demais em seus calcanhares.

Esperando o pai de braços abertos, Ayla, em lágrimas, envolveu o pai em um abraço tão gostoso e demorado que todos ficaram com um pouco de ciúmes. No ouvido dele, ela disse:

— Esta formatura também é tua, pai! Eu sei que você declinou do seu sonho de fazer faculdade para cuidar de mamãe e de mim.

Sem condições para dizer palavra alguma, Ambrósio soluçava de alegria. Também emocionada, Luna abraçou os dois, sendo imediatamente seguida por todos os demais da Raio de Luz, que se achegaram e deram um abraço coletivo inesquecível que chegou a chamar a atenção das demais pessoas que estavam por ali homenageando seus formados e formadas.

Quando se recompôs, Ambrósio tirou uma pequena caixinha azul do bolso e, de dentro dela, tirou um anel com uma linda pedra azul. Então disse:

— Uma safira para a minha joia rara! — disse ele, enquanto colocava o anel no dedo da filha. — Deus te dê sabedoria para alcançar todos os teus melhores sonhos e projetos!

— Obrigada, pai!

Vendo aquela declaração de amor, todos bateram palmas, radiantes.

— E você deve ser Luna, acertei? – continuou Ayla. – Meu pai tem falado muito em você ultimamente. E eu estou muito feliz que ele esteja feliz!

— Sim, e nós vamos nos casar! – disse um eufórico Ambrósio. – Já a pedi em casamento, e ela aceitou!

Com um rubor descomunal nas faces e sentindo um enorme calorão, Luna sorriu, também contente por estar ali naquele momento especial, com Ayla e Ambrósio, compartilhando da felicidade daquela formatura.

Passado aquele momento, todos puderam se achegar e abraçar a formada, desejando a ela sucesso e felicidades.

* * *

— Pai, tenho uma ótima notícia para contar hoje! – disse Ayla.
— Isso é maravilhoso. Ótimas notícias são sempre bem-vindas! O que é?
— Fui aprovada no trabalho de conclusão!
— Mas que bênção! Parabéns, filha!
— E sabe do que mais?
— O quê?
— Com nota máxima: fui aprovada com distinção!
— Eu não tinha dúvidas de que seria aprovada, mas me deixa mais feliz ainda ter sido com nota máxima. Que coisa boa!
— Sim! E agora, prepare-se, porque teremos fortes emoções. Vai ter formatura em breve!
— Isso é incrível, filha! Se não estou equivocado, formatura com pizza, certo?
— Hahahahaha! – riu gostosamente Ayla. – Isso mesmo. Você vem?
— É só me confirmar certinho, que iremos sim.
— Iremos? Quem virá junto? Renato e Mônica?
— Sim, quero partilhar este momento com Renato e Mônica, mas também com Jonas e Débora, que sempre me ajudam aqui.
— Gosto muito deles, vou ficar feliz se eles puderem vir assistir à colação de grau.
— E talvez… Se tu achar que devo… Talvez eu leve Luna junto! Que achas?
— Diante de tantas coisas que tem me contado dela e diante desse amor que está nascendo, estou ansiosa para conhecê-la! Será que ela viria?

— Não sei. Mas vou convidá-la. E penso também em convidar todos os moradores da Raio de Luz.

— Mas pai, quantas pessoas seriam? Como eles viriam?

— Se eles toparem ir, podemos ir com a van do Pingo. Só não posso demorar muito para reservar com ele, porque senão ele pode marcar outra excursão na mesma data.

— Tá bem! Ficarei feliz se Luna puder vir com as crianças.

— Com as crianças e com mais três adultos: Benzinho, Feliciana e Joaquim.

* * *

A fome estava grande. Todos já estavam acomodados na van quando Ayla chegou e entrou. Ela já tinha tirado a toga, o barrete e já estava sem as faixas azuis.

— Agora ela está vestida como gente! — sussurrou Alícia aos que estavam próximos, quando viu Ayla chegar na van, arrancando diversas risadas dos demais.

— Sim, aquele roupa deve ser muito quente! — emendou Lorenzo.

E Ayla, que tinha sentado espremida na fileira da frente, virou-se e disse:

— Não, crianças, não é quente não, é bem fininha!

— Ah, bom! — respondeu Lorenzo.

— Deixa eu aproveitar e fazer uma pergunta: quem de vocês já foi numa pizzaria?

Silêncio.

— Nós já comemos a pizza da dona Feliciana, ela faz a massa muito gostosa e depois cobre com sardinha e molho. — disse Thor.

— Sim, fica uma delícia! — complementou Henry.

— Pois bem, hoje vocês vão comer pizzas de diversos sabores, com as mais diversas coberturas. Vai ser inesquecível!

— Iupiiiiii! — gritou Anny. — Porque estamos mesmo famintos. Meu estômago já está roncando!

— O meu e o de Tedy também! — concordou Cecília.

— E prestem atenção: deixem um lugarzinho para as pizzas doces no "*grand finale*"! Também são maravilhosas!

— Pizzas doces? Com cobertura de açúcar? — perguntou um curioso Lorenzo, já rindo.

— Você mesmo descobrirá! — respondeu Ayla, piscando o olho para o pequeno.

***

Foi preciso os garçons da pizzaria juntarem as mesas para acomodar e reunir aquela grande comitiva.

Famintos que estavam, aproveitaram a pizza ao máximo, experimentando diversos sabores: calabresa, quatro queijos, siciliana, portuguesa, azeitonas, *bacon*, milho, frango, moda da casa...

Feliciana, Benzinho e Joaquim, embora já com avançada idade, também nunca tinham ido numa pizzaria, e estavam surpresos com a variedade de pizzas e com a agilidade dos garçons.

— "Cruz em credo! Esta gente vai arrebentá o côro da nossa barriga! A gente nem terminô de comê o pedaço do prato e já tão trazeno ôtro!" — disse uma apavorada Feliciana, entre uma garfada e outra.

Em um dado momento, quando as crianças já estavam com o estômago praticamente cheio, Ayla mudou a cor de uma etiqueta que estava sobre a mesa e os garçons de repente começaram a trazer pizzas doces, de chocolate preto e branco, chocolate com morango, coco e outras doçuras, de gemada com banana, romeu e julieta, califórnia...

Na volta para casa, já tarde da noite, tendo deixado Ayla em casa, as crianças dormiram, restando acordados os adultos, que conversavam animadamente, "para o Pingo não dormir", disseram.

40   MUDANÇA DE PLANOS

Naquela manhã, ao acordar, Ayla sentiu um aroma gostoso de café fresquinho no ar. Levantou-se e desceu de pijama até a cozinha, onde o pai já colocava a mesa para tomarem café juntos.

– Bom dia, pai!
– Bom dia, minha borboletinha! Dormiu bem?
– Sim.

No dia anterior, ambos tinham voltado da capital com a sensação de dever cumprido. Ayla queria voltar a morar no interior, para ficar o máximo de tempo com o pai, matar as saudades e ajudar na propriedade. Após carregarem na camioneta as roupas, os objetos pessoais, os livros e mais alguns pertences de Ayla, devolveram o apartamento para a imobiliária.

Tomaram café juntos, conversando sobre amenidades. Em um dado momento, Ambrósio disse:

– Filha, preciso comentar contigo algo muito especial.
– É sobre Luna? – perguntou ela, atirando o verde para colher o maduro.
– Sim, é sobre Luna. Depois que a mamãe morreu, nenhuma mulher mexeu com meu coração. Luna chegou primeiro como um tsunâmi – ele estava se referindo ao episódio na ponte –, mas, depois, com uma mansidão e com uma suavidade que me encantaram.
– Sim, eu vejo seus olhos brilhando quando está com ela, ou quando fala nela. – disse ela, sorrindo.
– Sim, é isso mesmo. E todo esse sentimento me fez tomar uma decisão: eu convidei Luna para se casar comigo. E ela aceitou!

Sem pestanejar, Ayla levantou-se e abraçou o pai carinhosamente, emocionada. E disse:

– Isso é o que eu mais pedia a Deus, pai! O pai precisa ter uma companheira para estar juntos, bater papo, trocar confidências!
– Não quero que você fique brava, porque o carinho que você e eu temos por mamãe, que Deus a tenha, continua igual.

— Não vou ficar brava, não. Mamãe não está mais aqui. E a vida continua. Se o pai está feliz, eu também fico muito feliz. Sua felicidade é também a minha felicidade!

— E tem outra coisa. Não quero demorar para dar esse passo.

— Como assim?

— Você me conhece. Eu não gostaria de fazer nada errado. E gostaria de apressar o casamento para o mais breve possível.

— Se é o que o pai quer, eu não tenho nada contra.

Após uma pausa em que os dois se abraçaram silenciosamente, Ayla comentou:

— Pai, outra coisa: o pai lembra que terminei no semestre passado o curso de inglês?

— Claro, filha! Fostes inclusive elogiada pelos professores pela capacidade de dobrar e requebrar a língua. Lembro sim!

— Pois bem! Aceitei a sugestão dos professores e me inscrevi em um programa de intercâmbio no Canadá, para aprimorar a fluência no idioma.

— Isso vai ser bom para você?

— Claro, pai! Vai ser ótimo para a minha carreira. Eu já tenho onde ficar lá e até trabalho para pagar minhas despesas durante os seis meses do intercâmbio. Mas, tem uma coisa: eu só poderei ir se o pai puder comprar as passagens de ida e de volta.

— Deixa eu entender: você está pensando em alçar voo para ficar mais seis meses fora? E como assim, já tem onde ficar? Onde vai trabalhar? – questionou um apreensivo Ambrósio.

— Fiz amizade com um jovem de Brantford, uma pequena cidade do Canadá, localizada na província de Ontário. Já estou conversando com ele e com os pais dele há algum tempo. Eu ficaria hospedada na casa deles e ajudaria na loja de materiais de construção da família e na lavoura de tomates que eles têm.

— E como é o nome desse jovem? – perguntou Ambrósio, coçando o queixo.

— George, pai. – respondeu Ayla, com um sorriso tímido nos lábios.

— Hum... Deixa ver se entendi! Além do aprendizado na fluência no idioma, há um coraçãozinho batendo mais forte e desejoso de conhecer esse tal George, é isso?

– É isso, pai! – disse ela, meio sem jeito.

Ambrósio se levantou e foi até a janela olhar para fora, organizando as ideias. De repente, virou-se e disse:

– Não tenho nada a me opor, filha. Sua felicidade é também a minha felicidade. Daremos um jeito de conseguir o dinheiro das passagens.

Ayla correu e abraçou o pai, contente pela compreensão dele.

– Só tenho uma pergunta. – e fez uma pausa.

– Qual, pai?

– Quando você fará uma chamada de vídeo para eu conhecer esse tal George e os pais dele?

***

Ao final da tarde, como fazia sempre que podia Ambrósio, depois de sua lida diária, foi visitar Luna na Raio de Luz. Depois de conversar um pouco com todos, convidou Luna para darem uma caminhada e, assim, poderem conversar um pouco.

Caminharam em direção ao arroio, pelo caminho do galpão, e, ao chegar em próximo do arroio, sentaram-se em uma pedra, no alto do barranco, observando a paisagem. Então Ambrósio disse:

– Luna, está cada vez mais difícil ficar longe de ti. Quero que saiba que estava falando muito sério quando te pedi, na velha igreja, para casar comigo.

Ela olhou para ele e fez uma cara de surpresa, como se não estivesse entendendo o que ele estava falando.

– Sério?

– Sim, sou um homem sério. E quero partilhar a minha vida com a tua vida, ainda que tu tenhas pouco tempo de vida. Eu te amo! – disse, segurando as mãos dela.

– Oh, Ambrósio! Eu também já estou te amando de uma maneira tal que até tenho medo!

Abraçaram-se silenciosamente, curtindo aquele momento de amor correspondido.

– E Ayla? – perguntou Luna. – Ela não vai se opor ou colocar empecilhos?

– Disse a ela hoje de manhã que vamos nos casar. E ela ficou muito feliz.

— Mesmo?

— Sim, chegou a dizer que, se eu estou feliz, ela também está feliz. Confesso que isso me tirou um peso dos ombros, porque eu tinha medo de que ela pudesse não compreender esse sentimento que irrompe dentro de mim, dentro de nós.

— Isso demonstra que ela é uma pessoa madura, Ambrósio. Aliás, tendo recebido os seus cuidados, sua educação e seus valores, o que seria de estranhar é se ela pensasse diferente.

Levantaram-se, desceram o barranco e molharam os pés no arroio, sentindo a água gelada. E ali, após um abraço, mais um beijo gostoso aconteceu. Abraçados, entregaram-se àquele momento, tanto que se desequilibraram e quase caíram no arroio, rindo a cântaros.

Quando retornaram à Raio de Luz, a escuridão da noite iniciava. Feliciana já tinha iniciado os preparativos do jantar, e as crianças já estavam tomando banho. Anny, que naquele dia tomou banho mais cedo, já estava na cozinha, ajudando Feliciana.

Ao ver Ambrósio e Luna entrando na cozinha, Anny correu até eles e os abraçou afetuosamente.

— Papaizinho. Mamãezinha. Amo vocês!

Pegos de surpresa com aquela declaração, abraçaram-na ainda mais forte e responderam que também a amavam. E, nisso, Anny emendou:

— A propósito, a mamãezinha já te contou que daqui a alguns dias vou fazer 15 anos?

— Não, não sabia! 15 anos?

— Sim!

— Puxa vida, que legal! Vamos ter que celebrar de alguma maneira. Essa data não pode passar em branco!

— Dona Feliciana já me disse que vai fazer a comida que eu gosto no dia do meu aniversário. Será o meu melhor presente!

— Mas a gente podia fazer uma coisa diferente... Podia dar folga para dona Feliciana para ela comemorar junto.

— Como assim? Não entendi.

— E se a gente fosse jantar numa churrascaria no dia do seu aniversário? Com isso, todos poderíamos aproveitar e comemorar contigo.

— Mas — olhou para Feliciana —, a senhora não vai se importar se nesse dia eu não comer a sua comida e irmos à churrascaria?

— "Eu gostei munto de ir na pizzaria na formatura de Ayla… Se uma churrascaria também tem comida boa, tô dentro" – ofereceu-se Feliciana, arrancando risos de todos com sua espontaneidade.

— Que legal! – gritou Anny. — Então vamos à churrascaria e outro dia você faz a comida que eu gosto, certo?

— Tá bem! – respondeu Feliciana. – Combinado! Assim você tem as duas coisas, né?

— Então, tá feito – disse Ambrósio. – Será o meu presente e de Luna para você. Iremos todos jantar numa churrascaria no dia do seu aniversário.

— Ebaaaaaaaa! – gritou ela, logo em seguida saindo correndo para contar a novidade aos demais que ainda estavam tomando banho.

* * *

Ao clarear do dia, Ambrósio pegou o trator, que já havia deixado pronto no dia anterior, e desceu pela estrada da propriedade para pulverizar a lavoura de soja. Conforme prometido, Ayla levantou cedo e foi junto: ela queria acompanhar a lida do pai e ajudar no que fosse necessário.

Passaram boa parte da manhã fazendo a pulverização na lavoura de soja. Junto ao pai, na cabine, Ayla observava tudo atentamente. Pulverizaram toda a várzea e ainda um pedaço na parte de cima da estrada.

Quando retornaram, próximo do meio-dia, Ayla sentou-se com o pai junto à mesa da varanda. Eles aproveitaram para descansar um pouco enquanto Mônica fazia o almoço.

— Pai, posso fazer algumas sugestões quanto ao trabalho de hoje?

— Claro, minha borboletinha. O que é?

— Observei atentamente todo o processo de pulverização e percebi que, da maneira que está sendo feito, o pai está perdendo dinheiro.

— Perdendo dinheiro? Como assim?

— Simples. Uma pulverização que apresente falhas vai resultar em prejuízos no rendimento da lavoura de soja e pode ocasionar quebra no uso dos produtos biológicos e químicos. Exemplo: qual foi a última vez que calibrou os equipamentos de pulverização?

— Comprei o trator e uso ele e seus implementos. Não sei o que calibrar.

— Então... A calibração inadequada dos equipamentos pode levar a uma aplicação desigual do produto, resultando em áreas com sub ou superdosagem.

— Puxa! – disse, surpreso, Ambrósio.

— Outra coisa, hoje, quando iniciamos de manhã, as condições do tempo estavam favoráveis. Por volta de 9 horas, iniciou um vento e, ainda que não estivesse muito forte, devíamos ter parado, porque o vento faz o produto se perder e derivar para áreas não destinadas, reduzindo a eficácia do tratamento e aumentando o risco de contaminação ambiental.

— Confesso que cheguei a pensar em parar, mas quis tocar para terminarmos toda a pulverização de manhã.

— Pois então. Desse modo, o pai está perdendo dinheiro! Com cuidados simples, vamos melhorar o manejo da planta, fazer a coisa certa e aumentar a lucratividade da lavoura, melhorando a rentabilidade da terra.

Surpreso, Ambrósio viu que o tempo que sua pequena ficou estudando fora na capital não tinha sido em vão. Ela tinha aproveitado para absorver conhecimentos que agora seriam utilizados na própria propriedade.

— Tá bem, filha! O que pudermos melhorar, vamos melhorar. Como sabes, eu aprendi fazendo na prática e, muitas vezes, ainda que faça o meu melhor, talvez não esteja fazendo como deveria fazer.

— Tá bem. Vou lhe ajudar a ajustarmos esta e outras questões.

— Certo. Ah, deixa te comentar uma outra coisa: ontem soube que Anny, a menina mais serelepe da Raio de Luz, vai fazer 15 anos daqui a alguns dias. Então, convidei eles para irmos jantar numa churrascaria e quero que você participe com a gente.

— Claro! Com muito prazer, quero estar junto nesse momento especial.

— Que bom, filha!

— A propósito, pai... Um momento... Tive uma ideia! Isso!... Isso mesmo! Pai, que tal se a gente unisse o útil ao agradável?

Nisso, Mônica apareceu na janela da casa dos fundos e gritou, a plenos pulmões:

— Patrãozinho! Patroinha! Venham almoçar!

— Já vamos! – respondeu Ayla.

— Como assim, unir o útil ao agradável? Não entendi.

— Tive uma ideia enquanto conversávamos. Talvez a gente não vá à churrascaria. Mas, depois do almoço, falamos com mais calma sobre isso.

41 UMA FESTA SOB AS ESTRELAS

O sol tinha se escondido suavemente atrás dos morros da propriedade de Ambrósio, lançando tons de cor de laranja e cor-de-rosa sobre a clareira ao lado da cascata.

Uma brisa suave sussurrava entre as árvores, criando uma atmosfera de expectativa e mistério. No centro da clareira, mesas decoradas com flores silvestres e luzes cintilantes iluminavam tudo e resplandeciam dentro de lanternas de papel.

Os músicos já estavam reunidos ao lado do tablado elevado que Ambrósio tinha mandado fazer num dos cantos da propriedade e faziam a revisão dos instrumentos e da afinação. Eles eram amigos de Ayla, que os conhecera no período que estudava na capital, e ficaram honrados com o convite dela para virem abrilhantar aquele evento no interior.

Não tardou e os convidados começaram a chegar. Ambrósio e Ayla recebiam todos com sorrisos calorosos, compartilhando o entusiasmo pela noite que estava por vir.

Os convidados foram sentando-se no centro, nos bancos onde Renato e Mônica indicavam que se sentassem, e, aos poucos, o ar foi se enchendo com risos e conversas animadas.

Padre Gabriel chegou, vestido elegantemente com um terno preto, camisa branca e gravata vermelha. Seus sapatos estavam tão reluzentes que alguém poderia se enxergar neles como num espelho. Sorridente, cumprimentou Ambrósio efusivamente, dando nele um abraço carinhoso e apertado.

Vários amigos de Ambrósio e Ayla estavam presentes. Não demorou muito e chegou também Adão Melo, do cartório. Com ele, um jovem que carregava dois livros de capa preta.

Também os vizinhos foram convidados e vieram para aquela festa-surpresa. Uma das grandes presenças era a de Nicolau Moraes e de sua esposa. Ambrósio convidou-os por consideração, imaginando inclusive que ambos não viriam, por já estarem em idade avançada.

Mas ambos, ao cumprimentar Ambrósio e Ayla, disseram que fazia muito tempo que não iam a uma festa-surpresa e que não perderiam a oportunidade por nada.

***

O sábado amanheceu lindo, com um céu azul e com um sol esplendoroso. Pássaros cantavam desde o clarear do dia, e até os gatos de Ambrósio estavam mais lépidos, como a prenunciar os acontecimentos que se desenrolariam durante o dia.

Desde cedo, Renato e Mônica troteavam acertando detalhes para a festa. Na verdade, eles já vinham a semana toda preparando muitas coisas, tudo dentro das orientações de Ambrósio e Ayla, atenciosos a cada detalhe.

Naquele sábado, além de Renato e Mônica, como o volume de trabalho era grande, também ajudavam mais dois casais de amigos de Ambrósio: Pingo, o motorista da van, e a esposa Margarete; e Jonas e Débora, casal que, sempre que Ambrósio precisava de ajuda para alguma atividade, estava pronto a participar.

Os dois fornos de barro da propriedade, um ao lado da casa de Ambrósio e outro ao lado da casa de Renato e Mônica, trabalhavam a todo vapor desde a tarde da véspera, assando pães, cucas e partes inteiras de porco.

O corre-corre era grande, e a expectativa de todos era ainda maior. Aquele seria mesmo um grande dia. A festa-surpresa, programada para a noite, haveria de ser inesquecível.

***

Anny e Luna estranharam quando chegaram na propriedade de Ambrósio, levados por Renato e Mônica, que as tinham buscado no salão de beleza com a camionete.

– O que estamos fazendo aqui? – perguntou Luna.

– Patrãozinho pediu para trazer vocês aqui, ele me disse que ia esperar na clareira, próximo da cascata. Pingo foi com a van buscar as crianças e logo estará chegando. E então iremos juntos para a churrascaria.

Sem desconfiar de nada, desceram do carro e rumaram rumo aos fundos da propriedade. Passaram pelo galpão, pela casa de Renato e Mônica e adentraram na trilha, conversando animadamente.

Logo que a trilha terminava, avistaram Ambrósio do lado direito, sentado de costas. Estava tudo em silêncio e às escuras. Apenas uma iluminação tênue deixava à mostra a silhueta de Ambrósio.

— Anny, Luna, que bom que vocês chegaram! — disse ele, virando-se.

E quando Ambrósio se virou (virar-se era a senha para os demais), as duas tomaram o maior dos sustos de suas vidas.

Enquanto Ambrósio abria os braços para recepcionar as duas, todas as luzes se acenderam.

— Surpresa! — gritaram todos.

Ouviu-se uma grande gritaria dos presentes e das crianças: todos ovacionaram a chegada das duas.

As lanternas de papel brilhavam sobre suas cabeças, refletindo a luz das estrelas que pontilhavam o céu noturno. Ao mesmo tempo, uma música linda, com violinos e piano, começou a ecoar no ar, com notas suaves e um ritmo alegre que alcançavam o fundo do coração.

— Ambrósio, você...

— Papaizinho...

Foi somente o que as duas conseguiram dizer, abraçadas e radiantes de felicidade, antes de irromper em lágrimas de alegria. Choravam de emoção ao ver a maravilhosa surpresa que Ambrósio e Ayla tinham preparado e pela transformação que tinham feito naquele lugar.

Ambrósio e Ayla, também emocionados, não conseguiram segurar as lágrimas e correram para abraçar as duas. Aquele abraço, já a oito braços, tornou-se pequeno: foram surpreendidos pelas crianças que, espontaneamente, correram para abraçá-los também, sob um forte aplauso de todos os presentes, que também se emocionaram diante de uma cena tão linda.

Anny virou-se para Luna, com um olhar brilhante, e perguntou:

— Mamãezinha, você sabia?

— Não, minha filha! Não sabia! Imaginava que iríamos para um churrascaria! — e, virando o rosto para os anfitriões: — Vocês também me surpreenderam! Como conseguiram guardar segredo?

— Ayla me ajudou!

— O pai me ajudou! — disseram em simultâneo.

E só então Luna conseguiu observar que Ambrósio estava vestido de um terno claro e com uma gravata rosa, quase do mesmo tom que o das suas unhas; e que Ayla vestia um vestido longo, de salto alto, com um colar dourado ao pescoço.

— Mas, espere aí! Vocês estão vestidos de forma muito chique. O que está acontecendo aqui?

– As surpresas da noite recém estão começando, Luna e Anny! – disseram Ambrósio e Ayla. – Venham com a gente.

Dito isso, as crianças voltaram aos seus assentos, enquanto Anny e Luna, extasiadas, não conseguiam organizar os pensamentos. Levadas pelas mãos, ambas foram para uma tenda no outro extremo da clareira.

– Entrem!

Após entrarem, Ayla fechou a entrada da tenda e acendeu a luz: Anny e Luna não puderam acreditar no que viam e foram outra vez às lágrimas: ali estavam dois lindos vestidos, ricamente ornamentados: um cor-de-rosa, de debutante; e outro branco, de noiva.

– Anny, esta é a sua noite! Este vestido rosa é para você debutar! – disse Ayla, suavemente, enquanto a outra sorria e chorava ao mesmo tempo.

– E este outro vestido, Luna, é para você. Eu já lhe pedi em casamento, já tenho o seu sim. O que eu quero saber agora é: você quer casar comigo "hoje"? – disse Ambrósio.

***

Ambrósio e Ayla chegaram à Raio de Luz na metade daquela manhã e desceram apressados da camionete. Feliciana estava ao lado da porta da cozinha, tendo consigo Hanna. Dirigiram-se para ali e por ali adentraram.

– Anny! Cadê você? – gritaram, em simultâneo, Ambrósio e Ayla.

Anny estava na sala, junto das crianças, naquele momento brincando com quebra-cabeças. Ao ouvir seu nome, veio correndo receber os que chegavam.

– Estou aqui! – disse, abraçando os dois.

– É mesmo hoje que está de aniversário?

– Sim! Ela está ficando mais velha! – respondeu Cecília, arrancando risos de todos.

– Que velha que nada! – respondeu Hanna, em defesa da amiga.

– Parabéns! Feliz aniversário!

– Que Deus lhe proteja e ampare sempre!

Ambrósio e Ayla ficaram ainda mais alguns momentos abraçados afetuosamente, a acarinhar aquela pequenota que completava uma idade tão especial para as meninas.

— Então, todos preparados para a nossa ida à churrascaria? Quero ver todo mundo bem arrumado para não deixarmos passar em branco os 15 anos de Anny.

— Sim, papaizinho. – respondeu Lorenzo. – Nós até ganhamos roupas e calçados novos. – disse, referindo-se aos presentes que Luna trouxe da cidade na semana anterior.

— Que coisa boa! Vão estar bem bonitos, então.

— Anny, vamos logo! – gritou Ayla para que Anny ouvisse; ela tinha ido ao quarto. – Temos hora marcada. Vai ser um dia de beleza inesquecível!

— Luna, você vem com a gente?

— Não, eu preciso ficar! Há algumas coisas que quero organizar, além de que eu também quero coordenar as crianças a se ajeitarem.

— Não mesmo! – bradou Ambrósio. – Você precisa vir. Precisa estar com a gente neste momento especial em que vamos levar Anny ao salão.

— Tá, bem! Vamos então. – disse Luna, após pensar um pouco. – Até porque não haveremos de demorar muito.

— Anny, vamos logo! – gritou Luna, ansiada com a demora da menina.

— Já estou indo! – respondeu ela, irrompendo na sala do casarão.

— Pode ter certeza de que o pessoal do salão vai te deixar linda, minha pequena. É o mínimo que podemos fazer, já que não podemos te dar uma festa de debutante.

— Ah, Luna... O dia de beleza que ganhei de presente de vocês me deixou feliz demais! – disse ela, saltitante. – Estou pronta.

— Que bom que gostou! – disse Ambrósio, rindo.

— Dona Feliciana, Hanna. Ajudem a monitorar os pequenos para que não se sujem.

Após Feliciana e Hanna concordarem, Ambrósio, Ayla, Luna e Anny se foram contentes para a cidade. Ambrósio tinha reservado hora em um salão com hora marcada e eles não queriam se atrasar.

Ao chegar, adentraram um amplo salão lindamente ornamentado, com tapetes coloridos, espelhos, poltronas, sofás e cadeiras espalhadas pelo ambiente. A decoração saltava aos olhos, de tão linda.

— Olá, seu Ambrósio! Olá, Ayla. Estávamos esperando!

— Cá estamos. Esta é a nossa aniversariante. – Ambrósio estava com a mão no ombro de Anny. – Tratem dela o melhor que puderem!

— Está preparada para um dia de pura beleza, Anny? – perguntou uma das mulheres do salão.

Anny assentiu animadamente, vendo a alegria do sorriso franco de Luna, mas sem perceber o brilho especial nos olhos de Ambrósio e Ayla.

— E aqui está Luna, uma pessoa que tem se revelado especial na minha vida. – disse Ambrósio. E, virando-se para a namorada: – Luna, estas são Rochelle e Myrna, as proprietárias do salão de beleza.

— Muito prazer! – cumprimentaram-se.

— E agora, tchau! – disse Ambrósio, piscando o olho para Luna. – Nós já estamos indo. Você também estará em boas mãos com elas.

— Como assim estarei em boas mãos? Não entendi. – disse, surpresa, Luna.

— Sim – respondeu Ambrósio, gargalhando –, você também precisa estar bem bonita no "nosso jantar"!

— Isso mesmo, mamãezinha. Fica comigo! – implorou Anny, inocentemente, sem imaginar o que estava sendo planejado por Ambrósio e Ayla. – Fica comigo!

Meio desconcertada, Luna corou.

— Mas e as crianças na Raio de Luz? E a minha roupa? Eu achei que íamos trazer a Anny e que eu ia voltar com vocês!

— Pode ficar tranquila, Luna! – disse Ayla. – Dona Feliciana me alcançou a roupa que você separou e que iria usar hoje à noite.

"Mas que danadinha!", pensou Luna.

— Pode deixar que eu ajudo dona Feliciana e Hanna com as crianças. – continuou Ayla. E emendou: – Você também merece este dia de beleza.

— 'Bora lá! Buscamos vocês às 18 horas! – disse Ambrósio, após dar um beijo na face de Anny e um selinho em Luna.

***

A um sinal de Ambrósio, Padre Gabriel, atento à sequência dos acontecimentos, pediu a todos que se sentassem nos bancos do centro, que já tinham sido ali dispostos para formar a disposição dos assentos de uma igreja.

— A cerimônia já vai começar! – disse ele. E, com o dedo indicador sobre a boca, pedia a todos que fizessem silêncio.

Margarete, que adorava fotografia e tinha uma câmara digital, fazia a cobertura fotográfica do evento.

Nas costas de todos, podia-se ver Anny e, atrás dela, Ambrósio e Luna, lado a lado.

Anny não cabia em si de contentamento: ela estava muito feliz por ter recebido o dia de princesa no salão, por estar com aquele lindo vestido cor-de-rosa, por ter ganhado também aquela linda festa surpresa e, mais, por ter sido convidada para ser a dama de honra de Ambrósio e Luna. Estava tudo perfeito. Ali estavam todos os seus amigos da Raio de Luz, a Feliciana, o Benzinho, o Joaquim... E estava ali também Ayla, a filha do benfeitor deles...

Emocionada, lembrou-se de sua mãe, pois, ainda que ela a tivesse abandonado e ido embora, não conseguia sentir raiva dela. Ainda que Luna já a tratasse como filha e ela já tratasse Luna como mamãezinha, no fundo ela queria que Maria Emilya estivesse ali para celebrar com ela seus 15 anos. Por onde será que ela andaria? Será que estaria bem? De súbito, ainda que mantendo um sorriso, algumas lágrimas começaram a escorrer pela sua face, numa mistura de sentimentos que nem mesmo ela conseguia identificar com certeza.

Ambrósio e Luna estavam logo atrás de Anny. Ele, com pensamentos de alegria, radiante, pois finalmente tinha encontrado sua cara-metade. Desde que sua esposa faleceu, nunca mais tinha tido interesse por alguém... Mas aquela mulher, que estava doente e que tinha pouco tempo de vida, tinha lhe encantado de tal maneira que ele decidira correr o risco de viver com ela o tempo que lhe restasse.

Já Luna, com um vestido de noiva impecável e segurando um buquê de flores silvestres que o próprio Ambrósio colhera no campo naquela manhã, sentia a atmosfera daquele lugar que já era esplendoroso e agora lindamente decorado para a festa. Vendo todo aquele povo reunido, mergulhou para dentro de si mesma: será que ela devia mesmo embarcar nesta loucura de Ambrósio e casar com ele? Afinal: quanto tempo de vida ela ainda teria? Alguns dias? Algumas semanas? Será que não seria mais sensato desistir daquilo para não fazê-lo sofrer?

Por outro lado, ela não queria frustrar a alegria e o sorriso de Anny, que tinha toda uma vida pela frente. Que péssimas recordações Anny teria dela se, no dia do aniversário de seus 15 anos, a mamãezinha, como ela a chamava, resolvesse desistir do casamento e estragar aquela festa linda?

Enquanto assim pensavam, os músicos começaram a tocar a "Marcha Nupcial", de Felix Mendelssohn. Todos se levantaram. Com o coração saltando pela boca, Anny começou a caminhar, lentamente, pelo corredor dos bancos, em direção à frente, onde estava o padre Gabriel. À medida que avançava, da cestinha que segurava, ia soltando coloridas pétalas de flores pelo caminho no qual Ambrósio e Luna logo pisariam.

Margarete, estrategicamente posicionada, buscava os melhores ângulos, registrando tudo: a debutante, os noivos, os convidados, os músicos, o padre Gabriel, o escrivão...

Quando Anny tinha tomado uma certa distância, Ambrósio e Luna deram os primeiros passos, tímidos, mas firmes e vigorosos, rumo ao altar onde esperava o padre Gabriel. Ao ser puxada por Ambrósio para dar o primeiro passo, as dúvidas que porventura Luna ainda pudesse ter sobre se casava ou não foram instantaneamente dissipadas: o amor que ela também sentia por Ambrósio era imenso, e valia a pena dar aqueles passos e caminhar com ele pelo tempo de vida que ela ainda teria.

Os sorrisos que Anny, Ambrósio e Luna estampavam eram algo fabuloso que contagiava a qualquer um. A alegria que estavam sentindo transbordava em seus peitos, alcançando os corações de todos os presentes. Ambrósio e Luna tiveram a impressão de que flutuavam suavemente em nuvens de algodão lindamente decoradas com pétalas de flores.

Até o padre Gabriel, experiente em casamentos e em cerimônias religiosas e que sabia conter suas emoções exemplarmente, não aguentou e deu uma fungada, enxugando uma lágrima teimosa que insistia em rolar pela face.

– Me caiu um mosquito no olho! – disse, justificando-se olhando para o escrivão, que estava ao lado.

– Sei! – respondeu o escrivão, rindo. – Mosquito molhado, né?

Luna e Ambrósio chegaram ao altar onde estava o padre Gabriel. Era uma mesa enfeitada com flores e ramos iguais aos do buquê da noiva. Os músicos silenciaram. Padre Gabriel tomou a palavra e fez um discurso maravilhoso, conclamando todos a viverem plenamente a alegria daquela celebração de 15 anos de Anny e enaltecendo o sentido da vida.

Anny, com um sorriso radiante, ouvia atentamente cada palavra do padre, derramando lágrimas de emoção de quando em quando.

– Anny, ao longo desses 15 anos, você certamente tem aprendido muitas lições importantes. E agora, à medida que você entra nessa nova fase da vida, deve cultivar valores que vão guiar seus passos.

– Cultive a gratidão, agradeça sempre por tudo o que Deus lhe der; especialmente, seja grata pela família amorosa da Raio de Luz, que lhe acolheu, por seus amigos leais e pelas bênçãos que recebe todos os dias.

Anny assentiu com a cabeça, com os olhos brilhando com entendimento.

– Além disso, nunca se esqueça da compaixão, da capacidade de saber se colocar no lugar dos outros e de agir com bondade e gentileza, estendendo a mão para quem estiver em necessidade.

Enquanto o padre Gabriel falava, os presentes escutavam em silêncio, absorvendo suas palavras de sabedoria.

– Por fim, Anny, quero lembrá-la do poder da fé, a qual pode nos sustentar nos momentos mais difíceis e nos guiar em direção à luz, mesmo quando tudo parece ser escuridão. Que você possa, com fé, buscar sempre uma conexão mais profunda com Deus e confiar irrestritamente em Seu Amor inabalável.

Para encerrar a cerimônia, padre Gabriel solicitou a todos que estendessem as mãos na direção de Anny para abençoá-la e fez uma oração final, pedindo sobre a vida dela todas as bênçãos do Altíssimo.

Concluída a oração, os músicos iniciaram de forma suave a canção "Ave Maria", de Franz Schubert, cantada lindamente por um deles. Essa canção evocou em todos reflexão e devoção, paz e serenidade, permitindo a todos os presentes se conectarem profundamente com o significado especial daquele momento.

Enquanto a canção era executada, Anny abraçou o padre Gabriel, sentindo-se inspirada e fortalecida pelos valores que ele compartilhou. Emocionada, ouvindo "Ave Maria", emocionou-se outra vez, porque lembrou-se outra vez de sua mãe, que também se chamava Maria. Maria Emilya. Ambrósio e Luna aproveitaram aquele momento e abraçaram o padre e a pequena, beijando-a e abençoando-a.

***

Luna e Anny, depois do banho, da hidratação nos cabelos e do corte das pontas, antevendo o penteado que viria, tiveram os cílios delineados meticulosamente.

Depois, foram conduzidas a uma sala anexa com grandes vidraças fumês. De dentro daquele ambiente, avistavam-se os outros ambientes, mas, do salão, não se avistava o que ali dentro ocorria.

Luna observou o local. Além de cadeiras e toalhas, havia duas grandes banheiras de hidromassagem com água morninha e borbulhante, já com bastante espuma. Uma das auxiliares derramou sais na água das banheiras e acendeu incensos nas extremidades, os quais logo exalaram um perfume maravilhoso e suave.

A seguir, com as mãos, uma das mulheres fez gestos convidando-as para entrarem na água.

– Entrar na água? – perguntou uma surpresa Anny.

– Sim, o dia é de vocês. Agora é o momento de relaxarem!

– Então tá, né? Vamos aproveitar esse dia juntas, Anny!

Luna sorria, mas escondia a ansiedade que borbulhava em seu peito. Ela estava sentindo algumas dores no abdome. Dores leves, na verdade, mas que a inquietavam demais. E se aquelas dores crescessem e ela tivesse uma forte crise?

Mas a sensação de entrar naquela água quentinha e borbulhante, cheia de espuma, foi indescritível, algo que nem Anny nem Luna, com sua experiência de vida, tinham experimentado. Essa mescla de sentimentos e emoções fez com que Luna relaxasse e, inclusive, que a dor fosse embora.

Ficaram um longo tempo de molho na água, curtindo aquele momento único. Rochelle recomendou que as duas fechassem os olhos e imaginassem momentos bons que já tinham vivido. Depois de um tempo de meditação, Rochelle bateu palmas e duas mulheres se aproximaram com bolsas cheias de apetrechos, cada qual se sentando ao lado de uma das banheiras.

De forma ágil, pediram para elas espicharem os braços e, ali mesmo, iniciaram a ajeitar as cutículas, colocando, depois, unhas postiças e lindas nas duas. Luna optou por um esmalte rosa-claro, enquanto Anny escolheu, sorrindo, adesivos multicoloridos.

Findo o trabalho, ambas foram convidadas a se retirar da banheira. Enroladas em grandes toalhas, secaram-se e sentaram-se em cadeiras que estavam ali próximo. As duas mulheres então se posicionaram junto aos pés de ambas e, com perfeccionismo, ajeitaram, esfoliaram, removeram calosidades e pintaram as unhas dos pés.

Enquanto os pés eram trabalhados, Luna e Anny foram servidas com um almoço leve, e, de sobremesa, uvas, damascos, kiwis e carambolas picadas. Aproveitando intensamente aquele dia de beleza, Luna e Anny ficaram surpresas imaginando que já deveria ser meio-dia, ou talvez já tivesse passado do meio-dia.

Com um trabalho organizado e sincronizado da equipe do salão, depois Anny e Luna receberam uma limpeza facial, em tiveram impurezas e células mortas da pele removidas.

Após, ambas passaram pelo processo de máscaras faciais e tiveram a pele hidratada e nutrida, recebendo, em seguida, uma massagem surreal e apoteótica para relaxar os músculos e estimular a circulação sanguínea.

Depois de tudo isso, ainda receberam mais cuidados nos cabelos. Penteia daqui, ajeita de lá, *spray* daqui, *spray* de lá, e aquilo que Myrna e Rochelle tinham em mente começava a se transformar em realidade.

Por fim, as duas receberam uma maquiagem especial. Luna pediu tons mais discretos e casuais e um batom cor-de-rosa, para combinar com as unhas, disse ela. Anny, mais extrovertida, aceitou as ideias de Myrna e ousou usar uma maquiagem linda que combinava com o penteado que tinha feito.

Quando estavam prontas, ambas vestiram a roupa que tinham trazido para aquela noite especial. O jantar na churrascaria, ainda que uma forma simples de marcar os 15 anos de Anny, prometia. Haveria de ser inesquecível.

* * *

O relógio marcava 17 horas quando Ambrósio e Ayla ajustavam os últimos detalhes da decoração na clareira ao lado da cascata. O sol tingia o céu com tons dourados, anunciando o início de uma noite especial.

Ayla pendurava lanternas de papel entre as árvores. Com seu olhar atento, ela sabia que a forma e a disposição com que estava ajeitando tudo criariam, à noite, uma atmosfera mágica.

– Está ficando perfeito, pai! – disse ela, sorrindo, enquanto ajustava uma das lanternas.

– Se não fosse a sua ajuda, filha, certamente não teria ficado tão bonito. Parabéns!

Renato e Mônica, os dedicados caseiros de Ambrósio, e Pingo e Margarete, despediram-se e saíram: eles tinham uma missão especial para cumprir. Jonas e Débora ainda estavam por ali, pois estavam revisando a comida e bebida que seriam servidas logo mais.

Ambrósio sorriu com satisfação observando o resultado do trabalho árduo que tinham dedicado à organização da festa.

– Jonas, Débora! Agora vamos parar, está tudo ótimo! Aproveitem para descansar um pouco, porque a noite deverá ser longa e teremos bastante afazeres.

Olhando para cada detalhe preparado com tanto esmero e carinho, enquanto o casal descia pela trilha em direção à casa de Renato e Mônica, Ambrósio refletia em como aconteceria a festa surpresa de Luna e Anny.

Ele e Ayla se esmeraram ao máximo com Renato e Mônica, Pingo e Margarete e Jonas e Débora para preparar tudo em segredo. Para todos os efeitos, elas estavam se preparando para irem jantar numa churrascaria...

Qual seria a reação delas quando chegassem na clareira e vissem as pessoas, os enfeites? O que elas diriam? O que elas fariam? De certeza, sabia uma coisa: seria uma festa para criar memórias inesquecíveis.

Nisso, Ayla, que finalizara a revisão da decoração das toalhas e prataria das mesas, despertou Ambrósio de suas reflexões:

– Pai! O relógio está passando depressa. Vamos nós também. Precisamos tomar um banho e nos preparar.

* * *

Pingo e Margarete, de van, foram à Raio de Luz buscar as crianças e mais Benzinho, Feliciana e Joaquim. Quando chegaram na propriedade de Ambrósio, Feliciana foi quem questionou:

– "Ué, nóis não ia í numa churrascaria? O que tamo fazeno aqui?"

Com tudo previamente combinado, Pingo relatou que Anny e Luna ainda não tinham vindo e que seria necessário esperar ali na propriedade de Ambrósio.

Medindo as palavras para não se trair verbalmente, Pingo pediu que todos fossem até a clareira, onde Ambrósio estava, e de onde, depois, iriam juntos para a churrascaria.

Pingo fez o relato com tal firmeza e convicção que ninguém suspeitou de que era apenas um despiste.

Eles só perceberam que alguma coisa não se encaixava naquela história quando chegaram na clareira e viram várias pessoas e o local lindamente ornamentado.

***

Quando terminou a execução da "Ave Maria", uma salva de palmas longa aos músicos ecoou na clareira: todos estavam maravilhados com aquelas lindas interpretações.

Anny ainda seguia agarrada ao padre. E o escrivão, que já tinha registrado os dados dos noivos e das testemunhas após a chegada, em um dado momento, chamou para si a palavra:

– Queridos Ambrósio e Luna, representando a lei civil, neste momento especial em que testemunhamos o começo de uma nova e bela jornada em suas vidas, chamo as testemunhas para assinarem e darem ciência deste passo importante que estão por dar.

– Ao assinarem este livro de casamentos – continuou o escrivão –, vocês não apenas registram seus nomes, mas testemunham uma nova família que inicia hoje! E vocês, noivos, selam um compromisso de amor e companheirismo. Estão cientes disso?

Todos concordaram. Sentados na primeira fileira dos bancos, cabeças erguidas, peitos estufados e todo garbosos, estavam Benzinho e Feliciana. Eles tinham sido convidados por Luna para serem seus padrinhos, e estavam se sentindo honrados pela deferência dela em convidá-los para aquele momento especial. Também na primeira fileira, Renato e Mônica, os padrinhos de Ambrósio, já tinham sido convidados anteriormente.

Com muito gosto, Renato e Mônica fizeram sua rubrica. Feliciana e Benzinho, como não sabiam ler e escrever, depositaram os dedos na almofada e, após, postaram suas digitais no livro, validando o ato. A seguir, também assinaram Luna e Ambrósio e, por fim, o próprio escrivão.

– Que esta união seja abençoada hoje e sempre. – disse ele.

De imediato, uma ruidosa salva de palmas ecoou, enquanto os músicos começaram a entoar "Canon in D", de Johann Pachelbel, uma melodia suave e elegante que encantou a todos, valorizando aquele momento romântico e solene.

Com corações apreensivos e curiosos, todos aguardavam aquele que seria um dos principais momentos da noite: a cerimônia de casamento de Ambrósio e Luna.

Ao findar a canção, padre Gabriel pediu a todos para se sentarem novamente. E começou:

– Queridos Ambrósio e Luna, nos reunimos para celebrar não apenas um casamento, mas também a promessa de amor e compromisso que vocês fazem um ao outro diante de Deus, de seus familiares e amigos.

Ele olhou para o casal, com olhos cheios de ternura e sabedoria.

– Ambrósio, Luna, vocês estão prestes a iniciar uma jornada de amor, parceria e crescimento mútuo. Que este casamento seja uma fonte de apoio, conforto e alegria para vocês dois, hoje e para sempre.

Após mais algumas palavras sábias com dicas acerca de como um casamento pode durar e atravessar o tempo, até que a morte os separe, padre Gabriel fez uma pausa e disse:

– Ambrósio, você aceita Luna como sua companheira, para amá-la e respeitá-la, na alegria e na tristeza, na saúde e na doença, todos os dias de sua vida?

Os olhos de Ambrósio brilhavam com determinação e ternura quando ele respondeu:

– Sim, eu aceito.

– Luna, você aceita Ambrósio como seu companheiro, para amá-lo e respeitá-lo, na alegria e na tristeza, na saúde e na doença, todos os dias de sua vida?

Luna sorriu, seus olhos espargindo luz de felicidade, enquanto respondia com firmeza:

– Sim, eu aceito.

O padre Gabriel sorriu e, a seguir, chamou Anny à frente para que ela alcançasse as alianças dos noivos, as quais estavam amarradas na alça da cestinha com uma linda fita dourada.

Em seguida, o padre abençoou as alianças, símbolos tangíveis do compromisso eterno que Ambrósio e Luna estavam prestes a fazer, dizendo:

– Que estas alianças sejam um lembrete constante do amor que compartilham, dos votos que trocaram e das promessas que fizeram um ao outro neste dia abençoado.

Então, Ambrósio colocou a aliança na mão esquerda de Luna e, logo, ela na mão dele, enquanto *flashes* da câmara de Margarete registravam aquele momento ímpar.

– Então, pelo poder investido em mim – disse o padre Gabriel, – eu os declaro marido e mulher. Você pode beijar a noiva.

Ambrósio e Luna se achegaram mais um do outro e seus lábios se encontraram em um beijo cheio de promessas, enquanto a clareira se encheu com o som suave dos aplausos e risos dos amigos e familiares.

Com palavras de sabedoria e encorajamento, padre Gabriel fez o fechamento da cerimônia, com cada palavra carregada de significado e emoção. Ao encerrar, os músicos iniciaram a execução de "La Primavera", de Vivaldi, e Ayla, os integrantes da Raio de Luz, os convidados, todos, um a um, dirigiram-se até Ambrósio e Luna, para os cumprimentar. Foi um momento muito especial, todos surpresos e contentíssimos com a maravilha daquela cerimônia dupla e diferente.

Terminados os cumprimentos, Ambrósio tomou a palavra e pediu a atenção de todos. Então disse:

– Que comece a festa! Agora nós vamos dançar duas valsas. A primeira, "Valsa das Flores", de Tchaikovsky, para celebrar os 15 anos de Anny; e, logo após, a valsa "Danúbio Azul", de Johann Strauss, para celebrarmos o nosso casamento. Todos estão convidados a dançarem conosco!

Ao lado do local onde montaram os bancos para a cerimônia de casamento e em frente ao tablado alto onde estavam os músicos, no chão batido, sem piso de concreto ou tablado de madeira, e até com alguns desníveis, Ambrósio pegou Anny e rodopiou com ela, sob os aplausos de todos.

Em seguida, vários dos convidados aproveitaram o momento e também tiraram Anny para dançar, imortalizando o momento em suas memórias, como também nas fotografias de Margarete, que não parava um momento, fazendo diversos cliques.

Quando mudou a canção e o Danúbio Azul se fez ecoar, enchendo a clareira com sua melodia harmoniosa, Ambrósio correu e pegou Luna pela mão, dançando com ela como se fosse o melhor e mais compenetrado bailarino do planeta.

Sorridentes, rodopiavam agradecendo com o olhar a presença de cada uma das pessoas que vieram compartilhar com eles aquele momento especial de suas vidas. Depois de dançarem um tempo, os casais que ali estavam se dirigiram a Ambrósio e Luna e, um a um, os convidaram para dançar: enquanto o homem tirava Luna para dançar, a mulher tirava Ambrósio.

Neste instante, todos os presentes invadiram a pista de dança, inclusive as crianças. Kauã começou a dançar com Anny. Lorenzo e Cecília, ainda que sem saber dançar, flutuavam entre os adultos, como se estivessem dançando perfeitamente. Para não fazer feito aos pequenos, Thor e Hanna dançaram também, tendo Rick e Alícia lhes fazendo companhia.

Era uma festa. Uma superfesta. Todos estavam aproveitando, dançando sob as estrelas. Vendo Henry em um canto, sozinho, o espirituoso Joaquim correu até ele e conduziu a cadeira de rodas para o meio do povo que dançava. E ali rodopiava com Henry, de um lado para outro. Então, Joaquim disse:

– Já que não temos par, vamos pelo menos nos divertir! – e ambos gargalharam gostoso.

Na verdade, Joaquim e Henry, com a cadeira, mais atrapalhavam os que dançavam, mas isso não foi nenhum problema, visto que todos queriam se divertir e curtir aqueles momentos especiais ao extremo.

Emocionados e sorridentes, os convidados, de quando em quando, irrompiam em aplausos, ovacionando não somente os 15 anos de Anny, mas também o início de uma nova e venturosa jornada para Ambrósio e Luna.

O padre Gabriel, com gratidão, observava tudo, sentado em um dos bancos, sabendo que havia sido honrado em presenciar e abençoar este momento de amor e compromisso que, estimava, haveria de ser duradouro.

Todos jantaram e comeram à vontade, elogiando as cucas, os pães, as conservas, as saladas, os temperos, o sabor, a maciez das carnes assadas nos fornos de barro.

Em complemento, degustaram *drinks* e bebidas preparadas por Jonas e Débora, como também refrigerantes e bebidas compradas durante a semana por Ambrósio e Renato.

✻ ✻ ✻

Já era próximo da uma da manhã quando todos foram chamados para cantar os parabéns a Anny. Animados, reuniram-se em torno de um lindo bolo com detalhes em cor-de-rosa e branco. Luna, Ambrósio e Anny estavam juntos, em frente à mesa do bolo, quando Ayla começou o "parabéns a você".

Ao terminar, as crianças, sempre atentas e brincalhonas, puxaram o "É big, é big...", arrancando gargalhadas de todos, especialmente de Anny, que, de forma divertida, soprava as velas em seu bolo de aniversário, velas teimosas que, por várias vezes, logo voltavam a acender de novo, até serem apagadas definitivamente.

A felicidade de todos era evidente. A de Anny, Ambrósio e Luna mais ainda, porque estavam rodeados pelo carinho daqueles que mais amavam.

Aquela foi uma noite de magia e celebração, de amizade, carinho e amor, uma noite que ficaria gravada em suas memórias para sempre.

Todos aproveitaram a festa, dançaram, riram, comeram, beberam e se divertiram a noite inteira. Os primeiros a irem embora só começaram a se despedir quando estava começando a clarear o dia de domingo.

* * *

Quando chegaram de volta à Raio de Luz, trazidos pela van de Pingo, o sol já tinha despontado no horizonte. Ambrósio e Luna tinham ficado para trás – eles viriam no final da tarde. Quando saíram, Ambrósio estava orientando Renato e Mônica e Jonas e Margarete para recolherem e guardarem aquilo que poderia estragar e deixar para organizar e arrumar todo o restante na parte da tarde, depois que tivessem dormido um pouco.

Que noite, aquela. Que festa-surpresa ótima, aquela. Que momentos maravilhosos viveram. As crianças passaram a noite em claro, aproveitando, brincando, divertindo-se. Chegaram na Raio de Luz dormindo.

Anny, porém, estava tão elétrica que nem sequer cochilou. Ela ainda não acreditava que tinha recebido uma festa-surpresa, não tinha caído a ficha que sim, ela tinha vivido tudo aquilo. Parecia um sonho maravilhoso. Um sonho que ela não queria que terminasse.

Na van, Feliciana, Benzinho e Joaquim conseguiram acordar os maiores, mas não teve jeito: tiveram que levar Cecília e Lorenzo no colo para dentro, pois eles estavam ferrados no sono.

42   VENTOS DE OUTONO

A pedido de Luna, e com o consentimento de todos, Ambrósio veio morar na Raio de Luz, onde passou a ocupar o quarto de Luna e, junto a ela, Benzinho, Feliciana e Joaquim, ajudava a administrar a Raio de Luz.

Ao mesmo tempo, com Ayla e com o apoio de Renato e Mônica, não descuidava da sua própria propriedade, dos seus animais, da lavoura. Nesse quesito, recém-formada, Ayla ajudava a monitorar todas as lidas, modificando e melhorando procedimentos com vistas a aumentar a produtividade, a rentabilidade e a lucratividade da propriedade.

Na Raio de Luz, as crianças eram só alegria. Se antes elas já estavam felizes porque tinham a mamãezinha, sempre atenciosa para com eles, mais felizes ainda estavam porque agora tinham também um papaizinho dócil e amoroso.

Luna tinha muitos motivos para agradecer a Deus, e ela sabia que, por mais que agradecesse, nunca agradeceria o suficiente, porque era um milagre ela ainda estar viva e recebendo os carinhos de Ambrósio e daquelas crianças linhas. O amor que dava, e que também recebia, era o maior presente de Deus que poderia receber.

Todos os dias, Luna, Ambrósio e os demais faziam a lida diária: levantar cedo, tirar leite, tratar os porcos no chiqueiro, depois tomar café, fazer os serviços diários, cuidar da horta, capinar e arrancar ervas daninhas da lavoura de vez em quando, monitorar o pomar, cortar grama, cuidar do jardim, roçar as beiradas da estrada, etc.

Rodeado pela alegria e pela espontaneidade das crianças, Ambrósio retomou um prazer que tinha e que, nos últimos anos, estava reprimido: contar histórias. Ele sonhava em ser historiador, mas, quando a esposa engravidou, precisou se dedicar a cuidar da casa, da esposa e da filha. E depois, por culpa do destino, que levou a sua esposa embora, assumiu sozinho a responsabilidade de criar sua menina. Ainda que tenha abandonado o sonho da faculdade, continuou a ler compulsivamente, lia de tudo, até bula de remédio, e passou a escrever artigos nas horas vagas, os quais nunca enviou para nenhum jornal – guardava todos no computador.

Em função disso, era uma pessoa que entendia de muitos assuntos. E, ainda que não tivesse aprendido em sala de aula, gostava de compartilhar o que a vida tinha lhe ensinado com quem tivesse interesse. Com esse gosto pela História, com sua visão de mundo, Ambrósio preparou um momento diário chamado "hora da História", que ocorria sempre após o jantar.

As crianças aguardavam com expectativa esse momento. Após terminar o jantar, corriam a escovar os dentes e depois se reuniam na grande sala do casarão, onde Ambrósio, por exatamente uma hora, passou a contar episódios importantes da História, de uma forma criativa, lúdica e divertida, que atraía a atenção das crianças.

Estava no lugar certo, pois, da maneira que discorria sobre os mais diversos assuntos, instigava em todos a curiosidade e a sede de saber mais. Atento, parava seus relatos para responder perguntas e fazia os pequenos viajarem com suas palavras, demonstrando a todos carinho e atenção. Quando Ambrósio terminava a "hora da História", o cansaço que pudessem ter daquele dia se transformava em relaxamento e leveza, abrindo caminho para o sono.

Desde o primeiro dia em que Ambrósio veio morar na Raio de Luz, no quarto das crianças, momentos antes de dormir, elas dobravam os joelhos e agradeciam a Deus pelos acontecimentos do dia e dos últimos tempos. Além dos agradecimentos e pedidos que eram verbalizados, internamente Ambrósio também orava e, em silêncio, pedia a Deus pela saúde de Luna, que ela pudesse ficar mais um tempo, pois ela havia mudado a vida de quem estava por perto.

* * *

Já deitados, depois de conversarem um pouco, planejando algumas ações para o dia seguinte, o cansaço venceu Ambrósio e ele adormeceu suavemente. Luna ainda demorou a dormir, imaginando como seria quando não fosse mais possível sua presença. Como seria a vida deles após a sua partida?

Ela sabia que eles sentiriam a sua falta; Ambrósio ficaria inconsolável, mas também ficariam as crianças e até Feliciana, Benzinho e Joaquim. Quem sabe chorariam um tanto, mas as circunstâncias fariam ser preparado o funeral. O velório talvez ocorresse na sala do grande casarão, ou quem sabe na velha igreja, antes da casa do Joaquim...

Depois de alguns dias, instigados pelo movimento da vida, cada um aos poucos seguiria sua vida: Ambrósio talvez se fechasse novamente dentro das paredes do seu coração; Ayla ajudaria o pai a superar os momentos de maior dor e saudades; Feliciana, Benzinho e Joaquim iam lembrar dela com saudade, mas seguiram suas atividades diárias; e as crianças, com sua inocência, seguiriam estudando, cresceriam e aos poucos se encaminhariam na vida.

Assim pensando, sem se dar conta de quanto tempo já se passara fazendo conjecturas, foi dominada pelo sono e pelo cansaço, adormecendo também. E então teve um lindo sonho, no qual lhe vinham recordações da infância: ela estava em um amplo gramado onde havia uma casinha branca com um jardim repleto de flores coloridas. E ali, junto ao jardim, crianças corriam alegres entre árvores, colhendo frutos maduros e dividindo-os entre si. Luna chegava próximo das crianças, chamava por uma e outra, tratava de abraçá-las, mas elas não lhe ouviam, não lhe davam atenção, era como se Luna... não estivesse mais ali.

***

Chegado o momento do recomeço das aulas, as crianças estavam eufóricas. Ambrósio e Luna tinham ido à cidade, onde compraram os materiais escolares, além de mochilas novas para todos. Feliciana remendou e costurou algumas roupas das crianças que ainda estavam boas, "para durarem mais um tempo", dizia ela.

Como a escola era perto da Raio de Luz, e adotando a mesma estratégia de Martha, a antiga governanta, Luna e Ambrósio optaram por manter todas as crianças estudando no mesmo turno, a parte da manhã. Assim, levantavam-se cedo e iam juntos para a escola, a pé, e também retornavam juntos ao meio-dia.

As crianças reencontraram os amigos da escola, reataram contato com os professores e com a diretora, e, assim, restabeleceram laços de amizade tão importantes para a consolidação do convívio social.

Contentes, atualizaram os colegas com as últimas notícias ocorridas nas férias: a festa-surpresa dos 15 anos de Anny e do casamento de Ambrósio e Luna, a ida ao parque, o piquenique na cascata do Ambrósio e no arroio da Raio de Luz, o prazer de andar no carroção do trator, a vaca, o terneiro, os porcos, a plantação... E, ao mesmo tempo, também tomaram conhecimento das ações e dos acontecimentos dos demais colegas, que também tinham bastante coisa para contar.

Nos primeiros dias de aula, foi difícil para Luna e Ambrósio controlarem as crianças. Elas estavam mais elétricas e eufóricas do que o normal, pois era um ciclo novo que estava começando, a retomada do ano letivo, o reatamento das amizades, e tudo isso deixou a todos muito acelerados. Entretanto, com paciência, carinho e amor, aos poucos Luna e Ambrósio foram conversando com elas, pedindo calma, paciência e tranquilidade, e, aos poucos, tudo voltou ao normal.

As crianças chegavam da aula varadas de fome, mas Feliciana já os esperava com o almoço pronto, servido à mesa. Em família, almoçavam juntos. Enquanto uma dupla ajudava Feliciana nos serviços de lavar e guardar as louças e panelas e nos demais serviços da casa, os demais corriam a escovar os dentes para ficarem prontos para o momento de estudo em casa.

Ambrósio tinha estipulado que eles não deixassem acumular atividades estudantis e que fizessem temas e trabalhos na parte da tarde, por volta de 14 horas, enquanto o sol ainda estivesse mais quente, momento em que Ambrósio não ia para a lavoura nem da sua propriedade, nem da Raio de Luz.

Com isso, estando por casa, ele próprio ajudava a tirar dúvidas que porventura surgissem durante a realização dos temas e das demais atividades pertinentes à vida escolar. Luna, por sua vez, era quem revisava um a um todos os cadernos, verificando se todas as atividades estavam feitas, se estavam corretas, se tinha vindo da escola algum bilhete da professora...

Foi assim que o ano letivo iniciou, com as crianças tendo o tempo para ir à escola, tendo tempo na parte da tarde para brincar, mas também para ajudar, em duplas, nas pequenas atividades domésticas junto a Feliciana e Luna e para ajudar, quando necessário, em atividades na horta de Joaquim ou na lavoura que tinham plantado.

* * *

Terminado o verão, os ventos de outono aos poucos foram dando as caras. As temperaturas começaram a diminuir gradualmente, as noites e as manhãs passaram a ficar mais frescas, enquanto os dias, ainda que continuassem agradáveis, estavam menos quentes do que os dias de verão.

Na Raio de Luz, melancias e melões eram saboreadas por todos, aproveitando o sabor doce e suave da fruta. Nas refeições, Feliciana passou a incorporar o milho verde, de espigas que Benzinho cuidadosamente colhia na roça, a qual estava linda de se ver.

Chuvas ocasionais traziam alegria para a passarada que revoava pela Raio de Luz. As folhas das árvores, com o vigor da nova estação, passaram a mudar de cor, do verde para tons amarelados, alaranjados e vermelhos, formando paisagens coloridas e cenários impressionantes.

Os dias avançaram rápido, e havia uma grande plantação a ser colhida. Ambrósio e Ayla organizaram a colheita em sua propriedade, maximizando os resultados, o que deixou o pai realmente surpreso com as medidas tomadas pela filha que, em seu conjunto, fizeram aumentar o resultado da colheita.

De forma planejada, Ambrósio e Ayla também ajudaram Luna e as crianças na colheita da Raio de Luz. Enquanto Ambrósio, com o trator, colheu o milho, de forma colaborativa, Luna, as crianças, Benzinho e Joaquim foram fazer, manualmente, a colheita do feijão.

Joaquim e Luna explicaram detalhadamente quais vagens deveriam ser colhidas: somente aquelas que já tinham atingido o estágio de maturação adequado, o que podia ser notado pela cor das vagens, já bem amareladas. As vagens imaturas ou danificadas deveriam ser deixadas para trás.

Com paciência, colheram todas as vagens maduras, depositando-as em sacos, baldes, cestas e bacias, as quais, pelo que disse Joaquim, seriam depois armazenadas para serem descascadas, e, depois, os grãos serem cuidadosamente guardados.

O milho foi acondicionado em sacos e guardado no galpão, para servir de alimento para a vaca, para os porcos e para as galinhas.

As culturas plantadas já estavam produzindo. A lavoura de aipim também já produzia, e Benzinho experimentou arrancar uma cozinhada e todos se surpreenderam: o aipim era delicioso e se desmanchava ao ser cozido.

Favas de ervilha foram colhidas quando estavam no ponto e, após, guardadas na despensa, para serem usadas por dona Feliciana no preparo de alimentos e molhos deliciosos.

As abóboras também produziram muito, tanto que, além de tratar os porcos, Luna e Feliciana fizeram grandes quantidades de doces e de chimias, reabastecendo os vidros de compota da casa.

Não bastasse isso, a horta de Joaquim continuava a produzir: temperos, legumes, chuchus, pepinos, beterrabas, rabanetes e verduras frescas, trazendo fartura à mesa da Raio de Luz.

Ao tomar chimarrão, no final da tarde, hábito que Ambrósio cultivava, Anny então disse:

– Estou muito feliz, Luna. Graças à sua ajuda, ao apoio do papaizinho e à colaboração de todos conseguimos mudar para melhor a história da Raio de Luz.

– Eu também estou muito feliz, Anny.

– Hoje já conseguimos produzir a maioria dos alimentos que consumimos. E, o melhor, alimentos naturais livres de produtos químicos!

– Você também trabalhou muito para que isso acontecesse, minha pequena. – elogiou Luna.

– Eu sei, mas todos pegaram juntos, como uma grande família!

– Com certeza – disse Ambrósio – é o que somos agora. Uma grande família.

– Que bom que você veio morar aqui, papaizinho! – gritou Lorenzo.

– Sim, o momento que eu mais gosto é a "hora da História", quando a gente aprende sobre fatos importantes da humanidade. – emendou Hanna.

– Eu gosto da folia que fazemos quando vamos no arroio! – disse um sorridente Kauá.

Nas conversas animadas, todos se surpreendiam com os resultados alcançados e ninguém acreditava que tinham conseguido, juntos, fazer toda aquela maravilha.

* * *

Nas caminhadas que fazia pela Raio de Luz, Ambrósio não deixava de agradecer a Deus por estar vivendo ao lado de Luna e das crianças os dias mais felizes e maravilhosos de sua vida. Agradecia a Deus pelo fato de Ayla ter apoiado os desejos dele de casar, e mais, de ser parceira e ajudar também a administrar a Raio de Luz, com vistas ao melhor para todos.

Nesses momentos, lembrava da doença da sua amada, do diagnóstico dela, das dores que de vez em quando ela ainda sentia, e ficava se questionando, ainda que não perguntasse para ela: quantos dias mais ainda ela teria? O dia de ela ir embora seria hoje? Amanhã?

Mas a alegria daqueles dias fazia com que, no seu íntimo, descartasse pensamentos negativos. Pensava em coisas boas, projetava com ela o futuro, faziam sonhos e planos. Nos seus melhores sonhos, pedia a Deus que os médicos tivessem se enganado, pois queria viver com Luna ainda muito tempo.

Luna, por sua vez, no dia a dia fazia tudo com intensidade, tudo com a máxima excelência, aproveitando cada momento como se aquela fosse a última vez, como se o amanhã pudesse não existir. Ela sabia que podia ser a última vez que ouvia o canto dos pássaros, que sentia o orvalho molhando seus pés, que sentia o toque e o abraço de Ambrósio e das crianças...

Resignada, nos momentos em que fazia alguma lida sozinha no galpão ou que Ambrósio não estava, por vezes chorava baixinho lembrando que tinha pouco tempo de vida, mas sorria quando lembrava dos abraços e carinhos de quem tanto gostava e tanto amava, pedindo a Deus mais alguns dias.

Aqueles estavam sendo os dias mais felizes de sua vida. Ambrósio era um homem íntegro, que a fazia muito feliz, que a completava, que a entendia quando ela planejava alguma coisa ou tinha alguma ideia. Em apoio, ele complementava a ideia, melhorava algumas vezes, sendo o parceiro que ela sempre pediu a Deus.

***

No dia do aniversário de Ayla, Ambrósio pediu a Renato para preparar um churrasco de tambeiro, mas não na clareira da mata, porque o tempo já tinha mudado um pouco e já estava ficando frio. Na parte da tarde, com o carroção do trator, Ambrósio levou as crianças, Luna, Feliciana, Benzinho e Joaquim para sua propriedade.

Quando chegaram, Renato, Jonas e Pingo já estavam com tudo adiantado, troteando na beirada de um fogo de chão, ao lado do galpão. As carnes já estavam no fogo, cheirinho que pairava no ar indicava que a carne deveria estar deliciosa.

— Que bom que chegaram. — disse Renato. — Já temos aperitivo!

— Mas que coisa boa! Estamos famintos! — respondeu Benzinho.

Sem perda de tempo, tirou alguns espetos e cortou alguns pedaços de linguiça e tiras de carne, servindo a todos numa tábua de madeira.

— E onde estão as mulheres? — perguntou Luna, terminando de mastigar um petisco.

— Mônica, Débora e Margarete estão na cozinha, com Ayla, preparando o arroz e as saladas.

— "Nóis vamo lá ver se elas estão percisando de arguma côsa!" — disse Feliciana.

— Ah, espera aí! — emendou Renato. — Faz um favor e já leve uns petiscos também para elas.

Na sequência, Renato reabasteceu a tábua de carne e Feliciana levou a encomenda para a cozinha, fazendo sucesso quando lá chegou, pois as mulheres também já estavam com fome.

As crianças aproveitaram para ficar ao redor do fogo, próximo dos assadores, aproveitando um belisco aqui, um belisco ali, um petisco aqui, um petisco ali.

— A melhor carne é aquela que aperitivamos na beirada do fogo, não é mesmo? — perguntou Jonas aos amigos, enquanto cortava mais algumas tiras de carne de um pedaço de alcatra, para servir suculenta a todos.

— Com certeza! E esse congraçamento de estarmos juntos não tem preço. — concluiu Ambrósio.

Quando a carne estava pronta, lá dentro as mulheres também já estavam com as mesas postas, com tudo preparado. Todos se sentaram à mesa e saborearam um lauto jantar, tendo Renato como garçom, porque ele, contrariando Ambrósio, fez questão de servir as carnes no estilo espeto corrido.

Dava para ver a alegria no semblante de Ayla. Ela tirou várias fotos com seu celular e, ainda antes do final do jantar, publicou as melhores na sua rede social. Ela estava muito feliz por ter terminado o curso, por estar de volta em casa, por estar junto do pai, de Luna e das crianças. Seu coração transbordava de contentamento porque, vendo a felicidade do pai, ela também ficava feliz.

Quando estavam satisfeitos, Débora trouxe para a mesa uma térmica de café fresco e pequenas xícaras, e, os que quiseram, puderam sorver e apreciar um café forte e encorpado feito no capricho.

Margarete trouxe as fotos reveladas, fotos do aniversário de 15 anos de Anny e do casamento de Ambrósio e Luna. Quanta alegria rememorar tudo. Cada foto registrava um momento especial, uma felicidade especial que fez acender em todos recordações maravilhosas daquele dia inesquecível que tinham vivido.

Enquanto se divertiam recordando da festa-surpresa, Mônica saiu de fininho e correu para a sua própria casa, atrás do galpão, de onde trouxe um bolo lindo, onde se podia ler: "Feliz Aniversário, Ayla!", colocando-o sobre a mesa, à frente de onde Ayla estava sentada.

– Tem bolo de aniversário? – perguntou ela, com as mãos no rosto, surpresa.

– Tem sim! Fizemos para você. Não tem alguém de aniversário hoje?

– Sim, tem... Mas... como fizeram, se eu não vi nenhum movimento de bolo? – questionou uma ainda surpresa Ayla.

– Fiz lá em casa, às escondidas, sem que você percebesse. – respondeu Mônica.

– Vamos cantar parabéns? – quis saber uma eufórica Cecília.

– Claro que vamos cantar. E vai ser agora! – respondeu Mônica, já puxando a cantoria, com todos a cantar com ela.

– Parabéns pra você, nesta data querida! Muitas felicidades! Muitos anos de vida!

E as crianças, que adoravam complementar a festa, iniciaram:
– É big! É big! É hora! É hora! ...

Riram e se divertiram muito, terminando por ovacionar Ayla com uma ruidosa salva de palmas. Após isso, todos deram nela abraços especiais, desejando a ela os melhores votos de sucesso na vida.

Ayla agradeceu a todos pelo carinho e derramou lágrimas ao ser abraçada por Ambrósio e Luna, especialmente quando eles desejaram a ela muita saúde, alegrias e felicidades.

Emocionada, disse aos presentes:

— Ter este pai na minha vida, ter vocês na minha vida, é a melhor coisa que Deus poderia ter me dado. Sou muito feliz por ter vocês.

— A alegria é nossa! — vários responderam.

— Vi você pequenina, Ayla! — disse Mônica. — Ver você hoje crescida, uma mulher feita, formada, também me enche de alegria!

Dito isso, Mônica se achegou a Ayla e deu nela um abraço carinhoso.

— Obrigado, Mônica. Você e Renato já fazem parte da nossa família!

No outro lado da mesa, Renato segurava a emoção com dificuldade. Ele lembrou da patroinha, que falecera quando Ayla tinha 9 anos e de toda a dificuldade que foi, para Ambrósio, ser mãe e pai daquela menina. Muitas vezes Mônica e ele se ofereciam para ajudar, e até ajudavam algumas vezes, mas na maioria das ocasiões, Ambrósio apenas dizia: "está tudo sob controle, podem deixar comigo que me viro com a minha filha!".

Em um dado momento, Ayla olhou as horas no relógio do celular, chamou a atenção de todos, batendo palmas, e disse:

— Tenho uma surpresa para vocês. Pai, Luna, crianças, também os demais, venham todos comigo.

E foi saindo da varanda onde estavam e tomando a direção da ampla sala da casa, tendo Ambrósio e Luna seguros pelas mãos.

— Sentem-se todos em frente à televisão. Pai, Luna, sentem-se aqui comigo, no sofá.

Tendo acomodado os pais, as crianças e os demais, Ayla ligou o computador que estava sobre o *rack* e ligou o televisor. A seguir, no computador, abriu um programa e, à medida que digitava, tudo o que fazia e clicava também aparecia na tela da TV.

Após alguns instantes, enquanto fazia os cliques necessários para deixar no ponto a abertura de uma conexão internacional, disse:

— Pai, o senhor, Luna e os demais hoje vão conhecer George e seus pais!

— Mas... Ayla! E o fuso horário... Por acaso agora não seria muito tarde para eles?

— Um pouco tarde sim, três horas mais à frente, mas está tudo combinado, tudo certo, eles estão acordados para conversarmos neste horário.

— Filha, que coisa boa!

— E tem ainda uma outra coisa, igualmente boa.

— O que é? — perguntou Ambrósio, coçando o queixo.

— Eu fui aprovada no intercâmbio de inglês! Daqui a 15 dias preciso embarcar para o Canadá!

Ambrósio levantou-se e abraçou a filha, contente por esse passo importante que ela daria no aperfeiçoamento do idioma estrangeiro, mas ao mesmo tempo apreensivo.

— 15 dias? Já? Puxa vida!

Os demais, que não sabiam do intercâmbio, ficaram ainda mais surpresos. Ayla vai viajar? Em 15 dias? Para outro país? Onde fica o Canadá? Quando ela volta? Essas e outras perguntas povoaram um burburinho que rapidamente se formou na sala.

— Gente! Serão apenas seis meses fora. Depois eu voltarei!

— Ah, bom! — deixou escapar Mônica, preocupada. — Assim tudo bem, seis meses passa rápido.

Nisso, Ayla pediu a todos silêncio, pois ela iria abrir a conexão.

A seguir, assim que as imagens internacionais se abriram, viram na tela da TV um casal aparentando ter cerca de 50 anos, dois rapazes e uma jovem. Eles estavam sentados em um sofá xadrez, tendo às suas costas um piano e quadros na parede.

Todos viram e ouviram Ayla falar em inglês com aqueles desconhecidos. Então ela disse:

— Pai, pedi a eles para dizerem seus nomes.

E então, começando pelos mais velhos, os nomes foram sendo ditos. E, para cada um deles, Ayla ia dizendo quem eram. Simon e Dorothy, os pais de George, e seus dois irmãos, Carl e Stephanie.

— Prazer! — disse instintivamente Ambrósio, sendo arremedado pelos demais, sem serem compreendidos por seus interlocutores.

Ayla traduziu a fala do pai e falou mais algumas coisas em inglês. Então disse:

— Agora vamos nos apresentar: um a um, todos digam seus nomes, a começar pelo pai e Luna, depois as crianças, depois os demais.

E à medida que iam se apresentando, Ayla dizia alguma coisa em inglês para os do lado de lá saberem quem era aquela pessoa.

Foi um momento especial. Em um dado momento, George saiu um pouco do enquadramento da tela e, ao retornar, trouxe um bolo pequeno, com duas velinhas acesas com a idade de Ayla. A seguir, a família canadense cantou, todos juntos: "Happy birthday to you, happy birthday to you…", deixando Ayla emocionada e contente.

– Filha, posso falar alguma coisa? – disse Ambrósio. – Você traduz para eles?

– Claro, pai!

Então Ambrósio disse, em frases pausadas para Ayla versar para o inglês, que estava muito feliz em conhecer aquela família que acolheria sua filha em breve por um período de seis meses, feliz por conhecer George, de quem Ayla falava muito bem, e estimava que o intercâmbio pudesse fazer Ayla aprimorar a fluência no idioma inglês.

A seguir, Simon respondeu do Canadá, também de forma pausada, para Ayla traduzir. Disse que estava feliz em conhecer a família do Brasil, que ele e Dorothy cuidariam de Ayla como pais cuidam de uma filha, e que os filhos, George, Carl e Stephanie, também estavam com grande expectativa em conhecê-la pessoalmente.

Na sequência, falaram mais algumas coisas. Simon comentou que a família tinha uma loja de materiais de construção e ferragem e que, na sua propriedade, também plantavam tomates para abastecer o mercado de Brantford e arredores. Ambrósio citou que vive da agricultura e que, além de plantar soja, cria algumas cabeças de gado de corte, vendendo-as para o frigorífico do município vizinho.

Dorothy e Luna falaram dos seus gostos por culinária, do prazer em andar de pés descalços na grama, de curtir a natureza e da alegria de viver, um dia de cada vez, junto a seus esposos e família. Luna explicou que Ayla é filha de Ambrósio, enquanto as demais crianças são seus filhos adotivos, filhos do coração, disse ela.

George em um dado momento também falou e comentou que estava muito feliz em conhecer os pais de Ayla e que ambos lhe passaram as melhores impressões. Ao final, ele disse mais algumas coisas, que ela traduziu como "esta linda mulher" e terminou com um "I love you, Ayla", que ela, envergonhada e enrubescida, traduziu por "e que gosta muito de mim".

Falaram mais algumas amenidades e, ao final, encerraram a ligação, pois no Canadá já passava da meia-noite, prometendo fazer uma nova chamada de vídeo em breve. Terminada a conexão, todos vieram para a direção de Ayla, dizendo que gostaram muito da família do Canadá com a qual ela iria se hospedar durante o intercâmbio.

O pai, sempre atento, logo disse:

– Gostei do George, filha! Parece ser alguém correto, com as melhores intenções. Tanto que ao final, embora eu não saiba quase nada do inglês, percebi que ele não disse que "gosta de você", mas que "ama você", não foi?

Dito isso, Ayla se pendurou no pescoço do pai e o beijou amorosamente.

– Foi sim, pai! Estou amando ele também, tanto que estou até com medo!

– Não precisa ficar com medo. Viva um dia de cada vez. O que tiver de ser, será! – respondeu, sabiamente, Ambrósio.

43 A DESPEDIDA DE AYLA

O domingo prometia. O dia amanheceu com temperatura amena, o sol logo cedo apontou no horizonte, trazendo luz a todos os ambientes. Ambrósio e Luna tinham dito que, se o dia amanhecesse bom, sem chuva, eles fariam um piquenique nos fundos da Raio de Luz, próximo do arroio, para se despedir de Ayla, que, na semana próxima, viajaria para o Canadá.

Durante a semana, Joaquim roçou o local com uma foice e, depois, com o apoio da extensão plugada na energia elétrica da casa de Joaquim e da ceifadeira, Benzinho cortou a grama, deixando-a bem aparadinha. O visual ficou lindo: o gramado, pedras, depois o arroio e, ao fundo, a mata e o cerro. Pelo lado esquerdo, a pequena ponte que servia de travessia, ligando ao velho cemitério do outro lado. Pela direita, a certa distância, a casa de Joaquim e a horta.

Naquela noite, Ayla tinha pousado na Raio de Luz para ajudar a preparar os lanches para o dia seguinte. Prepararam sanduíches, pães, bolos, sucos, fritaram pastéis e enroladinhos e ajeitaram o material para levar o chimarrão. Luna e Feliciana ajeitaram toalhas, talheres e copos. Depois de tudo pronto, Feliciana ajeitou o quarto do "tio Preto" para Ayla dormir, mas não teve jeito, Ayla precisou dormir com as crianças. Ficaram até tarde contando histórias e conversando, e Luna, com seu olhar de ternura, ficou ainda mais apaixonada pela simplicidade e amorosidade daquelas crianças.

Por volta de dez horas, chegaram Renato e Mônica. Eles também tinham sido convidados para participar daquele momento. As crianças já estavam eufóricas, correndo pelo gramado, brincando, mas aguardando ansiosamente pelo piquenique.

Enquanto os adultos conversavam um pouco, Luna e Feliciana terminaram de carregar no carroção do trator as últimas coisas. Após isso, Luna deu o sinal: era hora de descerem juntos para o arroio.

Ambrósio subiu no trator e foi na frente, levando o carroção, o qual já tinha sido estrategicamente colocado ao lado da cozinha para facilitar o transporte do que seria necessário levar. Atrás dele, uma caravana ia a pé:

passaram pelo pomar, depois pelas casas de pedra e pela velha igreja. Animados, conversavam, com Ayla projetando um domingo inesquecível.

Quando se aproximavam da casa de Joaquim, ele já estava esperando, com um saco de laranjas do céu, as quais tinha apanhado no dia anterior. Ambrósio parou um pouquinho o trator, e as frutas foram carregadas no carretão. "Para poupar as costas do amigo", disse Ambrósio.

Ao chegar no local, as crianças começaram a brincar, corre daqui, corre para lá, polícia e ladrão, pega-pega. Luna já tinha avisado que, depois do piquenique, na parte da tarde, todos que quisessem poderiam tomar banho no arroio.

Hanna então lembrou da bola e chamou a todos, inclusive os adultos, para brincarem de caçador. Enquanto Feliciana, Joaquim e Henry ficaram próximos de onde tinham descarregado as comidas e os demais apetrechos, os demais se dividiram em duas turmas, iniciando a brincadeira.

Atira daqui, atira dali, desvia daqui, desvia dali, quem ficou por último, com grande agilidade, foram Anny e Ayla. As duas pareciam minhocas se contorcendo para se desviarem quando a bola delas se aproximava. De um lado, Luna, de outro, Ambrósio, fazendo os arremessos, rindo à beça de cada movimento, de cada ação. Por fim, Luna, já bastante cansada, disse:

– O jogo está empatado. Ayla e Anny são as grandes campeãs do caçador!

– Ebaaaaa! – gritaram as duas, abraçadas.

Enquanto os adultos, cansados, descansavam, Ambrósio cevou a cuia e iniciou o chimarrão. As crianças, entretanto, com uma energia que não tinha fim, continuaram com a brincadeira do caçador, jogando daqui e para ali, caçando uns e outros, numa grande alegria.

Passado um tempo, Ayla chamou a todos.

– Estão com fome?

– Siiiiim! – foi a resposta.

– Então venham, está na hora do piquenique!

Luna e Feliciana colocaram os alimentos, potes e bacias sobre uma grande toalha no gramado. Em outra toalha, Joaquim espalhou as laranjas. "É para nossa sobremesa", dizia ele.

As crianças aproximaram-se e sentaram-se. Então Feliciana disse:

– Podem se servir! Com calma, sem pressa, tem comida para todos.

Neste momento, enquanto todos começavam a se servir, Cecília, a mais pequenina, perguntou, curiosa, como que ainda a absorver as motivações daquele piquenique:

— Tia Ayla, por que mesmo a senhora está indo viajar? Por que não pode ficar com a gente?

— Ah, querida! Quando a gente cresce, precisamos encontrar uma profissão, algo para fazermos para sobrevivermos. Algumas pessoas decidem trabalhar na agricultura, na pecuária, outros trabalham como médico, motorista, advogado, mecânico, dentista, borracheiro... E assim por diante.

— Então quer dizer que eu também vou ter que ter essa tal de profissão? — disse ela, já mastigando um pastel.

— Claro. Mas primeiro tem que estudar bastante, passar de ano e fazer uma faculdade!

— Igual você fez, de agronomia? — perguntou Hanna, enquanto esticava o braço para pegar um enroladinho.

— Exatamente. A propósito, deixa eu perguntar a cada um de vocês uma coisa? O que vocês querem ser quando crescer? Cecília?

— Eu quero ser cantora! Adoro cantar.

— Que legal. E você, Hanna?

— Eu quero fazer educação física e quero ser jogadora profissional de vôlei. Adoro vôlei.

— Que legal! Parabéns! E você, Anny?

Após fazer uma pausa para engolir parte de um sanduíche que tinha na boca, ela respondeu:

— Luna, Ambrósio e os demais me ajudaram a realizar meu sonho de plantarmos aqui o que precisamos comer na mesa. Eu quero ser engenheira agrônoma, como você, Ayla!

— Oh, que lindo! Me apaixonei ainda mais por você, Anny! O mundo precisa mesmo de mais engenheiros agrônomos comprometidos com a produção alimentícia e com o meio ambiente.

— E você, Thor? — perguntou Luna. — Vai estudar as plantas e ser botânico?

— Na verdade, sonho mais que isso. Quero ser um cientista, vou estudar as plantas medicinais e desenvolver remédios e vacinas para curar pessoas com câncer e outras doenças incuráveis. E quero ganhar um Prêmio Nobel de Medicina!

— Que coisa sensacional, Thor! – disse Ambrósio. – Graças a muitas pesquisas da ciência, varíola, poliomielite, hanseníase, sarampo, difteria, tuberculose e outras tantas doenças que numa época matavam sem dó nem piedade hoje já têm cura, algo que antigamente era impensável.

— Muito bom, Thor – continuou Ayla. – E você, Kauã, o que quer ser quando crescer?

— Eu gosto muito de peixes, vou ser pescador! – disse, arrancando sorrisos dos demais.

— É isso aí! Toda profissão é ótima, desde que desempenhada com energia, sinceridade e honestidade.

— Talvez eu abra uma fábrica de sardinhas enlatadas. – disse um Kauã, pensativo.

Após um momento em que todos riam do jeito espontâneo em que Kauã tinha respondido, Luna perguntou:

— E você, Rick?

— Eu quero ser jogador de futebol, viajar e conhecer o mundo jogando bola.

— "Já vi ocê jogano bola, Rique, ocê dibla todo mundo, tem um grande talento no futebol" – disse Feliciana.

— E você, Lorenzo?

— Eu quero trabalhar com comidas. Adoro comer!

— Hummm... – pensou Ayla. – Então gastronomia, talvez.

— Pode ser, esse treco aí! – disse, arrancando risadas dos demais.

— E você, Henry? No que pensa em trabalhar no futuro?

— Eu adoro ler, vou estudar letras e quero viajar o mundo dando palestras sobre literatura, incentivando a leitura!

— Muito bem! A leitura abre as janelas da alma. – disse Luna. – Ela nos faz viajar o mundo inteiro, mesmo que estejamos lendo e parados em algum lugar.

— E você, Alícia? – perguntou Benzinho.

— Eu vou ser modelo, a rainha das passarelas! – e fez um gesto como se estivesse desfilando.

Falaram mais um pouco sobre as escolhas de cada um. Quando terminaram o lanche, Luna elogiou as escolhas deles e citou que todos precisam estudar bastante para ter uma profissão. Recomendou que pensassem também em uma segunda opção e deu exemplo de Rick, que, sendo jogador de futebol, não pode esquecer de que futebol é por um período e que, depois de parar de jogar, bom é a pessoa já ter uma outra profissão para continuar trabalhando.

— Hoje vocês estudam na escola perto da Raio de Luz — continuou Luna —, mas, à medida que irem avançando nos estudos, é provável que tenham que ir estudar em outra cidade.

— Igual a Ayla precisou ir estudar na capital? — perguntou Alícia.

— Sim, exatamente, Alícia. Igual a mim! E nunca se esqueçam de que a gente é do tamanho dos nossos sonhos. Portanto, nunca podemos pensar pequeno. Precisamos pensar muito grande. Sempre!

— Como assim? — perguntou Lorenzo.

— Nossos sonhos tem que ser muito grandes — filosofou Ayla —, do tamanho dos planetas, porque se alguma coisa der errado na caminhada e não chegarmos lá, a gente fica entre as estrelas!

***

Na parte da tarde, assim que baixou o almoço do piquenique, Luna e Ayla autorizaram o momento mais esperado pelos pequenos: o banho no arroio. Com exceção de Feliciana, todos entraram no arroio.

O sol estava pleno, e a temperatura estava gostosa. Aproveitaram durante a tarde inteira o frescor da água. De quando em quando, de forma alternada, um e outro subia o barranco, entre as pedras, e ia até Feliciana, não para vê-la, mas para comer alguma coisa nos potes e bacias próximo dela.

Ayla estava muito feliz. Brincava com as crianças, pulava com elas do barranco para dentro d'água, jogava pedrinhas sobre a superfície da água para que elas pulassem e ainda inventou o jogo de caçador com a bola dentro d'água, ficando ela de um lado e Henry de outro, jogando a bola, para "caçar" os amigos.

Mais ou menos no meio da tarde, Renato e Mônica se despediram e retornaram para casa, pois eles tinham tarefas com a criação que precisavam fazer antes da noite. Neste momento, Luna, Ambrósio e Ayla saíram da água, mas as crianças ainda continuaram por ali, brincando e se divertindo.

Mais à tardinha, quando Cecília e Lorenzo começaram a ficar com os lábios roxos, mas ainda querendo ficar mais dentro d'água, Ambrósio e Luna encerraram a brincadeira.

– Todos fora da água! – disse ele.
– Podemos ficar mais um pouco? – questionaram Kauã, Rick e Anny.
– Não. Chega de arroio por hoje. – e completou: – 'Bora sair!
– Gente, eu vou passar pouco tempo fora. Logo estarei de volta para fazermos um outro piquenique sensacional!
– Iupiiiiiiii! – responderam.

***

Na quarta-feira, depois do almoço, Ambrósio e Luna viajaram com Ayla para a capital. Ela embarcaria à noite, no aeroporto, rumo a Toronto, no Canadá, fazendo conexão em Lima, no Peru, e depois em Atlanta, nos Estados Unidos.

Fizeram uma viagem tranquila, sem nenhum sobressalto, fazendo uma parada num restaurante à beira da estrada para usar o banheiro e comprar água mineral. Conversaram sobre amenidades, e, de quando em quando, Ambrósio e Luna lembravam de algum conselho, de alguma recomendação que julgavam necessário dar para Ayla.

Em um dado momento, com toda paciência, ela retrucou:
– Gente, vocês esqueceram que eu já tenho 25 anos?!
– É, eu sei... Mas, para mim, você continua sendo a minha menininha. – disse Ambrósio, todo cuidadoso com a filha. – Parece que continua tendo 10 anos.
– Tá bem, pai. Sei que é um cuidado comigo!

Ao chegar no aeroporto, Ambrósio estacionou a camionete e, após pegar um carrinho de apoio, colocou nele as malas de Ayla, deslocando-se, a seguir, para o saguão do aeroporto.

Como tinham ainda algum tempo, aproveitaram para fazer um lanche juntos. Ambrósio e Luna já tinham combinado de dormir em um hotel, voltariam para a Raio de Luz na manhã do dia seguinte: seria muito cansativo se fizessem um bate-volta.

Quando se aproximava a hora do *check-in*, um pouco antes das despedidas, Ambrósio, então, questionou:
– Está mesmo tudo combinado para quando chegar em Toronto?
– Claro, pai. Você mesmo ouviu o George falando na última chamada de vídeo que fizemos: ele vai de carro me buscar no aeroporto.

– Eu fico preocupado, porque você estará sozinha em um país estranho!

– Não se preocupe! Eu mando notícias nos deslocamentos e faço uma chamada de vídeo quando chegar lá.

– Tá bem, assim fico mais tranquilo.

– E tem outra coisa, pai: de Toronto a Brantford são cerca de uma hora e meia de carro.

– Mais perto então do que da Raio de Luz ao nosso aeroporto.

– Sim. E George me disse que Simon e Dorothy irão junto com ele me buscar.

– Tá bem! Mas se cuide, viu? Quero a minha borboletinha de volta daqui a seis meses.

– Combinado, pai. Com certeza voltarei. Não sei viver sem este pai marrentinho!

44 SURPRESAS DE NATAL

Dezembro chegou com seus dias amenos e calorosos. As crianças se esforçavam ao máximo para passar de ano e deram um gás ainda maior no último bimestre, fazendo temas, trabalhos, revisando conteúdo, estudando para as provas. Luna e Ambrósio repassavam os cadernos de todos diariamente, na grande mesa da cozinha, ajudando especialmente aqueles que tinham alguma dificuldade em algum conteúdo.

No dia marcado, Ambrósio e Luna foram à escola buscar os boletins dos pequenos. E, para sua felicidade, todos estavam aprovados. Lorenzo, o mais conversador, foi quem passou com a nota mais baixa, os demais, todos com boa nota. Destaque para Anny e Thor. Estes dois, disse a diretora, foram nota dez, o que encheu Luna e Ambrósio de orgulho.

Naquele final de tarde, enquanto Luna e Ambrósio tomavam chimarrão, as crianças brincavam. Já fazia algum tempo que Luna não tinha tido crises fortes, mas, nos últimos dias, uma dorzinha chata de vez em quando aparecia, dando algumas fisgadas, mas depois passava. Ela sabia do seu diagnóstico e vivia um dia de cada vez, sem se preocupar se estaria viva no dia seguinte. Com um tom baixo de voz, confidenciou a Ambrósio:

– Ambrósio, você sabe que este pode ser o meu último Natal. Em virtude disso, gostaria que pudéssemos fazer uma decoração bem bonita com luzes, árvore de Natal e uma ceia maravilhosa. Topas?

– Claro, Luna. Eu sempre quis fazer uma festa de Natal bem bacana, mas nunca tive tempo nem condições para isso. Mas penso que este ano possamos fazer, sim. Vai ser muito legal!

– Além disso – continuou Luna –, acho que as crianças também merecem. Elas deram um duro danado durante o ano e todas passaram. Será um presente e tanto também para elas.

– Com certeza!

Os dois ficaram por um tempo em silêncio, tomando chimarrão e observando as crianças. Olhavam para o lago, para os balanços pendurados nas árvores, para o morro para além do pomar, da roça e do arroio. Notando Ambrósio pensativo, Luna perguntou:

– Estás mais quieto hoje, o que aconteceu?

Após um momento contemplativo, Ambrósio falou:

— Estou com saudades de Ayla. Ela ficaria seis meses no Canadá, mas, na última chamada de vídeo que fizemos, comentou que será preciso ficar mais três meses, que só vem em março.

— Não se preocupe, querido. Sabemos que ela está bem cuidada.

— Eu sei que disso, Simon e Dorothy são bem atenciosos.

— Na verdade, até mais que isso, né? Sabemos também que Ayla está amando! Viste como ela e George combinam? Ele também deve estar cuidando muito bem dela!

— Eu sei. Vejo este brilho no olhar deles. O mesmo brilho dos nossos olhos quando nos apaixonamos!

— Oh, querido! Pois, então. Três meses passam rápido. Logo ela estará em casa.

* * *

Com a proximidade do Natal, Luna foi com Ambrósio até a cidade para comprar guirlandas, enfeites, luzes coloridas e toalhas com motivos natalinos. Também passaram no bazar, onde compraram formas para biscoitos e vidros de compotas. No mercado, compraram frutas cristalizadas, nozes, pacotes de broas, alguns panetones e doces diversos.

As crianças estavam entusiasmadas e comprometidas com os preparativos. Com a ajuda de Ambrósio, Joaquim e Benzinho, colheram uma grande árvore de araucária e a fixaram próximo do lago, enfeitando-a com bolas de diversas cores, flocos de algodão e luzes coloridas de pisca-pisca.

Dentro do casarão, na sala, em um dos cantos, colocaram um grande galho de pinheiro, também enfeitado com bolas e luzes coloridas. Sob ele, pinhas de araucária e capim seco, dando uma ideia de presépio.

Na semana anterior ao Natal, Luna, Feliciana e as crianças prepararam e assaram de forma colaborativa duas latas de biscoitos caseiros natalinos. Depois os decoraram com glacê real, açúcar de confeiteiro e confeitos coloridos.

Na véspera do Natal, dia 24, Mônica e Renato vieram cedo para ajudar nos preparativos: eles também iriam passar a ceia na Raio de Luz. Sob as orientações de Luna e Feliciana, passaram a manhã assando bolos de milho e fizeram rabanadas, um bolo e um pudim.

Renato e Ambrósio, na rua, cuidavam da temperatura do forno de barro onde estava assando um grande pernil de porco, temperado no dia anterior.

A mesa da ceia, além das toalhas natalinas novas e das velas coloridas, recebeu enfeites naturais do campo. Ambrósio e Luna tinham ido ao amanhecer, naquele dia, colher galhos verdes e flores silvestres muito lindas, as quais davam um toque bucólico à mesa do jantar.

Quando a tarde se encerrava e a noite já se aproximava, no momento em que Renato e a esposa foram em casa para tomar um banho e se ajeitarem para a noite, Feliciana colocou um grande peru no forno. "Para assar devagarinho", disse ela. Anny pediu para as crianças tomarem banho mais cedo e se prepararem para a ceia.

Em um dado momento, vendo que algumas crianças estavam próximas, de propósito (e já combinadas), Luna perguntou para Feliciana:

– Será que o Papai Noel virá hoje?

– Tem bastante "boia", ele vem sim.

Atentos às conversas, Cecília e Lorenzo saíram correndo para levar aquele assunto aos demais. Na sala, encontrarem Hanna, Rick, Alícia, Henry, Thor, Kauã e Anny, que brincavam montando um quebra-cabeças. E logo Cecília disse, afoita:

– O Papai Noel vem visitar a gente esta noite!

– Não seja boba, Cecília. De onde tirou essa conversa?

– Ouvi agora mamãezinha conversando com dona Feliciana. Elas disseram que ele vem hoje!

– Sério?

– Sério! Ele vem!

* * *

A noite estava escura, sem estrelas, sem lua. Ao lado do lago, as luzes de Natal piscavam tímidas na araucária, mas, como a escuridão era muito intensa, quase de nada serviam para clarear o ambiente.

Enquanto as crianças estavam na sala, brincando e fazendo tempo, para esperar a ceia natalina, na cozinha estavam Luna, Ambrósio, Benzinho, Feliciana e Joaquim, ultimando os últimos preparativos. Feliciana deu mais uma olhada no peru no forno. "Está quase pronto, mais uns 15 minutos!", disse ela.

Nisso, Thor, sempre com ouvidos atentos, ouviu um barulho na rua.
– Ei, escutem! – disse ele. – Tem um barulho na rua!
– Que barulho que nada. – disse Kauã. – Não ouvi nada.
– Tem sim! – e colocou o dedo à boca, pedindo silêncio, atento aos sons da rua.
E mal Thor terminara de dizer isso, ouviram uma batida na porta da frente e uma risada.
– Ho! Ho! Ho! – e seguiu-se o som de algumas batidas na porta.
Enquanto todos ficaram imóveis, como que paralisados, Cecília correu até a cozinha, chamando os adultos e gritando.
– Tem gente batendo na porta! Parece ser o Papai Noel!
– Será, Cecília?! Não ouvimos nada.
– Sim, nós ouvimos! Ele fez Ho! Ho! Ho!
– Mas então abram a porta, não podemos cometer a deselegância de não deixá-lo entrar.
Cecília voltou correndo para a sala e, atrás dela, vieram também os adultos, inclusive Mônica, que naquele instante entrara pela porta da cozinha, recém-chegada da propriedade de Ambrósio.
– Vamos abrir a porta. – gritou Cecília. – É o Papai Noel!
Da rua, continuava a vir o som daquelas risadas características dele:
– Ho! Ho! Ho!
Com muito cuidado, com o coração saltando pela boca, Cecília foi até a porta e girou a chave, destravando-a. A seguir, tendo um braço agarrado em seu gato de pano, com o outro pegou o trinco da porta e o deslocou. Tlec! Na sala, estáticas e de olhos arregalados, as crianças observavam atentamente a porta, que se abria lentamente.
Então eles viram o bom velhinho vestido de vermelho e branco, com uma barba branca e longa e com um saco nas costas.
– Ho! Ho! Ho! Feliz Natal!
Assustada, de um salto, Cecília recuou para junto das demais crianças, quase deixando Tedy cair, enquanto Lorenzo começou a chorar, sem saber discernir se era de medo ou de emoção.
– Crianças – disse o Papai Noel –, soube que vocês passaram de ano e, por isso, dei uma passada por aqui. Trouxe presentes para vocês.
Desceu o saco das costas e colocou-o no assoalho, à sua frente, metendo a mão nele e tirando o primeiro presente:

– Rick! Quem é Rick?
– Sou eu! – disse um tímido Rick, com a mão levantada.
– Pois então venha buscar seu presente!

Encabulado, Rick deu alguns passos penosos até o Papai Noel e esticou a mão, pegando o presente. Nesse instante, consolado por Luna, Lorenzo parou de chorar.

– Alícia! O próximo presente é o seu, venha buscar!

E assim, uma a uma, todas as crianças receberam seus presentes, contentes com aquela aparição surpresa do Papai Noel. Lorenzo não quis buscar o presente de jeito nenhum, ele estava com medo. Foi Luna que, com ele no colo, buscou o presente, consolando o pequeno.

Ao entregar o último presente, o Papai Noel enfiou a mão no saco e tirou um punhado de balas e pirulitos, atirando-os para cima, na sala, fazendo-os cair espalhados. E terminou sua aparição, dizendo:

– Comportem-se durante o ano, sejam obedientes e façam tudo certinho, que no Natal do ano que vem eu voltarei novamente com mais presentes!

Enquanto as crianças correram para juntar as balas e os pirulitos que ficaram espalhadas pelo assoalho, o Papai Noel deu um passo atrás, desceu a escada e adentrou na escuridão.

***

Todos sentaram-se em torno daquela mesa lindamente decorada, onde recém Feliciana tinha colocado, no centro, um enorme peru, do qual ainda saía uma fumacinha, de tão quente que estava.

Mesa farta, comidas diversas, ceia de Natal completa. Ambrósio, Luna, Renato, Mônica, Joaquim, Benzinho e Feliciana estavam nos dois lados da mesa, próximos do fogão, e, ao seu redor, pelo outro lado, as crianças: Anny, Hanna, Thor, Kauã, Rick, Alícia, Henry, Lorenzo e Cecília.

Ambrósio levantou-se e disse:

– Queridos! Quero fazer um agradecimento a Deus por estarmos reunidos neste Natal, por estarmos bem de saúde, por termos feito tantas coisas neste ano, pelo meu casamento com Luna, pelos 15 anos de Anny, por...

Nisso, ouvindo um som que se aproximava, Thor interrompeu:

– Ei, parece que está chegando um carro!

Ambrósio fez um pouco de silêncio e aguçou os ouvidos. Realmente, parecia que um carro se aproximava. Mas, quem seria naquela hora? Não estavam esperando ninguém. Pediu licença e foi até a janela da cozinha, onde enxergava a estrada de entrada à Raio de Luz.

Dali, pela escuridão da noite, viu reflexos de luz de um farol nas árvores do pomar. Talvez fossem Pingo e Margarete... ou talvez Jonas e Débora. Mas que estranho, pensou Ambrósio, eles tinham sido convidados, mas disseram que não poderiam vir porque já tinham combinado de passar a ceia de Natal com suas respectivas famílias. Será que mudaram de ideia?

– Sim, vem chegando mesmo um carro. Vamos esperar para ver quem é.

Era um carro desconhecido, vermelho. Ao chegar, já próximo do casarão, o motorista desligou os faróis e o motor. A seguir, Ambrósio apenas avistou vultos que desceram, mas, como estava muito escuro, não conseguiu identificar quem era.

Quando o vulto chegou na porta da cozinha e a luz o iluminou, Ambrósio quase teve um choque, uma sensação que não podia controlar, o coração irrompeu peito afora e saltou-lhe pela boca. Foi quando ele ouviu a frase, e a reconheceu, ela disse apenas:

– Feliz Natal, pai!

Era Ayla quem chegava, de braços abertos, sorriso franco, emanando uma luz de tal intensidade que Ambrósio voou direto da janela para os braços dela, apertando-a com toda a intensidade das saudades que dela sentia. Nisso, Luna, igualmente, saltou por cima do banco e correu também para abraçar Ayla e seu amado, num abraço gostoso que encheu seu coração de alegria.

– Filha, é você mesmo?! – perguntou Ambrósio, como se ainda não estivesse acreditando no que estava vendo.

– Sim, pai! Sou eu mesmo, sua pequena!

– Obrigado, meu Deus! Obrigado! – dizia ele, em lágrimas. – Que bom que está aqui! Mas...

– Mas o que, pai?

– Você não ia demorar mais três meses?

– Não pai! Na verdade, quis lhe fazer uma surpresa. Mas o voo atrasou, quase que não chegamos a tempo.

— Luna? Você sabia que Ayla viria para o Natal?

— Sabia, meu amado. Mas nós guardamos este segredo juntas!

— Oh, meu Deus! – disse ele, enxugando as lágrimas e se restabelecendo, enquanto as crianças, mais Renato, Mônica, Feliciana, Benzinho e Joaquim, também saíram da mesa e vieram cumprimentar e abraçar Ayla.

Então Ambrósio voltou a si e percebeu que havia uma segunda pessoa, agora também já à mostra, na rua, já coberta pelo facho de luz. Gaguejando, perguntou apenas:

— Mas... Você... é... George?!

— "Sim, senhor Ambrósio!" – respondeu ele, com sotaque arrastado. – "Eu ser George!"

Correu para abraçar o rapaz, com a mesma intensidade que abraçou a filha, quase sufocando-o de tanto apertar.

— Seja muito bem-vindo! – dizia Ambrósio.

— "Obrrrrigado!" – respondeu ele.

— Vamos entrar! Sintam-se em casa!

* * *

Passado aquele momento de surpresa e tendo recolhido as balas e os pirulitos que estavam no assoalho, as crianças correram para a porta. Mas ainda que as luzes da árvore de Natal, na araucária, piscassem, a escuridão seguia muito intensa. No breu da noite, nada podia ser avistado.

— Cadê ele?

— Tá muito escuro! Não dá para ver!

— Onde será que ele foi?

— Deixem de ser bobos! – disse Cecília, repreendendo os demais. – Não sabem que o Papai Noel vem com o trenó puxado por renas? Ele já deve estar no céu, voando rumo à próxima casa!

Imediatamente olharam para cima, tentando enxergar o trenó e as renas, mas já era tarde.

— Ele já foi embora. – gritou Lorenzo, agora todo valentão.

— Sim, agora só no ano que vem. – disse Kauã. – E eu vou me comportar e passar de ano. Quero que ele venha de novo!

— Eu também! – completou Alícia.

– Ei, vejam o que eu ganhei! – disse Rick, mostrando o embrulho aberto.

– Que legal! Uma bola de futebol. Fantástico!

– E eu um barco de pesca! – gritou Kauá.

– Gente! Para mim, veio uma bola de vôlei! Ebaaaaaaaa! – gritou Hanna.

– E para mim um livro de literatura. Um clássico! Adorei. – disse Henry.

Thor abriu o pacote dele e começou a gritar:

– Gente, vejam aqui. Uma coleção de livros de fitoterapia e plantas medicinais!

– Eu ganhei livros de comidas. Vejam quantas receitas legais! – disse Lorenzo.

– E eu um microfone com fio e um equipamento de som! Vou poder cantar para vocês. Vai ser legal.

Alícia mostrou a todos um vestido que tinha brilhos na altura do peito.

– Olha só, um vestido! Um vestido de passarela. Que coisa boa.

Anny foi quem abriu por último o pacote, tirou dele um compêndio de agricultura e pecuária, com técnicas de manejo e produtividade. Luna, que estava próximo, disse:

– Para uma futura engenheira agrônoma, será bom saber mais sobre esses assuntos.

Contentes, ficaram por um bom tempo manuseando e olhando detalhes do que tinham ganhado, mostrando uns para os outros, inclusive para os adultos. E todos ficaram agradecidos pelo Papai Noel ter acertado nos presentes, os quais caíram bem direitinho dentro dos gostos de cada um.

***

Aprumados na mesa, agora com Ayla e George, ambos segurando as mãos afetuosamente, Ambrósio retomou os agradecimentos:

– Queridos, vou retomar o agradecimento que estava fazendo quando vocês chegaram. Quero agradecer a Deus por estarmos reunidos neste Natal, por estarmos bem de saúde, por termos feito tantas coisas neste ano aqui na Raio e Luz e na minha propriedade, pelo meu casamento com Luna, pelos 15 anos de Anny, pelo tempo que Ayla ficou fora fazendo o intercâmbio, por terem feito uma boa viagem e por terem conseguido chegar a tempo da ceia de Natal... Que possamos ser gratos por todas as coisas!

Ambrósio disse ainda mais algumas palavras, naquilo que seu coração inspirava, e encerrou com um amém, e todos, em uníssono, repetiram: "Amém".

Então Luna disse:

– Bom apetite a todos!

45 COINCIDÊNCIAS NA VELHA IGREJA

Os festejos de Natal foram perfeitos. A ceia de Natal estava maravilhosa, os alimentos, saborosíssimos. Sentados e conversando, sem pressa, todos comeram bastante e repetiram. Até Luna aproveitou os pratos gostosos e bem temperados e comeu à vontade, repetindo, misturando salgados e doces – comeu até se sentir estufada.

Em um dado momento, Ayla comentou com todos que gostaria de registrar em foto aquele jantar especial. Então ela foi para uma das pontas da mesa, onde estava Henry, na cadeira de rodas, e, posicionando-se, tirou uma *selfie*, repetindo o mesmo do outro lado, onde estavam o pai e Luna.

– Vou postar nas minhas redes sociais! – disse ela.

George, o namorado de Ayla, adorou aquele ambiente familiar de amor, carinho e respeito e também comeu bastante. Ele adorou o peru e o pernil de porco. Elogiou várias vezes a maciez e a qualidade da carne, que tinha sido muito bem assada.

– "Gostei de família de Ayla" – disse ele, arrastando a língua.

Após o jantar, sentaram-se na sala, e Ayla abriu uma das malas, de onde tirou pacotes, entregando a seguir lembrancinhas do Canadá para todos. Então ela disse:

– A propósito, crianças, quero saber uma coisa. Todos passaram de ano?

– Passamos! – foi a resposta em uníssono.

– Parabéns! Eu não esperava outra coisa de vocês!

Na sequência, abrindo pacotes, entregou um presente para o pai, trouxe para ele uma linda camisa de gola polo, com uma frase em inglês que dizia: "Today will be great". Para Luna, trouxe uma camiseta branca, que dizia: "I love mom".

Curiosos, ambos quiseram saber o que significavam os dizeres, então ela disse:

– Pai, a sua diz: "hoje vai ser ótimo!" E a sua, Luna, diz: "amo você, mãe".

Ao ouvir essa declaração de amor, Luna não aguentou e chorou, abraçando Ayla com carinho e ternura.

George também trouxe um pacote da sua mala e, abrindo-o, distribuiu a todos cartões postais de Brantford e de outras cidades do Canadá. A seguir, alcançou a Ayla alguns embrulhos e ela, vendo o nome no pacote, foi entregando:

– Este é um presente para dona Feliciana, o xarope de bordo, um produto icônico do Canadá, conhecido por sua doçura e sabor distintivo, que pode ser apreciado em panquecas, *waffles*, sorvetes e muito mais.

– "Brigado, Ayla, não percisava nada!"

– Joaquim, este é seu, e este outro é para Mônica: chá de *maple*, com o qual se faz uma bebida deliciosa e reconfortante, especialmente apreciada durante os meses mais frios. Espero que apreciem.

– Obrigado, Ayla. Agradecemos! – disseram os dois.

– E estes são os seus, Benzinho e Renato! Uma estatueta indígena produzida com cedro vermelho, uma madeira nativa do Canadá conhecida por sua fragrância natural e durabilidade.

– Obrigado! – disseram ambos.

Com as crianças ao redor, na sala, cada qual apreciando as lembrancinhas que tinham recebido "do estrangeiro" e vendo os presentes dos demais, Ambrósio aproveitou para perguntar à filha:

– Ayla, como foi ficar esse tempo fora? O que tem para nos contar?

Ayla contou que aproveitou a estadia no Canadá para aprimorar a fluência no inglês. Contou também que trabalhou na loja da família de Simon e Dorothy, que aprendeu a plantar tomates e que, nos momentos de folga, fez diversos passeios com George pelos arredores e por cidades mais distantes.

Feliciana trouxe para a sala um balde com salada de frutas e dois potes de sorvete e disse:

– "A sobremesa tá na mesa! Crianças, ocêis primeiro, venham que vou servir já".

Enquanto Feliciana servia as crianças, Ayla seguiu contando os passeios que fizeram. Citou que visitaram as cidades de Hamilton e Toronto... E que fizeram uma viagem especial, mais longa, indo até a capital, Ottawa, e, dali, até a clássica Montreal. Para cada relato, Ayla detalhava aspectos da vida no Canadá, trazia curiosidades e apontava características dos lugares por onde passaram.

— O Canadá deve ser um país muito lindo! — disse Mônica, enquanto Feliciana servia Ayla e George.

— Sim, Mônica, o Canadá é um país encantador — prosseguiu Ayla. — Brantford, a cidade que estávamos, nos permitiu visitar vários lugares e cidades no Canadá, mas também, pela proximidade com a fronteira, nos permitiu visitar lugares nos Estados Unidos.

Com conhecimento de algumas palavras e expressões do português, ensinadas por Ayla, George disse:

— "Eu levou ela Cataratas Niágara, passeio bonito".

— Sim — complementou Ayla —, muito bonito. Além da beleza das cataratas, me chamou a atenção o fato de que as duas cidades, tanto a do lado canadense quanto a do lado americano, têm o mesmo nome, se chamam Niagara Falls.

— Sim, nome igual! — repetiu George.

— Como tínhamos três dias de folga, a partir das Cataratas do Niágara adentramos nos Estados Unidos e fomos de carro a Nova Iorque. Foi lindo, pai!

— Imagino, filha! Fico feliz que tenha aproveitado o intercâmbio para viajar e conhecer outros lugares.

— Em Nova Iorque, visitamos o Central Park, a Estátua da Liberdade, a Ponte do Brooklyn, Manhattan, a Times Square e subimos no 86º andar do Empire State Building, que vista linda se tem lá de cima, pai! E ainda tivemos a oportunidade de passar na frente do One World Trade Center, o novo complexo que foi erguido depois que o anterior foi destruído nos ataques terroristas de 11 de setembro de 2001.

— Trouxe fotos do Canadá e dos Estados Unidos para nos mostrar? — perguntou Luna.

— Claro, Luna, tenho centenas de fotos no meu notebook, assim que abrir as malas e organizar as coisas, vou mostrar sim.

— "Eu levou ela também em Detroit" — complementou George, contente.

— Sim, George. Esse passeio foi inesquecível também. Gente, Detroit é uma cidade gigantesca, um pouco perigosa, até. Entramos pela ponte Ambassador, visitamos o pomposo prédio da Michigan Central Station, outros prédios históricos e visitamos também o magnífico Museu de Arte.

– "Quando nós voltar, nós passar por London e Woodstock, lembra?"

– Claro, George, foi um passeio inesquecível! – E, depois de uma pausa, complementou: – Mas ainda que o Canadá seja lindo, que seu povo seja muito hospitaleiro, que a família de George seja fantástica, eu, sinceramente, quero continuar a viver no Brasil, junto a vocês.

– Oh, filha! Fico feliz em ouvir isso, em saber que estará perto de nós!

– Eu também! – disse Luna.

– Mas... e George? – perguntou Ambrósio. – O que ele diz disso?

– Ele me ama, pai. E eu amo ele – E trocaram um olhar carinhoso. Ele pegou a mão dela. – Quando eu disse que voltaria ao Brasil, ele não titubeou e disse que então viria junto comigo.

– Decidido, o moço! – pontuou Benzinho.

– Sim, decidido! Ele veio para conhecer o Brasil, conhecer vocês, conhecer como é a vida aqui e, se gostar, haverá de ficar.

– "Eu já gostar do Brasil, Ambrósio" – disse ele, participando do diálogo.

– Que bom, George. Nós também já gostamos muito de você – respondeu Ambrósio. – Vi que já fala algumas frases em português, Ayla e nós haveremos de te ensinar mais, em pouco tempo haverá de estar se comunicando bem.

Ayla traduziu ao namorado o que o pai tinha dito, porque ele tinha feito senha para ela que não tinha entendido. Ele respondeu em inglês, traduzido por Ayla, que o amor é um dos maiores professores, que ele já tinha aprendido bastante e sabia que ainda iria aprender muito mais.

Conversaram animadamente por mais um bom tempo, mas o sono, aos poucos, foi dando mostras de que estava chegando, devido aos bocejos que começaram a ser percebidos.

Renato e Mônica se despediram. Na sequência, as crianças, uma a uma, também foram se recolhendo para ir dormir. Afoito, Ambrósio contava para a filha as últimas notícias, as últimas ações na sua propriedade e na Raio de Luz. Fez relato das plantações, da colheita, do manejo do solo, da criação...

Passado um tempo, Luna, que começou a se sentir um pouco enjoada, tonta e com um pouco de desconforto abdominal, também cansada da jornada do dia, disse:

– Queridos! Ayla e George devem estar bastante cansados da longa viagem. Vamos dormir e descansar.

– Estamos mesmo cansados, Luna! Vamos dormir. Amanhã conversamos mais.

***

O dia de Natal amanheceu chovendo. Chuva mansa, mas constante. No almoço, não foi preciso dona Feliciana fazer nada novo, tinha tudo pronto da noite anterior. Todos aproveitaram para novamente comer bastante. A ceia de Natal já estava ótima na noite anterior, e parecia ainda melhor naquele almoço.

Luna, embora estivesse com dores de cabeça e sentindo dores abdominais, estufada, ainda assim também comeu bastante, aproveitando os temperos, a textura, a maciez das carnes de peru e porco e outras iguarias.

Por volta de 14 horas, como a chuva tinha parado, Ambrósio e Luna convidaram George e Ayla para darem uma caminhada. "Para baixar o almoço", disse ele. "E para mostrar a Raio de Luz para o canadense".

À medida que iam caminhando, Ambrósio e Luna, de mãos dadas, iam descrevendo a propriedade. Ayla, de forma pausada, ia traduzindo para George. Aqui é o pomar, com várias espécies de árvores frutíferas. Logo ali, a roça, onde plantamos aipim, feijão, ervilhas, batata-doce e inglesa, milho, favas... Mais à frente, Ambrósio mostrou a cerca, a estrada que conduz aos fundos da propriedade. Ao lado, as velhas casas dos antigos moradores...

Quando passavam pela igreja, George fez sinal pedindo que parassem, pegou a mão de Ayla e, virando-se para Ambrósio e Luna, disse, em inglês, que queria aproveitar aquele momento, aproveitar a presença daquela igreja ao lado, então relatou que amava muito Ayla, que ela era especial para ele, que ela tinha trazido cores aos seus dias. E então disse, em português:

– "Eu vir Brasil pedir Ambrósio e Luna mão da Ayla em casamento".

Ayla, que estava traduzindo o que o namorada falava, ao ouvir a última frase dele, irrompeu em lágrimas, abraçando-o e beijando-o.

— Sério? Quer mesmo casar comigo? — perguntou ela para ele, em inglês.
— Pedido de casamento? — ficaram surpresos Ambrósio e Luna.
— Sim — respondeu ele, em português. — "Eu querer casamento com Ayla".
— Minha filha, és o que quer também? — perguntou Ambrósio, já em lágrimas.
— Teu coração também quer o coração de George, Ayla? — perguntou Luna, esforçando-se para aparentar estar bem, mas sentindo suas dores abdominais aumentarem progressivamente.
E então ela respondeu:
— Sim, pai, sim, Luna. Já namorávamos pela internet, já tínhamos um compromisso selado, e o tempo que passei no Canadá apenas confirmou isso. Eu amo George. E ele me ama.
Então Ambrósio, com olhar firme e esboçando um sorriso repleto de amor, pegou as mãos de ambos e disse:
— Foi exatamente aqui que pedi Luna em casamento. E nós estamos sendo muito felizes. E é exatamente aqui que tu pedes a mão da minha filha em casamento. Tenho certeza de que também serão muito felizes! Nossa resposta, por óbvio, é sim! Tem a nossa permissão para o casamento.
George e Ayla abraçaram Ambrósio e Luna e ficaram assim, por um tempo, curtindo aquele momento especial e aquele lugar especial na vida dos quatro, enquanto os pássaros, como que a participarem daquele momento ímpar, executavam suas cantorias afinadamente como uma orquestra sinfônica.

46 QUANDO CHEGA O FIM

Ambrósio, Luna, Ayla e George seguiram a caminhada. A atmosfera era das melhores. A véspera já tinha sido maravilhosa e o dia de Natal, então, nem se fala, com o convite de casamento de George a Ayla em frente à velha igreja... Os corações estavam felizes demais, vivendo e absorvendo o melhor que podiam aquelas fortes emoções.

Deus estava sendo generoso com eles. Estavam reunidos em família, em paz, aproveitando aqueles momentos especiais. Quando estavam chegando próximo da horta, o tempo deu mostras de que ia virar outra vez e logo começou uma garoa. Correram na direção da casinha de Joaquim, que estava sentado na área, ao lado da rede.

— Podemos ficar um pouco aqui até passar a chuva? – perguntou Ambrósio.

— Claro! Sejam bem-vindos. A casa é simples, mas fiquem à vontade. – respondeu, já providenciando cadeiras e bancos para os quatro se sentarem.

Na primeira estiada, decidiram voltar à casa grande e, sem perda de tempo, fizeram o percurso de volta. Bastou somente colocarem os pés dentro de casa para recomeçar uma forte chuvarada. De tão forte, mais parecia um dilúvio. Chovia a cântaros. Feliciana, vendo que eles chegaram, esquentou uma água e passou um café fresquinho, "para aquecerem o peito", disse ela.

Com o dia chuvoso, várias crianças aproveitaram para dormir e recuperar um pouco do sono perdido na noite de Natal. Outras, despertas, brincavam e conversavam baixinho na sala. Thor estava agitado, de vez em quando se levantava e olhava pela janela para a rua. Mas não sabia por que fazia aquilo.

Em um dado momento, numa das idas de Thor até a janela, ao olhar para a rua, ele percebeu por que estava inquieto. E começou a gritar:

— Tem gente chegando!

De forma muito rápida, deslocou-se até a cozinha, avisando a todos, que naquele momento já tomavam um café recém-passado pela Feliciana.

— Tem gente chegando!

— Mas, Thor – disse Luna –, não tem nenhum problema em ter gente chegando aqui. Ao chegar, vamos atender e receber, não é mesmo?

— Eu sei, mas tem gente chegando. – E agora, olhando pela janela da cozinha, com o coração acelerado, completou: – E parece uma mulher.

Com a gritaria de Thor, as crianças, curiosas, vieram também para a cozinha. Os que estavam dormindo naquele momento foram acordados para também ver quem estava chegando na Raio de Luz.

Enquanto os demais permaneceram sentados à mesa, Luna levantou-se e foi até a janela, ao lado de Thor, onde já estavam outras crianças, atentas, a olhar para a rua. Aos poucos aquela pessoa foi se aproximando. Vinha a pé. Era uma mulher, estava de vestido e estava completamente encharcada. Carregava uma bolsa de viagem e, na outra mão, segurava um guarda-chuva quebrado. Ao chegar próximo da porta da cozinha, gritou:

— Ô de casa!

Como não conhecia aquela pessoa, Luna foi gentil e perguntou:

— Sim, o que deseja?

— Eu preciso falar com Martha.

Sabendo que Martha não estava no local, mas que tinha trabalhado por um tempo ali, Luna respondeu:

— Primeiro entre. Saia da chuva e venha se abrigar.

Ambrósio levantou-se e também veio receber aquela desconhecida que chegava.

— Entre logo. – disse ele. – Está frio na chuva!

Nisso, Anny, que estava dormindo, entrava na cozinha naquele momento, com Hanna e Cecília.

— Obrigada! – respondeu ela. – Na primeira vez que cheguei aqui, era um dia de forte tempestade... Hoje, de novo! Que chuvarada! Nem o guarda-chuva aguentou, o vento arrebentou ele com tudo.

Dona Feliciana trouxe duas toalhas e alcançou para a recém-chegada, para que ela se enxugasse um pouco. Após secar os cabelos e o rosto, Luna esticou a mão para ela e disse:

— Prazer, eu sou Luna. Martha não está mais trabalhando aqui.

— E eu sou Ambrósio! Seja bem-vinda!

— Prazer! Eu sou Maria Emilya.

Mal terminou a frase, Anny empalideceu. Apoiou-se na ponta da mesa e teve forças apenas para dizer:
– Mãe?! – e desmaiou.

* * *

No final da tarde do dia de Natal, Ayla e George rumaram para a propriedade do pai, onde, com a ajuda de Renato e Mônica, se instalaram. George, homem maduro, já com 30 anos, por já ter experiência na lavoura de tomates, prometeu a Ayla que a ajudaria nas lidas pertinentes da propriedade. E, se fosse possível, havendo mercado, plantariam tomates também.

Na manhã do dia seguinte, depois do café, Ayla recebeu um telefonema da capital. Era sua professora de inglês, a que a tinha incentivado a fazer o intercâmbio em algum país de língua inglesa.

– Olá, Ayla, já de volta ao Brasil? Como estás? Tudo bem?
– Mas que boa surpresa, professora! Como sabes que já retornei ao Brasil?
– Acompanho suas redes sociais, tenho apreciado seus deslocamentos, suas viagens. E vi que já está de volta.
– Que bacana!

E, a partir desse momento, a professora continuou a conversa em inglês. Ayla, despachada, acompanhando o idioma estrangeiro, respondia, comentava, perguntava, aproveitando os conhecimentos práticos do idioma que tinha adquirido no Canadá e nas idas aos Estados Unidos.

Ao final da ligação, ela relatou a Ayla que a escola de inglês iniciara um plano de expansão e que gostaria de expandir para as cidades mais populosas do interior e ela gostaria que Ayla, por seu conhecimento e desenvoltura e a quem já conhecia, aceitasse o desafio de trabalhar com eles nesse plano.

– Na prática, significa que estás me oferecendo uma oportunidade profissional? Isso?
– Exatamente! Mudei o idioma de propósito durante a ligação para sentir seu pulso e você passou no teste.
– Professora... era um teste?
– Sim! – respondeu a outra. – Quando podemos conversar pessoalmente?

Ayla relatou que devolveriam o carro alugado na capital na próxima sexta-feira e ambas combinaram, para esse dia, na parte da tarde, de se reencontrar e bater um papo.

* * *

Foi um "deus nos acuda". Ambrósio correu para acudir Anny, que, ao cair, bateu a cabeça. Feliciana correu para buscar um álcool e a caixinha de primeiros socorros. Ao retornar, apressada, Luna tomou a embalagem das mãos de Feliciana, abriu o álcool e fez com que Anny o cheirasse.

– Anny, acorde! Anny!

– Esta menina é Anny? – perguntou a mulher que recém chegara. E correu também para acudir, para auxiliar no que fosse necessário.

– Anny! Acorde!

– Acorde!

Pouco a pouco, Anny voltou a si, e, não demorou, começou a crescer um enorme galo na sua testa.

– Anny, como você cresceu!

– Mãe? É você?

– Sim, sou eu, Maria Emilya!

– Mas por onde andou por esses 11 anos? Por que me abandonou? – perguntou de forma raivosa Anny, ainda deitada no chão, em lágrimas.

– Filha, eu não podia ficar aqui!

– Claro que podia! Você foi embora! Você me abandonou. Eu tenho raiva de você!

– Filha, me perdoe! As circunstâncias me forçaram a ir embora! – Maria Emilya chorava também.

– Mãe... eu te odeio... – E começou a chorar com soluços inconsoláveis.

Passados alguns instantes, ainda com choro desmedido, Anny senta-se no chão e estica os braços na direção da mãe. E Maria Emilya, ainda que toda molhada, inclina-se, fica de joelhos, na altura da filha, e a abraça carinhosamente.

– Filha, a mãe te ama!

– Mãe! Eu... eu... te odeio por ter... me abandonado...

E completou:

– Mas... eu... eu te amo. Você não precisava ter ido embora!

* * *

Em conversas com os pais, por chamada de vídeo, George comentou que gostara muito do Brasil e que tinha pedido Ayla em casamento. Simon e Dorothy ficaram surpresos, mas disseram que, vendo o amor que os dois tinham um pelo outro, já imaginavam que isso aconteceria, mais dia, menos dia. Ayla concordou, dizendo que estava vivendo com George os dias mais felizes da sua vida.

— Mas quando será o casamento? Já tem data marcada? – perguntou Dorothy.

— Na verdade, o casamento será no dia em que vocês vierem ao Brasil. – respondeu Ayla, antes que George pudesse abrir a boca. — Queremos que venham para essa data especial. Faremos uma cerimônia linda!

Após olhar para a esposa, Simon respondeu:

— Está bem! Com certeza iremos sim. Mas precisaremos de um tempo para nos organizarmos aqui em Brantford. Não podemos simplesmente abandonar a loja e a lavoura de tomates e viajar.

— Eu sei, pai. Muito justo.

— Com isso, penso que, no melhor cenário, consigamos ir ao Brasil por volta da metade de outubro, na altura do feriado de Ação de Graças. Pode ser?

— Claro, está bom demais, pai. Até lá, também teremos tempo para organizarmos tudo por aqui.

* * *

Depois dos longos abraços de Anny e Maria Emilya e do choro ter terminado, ambas sentaram-se, a contemplar uma a outra.

— Bem que Martha falava que você era muito linda. Eu não lembrava bem de como era. A mãe é linda mesmo!

— E você, Anny, já não é mais aquela garotinha. Olha como cresceu! Já é uma moça!

— Sim, já fiz 15 anos. Ganhei até uma festa-surpresa maravilhosa! Só não foi perfeita porque faltou você, mãe! – e começou a fungar novamente.

— Mas agora estou aqui!

Joaquim chegou trazendo algumas alfaces e rúculas para o jantar e imediatamente reconheceu a mãe de Anny.

— Você por aqui?

— Olá, Joaquim. Sim, quem é vivo sempre aparece, né?

— Ué... — Luna questionou-se. — Como Joaquim reconheceu Maria Emilya, e dona Feliciana e Benzinho não?

— Dona Luna — respondeu Joaquim —, Benzinho e dona Feliciana chegaram na Raio de Luz depois que Maria Emilya já tinha ido embora. Eles de fato não a conheciam.

— Ah, entendi.

A seguir, enquanto Joaquim voltava para sua casinha, visto que ele nunca ficava para o jantar, Luna convenceu Maria Emilya a tirar a roupa molhada e tomar um banho quente. E, como as roupas que ela tinha trazido na bolsa de viagem também estavam molhadas, Luna emprestou uma muda de roupa para que ela pudesse ficar seca. Depois, Feliciana relembrou onde ela poderia estender a roupa molhada, o que ela fez em seguida.

***

Passaram a virada de ano novo reunidos na propriedade de Ambrósio, na clareira ao lado da cascata. Estava uma noite agradabilíssima. Todos aproveitaram a festa, comeram e beberam com fartura. Luna, que já não vinha bem desde o Natal, além das dores abdominais, que passaram a ser mais fortes, passou a sentir também vertigens e calafrios. Por duas ocasiões, afastou-se e vomitou às escondidas, não queria que ninguém soubesse que ela não estava bem.

Fingindo ser forte, ela aguentou o que pôde, escondendo por trás de sorrisos as dores constantes que sentia, pois não queria estragar as comemorações de final do ano. No dia seguinte, o primeiro dia do ano, reuniram-se novamente na clareira, para mais uma vez celebrar e aproveitar as comidas e bebidas que tinham sobrado. Luna mais uma vez acompanhou Ambrósio e as crianças, mas já o fez no sacrifício.

Ao chegar de volta a casa, na Raio de Luz, no final da tarde, enquanto Anny e Maria Emilya organizavam o banho das crianças, Luna, bastante tonta e sentindo uma dor constante e elevada que, da altura do umbigo, se irradiava para o lado, disse a Ambrósio:

– Querido, termine de fazer seu chimarrão e vamos nos sentar um pouco no banco em frente ao lago.
– Claro, meu amor. Vamos sim.
Não demorou e estavam sentados próximo dos balanços, debaixo de uma árvore florida, a qual exalava seu perfume no ambiente.
– Ambrósio – disse ela, com esforço –, foi uma dádiva Deus ter nos aproximado. Eu te amo tanto!
– Eu também te amo muito, Luna. Não saberia mais viver sem ti.
– Não diga isso, Ambrósio. Tu sabes a minha situação! E sabes que terás que se acostumar sem mim... Sabes que terás que te acostumar de novo com a solidão!
– Não diga isso, Luna. O médico não tinha dito três meses? Já se passou um ano. E você está aqui, firme, ajudando a transformar para melhor a realidade das crianças e da Raio de Luz.
– Sim... Penso que estamos fazendo um bom trabalho. As crianças estão bem encaminhadas, já com sonhos e projetos de futuro, a Raio de Luz está produzindo, a tua propriedade também está bem cuidada...
– Com certeza, Luna. – disse ele, sorvendo um chimarrão. – E tudo isso partiu de você. Agradeço muito por ter me incluído na sua vida, por ter aceitado meu convite de casamento e, com isso, ter me feito um homem realmente feliz.
– Eu também estou muito feliz. Ayla já fez o intercâmbio, já voltou. Haverá de casar em breve. Se eu partisse hoje, tenho certeza de que ela e George cuidariam de ti, até que tu te reconstruísse novamente, e também sei que o trabalho que iniciamos aqui teria continuidade.
– Não diga besteira, não haverás de partir tão cedo!
Enquanto uma brisa alcança seus rostos e acaricia os cabelos de ambos, abraçaram-se carinhosamente e trocaram um selinho gostoso, agradecendo a Deus por estarem vivendo aquele momento de paz.
Enquanto Ambrósio tomava mais uma cuia de chimarrão, a visão de Luna começou a falhar e a ficar turva. Com alguma dificuldade, olhou para o gramado aparadinho, para o casarão, para o lago, para as árvores... Os girassóis! Que lindos eles ficaram, floridos, nas margens do lago.
À medida que a visão foi ficando mais embaralhada, as dores foram ficando ainda mais fortes, numa intensidade cada vez maior. Com tranquilidade e mantendo o silêncio, Luna pensa: "Chegou a minha hora,

Deus. E estou muito feliz. Era para ser no máximo três meses e o Senhor me deu muito mais que isso. Obrigada, Senhor".

Desde a ponte, onde ela atirou no vazio o seu relógio, Luna havia bloqueado por completo de sua mente a contagem de dias e do tempo. Ela fazia questão de não saber nada de datas, vivia intensamente o presente, um dia de cada vez. Fazendo o máximo todos os dias. E agora ela estava ali, com as dores num crescente, ela não aguentava mais. Era o fim.

De repente, pálida, com as mãos transpirando e com um suor gelado escorrendo pela fronte, Luna sentiu uma fisgada, uma crise acentuada de dor, uma pontada tão forte como ela nunca sentira antes. Só conseguiu dizer:

– Ai!

Ambrósio deu-se conta de que algo tinha acontecido com sua amada.

– Luna, você está bem?

Sem responder, ela pendeu o pescoço e a cabeça caiu sobre o peito, e logo o corpo caiu para a frente, para o gramado. Atarantado, sem saber ao certo o que estava acontecendo, Ambrósio se desvencilhou da cuia e da térmica, atirando-os para o lado, e tentou segurar Luna, sem sucesso. Ela caiu estrepitosamente no chão.

– Luna?

Ele pôs o braço sob o pescoço da amada e a chacoalhou, não acreditando no que pudesse estar acontecendo.

– Luna? Luna?

Mas ela não respondia. O corpo estava mole. Teria perdido os sentidos?

Teria desmaiado? Teria morrido?

– Lunaaaaaaa!

– LUNAAAAAAAAAAAAAAA! – gritou ele, imerso em um desespero ardente e com o coração despedaçado.

EPÍLOGO

Agora ela lembrava. O sol lançava seus raios fúlgidos sobre a natureza, sobre o verde, sobre a ponte. Ao fundo, o vazio, o precipício. Aqueles raios de luz tingiam o horizonte com tons de laranja e cor-de-rosa, enquanto sua mente mergulhava em reflexões profundas sobre a vida e suas reviravoltas imprevisíveis.

Luna havia enfrentado tantos desafios ao longo de sua jornada, tinha caído vários tombos, tinha se levantado muitas vezes, tinha vencido tantas lutas. Seu esposo Antônio não estava mais ali, seu filho Pedro Rafael também já não estava mais ali... Aquele peso do mundo sobre seus ombros parecia que iria esmagá-la... Ah, a dor! A esperança era apenas uma miragem distante...

No entanto, ali estava ela... ela ainda respirava... ela ainda pensava... ela ainda sentia o ambiente... Mas não queria respirar... Não queria pensar... Não queria sentir nada! NADA! Para que acreditar na vida? Que vida? Três meses no máximo de existência? E como seriam? Degringolando a cada dia? Afundada em uma cama? Depois em um leito de hospital? Depois em um leito de UTI? Depois no leito eterno da gélida morte?

Ela já não via possibilidades de se reinventar e florescer... Agora, com aquele diagnóstico, era como se ela fosse terreno árido, terreno pedregoso, terreno no meio dos espinhos. Ah, os espinhos da vida, como a sufocavam!

Aquela sombra havia se instalado em sua consciência. Um diagnóstico sombrio, pronunciado com a voz solene do médico, ecoava em sua mente como um eco avassalador e incessante. "Doença incurável", disse-lhe. "No máximo três meses de vida."

E agora ela estava ali, entorpecida, fitando o vazio, o nada, sabendo que, para ela, o fim estava próximo. Decidida a terminar com aquele sofrimento, bastava inclinar-se no parapeito. A brisa soprava mais forte, tornou-se vento.

Abriu os braços e imaginou-se voando como os pássaros. No final de tudo, o arco-íris. Lá, haveria de reencontrar Antônio... Vento balançante.

Haveria de reencontrar seu rebento Pedro Rafael! Parapeito! Brisa... Haveria de reencontrar seus pais, seus avós...

Inclinar-se no parapeito! INCLINAR-SE NO PARAPEITO!

* * *

As horas não passavam. Era como se o tempo tivesse parado. Sentado no saguão do hospital da capital, Ambrósio aguardava notícias de Luna e aguardava a chegada de Ayla e George, que estavam vindo do interior. Ambrósio tinha vindo com Luna na ambulância.

Quando Luna caiu, na Raio de Luz, ele apavorou-se e fez um griteiro enorme, chamando a todos. Mas chamar a todos não resolvia a questão. Foi quando Benzinho e ele carregaram Luna para dentro, deitando-a no sofá da sala.

Com a ajuda de Feliciana e de Maria Emilya, tentaram de todo jeito reacordar Luna, mas sem êxito. Atenta, Feliciana disse:

– Vejam como a barriga dela está inchada e dura, a barriga dela não é assim!

– É mesmo. Alguma coisa não está bem! Ela está babando!

– E a respiração dela está muito fraquinha! Precisamos levar ela urgentemente ao hospital!

– Dona Feliciana, corra no meu quarto e pegue o envelope amarelo, aquele bem grande, que está em cima do roupeiro. Ali dentro tem exames médicos que Luna já fez no passado, isso poderá ajudar.

Ambrósio correu para a rua, ligou a camionete e encostou de marcha a ré, próximo da porta frontal da casa grande. As crianças, que estavam na volta, vendo Luna desfalecida e todo aquele desespero e correria dos adultos, choravam inconsoladas.

– Mamãezinha, não morra!

– Mamãezinha, nós te amamos! Não morra!

– Mamãezinha! (...)

Eram várias declarações de amor, chorosas, que brotavam do fundo do coração. Thor, sentado em um canto, com o rosto afundado nas mãos, resmungava, em lágrimas.

– Não pode ser! Não pode ser!

Às pressas, carregaram Luna para o banco de trás, e Benzinho entrou também, segurando Luna, que seguia desacordada.

– Vamos, depressa! Eu seguro ela aqui atrás, para ela não cair. – disse Benzinho, também apavorado.

Feliciana alcançou a Ambrósio o envelope amarelo, e este, sem perda de tempo, arrancou a camionete cantando pneus, rumo ao hospital da cidade, que era o socorro mais perto.

Ao entrar pela ala vermelha, Ambrósio se apresentou como esposo, contou em poucas palavras o que tinha acontecido e alcançou o envelope amarelo para a equipe médica que estava de plantão naquele feriado, solicitando que revisassem os últimos exames dela, que estavam ali dentro.

Ao checar a situação da paciente e seus sinais vitais, de posse do que os exames do envelope amarelo mostravam, a equipe logo entendeu que o hospital da cidade não tinha como fazer os exames de imagem que ela precisava nem tinha os recursos para uma situação de tal gravidade.

Enquanto Ambrósio ainda abria a ficha de atendimento de Luna, na pequena secretaria do hospital, tendo Benzinho ao seu lado, a dizer palavras de esperança, o médico da ala vermelha veio correndo e disse:

– Senhor Ambrósio, já chamamos o motorista da ambulância, em seguida Luna será removida para a capital. É caso grave. O Senhor precisa vir junto.

Atrapalhado, lembrou da camionete. O que faria com a camionete? Como a levaria para casa? Então alcançou a chave para Benzinho e disse:

– Benzinho, aqui está a chave da camionete. É tudo contigo.

– Mas... Ambrósio...

Sem esperar que Benzinho terminasse a frase, Ambrósio saiu correndo, atrás do médico, e, com ele, sumiu no corredor, hospital adentro.

– ...eu não sei dirigir!

***

Sentada no banco do carro, depois que aquele maluco a tinha tirado da ponte, ela conseguiu reorganizar um pouco os pensamentos. Ela ainda estava ali... Ufa... Ela ainda respirava... Ufa... Ela ainda pensava... Ufa... Ela ainda sentia o ambiente... Mas... Será que adiantaria respirar, pensar e sentir?

Quem aquele maluco pensava que era? O que ele sabia da sua vida? "Está um belo dia para viajar", disse ele. Como assim, belo dia? O dia está sombrio, péssimo, horrível, sem perspectivas. Pois ela iria morrer!

Como assim, "um belo dia para viajar"? Viajar para onde? Para os braços da morte? Só se fosse isso...

Mas foi uma outra frase que a fez pelo menos reconsiderar. "A senhora logo haverá de estar bem!" Parecia impossível, mas aquela frase, dita daquela maneira, era uma âncora na qual ela talvez pudesse se agarrar para se recusar a aceitar o veredito do médico como se o fim fosse inevitável. Confie, Luna: "a senhora logo haverá de estar bem!". Não seria a vida mais do que um conjunto de circunstâncias externas. "A senhora logo haverá de estar bem!" Não seria aquela frase um caminho para uma dança complexa de vontade, determinação e fé?

Luna sentiu algo como um fogo ardente se acender dentro de si. "A senhora logo haverá de estar bem!" E se houvesse uma esperança, por menor que fosse? E se houvesse? E se? "Saiba aproveitar a sua vida!", disse ele. Aproveitar a vida. Aquela frase poderia ser a chama da persistência, da resiliência inabalável que a impeliria a seguir em frente, mesmo quando todos os sinais apontavam para o contrário. Aproveitar a vida. Nem que fosse por tempo curto, pelo tempo que ainda lhe restasse... Será?

* * *

Ainda que fosse madrugada, quase clarear do dia, o burburinho da recepção do hospital não parava. Uns andavam para cá, outros para lá. Alguns vinham até a máquina para ali comprar um café ou refrigerante. Outros levantavam e iam ao banheiro, do outro lado do saguão... Cada qual com suas lutas, cada qual com seus problemas. Pessoas diferentes internadas... Enfermidades diferentes... E todos, assim como ele, também estavam apreensivos e preocupados.

Ambrósio não cochilou nem por um instante. Não cedeu ao sono. Não queria correr o risco de o médico vir trazer notícias e ele não ouvir a chamada. Por volta das quatro horas da manhã, um dos médicos apareceu na porta de acesso e chamou pelo familiar de Luna. "Sou eu", disse ele.

O médico passou algumas notícias, de forma econômica. Disse que o quadro de Luna não era nada bom, que já tinham feito alguns exames de imagem, tomografia e ressonância, que estavam aguardando a emissão dos laudos e que ela estava sedada, na UTI. Relatou ainda que o Dr. Théo, que era o médico dela, já tinha sido chamado e já estava a caminho do hospital. Seria o próprio Dr. Théo, na sequência do atendimento, a passar mais notícias, tão logo possível.

Anestesiado com o que ouvira, depois que o médico virou as costas, parou para refletir sobre os últimos acontecimentos e lembrou do último diálogo que tivera com Luna, sentados no banco em frente ao lago, onde ela tinha dito a ele: "tu sabes a minha situação! E sabes que terás que se acostumar sem mim... Sabes que terás que te acostumar de novo com a solidão".

Desesperado, Ambrósio sentou-se no banco e, de forma silenciosa, chorou copiosamente, com aquela frase a ecoar repetidamente em sua consciência: "terás que se acostumar sem mim".

– Luna, minha Luna. Não me deixe!

Quando Ayla e George chegaram, já eram seis da manhã. Ambrósio estava com os olhos vermelhos e inchados de tanto chorar. Ao ver a filha e George, encontrou neles fortaleza e abraçou-os com força, mais uma vez derramando lágrimas. Foi quando, soluçando, perguntou a eles:

– Por que isso aconteceu com Luna? Por quê?

Ayla e George deram a ele, abraçados, um grande silêncio, porque não havia o que responder. Então Ayla relatou que só conseguiram chegar rápido graças a Maria Emilya, a única que sabia dirigir na Raio de Luz, a qual, com coragem, pegou o carro de Luna e, guiada por Joaquim, foi até a propriedade de Ambrósio avisá-los.

Depois disso, Ayla, George e Maria Emília foram até o hospital, onde Ayla trouxe a camionete do pai e Benzinho na carona. Só depois disso puderam pegar a estrada para a capital.

***

Olhando para trás, Luna recordou-se de histórias de pessoas que desafiaram as probabilidades, que enfrentaram adversidades inimagináveis e emergiram mais fortes do outro lado. Essas histórias não eram meras lendas; eram testemunhos vivos da capacidade humana de superar, de transcender, de encontrar significado mesmo nas situações mais desesperadoras.

A frase "A senhora logo haverá de estar bem! Saiba aproveitar a sua vida" ecoou em sua consciência de forma inconsciente como um mantra que lhe apontava uma direção onde ainda seria possível dançar com graciosidade, mesmo diante das piores tempestades.

Aquele mantra, ainda que conscientemente ela achasse difícil que se realizasse, inconscientemente lhe dava uma determinação renovada a pulsar em suas veias. Chegar na Raio de Luz e conhecer aquelas crianças lhe fez confirmar que, sim, era possível cultuar aquele mantra dentro de si. E mais certeza ainda teve quando, por um capricho do destino, aquele maluco da ponte terminou por se revelar um grande amor em sua vida.

Ela não sabia quanto tempo lhe restava nesta terra, mas uma coisa sabia com certeza: enquanto houvesse vida dentro dela, lutaria, perseveraria e se agarraria à esperança com todas as suas forças, fazendo o possível e o impossível para aproveitar cada minuto, dando o seu máximo, transformando para melhor aquele ambiente bucólico ao qual Deus tinha lhe levado.

A vida não era apenas uma questão de sobrevivência, era uma questão de viver com plenitude, de abraçar cada momento que lhe restasse com gratidão e reverência. E, enquanto essa chama sagrada ardesse em seu peito, ela estaria disposta a enfrentar qualquer desafio, a superar qualquer obstáculo, sabendo que a verdadeira essência da vida reside na capacidade de perseverar, de persistir, de nunca desistir.

* * *

Já eram 10 da manhã quando o Dr. Theo finalmente chamou Ambrósio, Ayla e George para passar notícias de Luna.

— Ambrósio, fiquei muito surpreso com os exames de imagem que Luna fez ao chegar no hospital. A tomografia e a ressonância apontavam sim para problemas, mas problemas novos, não os problemas antigos.

— Como assim, doutor? — perguntou ele, sem entender o que o médico estava querendo dizer.

— Veja bem: Luna chegou no hospital com um quadro de apendicite. A dor que ela sentiu foi tão forte que a nocauteou, talvez o apêndice já não estivesse bem e as festas de final de ano tenham abreviado as crises. Se ela demorasse mais algumas horas para chegar ao hospital, o apêndice teria estourado, e ela correria grave risco de vida.

— Apendicite? — perguntou um surpreso Ambrósio.

— Sim, assim que cheguei de madrugada, revisei com cuidado os laudos dos exames, porque, no ano passado, ela tinha uma situação oncológica muito grave que indicava no máximo três meses de vida. Mas, para surpresa minha e da equipe, os exames mostraram que o câncer tinha desaparecido. Restava apenas a situação da apendicite!

— Como assim, câncer? Três meses de vida? — perguntou Ayla.

— Sim, filha, isso mesmo. Depois te explico. Vamos escutar o doutor.

— Então, assim que constatamos o que realmente a estava colocando a nocaute, acionamos com urgência a equipe cirúrgica e levamos imediatamente Luna para o bloco. Ela já foi operada; a cirurgia foi um sucesso. O apêndice foi retirado e imagino que, em poucos dias, ela já possa estar de volta em casa para se recuperar

— Graças a Deus, doutor! Graças a Deus! — disse Ambrósio, levantando as mãos para o céu.

— Por fim, assim que passar o efeito da anestesia e ela acordar, estando tudo bem, ela será transferida da sala de recuperação para o quarto e então já poderão subir para vê-la.

∗ ∗ ∗

Qualquer pessoa morre mais rapidamente quando não encontra motivação para viver, quando deixa de ser útil, quando passa a se considerar um trapo, desvalorizada, cansada. Então vem a tristeza, a depressão, os maus pensamentos, e uma vontade de querer ir embora se faz presente, abrindo brechas para que doenças se apoderem do corpo e da mente.

Devemos evitar tudo aquilo que possa nos colocar para baixo, que possa nos deixar tristes. Ainda que a vida nos apresente circunstâncias às vezes nem tão boas, que possamos de tudo tirar lições positivas e sempre fazer dos limões uma saborosa limonada.

O sopro da vida é o que de mais sagrado Deus deixou para nós. Independentemente de quem somos, de onde vivemos, da idade que tenhamos, vivamos cada dia como se fosse o último, sendo úteis para nós mesmos, para a nossa família e para a sociedade, dedicando nosso tempo para causas nobres que nos permitam estar sempre ligados na frequência da alegria e do amor.

Sim, um dia iremos embora, mas, quando isso acontecer, que seja naturalmente e que tenhamos deixado marcas positivas e um bom legado para que as pessoas possam se lembrar de nós com saudade, com alegria, com orgulho por tudo o que aqui fizemos.

* * *

Ao ser remanejada para o quarto, atento aos movimentos da vida do hospital, o primeiro a visitar Luna, ainda antes de autorizar chamarem a família, foi o Dr. Théo.

Ela já estava acordada, com a cabeça ainda confusa, mas já compreendendo que estava viva, que estava em um hospital. Que hospital seria aquele? O que exatamente tinha acontecido? Seria talvez questão de horas para estar morta?

– Luna, sua doida! Por onde você andou esse tempo todo?

Ordenando o pensamento, reconheceu o Dr. Théo, o seu médico, e cumprimentou-o.

– Olá... Doutor Théo?!

– Você precisava fazer o acompanhamento oncológico, precisava voltar para revisão... E simplesmente sumiu! Nunca mais soubemos de você! Por onde andava?

– Estava no interior.

– No interior?

– Sim, num paraíso circundado pela natureza, com árvores, roças, animais, alimentação e água saudáveis, cercada de pessoas fantásticas que me cobriram de muito amor e carinho.

– Hummmm... – disse ele, pensativo. – Tenho boas notícias para você. Você foi operada às pressas para retirada de apêndice, o qual estava por romper a qualquer momento. Mas correu tudo bem, em poucos dias deverá estar em casa.

– Apêndice? – inquiriu uma surpresa Luna. – Achei que fosse o câncer me comendo por dentro!

– Que câncer, minha querida?! – e deu uma gostosa gargalhada. – O câncer sumiu!

– Como assim, sumiu?

– Eu que lhe pergunto. Os exames de imagem feitos na madrugada mostraram que não existe mais nenhum câncer. Você está curada!

— Curada? — disse ela, já em lágrimas, chorando baixinho.

— Sim, está curada! Pela ótica da ciência, não sei o que aconteceu: se foi um milagre de Deus, se foi a conexão com a natureza, se foi a alimentação, se foi a água, se foi algum remédio, chá ou erva medicinal... O que sei é que você está curada. Cu-ra-da!

— Curada! Obrigado, meu Deus!

— Isso aí! Você ganhou um tempo a mais. Saiba aproveitar a sua vida!

Aquela frase... O mantra que ela guardara inconscientemente... "Saiba aproveitar a sua vida". A mesma frase que Ambrósio tinha dito para ela na ponte! "Saiba aproveitar a sua vida!"

— Obrigada, doutor.

— Não precisa agradecer. Não fiz nada! E agora, me dê licença, vou indo, tenho outros pacientes para ver; em seguida seus familiares sobem.

Quem será que estaria ali? Ambrósio? Ayla? Anny? Dona Feliciana? Fosse quem fosse, estava tudo ótimo. Após a saída do médico, Luna elevou o pensamento a Deus e agradeceu por aquele maravilhoso presente que tinha recebido. Ela estava curada!

Teria sido um milagre? Teria sido a natureza? Teria sido o amor das crianças? Teria sido a companhia de Ambrósio? Teria sido os chás milagrosos de um menino indígena que um dia quer ganhar um Prêmio Nobel de Medicina?

— Se foi uma coisa, se foi outra, se foi algo natural ou o sobrenatural de Deus, não sei — pensou Luna. — Não há como saber. O que sei, o que tenho certeza, é que, com tudo que vivi intensamente nos últimos tempos, vivendo cada dia como se fosse o último...

...esqueci de morrer!